혁명과 문학 사이

일본 여성 프롤레타리아작가의 문학세계

(국문사사표기) 이 저서는 2016년 정부(교육부)의 재원으로 한국연구재단의 지원을 받아 수행된 연구임 (NRF-2016S1A6A4A01020632)
(영문사사표기) This work was supported by the Ministry of Education of the Republic of Korea and the National Research Foundation of Korea(NRF-2016S1A6A4A01020632)

혁명과 문학 사이

일본 여성 프롤레타리아작가의 문학세계

이상복 지음

어문학사

저자의 글

이 책은 저자의 수년간 연구실적을 한국연구재단의 저술지원으로 발간하게 되었다. 〈서장〉에서는 일본 혁명시대의 프롤레타리아문학, 특히 여성문학자 탄생과 프롤레타리아 작가로의 활약상을 적었다.

제1부에서는 프롤레타리아문학에 대한 전반적인 설명과 여성 프롤레타리아 작가의 활동상을 적었다.

제2부에서는 여성 프롤레타리아 대표 작가인 미야모토 유리코, 히라바야시 다이코, 사타 이네코의 사회활동과 작품세계 정리하였다. 그리고 작가의 전반적인 작품세계에 대한 이해를 돕기 위해 작가별로 주요작품의 해설도 함께 적었다.

제3부에서는 혁명시대의 사회현상 등을 소재로 한 작품을 고찰한 논문을 실었다.

1장, 미야모토 유리코의 작품 「한송이 꽃(一本の花)」 「1932년의 봄(一九 三二年の春)」 「시시각각(刻刻)」 「유방(乳房)」 「아침바람(朝の風)」 「나날의 영상(日々の映り)」.

2장, 히라바야시 다이코의 작품 「시료실에서(施療室にて)」 「야풍(野風)」 「때리다(殴る)」 「짐수레(荷車)」 「프롤레타리아 별(プロレタリヤの星)」 「프롤레타리아 여자(プロレタリヤの女)」.

3장, 사타 이네코의 작품 「캐러멜 공장에서(キャラメル工場から)」 「담배 여공(煙草工女)」 「구레나이(くれなゐ)」.

이상의 작품들에 관한 논문들은 모두 학회에 실었던 것을 형식에 맞추어 편집하였다.

〈종장〉에서는 제 1, 2, 3부와 작가별 총정리.

〈연보〉에서는 작가들의 전체적인 작품 활동을 연도별로 간략하게 정리하였다.

위의 여성작가들의 성향은 서로 다르지만, 일본 정부로부터의 규제와 검거, 집필 중단 등의 악 조건에서도 포기하지 않고 여성, 특히 여성노동자들이 당하는 사회 부조리와 노동력 착취에 대항하여 끝까지 투쟁한 공통점이 있다. 이들 작가에 대한 사상과 활동, 작품성향을 총망라하여 정리를 하였으므로 연구자들에게 귀중한 자료가 될 것이다.

차례

제3부 여성 프롤레타리아작가의 작품 분석

1장. 미야모토 유리코의 작품 분석

2장. 히라바야시 다이코의 작품 분석

서 장

유럽은 1914년 6월부터 1918년 11월까지 4여 년에 걸친 제1차 세계대전
으로 많은 인명피해와 굶주림에 시달렸지만, 일본은 유럽에서의 수입이
중단된 중국과 동남아시아로부터 목화·면직물·일용잡화 등의 경공업 부
분과 선박 주문쇄도로 호황을 누렸다. 그와는 반대로 서민들은 사회적 불
안과 물가 상승으로 심한 생활고를 견디다 못해 도야마현(豊山県)에서 쌀
선적중지를 요구하는 소동까지 벌였다. 이 사건이 발단이 되어 전국적으
로 참가자가 백만 명이 넘는 "쌀 소동" [1]으로 확대되었고, 대규모 노동쟁
의도 빈발했다.

이런 부국강병의 메이지시대와 파시즘이 대두되는 쇼와시대 사이에 끼
어있는 다이쇼(大正, 1912년-1926년)시대는 짧지만 정치적, 시민적 자율을
요구하는 민중의 힘이 크게 정치를 뒤흔드는 데모크라시[2]의 시대이기도
하다. 무엇보다 천황의 통치권을 근간으로 하는 국민의 권리 보장이 불충
분한 메이지헌법과 번벌(藩閥)[3] 관료가 만들어 낸 정치 관행을 어떻게 개

---

1) 최초의 쌀 소동은 도야마현 우오즈항(魚津港)에서 발생했다. 1918년 7월 22일
   밤, 홋카이도에 쌀을 운반하기 위한 이부키마루(伊吹丸)가 기항했다. 우오즈마을
   의 주부들이 이 이부키마루에 쌀을 선적하고 있던 주니은행(十二銀行) 창고 앞에
   모여서 배에 선적을 중지하고 주민들에게 판매하도록 탄원을 했다. 그때 순찰 중
   이던 경찰이 주부들을 해산시켰지만, 쌀 판매를 원하는 집회에 참가하는 사람은 나
   날이 증가했다. 8월 3일에는 나카니이카와군 니시미즈하시마치(中新川郡西水橋
   町)에 200여 명이 집결하여 쌀을 밖으로 유출시키는 것을 그만두라며 쌀 중개업자
   와 자산가에게 탄원했다. 8월 6일은 이런 움직임이 거세져 인근 마을로까지 확대되
   어 1,000명이 넘게 참여하는 대소동으로 이어졌다.
2) 데모크라시는 러일전쟁 때부터 다이쇼 천황 때까지 일본에서 일어났던 민주주의
   적 개혁을 요구하는 운동을 일컫는 말이다. 이론적으로는 요시노 사쿠조(吉野作
   造)의 민본주의에 의거하였으나 실질적인 정치, 사회 체제로 정착하지 못하고 군
   부를 중심으로 한 군국주의 세력이 등장하면서 쇠퇴하였다.
3) 번벌(藩閥): 메이지 유신 때 공을 세운 번(藩 : 에도시대 다이묘의 영지) 출신의 유

선해 나갈 것인가가 다이쇼 데모크라시의 사상적 과제였다.

그런 가운데 1916년(다이쇼 5년)에는 자연주의가 주류를 이루어 왔던 문단에도 새로운 움직임이 보이기 시작하여, 노동문학의 선구가 되는 미야지마 스케오(宮島資夫)의 『갱부(坑夫)』[4] 출판을 필두로 일본에서도 러시아혁명의 영향을 받은 노동문학이 발표 되었다. 이미 러시아사회는 노동자계급이 늘고 혁명운동이 고조되면서 진보진영과 노동자·농민의 자기주장도 더 강렬해져 부르주아 사회와 인민대중 사회로 나누어져 있었다. 물론 두 진영 사이에서 갈등하는 다양한 흐름도 있었지만, 가장 극명한 대비를 보인 분야는 문학이었다.

일본에서도 이 근로자의 문학, 사회주의 내지는 공산주의 문학의 총칭이라 할 수 있는 프롤레타리아문학 작가들은 지식계급 출신이건 프롤레타리아 출신이건 노동자들이 직장에서 당하는 육체적 고통은 물론 인간성모멸과 자유속박 등, 정신적인 고통 등을 작품의 테마로 하였다. 그렇기 때문에 그들의 작품 대부분이 현장에서 부당하게 착취당하는 노동자를 주인공으로 설정하여 인간의 정신을 좌우하는 사회의 힘을 간파한 새로운 예술 가치를 추구하고자 했다.

이런 상황 속에서 사회주의적인 문예잡지 『씨뿌리는 사람(種蒔く人)』

력자들이 만든 정치적 파벌.
4) 미야지마 스케오(宮嶋資夫, 1886년 8월 1일-1951년 2월 19일)는 초기 프롤레타리아 문학으로서의 다이쇼 노동문학의 선구자이며, 무정부주의자이다. 미야지마 스케오는 잡지 『근대사상(近代思想)』(1915년) 발행인이었으며, 처녀작 「갱부」는 근대사상사(近代思想社, 1916년)에서 간행되었으며 노동문학, 즉 프롤레타리아문학의 걸작으로 평가받고 있다.

(1921년-1923년)이 1921년 2월에 아키타현(秋田県) 미나미아키타군(南秋田郡) 쓰치자키미나토마치(土崎港町)에서 창간되었다. 그러나 1921년 2월, 3월, 4월(3호)까지 출판되고 휴간되고 말았다. 같은 해 10월, 고마키 오우미(小牧近江)와 가네코 요분(金子洋文) 등이 도쿄판『씨뿌리는 사람』을 재간하면서 계급대립이 격화되고 있는 사회적인 현상의 개혁과 결합된 문학을 시도했다. 그러나 1923년 관동대지진(関東大震災)[5]으로 인한 사회 대 혼란 속에서 부득이하게 폐간되자, 프롤레타리아 문학운동 재건과 정치투쟁을 전제로 하면서도 예술의 특수성을 옹호하기 위해『문예전선(文芸戦線)』(1924년 6월-1932년 7월)을 창간하였다. 그러나 이 역시 만주사변 이후의 탄압 격화로, 1932년에 폐간되면서 주요 작가 중 대부분이 전향했다.

특히, 이 시기에 민주 사회주의와 공산주의 계열의 대립에 의해 프롤레타리아 문학 진영에도 갈등이 있어, 1927년에는「노농예술가연맹(労芸)」,「일본 프롤레타리아 예술연맹(プロ芸)」,「전위예술가동맹(前芸)」등의 세 단체로 분립되었다. 이 상황을 타파하려고 1928년 구라하라 고레히토(蔵原惟人)는 일본 좌익 예술인 총연합을 3월 13일 결성했다. 그러나 그 직후, '3.15사건'[6]으로 일본공산당에 대한 탄압이 일어나자 공산당

---

5) 관동대지진:1923년 9월 1일 오전 11시 58분, 도쿄와 그 주변에서 발생한 마그니튜드 7.9의 지진.
6) 3·15 사건은 1928년 3월 15일 일본 정부가 사회주의자와 공산주의자를 탄압한 사건이다. 일본공산당은 1922년 창당한 이후, 불법화로 반체제 조직이 되었지만, 일본의 불안한 경제·사회 분위기 속에서도 세력을 확장하여, 1928년 2월의 제1회 보통선거에서 무산정당에서 8명의 의원이 당선되었다. 이에 위기감을 느낀 다나카 기이치 내각은 선거 직후(3월 15일) 치안유지법 위반혐의로 전국의 일본공산당과

과 거리를 두면서도, 이 탄압을 계기로 분열 상태에 있던 「일본 프롤레타리아 예술연맹」과 「전위예술가동맹」을 통합한 「전일본무산자 예술연맹(NAPF, ナップ)」을 결성하고, 『전기(戰旗)』를 기관지로 하였다.

『전기』는 고바야시 다키지(小林多喜二)의 「1928년 3월 15일(一九二八年三月十五日)」과 「게공선(蟹工船)」, 도쿠나가 스나오(德永直)의 「태양이 없는 거리(太陽のない街)」 등 잇따른 화제작 게재로 프롤레타리아문학의 대표 잡지가 되었다. 발매금지 처분도 자주 받았지만, 열정적인 정기 구독자들에 의해 1928년 5월부터 1931년 12월(전 41호)까지 간행되었다.

1929년의 경제세계공황이 일본에도 파급되어 공장의 도산과 조업 단축으로 실업자가 거리에 넘쳐나고, 심각한 노동쟁의도 증가했다. 이런 사회 분위기 변화 속에서도 1930년 소련에 도항하여 프로핀테른(Profintern)[7] 회의에 참석한 구라하라 고레히토는 귀국 후 1931년 문학조직의 대중화를 제창했다. 탄압이 예상되는 가운데 조직을 결성한다는 것에 대한 비판도 있었지만, 끝내 새로운 일본 「프롤레타리아 문화연맹(KOPF, コップ)」을 결성(1931년 11월)하였다. 이 KOPF에 의해 문학뿐 아니라 다른 예술 장르의 조직도 구성되었다. 특히 연극분야에서는 무라야마 도모요시(村山知義)·사사키 다카마루(佐々木孝丸) 등을 중심으로 한 프롤레타리아 연극과 교류가 활발하였고, 「게공선」과 「태양이 없는 거리」 등도 연극화 되어 연극인들은 극단 도쿄 좌익극장을 중심으로 활동했다. 영화 분야에서는

노동농민당의 관계자를 비롯한 1,652명을 체포하였다.
7) 프로핀테른은 1920, 1930년대 소련을 중심으로 결성된 공산주의 계열의 노동조합 국제 조직.

일본 「프롤레타리아 영화동맹(プロキノ)」, 미술 부문에서도 일본 「프롤레타리아 미술가동맹(ヤップ)」이 결성되어 오카모토 도오키(岡本唐貴)와 야나세 마사무(柳瀬正夢) 등이 활약했다.

그러나 1931년의 만주사변 도발로 비상체제에 들어간 일본은 프롤레타리아 운동에 대한 탄압을 광폭화시켰다. 자본주의 국가였던 당시의 일본에서 사회주의 사상은 노동운동을 부추기는 위험사상으로 치부되어 탄압대상이 되었다. 이렇게 사회변혁을 꾀하고자 했던 작가들은 각각 다양한 작품을 발표하지만 '치안유지법'[8]에 의해 사회주의, 공산주의적 사상탄압으로 활동에 많은 제재를 받았다.

끝내는 노동자들의 항쟁을 현실감 있게 그려 기념비적 소설이라는 평가를 받는 「게공선」(1929년) 저자 고바야시 다키지가 고문에 의해 옥사(1933년)하였다. 이미 1932년에 「노농예술연맹」이 해산된 상태에서, 고바야시 다키지까지 사망하자 프롤레타리아 작가동맹은 해산되었다.

1934년 2월에는 KOPF의 문학조직인 일본 프롤레타리아 작가동맹도 해산을 표명하며, 공산당 당원들이 속속 전향함으로써 프롤레타리아문학도 서서히 쇠퇴했다. 프롤레타리아 문학운동은 지배 권력의 반동체제 강화

---

8) 치안유지법(治安維持法)은 일본이 1925년 1월 소비에트 연방과의 수교를 통한 공산주의 혁명운동의 격화를 우려하여 1925년 5월 12일에 공표한 반정부·반체제 운동을 누르기 위해 제정한 법률.
1917년의 러시아 혁명의 영향을 받아서 활발해진 일본에서의 공산주의운동을 억압하려고 했던 목적도 있었기 때문에, 무정부주의·공산주의운동을 비롯한 일체의 사회운동을 조직하거나 선전하는 자에게 중벌을 가하도록 하였다. 사회주의나 노동운동 역시 경계의 대상이 되어 많은 활동가와 운동가들이 치안유지법에 의한 탄압을 받았다.

속에서 전쟁과 전제주의에 반대하고, 일본문학의 민주적발전과 혁명문학의 추진을 위하여 투쟁을 앙양하였다. 그러나 탄압강화와 운동내부의 패배주의적 조류에 의해 1934년 이후 조직이 해체되자 문학운동도 더 이상 힘을 발휘할 수 없었다.[9]

그들 중에는 작가 하야시 후사오(林房雄)처럼 프롤레타리아문학을 포기하거나, 나카노 시게하루(中野重治)처럼 전향하는 작가도 있었으며, 미야모토 유리코(宮本百合子)처럼 다양한 사회변혁에 대응을 하면서 전시 하의 시대를 대처해 나가는 작가도 있었다. 그러나 전쟁이 전면적으로 전개되는 시기에 시류를 비판하는 작품은 거의 발표할 수 없는 상황이 되었다.

그런 가운데서도 여성들의 사회진출은 급격히 신장되었다. 이에 여성작가들은 사회인습과 가정 내의 봉건성 충돌은 물론 부르주아사회의 노동력 착취현장까지 작품의 소재로 발표하기 시작하였다.

그러므로 이 책에서는 근대문학 작품 중에서도 여성의 거친 삶을 조명하고자 했던 여성 프롤레타리아 작가들의 문학형성과 정착을 젠더 위계질서에 입각해 일방적으로만 해석해 온 것을 거부하고, 남성과 동등한 입장에서 여성 자아확립을 위해 노력한 작가와 작품에 중점을 둔다.

그 대표적인 작가로 미야모토 유리코(宮本百合子), 히라바야시 다이코(平林たい子), 사타 이네코(佐多いね子) 등에 대해 고찰하기로 한다. 이 외도, 당시 혁명운동의 허실을 정확히 지적하고 있다는 평가를 받은 노가미 야에코(野上弥生子)의 「마치코(真知子)」(1930년), 여급의 삶과 성

---

9) 佐藤静夫(1968)「解説」『宮本百合子選集』3、新日本出版社、p.435.

(性)의 방랑을 테마로 여주인공인 여급의 생활을 포함한 직업편력을 구성한 하야시 후미코(林芙美子)의 「방랑기(放浪記)」(1930년) 등도 있다. 그러나 노가미 야에코는 프롤레타리아 작가로 분류하기 어렵고, 하야시 후미코는 자신의 삶을 사실적으로 그려내는 것에 집중하였으며, 중일전쟁 때 종군작가로 활약하며 전쟁협력자로 알려져 있어 이번 연구서에서는 제외하기로 한다.

그러므로 이들 세 작가가 혁명시대에도 어김없이 여성에게 가해지는 가부장적 억압과 계급적 억압이 도사리고 있는 사회구조를 노출시킨 작품들을 통해 여성 프롤레타리아문학의 특징을 살펴본다.

제1부

혁명시대의 여성 프롤레타리아문학

1장. 권익보장을 위한 여성운동

오랫동안 여성은 사회노동과는 무관한 자였으므로, 노동자라고 하면 남성만을 의미하였다. 그러나 메이지시대 말부터 해외에서의 영향과 다이쇼 데모크라시의 고양에 끌려 남녀상호 존중에 따른 여성의 권리와 자유를 요구하는 페미니즘의 물결이 여러 형태로 나타났다.

그에 따라 여성의 사회진출도 생계를 위해 육체를 혹사하며 저임금으로 노동을 해야만 했던 섬유산업의 공원에서 초등학교 교원·전화교환원·간호사·여의사·부인기자·속기자 등으로 직역(職域)이 확대되었다.

그런 사회구조에서 그나마 사회진출은 확대되었지만, 성적(性的)으로 중립이어야 할 직장에서조차 언제나 여성이라는 의미가 따라다녔다. 그것은 사회 변화 속에서도 메이지시대의 여성 교육이 사회전반에 포진되어 있어 쉽게 바뀌지 않았기 때문이다.

메이지의 교육은 현모양처를 목적으로, "여성의 역할을 아내, 어머니로 〈집〉 안에서의 역할로 한정하고, 게다가 그 부인·어머니로서의 역할을 통해서 국가에 헌신할 것을 기대" 하며, "인종(忍從)을 미덕" 으로 여성에 대해 "무권리 상태를 합리화"[1]하는 것에 지나지 않았다. 다시 말하면,

> 메이지라는 시대는 이른바 사나운 남자의 시대였다고 생각한다. 특히 남자는 가장으로서 메이지 민법에 의해 법적으로나 경제적으로도 강력한 존재였다. 한 가정의 아버지는 가족의 통솔자로서 권위를 갖고 아내와 방계 친척도 힘 있는 가장을 의지하여, 그 우산 아래 생활하므로 의

---

1) 平塚らいてう(1988) 『女性史としての自伝』、ミネルヴァ書店、p.23.

식도 제약 당했다.[2]

　그렇기 때문에 메이지의 일반적인 여성은 모순에 대항하기보다 가족을 위해 모든 것을 체념하며 맹목적으로 순응하는 것을 미덕으로 여겨왔기 때문에 스스로도 국가적 이념에 따른 규방에 갇혀 가정 이외의 사회 참여 방법에 무관심했던 것이다. 이처럼 가족 중심의 가치관 속에서 성장한 여성은 독립된 개인으로서의 생활은 상상도 못했다. 이런 사회인습에서 탈피하여 여성들의 권위를 보장받기 위해, 기시다 도시코(岸田俊子)나 후쿠다 히데코(福田英子) 등의 여권운동이 시작되었다.

　후쿠다 히데코(福田英子)에 의해 1906년 1월에 간행된 여성잡지『세계부인(世界婦人)』은 대중작가 무라이 겐사이(村井弦斎)가 편집고문을 맡아 요리·육아 등의 실용기사, 가정부인을 위한 수양기사 등을 실었다. 문예란에는 가와이 스이메이(河井酔茗) 등의 시와 요사노 아키코(与謝野晶子)의 단가를 가정소설에 연재하여 독자의 인기를 누렸다.

　1911년에 드디어 히라쓰카 라이초(平塚らいてう: 1886-1971년)가 야스모치 요시코(保持研子) 등과 협력하여 여성들만을 위한 잡지『세이토(青鞜)』[3]를 창간하였다.『세이토』라는 잡지명은 Blue Stocking의 역어로, 이쿠타 초코(生田長江)의 명명에 따른 것이다.『세이토』란 "18세기 중반에 런던의 몬태규(Montague, モンタギュー) 부인 살롱에서 예술과 과학을 남성들과 함께 논하는 여성들이 당시는 검은 양말이 일반적이었는데, 파란 양말을 신고 있던 것으로부터 새로움을 추구하는 여성들을 야유하는 말

---

2) 井手文子(1987)「平塚らいてう─近代と神秘」, 新潮選書, p.14.
3)『세이토』는 1911년 창간되어 1916년 제6권 2호로 폐간되었다.

로 쓰이게 되었다."[4]고 알려져 있다.

라이초는 남성사회로부터 받은 지탄을 역으로 세이토사에 참여하는 여성들을 각성시켜 여자를 구속하는 적에 대항할 수 있는 능력을 갖추고자 하였다. 창간사를 통해서도 "진정한 자유해방"이라는 것은 "일반적인 직업을 가지고, 참정권도 받고, 가정이라는 작은 세계에서 부모와 남편이라는 보호자의 손에서 벗어나 이른바 독립 생활을 하는 것"이라고 주장했다. 이렇듯 『세이토』에 참여한 여성들은 봉건적인 가족제도에서의 정절과 헌신, 절대 복종을 미덕으로 하는 여성 지위를 부정하고, 남녀평등 의식 위에 서서 근대 여성의 자아신장과 의식변혁을 시도했다.

그러나 『세이토』 창간 당시의 일본 문학은 남자에 의해서 만들어졌으며, "여류 작가는 소수로 남자의 마음에 들기 위해, 귀여운 여자로 자신을 만들거나 또는 역으로 무서운 여자, 악녀로 자신을 과장해서 남성 독자를 매혹"[5]해야 할 정도로 여성이 작품 활동하기가 어려운 시기였다. 그러나 『세이토』에 모인 여성들은 이에 굴복하지 않고 인간으로서 요구도 있고 욕망도 있으며 의지가 있는 존재라는 것을 인지시키고 싶어 「발간사」에서도 "원래 여성은 태양이었다"라며 여성해방운동에 주력하였다.

특히 히라쓰카 라이초는 비인간적인 노동문제와 성적 차별에 대한 사회운동뿐만 아니라, 여성들만이 참여하여 만든 잡지 『세이토』의 문학활동을 통해서도 여성의 삶의 질을 향상시키고자 하였다.

그러므로 남성 중심사회로부터 지탄을 받으면서도 『세이토』는 여성을 멸시하는 사회와 대치하면서도, 여성 스스로의 경제적인 자립의 필요성

---

4) 米田佐代子 (1992)『「青鞜」をまなぶ人のために』、世界思想社、p.237.
5) 大岡昇平(1982)「女性と文学の誕生」、新潮社、p.79.

을 각인시키고 의식을 계몽시켜 나가는 여성해방 사상지의 색채를 강하게 띠고 있다.

이렇듯 『세이토』는 여성의 자아실현에 대한 길잡이로 큰 공적을 남기기는 했으나 우수한 작가를 배출했다고 말하기는 어렵다. 그러나 「창간호」의 '편집실로부터'에 의하면 "세이토는 여자를 위해서, 각자 타고난 재능을 충분히 발휘하기 위해, 자기를 해방시키고자하는 최종 목적아래에 서로 협력하고 많이 수양 연구하여 그 결과를 발표하는 기관으로 하고 싶다"는 목적은 상당히 실현했다고 할 수 있다.

또한, 라이초는 야가와 보에다(矢川房枝) 등과 신부인협회(新婦人協会)[6]운동을 전개하였으며, 이토 노에(伊藤野枝)와 구쓰미 후사코(九律見房子) 등은 좌익여성운동 단체 적란회(赤蘭会)[7]를 만들었다. 이들은 여성참정권 획득, 모성보호, 공창폐지 등등, 정치적·사회적으로 냉대 받는 여성문제를 해결하기 위해 많은 사회운동을 전개했다.

이 같은 활동의 목적은 현실을 보다 객관적으로 파악하고 가부장제도에 의한 모순으로부터 탈출하여 여성이 남성과 동등한 권익보장을 받을 수 있는 주체적 삶을 살아갈 수 있는 길을 모색하고자 했던 것이다.

---

6) 신부인협회(新婦人協会, 1919년 11월 24일 - 1922년 12월 8일)는 이치카와 후사에(市川房枝), 오쿠 무메오(奥むめお)의 협력 아래 라이초에 의해 설립되었으며, "여성 참정권운동"과 "모성보호"를 요구하고 여성의 정치적·사회적 자유를 확립시키기 위한 일본 최초의 여성 운동 단체.

7) 적란회(赤蘭会)는 1921년 4월에 이토 노에(伊藤野枝)·사카이 마가라(堺真柄=곤도 마가라近藤真柄)·야마카와 기쿠에(山川菊榮) 등을 중심으로 조직된 일본 최초의 여성 사회주의자 단체이다. "적란"이란 붉은 물결을 의미한다. 여성의 정치 참여가 금지됐던 시기에 적란회 소속 회원들은 적극적으로 활동을 펼쳤다. 후에 팔인회(八人会)로 바뀌었다.

2장. 혁명시대의 여성작가

『세이토』이후의 여성에 의한 평론은 크게 나눠 무정부주의계, 사회주의계, 그리스도교계, 개인주의적 자유주의계로 나눌 수 있다. 무정부주의계는 초기의 가미치카 이치코(神近市子)·모치즈키 유리코(望月百合子=宮本百合子)·다카무레 이쓰에(高群逸枝)등이며, 사회주의계는 야마카와 기쿠에(山川菊榮), 그리스도교계는 야마다 와카(山田わか)가 대표 작가라 할 수 있다. 개인주의계는 요사노 아키코(与謝野晶子), 『우먼·카렌트』를 주재한 미야케 야스코(三宅やす子), 1913년 『신진부인회』를 결성한 니시카와 후미코(西川文子) 등이다.

이들이 끊임없이 여권신장을 위해 노력하며, 1917년 이후 매년 열리는 전국 초등학교 여교원 대회에서는 남녀평등 임금과 산전 산후 휴가 등, 직업과 가정의 양립을 가능하게 하는 조건을 관철시키기 위해 앞장섰다. 또한, 요사노 아키코(与謝野晶子), 히라쓰카 라이초(平塚らいてう), 야마카와 기쿠에(山川菊榮), 야마다 와카(山田わか) 등이 중심이 된 여성노동과 가정의 양립을 둘러싼 과제를 이론적으로 모색하기 위한 "모성보호논쟁"[8]이 일어났다. 여성해방의 미래를 사회주의 사회에서 보는 야마카와

---

8) 모성보호논쟁은 1918년부터 1919년까지 일하는 여성과 육아에 대한 문제로 벌어진 논란. 여성의 사회적, 경제적 지위 향상의 방법론을 둘러싼 요사노 아키코와 히라쓰카 라이초의 논쟁에서 시작되어 야마카와 기쿠에(山川菊栄)와 야마다 와카(山田わか)가 합류했다.
　히라쓰카 라이초는 국가가 임신·출산·육아기 여성을 보호하는 "모성중심주의"를 주창했다. 반면 요사노 아키코는 국가에 의한 모성보호를 부정. 임신 출산을 국고로 보조하라는 히라쓰카 라이초가 외치는 모성중심주의를 다른 형태의 새로운 현모양처에 불과하다고 논평하면서 국가의 모성보호를 "노예 도덕" "의뢰주의"라고 비난하며, "여성은 남자나 국가에도 기대지 마라"고 주장했다.
　여성 해방 사상가 야마카와 기쿠에는 두 사람의 주장을 부분적으로 인정하면서도 비판하고, 보호(히라쓰카)나 경제적 자립(요사노)이라는 대립에 차별 없는 사회가

기쿠에는 적란회(赤爛会)에 참가하며, 무산부인운동의 이론적 지배자가 되었다. 히라쓰카 라이초는 방적공장을 견학하고 열악한 노동조건하에서 일하는 어린 여공과 모친노동자의 모습에 충격을 받아 신부인협회(新婦人協会)를 결성했다.

이렇게 여성들의 사회참여가 확대되고 있는 시기에 발생한 관동대지진으로 사회가 혼란해지자, 치한당국이 쌀 소동과 조선의 만세사건 및 고양시켜 온 노동운동에 대한 위기감으로 경계를 강화한다. 이런 가운데 조선인 폭동의 뜬소문이 확대되고 남갈(南葛) 노동조합의 활동가와 조선인 수십 명이 살해된 가메이도 사건[9]을 비롯해 수많은 참극이 일어나고, 연이어 아마카즈사건[10]이 발생하였다.

이런 사회구조의 변화 속에 작가들은 서민들의 생활과 직결된 노동운동에 관한 상황들을 작품으로 발표하기 시작하였다. 그 첫 번째 작업으로 노동자 문학을 대표하는 잡지 『씨뿌리는 사람(種蒔く人)』이 도쿄에서 재

아니면 여성의 해방은 있을 수 없다고 사회주의의 입장에서 주장했다. 야마다 와카는 "독립"이라는 미사(美辞)에 현혹되지 말고 가정부인(전업주부)도 금전적 보수는 받지 못하지만 가정에서 일하고 있는 것에 대해 자부심을 가져야 한다고 주장했다.

9) 가메이도 사건(亀戸事件)은 1923년 일본의 관동대지진 때 사설 무장 단체 자경단(自警団)이 도쿄 일대에서 사회주의자들을 색출, 학살한 사건. 그 과정에서 조선인들도 약 6천명이나 학살당했다. 1차 대전의 후유증으로 주민들이 쌀가게의 가격 담합에 항의하여 일으킨 쌀 폭동과 천황제에 반대하는 급진사회주의 정당인 일본 공산당이 창당되자, 일본 정부는 사회주의 세력을 탄압할 기회를 노리고 있었다. 그러던 중 1923년 간토 대진재로 도쿄 일대가 대혼란에 빠지자 일본 정부는 도쿄를 중심으로 인근 각현(各県)에 계엄령을 선포했다. 또한 사설 단체인 자경단이 조직되어 해당 각지에서 사회주의자들을 색출, 살해했고 부분적으로는 군대와 경찰도 이에 가담했다.

10) 아마카즈사건(甘粕事件): 관동 대지진 직후인 1923년(다이쇼 12년) 9월 16일 아나키스트의 오스기 사카에(大杉栄)와 내연의 아내 이토 노에(伊藤野枝), 오스기의 조카 다치바나 소이치(橘宗一) 등 3명을 도쿄 헌병대 분대장인 아마카스 마사히코가 헌병대 사령부에서 살해됐고 시신이 우물에 유기된 사건으로 피해자의 이름을 빌어 "오스기 사건"이라고도 한다.

간되었다. 『씨뿌리는 사람』 재간행 제1호(1921년 10월)의 집필가는 아키타 우쟈쿠(秋田雨雀)・아리시마 다케오(有島武郎)・안리・바르뷰스 등 29인이다. 그중에 여성으로서는 가미치카 이치코(神近市子), 야마카와 기쿠에(山川菊榮) 두 사람의 이름이 올라있다.

야마카와 기쿠에(山川菊榮)는 『세이토』 말기의 폐창논쟁에 등장한 이래 사회주의 여성작가로서 활동하며 「석탄가루(石炭がら)」를 기고한다. 또한 가미치카 이치코는 오스기 사카에를 에워싼 음지의 찻집사건으로 2년간의 복역을 마치고 소설 「오아칸오로시(雄阿寒おろし)」(1922년 1월) 등을 발표하여 프롤레타리아 문학운동에 관여하고 있었다.

『씨뿌리는 사람』 폐간 후에는 프롤레타리아 문학운동을 재건하기 위하여 『문예전선(文芸戦線)』이 창간되었다. 여성 작가로서는 「열일(烈日)」(1925년 3월)의 와카스기 도리코(若杉鳥子), 「차가운 미소(冷たい笑)」(1926년 3월)와 「고호붕(古戸棚)」(1926년 12월)의 히라바야시 다이코(平林たい子), 「신주의 아이(神主の子)」(동)의 마쓰이 슈코(松井締子)가 있다.

그 외 노가미 야에코(野上弥生子)와 미야모토 유리코(宮本百合子=주조 유리코 中条本百合子)와 우노 지요(宇野千代), 거기에 대중작가로써 자리를 확보한 요시야 노부코(吉屋信子)와 잡지 『우먼・커런트』를 주재한 미야케 야스코(三宅やす子)가 있다. 「미쓰코(光子)」(1926년)를 간행한 아미노 기쿠(網野菊)와 세련된 자기 억제와 모더니즘의 묘미를 살린 멋을 포함한 결혼생활을 그린 「어떤 대위(ある対位)」(1926년)의 사사키후사(ささきふさ) 등을 프롤레타리아문학 강성기를 맞이할 즈음의 여성작가들이라고 할 수 있다.

그 외도 『프롤레타리아예술』 『문예전선』 『전기(戦旗)』 『해방』 『일하는 부인』 등이 창간되어 여성작가를 영입하기 시작함으로써 여성 프롤레타리아 작가들이 남성 작가들과 함께 작품활동을 활발하게 시작하게 되었다.

그 중 히라바야시 다이코(平林たい子)는「시료실에서(施療室にて)」를 비롯해「야풍(夜風)」「짐수레(荷車)」「때리다(殴る)」등을, 사타 이네코(佐多稲子)의「캐러멜 공장에서(キャラメル工場から)」), 미야모토 유리코(宮本百合子)도「노부코」의 단행출판에 이어, 작가동맹의 중심적 역할을 맡아 평론활동을 전개하며「한송이 꽃(一本の花)」으로 여성이 직장에서 당하는 어려운 문제들을 그려내며 프롤레타리아 작가로의 길을 가게 된다.

미야모토 유리코가 유산계급 출신인데 비해, 사다 이네코(佐多稲子)나 히라바야시 다이코(平林タイコ) 등의 많은 여성작가들은 자신들 삶의 경험을 바탕으로 여급으로서의 생활 모습과 도시 저변에서 살아가는 가난한 여성들의 이야기를 그들과 같은 눈높이에서 그려내고자 했다.

여성 프롤레타리아 작가는 잡지『전기(戰旗)』에 가장 활발하게 작품을 실었다. 1929년『전기(戰旗)』5월호에 가나오야 쥰코(金親駿子)가「부인 입장에서의 희망과 주문」이라는 투고문을 통해 '부인에 대한 고려가 이루어지지 않고 있다'는 비판문장을 게재하였다. 동년 9월호부터『전기(戰旗)』에 부인란이 만들어졌다. 그 후 1932년 1월에는『일하는 부인(働く婦人)』으로 개칭되어, 미야모토 유리코(宮本百合子)가 편집책임을 맡고, 이마노 다이료쿠(今野大力)가 실무진이 되어 일본 프롤레타리아 문화연맹에서 간행하였다고 한다.

『일하는 부인』은 전쟁이 끝난 후에도 유리코가 편집을 맡아 재간행하며, 1931년에는 프롤레타리아 작가 동맹의 부인위원회 책임자가 되었다. 그런데 1932년 봄, 3월 2일부터 4월 7일까지 일본의 프롤레타리아 문학·문화운동에 대한 대 탄압이 있었다. 그 후에도 탄압이 계속되었기 때문에 프롤레타리아 문화운동에 참가한 사람이 총 400명 정도가 검거 체포되어, 바로 풀려 난 사람들도 있었지만 50여명은 기소되었다.

이런 과정 속에서 여성 작가들은 일본 사회체재에 대한 공개적 비판, 사회가 안고 있는 폐쇄성과 집단의식의 강제성을 고발하며, 더 나아가 계급 사회에서 여성이 당하는 성차별로부터의 해방을 위해 사회의 불균형과 인간의 자유로운 삶을 충족시킬 수 있는 다양한 활동과 작품세계를 전개시켜 나갔다.

제2부

여성 프롤레타리아작가

PROLETARIAN

1장. 미야모토 유리코

1-1 작가 미야모토 유리코

미야모토 유리코(中条:宮本百合子: 1899년 2월 13일-1951년 1월 21일)는 도쿄 출신으로 본명은 유리(ユリ)이다. 아버지 주조 세이치로(中条精一郎)는 야마가타현 요네자와(山形県米沢) 출신으로 도쿄제국대학 공대 건축과를 졸업하고 건축사로 활동하며, 일본 최초 고층빌딩(도쿄 해상빌딩)의 설계 건축가로 다수의 선구적 업적을 남겼다. 어머니 요시에(葭江)는 화족학교를 우등으로 졸업한 재원으로 정열적인 기질이 있는 여성이다. 게다가 할아버지는 후쿠시마현 전사(福島県典事)를 지낸 아사카 소스이(安積疏水)의 개척에 주력한 나카죠 마사쓰네(中条政恒), 외할아버지는 궁중고문관과 화족여학교장을 지낸 윤리학자 니시무라 시게키(西村茂樹)이다.

유리코도 명문으로 알려진 도쿄 여자사범학교 부속고등여학교(현·오차노미즈 여자대학 부속중학교, 오차노미즈 여자대학 부속고등학교)에 입학하여 재학 때부터 소설을 기필하였다. 피아노도 일류 피아니스트에게 개인교습을 받으며 최고의 환경에서 부모님의 기대와 총애를 한 몸에 받고 자랐다. 특히, 문학취미를 가진 열정적인 기질의 어머니는 젊은 시절의 꿈을 딸을 통해 이루고 싶어 했다. 유리코는 일본여자대학을 중퇴하고, 시라카바파풍의 인도주의적인 중편「가난한 사람들의 무리(貧しき人々の群)」를 발표했다. 이 작품은 1916년 3월 18일 제일고를 탈고(221장)한 후, 수정을 가해 동년 7월 25일 완성한 것을 쓰보우치 쇼요의 추천으로『중앙

공론』동년 9월호에 발표하였다. 작품은 메이지 개척으로 생긴 쿠와노마을(桑野村) 농민생활을 그린 것으로 제목 그대로 극빈으로밖에 표현할 수 없는 사람들의 이야기이다. 일찍이 조부 나카죠 마사쓰네가 개척을 지도한 농촌에서의 견문을 토대로 17세의 미숙함은 있지만 리얼한 묘사력과 사회적 사고력을 뛰어나, 그 후 작가로서의 걸음을 예고한 것이었다.

유리코는 1918년 가을, 건축 일로 출장 가는 아버지와 함께 미국으로 가서, 부친의 귀국 후에도 콜롬비아대학 청강생으로 뉴욕에 체류한다. 그때, 15세 연상인 고대 동양어연구자 아라키 시게루(荒木茂)와 연애하여 결혼한다. 1919년 말 두 사람은 귀국하지만, 성격 및 생활 목적의 불일치로 고민하다 이혼하게 된다. 그 사이에 노가미 야에코(野上弥生子)를 통해서 알게 된 러시아 문학자 유아사 요시코와 공동생활을 하면서 결혼생활의 경험을 그린 장편 「노부코(伸子)」(『개조(改造)』 1924년 9월-26년 9월에 단속연재)를 발표한다.

1927년에는 러시아 문학연구자 유아사(湯浅)와 함께 소비에트로 떠난다. 유리코가 소비에트로 갈 때는 마르크스주의자도 아니며 그 사상을 지향하지도 않았다. 물론 「가난한 사람들의 무리」이래 "빈부의 차이, 아이누에 대한 인종차별, 남녀 차별 등의 사회적인 모순"에 대한 문제의식을 가지고 있던 유리코는 사회주의 국가 러시아 문학에 깊은 영향을 받았다.

1930년 11월 귀국하여, 12월부터 일본의 프롤레타리아 작가동맹에 가입하여 계급적 문학운동의 주도적인 역할을 하게 된다. 1932년 여름 문학활동의 동지이며 공산당원이기도 한 9살 연하의 미야모토 겐지(宮本憲治)를 만나, 그의 추천으로 10월에 일본공산당에 입당하게 된다. 이듬해 결혼했지만 곧 프롤레타리아 문화운동에 가해진 대 탄압으로 신혼 2개

월 만에 겐지는 지하활동으로 들어간다. 1933년 겐지가 검거되어 간첩 사문사건(スパイ査問事件)의 주범으로 재판을 받게 된다. 유리코는 이듬해 정식으로 겐지의 호적에 입적하고, 필명은 주조 유리코에서 필명을 미야모토 유리코로 바꾼다.

유리코 자신도 검거와 투옥을 거듭하면서 최후까지 군국주의에 저항하고, 집필금지가 풀릴 때 마다 짬짬이 왕성한 작가활동을 계속한다. 미야모토 겐지도 검거되고, 고바야시 다키지(小林多喜二)마저 옥사하자 프롤레타리아 작가 동맹은 해산되고, 나카노 시게하루(中野重治) 등의 운동지도자들이 잇달아 "전향" 하여 "전향문학" 이 저널리즘을 떠들썩하게 했다.

유리코는 이런 전향이 작가들 양심의 문제만이 아니라, 일본에서 민주주의가 확립이 되지 않은 상태에서 자유주의도 어정쩡한 채 급속히 좌경화 되고 사회주의화한 인텔리의 사상적 기반이 취약하기 때문이라 생각했다. 끝내 유리코는 온갖 탄압에 항거하며 비전향을 고수하고 투쟁을 계속하였다.

그리고 옥중에 있는 겐지를 도우며 유리코도 일시적인 검거와 투옥을 되풀이 하였지만, 1936년에는 징역 2년에 집행 유예 4년을 선고 받았다. 그 후도 검거, 집필 금지 등을 거듭 경험하며 건강을 잃었지만, 끈질기게 문학 활동을 중단하지 않았다.

겐지는 1944년 무기 징역의 판결을 받아 홋카이도의 아바시리 형무소(網走刑務所)에서 복역하게 됐지만, 일본 패전 후 연합군 최고 사령부(GHQ)가 전체 정치범의 즉각 석방을 지령하여 1945년 10월 12년 만에 출옥했다. 남편과 나눈 약 900통의 서한은 유리코의 사후 「십이년의 편지(十二年の手紙)」로 간행되었다.

전후 공산당 활동이 재개되자 유리코는 사회 운동, 집필 활동에 정력적으로 나섰다. 전시 중의 집필 금지에서도 풀려나 파란만장했던 생애를 소설로 승화시킨 「풍지초(風知草)」 「반슈평야(播州平野)」 「도표(道標)」 등 많은 작품을 발표했다. 또 신일본문학회 중앙위원과 부인 민주동호회 간사로 문예운동과 여성운동의 추진에 노력했다.

1950년 점령 하의 정치 활동 방침을 둘러싼 당내 분란으로 레드 퍼지(red purge)에 의한 공산당의 활동이 크게 제한되고 공산당 중앙위원이었던 겐지도 공직 추방 대상자가 되어 당의 분열에 직면했다. 유리코는 새로운 어려움 속에서도 집필 활동과 당의 선전 활동을 계속하며, 그 해에는 「도표」의 전 삼부를 완결시켰다. 1951년 1월에 패혈증으로 급사(51세)했다.

유리코의 생애는 자신이 추구하는 삶을 위해 실패를 두려워하지 않고 고난 중에도 자신의 사상을 발전시켰다. 그것은 한없는 투쟁의 생애이며, 유리코에게 있어 프롤레타리아 문학, 일본 공산당 입당, 미야모토 겐지와 결혼, 거듭되는 검거와 투옥으로 작품 발표를 금지당하는 괴로운 나날의 싸움을 통해서 그 사상과 문학은 일본의 근대 문학에 일찍이 보지 못했던 넓이와 깊이를 획득해 갔다.

유리코의 문학은 그 투쟁의 기록이었다. 특히, 여성 해방의 시각에서 남녀평등 문제, 여성의 삶의 질에 관한 문제, 부부 문제, 모성 문제, 출산과 직업 문제 등을 작품 속에 그려내고 있다. 그러므로 시대의 격동 속에서도 프롤레타리아 문학과 페미니즘 사상을 결합시킨 정치·사회·경제적 약자인 여성 삶의 중요성을 환기시켜 나간 작가라고 할 수 있다.

1-2 혁명시대의 작품세계

미야모토 유리코는 작품을 통해 사회적 인습에 따른 여성의 고통을 그려내고 있다. 특히, 부부가 같이 생활 할 권리조차 박탈당한 사회에 대한 불만을 토로하며, 국가권력과 반 체재내부의 퇴폐에 강한 저항을 나타내고 있다.

이런 유리코의 사회비판과 저항의 메시지를 담은 작품「한송이 꽃(一本の花)」「1932년의 봄(一九三二年の春)」「시시각각(刻刻)」「유방(乳房)」「아침 바람(朝の風)」「나날의 영상(日々の映り)」등을 통해 혁명시대의 작품 성향을 살펴본다.

그리고 작가의 전반적인 작품 성향에 대한 이해를 돕기 위해 주요 작품「가난한 사람들의 무리(貧しき人々の群)」「노부코(伸子)」「반슈평야(播州平野)」「풍지초(風知草)」「두 개의 정원(二つの庭)」의 해설도 함께 실었다.

「한송이 꽃(一本の花)」

미야모토 유리코가 소비에트로 떠나기 직전에 발표한「한송이 꽃(一本の花)」은 여성의 내면세계에 대해 끊임없이 자각하고 갈등하며 진취적인 방향 모색을 위해 노력하고 있음이 나타나 있는 귀중한 자료라고 할 수 있다.

이 작품은 낡고 부패한 부인단체, 거리의 작은 인쇄소, 탁아소 등, 사회

복지단체로 출발했던 기관들이 구성원들의 무자각으로 본래의 설립취지가 퇴색되어 버린 사회상을 그리고 있다.

여주인공 아사코(朝子)는 부인단체 기관지 편집 일을 하며, 대학에서 심리학을 가르치고 있는 여자 친구 사치코(幸子)와 함께 살고 있다. 아사코는 사치코와의 생활에 만족하고 있었다. 그러나 오하라의 청혼으로 이성 간의 사랑에 대한 가능성도 완전히 배재하지 않고 있다. 아사코는 오히라를 사랑하지 않고 사치코를 사랑한다고 말하면서도, 동성끼리 느낄 수 없는 감정을 느끼고 스스로 당황해한다. 그러면서도 결혼에는 난색을 표한다.

아사코에 있어 결혼은 남성 중심사회의 타력에 의해 여성이 희생당하는 것으로 인식하고 있기 때문에 결혼한 여성은 성장할 수 없다며, 그나마 자신의 "반개(半開)한 꽃"을 볼 수 있는 것은 결혼을 유지하지 않았기 때문에 가능했다고 믿었다. 그러므로 결혼 상대와는 상관없이 결혼생활 그 자체에 거부 반응을 보이고 있다.

아사코는 여성과 직장을 연관 지어 부인단체는 물론 이시다 인쇄소, 탁아소 등에 만연해 있는 부패사항을 보여 주고 있다. 아사코가 일하고 있는 부인단체는 봉사 목적으로 설립되었지만, 현재는 그 당시의 순수한 목적은 사라지고 소속원들이 자신의 욕심만을 추구하는 장소로 바뀌어 가고 있어, 복지 단체에서도 부조리가 팽배해지고 있음 시사하고 있다. 인쇄소와 탁아소를 통해서는 직장내부의 상하조직 관계에서도 사회전반에 깔려있는 남성 우월사상이 그대로 내재되어 있음을 강조하고 있다.

이렇게 유리코는 아사코를 통하여 세상의 도덕이나 상식, 교양 등에 얽매이지 않기 위한 내면세계의 확립까지 정립 될 때 비로소 진정한 여성의 자립으로 보는 직업의식의 변화에 대해서도 시사하고 있다.

「1932년의 봄(一九三二年の春)」과 「시시각각(刻々)」

「1932년의 봄」[1]과 「시시각각(刻々)」은 유리코가 1932년 3월 28일 도쿄를 떠나 나가노현 시오지리시모스와(長野県塩尻下諏訪)에서 열린 문학서클 멤버들과의 만남에서 프롤레타리아 문화연맹에 대한 탄압으로 4월 7일 검거되어 6월 25일 석방될 때까지의 체험을 그리고 있다.

「시시각각」은 「1932년의 봄」의 속편이라 할 수 있다. 이 두 작품은 노동자 계급과 인민해방 운동에 폭력으로 압박을 가하고 있는 권력에 대한 강력한 규탄의 결의이며 전쟁과 전제주의에 대한 항의이기도 하다.

일본 프롤레타리아 문화연맹은 새로운 사회 건설을 위한 농민층 프롤레타리아 작가를 양성하기 위한 작가동맹 상임 중앙위원회의 여성위원회 보고나 의안은 구보카와 이네코와 〈나〉가 맡게 되었다.

작품에서 인물은 모두 실명으로 되어 있으며 〈나〉는 자신과 함께 작가동맹 상임 중앙위원회의 여성위원회를 책임지고 있는 사타 이네코가 만삭인 몸으로 수감 중인 남편 구보카와 쓰루지로를 기다리며 활동하고 있는 모습과 곤노 다이리키(今野大力), 고바야시 다키지, 구라하라 고레히토 등에 대해 적고 있다.

---

1) 「1932년의 봄」은 최초 1932년 『개조(改造)』 8월호에 실었으나, 후에 개정과 가필하여 1933년 『프롤레타리아 문학』 1월과 2월호에 연재하였다. 속편 「시시각각(刻々)」은 1933년 6월23일 탈고 했지만 특고경찰의 취조실상을 대담하고 리얼하게 폭로한 것이 문제되어 발표하지 못하고, 작가 사망 후 『중앙공론』 1951년 3월호에 게재되었다.

1929년 세계 경제공항으로 일본에서도 생활이 궁핍해지자 농촌과 도시에서 여성들이 노동현장에 뛰어 들 수밖에 없는 실정이었다. 이와 때를 같이하여 프롤레타리아 문학운동에서도 여성위원회를 별도로 두어 근무조건이 열악한 방적산업의 여성노동자 문제를 많이 다루게 되었다. 그 한 가지 방법으로 문학서클을 만들어 직장 내 문제에서 스스로의 문제를 표현할 수 있도록 하였으며, 1932년 3월 작가동맹은 나가노현 순회강연회를 개최하였다. 가미스와(上諏訪)에서 가장 활발하게 활동을 하고 있는 제사공장 여공들과 청년단들과 좌담회를 했으며, 밤에는 스와신사(諏訪神寺) 근처의 공민관에서 강연회를 했다. 그 과정에서 〈나〉는 시모스와에 있는 제사공장 여공들의 실태를 알게 된다.

여성노동자들은 경영에도 참여할 수 없을 뿐 아니라, 회사와 부모의 계약에 의해 움직일 수밖에 없는 실정이었다. 여공들에게는 직접 봉급도 주지 않고 일한 임금은 일정기간 일이 끝나고 마을로 돌아 갈 때, 장부와 함께 부모에게 전달되었다. 그러다보니 임금을 제대로 받지 못해도 여공들이 뿔뿔이 흩어지고 난 후에 알게 되므로 항의도 할 수 없었다.

이미 러시아에서는 여성 노동자가 합리적인 생활을 영위해 나가고 있는 것을 몸소 체험한 〈나〉는 여성 문화조직이 중심이 되어 지배계급과 당당히 맞서서 부당한 대우를 받지 않기 위한 방법을 모색하고자 하였다.

〈나〉는 여성이 남성과 같은 수준으로 사회일익을 담당하고 있는 시점에서 보수와 처우가 차이가 나면 안 된다고 주장한다. 그리고 한 가정의 남편이 경제활동을 할 수 없을 때를 대비하기 위해라도 여성의 사회진출이 확대되어야 한다며 프롤레타리아 문학운동의 필연성을 강조하고 있다.

「유방(乳房)」

미야모토 유리코는 소비에트에서 경험한 남녀의 평등사회와 사회주의 사상을 접목시켜 생각하며, 특히 기혼여성이 자아계발과 삶의 질 향상을 위해 노력하는 사회보장 측면에서도 직장생활 유지를 위한 방법 모색의 일환으로 탁아소에 지대한 관심을 가지고 있었다.

이런 무산자 탁아소가 「유방」[2]의 무대로 되어있으며, 사상범으로 수감된 남편이 있는 보모 히로코를 주인공으로 당시의 합법 좌익운동의 최대 거점으로 알려진 도쿄시 시영전차 쟁의 모습을 생생하고 현실감있게 그리고 있다.

그리고 사회에 만연해 있는 하우스키퍼제도라든가, 비서제도 등이 혁명운동을 하고 있는 탁아소 내부의 구성원들에게 조차 회의에 참석한 히로코에 대한 남성들의 태도 등을 통하여 성 지배가 체제 내에 뿌리 깊게 포진되어 있음을 호소하고 있다.

또한, 유리코는 여성의 신체 일부인 "유방"을 통하여 남편 부재중인 가정의 고통과 경제적 궁핍을 다루고 있다. 히로코는 결혼 두 달 만에 남편과 같이 살수 없는 상황으로 자식을 낳을 수 없어 "차가운 유방"이 되어 버렸고, 오하나는 자식을 낳은 "따뜻한 유방"의 소유자이지만, 자신의 건강악화와 어려운 경제적 여건으로 모자가 영양실조에 걸려 있다. 그리고 대부분의 혁명운동가 아내들이 생활고를 비난하여 자살하는 모습까지 그려 그 당시는 원만한 가정의 단란한 모습을 보기 힘들다는 것을 암시하고

---

2) 「유방(乳房)」은 1933년 여름 8,90장까지 쓰고 중지하였다가, 미야모토 겐지가 이치야 형무소에 살아 있는 것을 확인하고 다시 시작하여 1935년 「中央公論」 4월호에 발표하였다.

있다.

한편, 히로코는 사상적으로도 자신의 의지를 꿋꿋하게 표방하고 있으며, 여성이 남성과 동등한 입장에 놓이기 위해서는 어떤 야유와 질책 속에서도 자신의 주장과 견해를 관철시킬 수 있는 노력이 필요하다는 것을 스스로 보여주고 있다. 이에 비해 탁아소 동료인 다미노의 행동을 통해서는 여성 스스로도 남성들이 인지하고 있는 보편적인 여성상에서 벗어나지 못하고 있음을 시사하며, 가부장제 인습에 길들여져 차별대우를 받고 있다는 인식조차 하지 못하고 스스로 젠더의 구조 속에 함몰되어 있는 것이 여성의 문제라고 적고 있다.

이런 묘사를 통하여, 여성은 스스로 인간으로 거듭나기 위한 노력과 자각의식이 필요하며, 어떤 상황에서도 자신의 의사 표명을 정확히 할 필요가 있음을 표방하고 있다. 또한, 부부가 같이 생활 할 권리조차 박탈당한 사회적인 불만요소를 토로하며, 국가권력과 반 체재내부의 퇴폐에 강한 저항을 나타내고 있다.

「나날의 영상(日々の映り)」과 「아침 바람(朝の風)」

「나날의 영상(日々の映り)」[3]과 「아침 바람(朝の風)」은 거의 내용이 동일하다. 이 「아침 바람」에 대해 유리코는 그 당시 작가가 마음속에 담고 있는 생각을 그대로 자연스럽게 표현할 수 없었기 때문에 마치 수건으

---

3) 『나날의 영상(日々の映り)』은 1939년7월, 나고야제국대학 의학부학생의 동인지「문예집단」제1호에 게재되었다. 이 작품은 약 일 년 후에 발표된 『아침 바람(朝の風)』(「일본평론」1940·11)에 거의 전 내용이 실려 있다.

로 재갈을 물려 틈새에서 새어나오는 소리처럼 입은 움직이고 있으나 소리가 들리지 않는 모양의 작품이라고도 말할 수 있다고 적고 있다. 그만큼 사회현상을 노골적으로 쓴다는 마음가짐 그 자체가 항의를 나타내는 것으로, 치안유지법의 대상이 되었기 때문이다.

주인공 히로코와 주키치는 유리코와 겐지가 모티브이다. 주인공인 히로코는 어쩔수 없이 남편과 떨어져, 따로 혼자서 살아가지 않으면 안 되는 사정에 놓여 있었다. 주키치와 함께 살고 싶은 격렬한 충동을 일으키자 생활의 형태를 변화시키는 것으로 그 괴로움에서 벗어나기 위해 아파트를 구하러 돌아다닌다. 이 역시 손에 잡히지도 않는 것을 찾아 헤매고 있다는 자각을 하면서도 '높고 두꺼운 울타리' 안에 갇혀 있는 남편에 대한 간절한 염원은 당시 옥중의 겐지에 대한 사모를 솔직하게 표현한 것이다.

무엇보다 히로코를 통해 주키치가 이치에 맞지도 않는 치안유지법에 의해서 옥에 갇혀 있다는 사실에 대한 분노와 항의의 기분이 소설의 저류를 관통하고 있다는 것도 간과할 수 없다. 히로코는 형무소에서 집으로 탁송되어 온 모표에서 남편의 머리카락을 발견하고 그것을 버릴 수가 없어 하나하나 주어 모아 작은 머리카락 뭉치를 만들었다. 아내인 자신이 현실적으로 남편을 느낄 수 있는 것이라곤 단지 이 우연에 의해 운송되어 온 머리카락뿐이라는 사실에 울분을 퍼뜨리고 있다. 이 얼마나 기구한 일이며, 인간생활에 있을 것 같지도 않는 기묘한 일인가라며 중얼거리는 말 속에는 강한 분노가 담겨져 있다.

이처럼 「나날의 영상」과 「아침 바람」을 통해, 유리코가 이전의 동지들이 차례로 후퇴해 가는 것을 보는 것이 얼마나 통분한 나날이었는지를 알

리고 있다. 그럼에도 불구하고 유리코는 끝까지 이성을 잃지 않고 경계가
심한 채찍자국 아래서 저항해 나가는 통절함을 작품에 반영시키고 있다.

그 외 주요 작품세계

「가난한 사람들의 무리(貧しき人々の群)」

「가난한 사람들의 무리」는 지주의 딸인 〈나〉가 조부인 나카죠 마사쓰
네가 개척한 후쿠시마현 고리야마시 개성산(「K촌」)에서 가난한 농촌의
현실을 극복하기 위해 도움의 손길을 뻗어보지만 실패하고 마는 이야기
이다.

유리코는 다섯 살쯤 때부터 가끔 그 동북 쪽의 마을에서 생활을 했다.
초등학생이 된 후에는 혼자서 방학 내내 할머니 댁에서 살았다. 유리
코는 점점 톨스토이의 소설을 읽게 되고, 「Cossack(コサック)」や「Haji
Mulato(ハジ・ムラート)」에 감동받았다. 그 깊은 감동은 자신이 살고 있는
마을의 자연과 인간의 생활 모습으로 강렬하게 각인되어, 그것을 묘사하
고 싶은 마음이 생겨 쓰기 시작한 작품이 「가난한 사람들의 무리」이다.

1916년 여름 초까지 아무에게도 보이지 않고 나름대로 「농민」이라는
제목을 붙이고 작품을 마무리 하였다. 그러다가 여학교 때부터 문학을 좋
아하는 친한 친구 사카모토 지에코(坂本千枝子)에게 보였을 때 진심으로
기뻐하며 칭찬했다. 용기를 내어 어머니에게도 보였다. 그것이 계기가 되
어 아버지의 소개로 쓰보우치 소요(坪內逍遙)에게 보냈다. 쓰보우치 소요

는 2백여 장의 내용을 150장 정도로 정리하게 하고, 가나 표기법이나 오자를 정정하게 했다. 제목도 「가난한 사람들의 무리」라고 고쳐 『중앙공론』 발표하기로 결정했다.

「가난한 사람들의 무리」는 17세 소녀의 작품으로 미숙한 부분이 있지만, 낭만적인 정감과 함께 현실감 넘치는 어린 작자의 노력이 엿보이는 작품으로 평가 받았다.

「노부코(伸子)」

미야모토 유리코는 1918년 가을 아버지와 함께 미국으로 건너가 다음 해 미국에서 공부하고 있던 아라키 시게루(荒木茂)와 결혼한다. 그러나 1920년 귀국하여 자신의 이상과의 괴리를 느껴 1924년 여름에 이혼한다.

「노부코」[4]는 이러한 작가 자신의 연애·결혼·이혼에 이르는 실제 경험을 토대로 하여 미국과 일본을 무대로 중상류가정의 모습을 그린 자전적 소설이라고 할 수 있다.

여주인공 삿사 노부코는 남편 쓰쿠다 이치로의 외롭고 뭔가 부족해 보이는 부분을 자신이 채워줄 수 있을 것이라 생각했다. 그리고 무엇보다 자신이 결혼 후에도 아기를 낳지 않고 일을 계속하겠다는 것에 동의하는 쓰쿠다의 배려에 마음이 끌려 주위의 심한 반대를 무릅쓰고 결혼한다. 그

---

4) 「노부코(伸子)」는 『개조』에 1924년 9월호부터 1926년 9월호까지 10회에 걸쳐 「聴きわけられぬ跫音」(1924.9), 「冬眠」(1924.10), 「揺れる樹々」(1925.1), 「小さい雲」(1925.4), 「蘇芳の花」(1925.6), 「崖の上」(1925.9), 「白露」1(1926.1), 「白露」2(1926.2), 「苔」(1926.4), 「雨後」(1926.9)로 게재된 것이 『伸子』로 간행되었다.

러나 어머니 다케요는 노부코의 갑작스런 결혼에 크게 실망하여 쓰쿠다를 미워하며 딸과 늘 부딪힌다.

두 사람의 결혼 생활에서, 노부코는 당연히 아내로서 누려야 할 권리라고 생각하는 것을 쓰쿠다는 아내에게 자신이 희생하며 베풀고 있다고 생각하므로 서로의 견해 차이가 깊어진다. 이러한 사고는 단지 쓰쿠다에게 문제가 있는 것이 아니라 사회전반에 깔려있는 남성 우월사상에 입각한 정서이기도 했다. 그러나 자신의 결혼생활에서 그것을 인정할 수 없는 노부코는 주체자로서의 균열을 느끼면서 본래의 자신을 찾아 독립적으로 살고 싶다는 욕망으로 남편과 헤어지려고 결심한다.

이렇게 자신의 일을 하며 인간답게 살기를 갈망하는 여성 앞에 놓인 장애물과 싸우며 탈출하려고 애쓰는 모습에서 그 당시의 여성이 처해진 현실을 매우 리얼하게 대변하고 있다고 할 수 있다.

이렇게 유리코는 노부코를 통하여, 전 근대적인 당시의 사회인습이나 여성의 무권리상태에 저항하여 성별에 따른 차이의 중요성을 인식하고 사회의 패러다임 변화의 양성성을 지향하는 젊은 여성의 내적욕구를 향한 전력적인 삶을 그리고 있다.

「반슈평야(播州平野)」

미야모토 유리코는 1945년 8월 15일이라는 일본 역사의 큰 전환기를 맞이하여 5년간의 침묵을 깨고, 일본 전후 문학의 개막을 알린 「반슈평야

(播州平野)」5)를 발표한다.

히로코(ひろ子)가 8·15 종전(終戰)을 맞이하는 장면에서부터, 이시다 주키치(石田重吉) 실가로 갈 때와 도쿄로 돌아올 때 접하게 되는 바깥의 황폐화 된 풍경, 부상을 당한 복원자의 고뇌, 조선 청년들, 소년병들의 모습, 과부마을로 대표되는 이시다(石田) 가정의 생활상등을 리얼하게 그리고 있다.

작품의 동선이 길다. 지리적으로는 도쿄→후쿠시마현→도쿄→야마구치현→반슈평야 이다. 이동할 때 기차 안에서 본 차창 밖의 정경, 또 기차 안에서 만난 사람들과의 일화를 통해 전쟁의 참담함을 잘 묘사하고 있다.

또한, 전쟁터에 끌려온 조선인들이 고향으로 돌아간다는 기쁨에 "아리랑"을 부르고 있는 모습을 아무 말 없이 지켜보고 있는 일본인들의 모습도 놓치지 않았다.

그리고 전쟁으로 인한 가족 구성원들의 변화에도 관심을 보이며 이시다 주키치의 본가를 통하여 전쟁과 군국주의 권력의 탄압으로 자식과 남편을 잃은 "과부마을"의 모습을 상징적으로 나타내고 있다.

전쟁 전의 이시다 가족은 어머니 도요(登代)와 세 명의 아들이 있었다. 그러나 큰아들 쥬키치는 사상범으로 감옥에 있고, 둘째 아들 나오지(直次)는 원폭으로 행방불명되고, 셋째 아들 신조(進三)는 전쟁이 끝났으나 돌아오지 않고 있다. 도요는 나오지의 아내 쓰야코와 두 손자와 함께 생활하고 있다.

---

5) 「반슈평야(播州平野)」는 1946년 3월부터 47년 1월까지 『新日本文学』『潮流』에 4회로 나누어 발표. 1절-17절로 구성되어 있으며 『新日本文学』 창간호(1946년3월), 제2호(4월), 제5호(10월) 3회에 걸쳐 11절까지 발표. 12절-15절까지는 잡지에 발표하지 않고, 16,17절은 「国道」라는 제목으로 『潮流』1월(1947)호에 발표한 것을 모아 간행했다.

가족들은 나오지가 히로시마(広島)로 입대한 것이 7월 중순이며, 8월 4일에 휴가를 나왔다가 5일 저녁 서둘러 군대로 돌아가자마자 6일 아침식사 때 히로시마에 미증유의 폭격이 있었으므로, 원폭에 의해 피폭사 했을지도 모른다는 생각에 애를 태우고 있었다. 그런데 나오지가 살아 있는 것을 보았다는 사람이 있어 가족들은 그의 생사에 대해 더욱 신경을 곤두세우고 있었다. 그런 날이 계속되자 히로코는 도요가 자식을 잃은 슬픔은 표현도 못하고, 며느리의 눈치를 보며 손자를 업고 둑으로 오르는 모습도 슬퍼 보이고, 남편을 잃은 쓰야코도 안쓰러워 같은 여자 입장에서 통절한 감정을 느꼈다. 히로코는 이런 모습이 전쟁으로 황폐한 일반 가정의 전형이라고 밝히고 있다.

또한, 남편을 전장에 보낸 부인과 남편이 감옥에 있는 사상범의 부인이 함께 비인간성을 지탄하는 공통점을 공유하고 있다. 그리고 자신의 삶을 개척해 나갈 준비가 되어 있지 않는 여성들이지만, 전쟁에 출정한 남편의 부재로 인해 아이러니하게도 여성의 사회진출을 촉진시키고 있으므로 시대의 흐름에 따른 여성 자립의 필요성도 동시에 표방하고 있다.

「풍지초(風知草)」

「풍지초」[6]의 여주인공 히로코의 남편 쥬키치(重吉)는 아바시리(網走) 형무소에서 복역하다, 전쟁이 끝난 해 10월 14일 석방되어 도쿄로 돌아왔다. 쥬키치가 감옥에 있는 동안 소설가인 히로코의 생활도 결코 순탄하지

---

6)「풍지초風知草」는 1946년 9월 『문예춘추』에 발표.

않았다. 히로코 역시 투옥과 출옥을 거듭하고, 집필금지를 당하는 등 여러가지로 마음이 허약해져 있을 때 풍지초에 마음이 끌린다. 바람꽃으로 알려져 있는 "풍지초"에 열심히 물을 주지만 말라 버리고, 바람이 잘 통하는 창가에 두어도 미동도 하지 않는다는 표현으로 히로코의 심적 고통과 의지를 보이고 있다.

쥬키치와 히로코는 떨어져 있는 동안 서로 편지로만 소통하며 살아왔기 때문에 결혼한지는 오래 되었지만, 서로에 대해 느끼는 감정에 있어서는 신혼부부와 같은 생활이라고 할 수 있다.

히로코는 오랫동안 감옥에 투옥되어 건강을 제대로 돌보지 못한 쥬키치가 염려되어 함께 건강검진을 받으러 갔다. 돌아오는 전차 안은 패전 뒤의 사회상을 말해주듯 큰 짐을 들고 있는 인파로 붐볐다. 쥬키치는 익숙하지 않은 복잡한 전차를 탈 엄두도 내지 못하고 머뭇거리자, 히로코가 뒤에서 자신의 몸으로 쥬키치를 전차 안으로 밀어 넣는다. 또한 빈자리가 생기자 서둘러 쥬키치를 앉힌다. 이런 모습을 본 쥬키치는 아쿠다가와 류노스케(芥川竜之介)의「한 덩어리의 흙(一塊の土)」의 여주인공 과부가 열심히 일해서 생계를 꾸려나가는 억척스러운 삶에 히로코를 빗대어 "과부의 억척"이라고 말한다.

유리코는 히로코가 쥬키치로부터 "과부의 억척"이라는 말을 들었을 때는 남편으로부터 사랑받고 있는 아내의 모습이 아니라는 표현으로 이해하고 슬퍼지기도 했다. 그러나 여성 차별 언어가 아니라 서로 헤어져 살수밖에 없었던 세월 동안에 힘들고 고통스러웠던 삶의 흔적을 남편이 이해해주는 생활의 흔적으로 받아들였다.

이처럼「풍지초」에서도 전쟁 중의 고통스러운 생활과 전쟁미망인의 문제를 도입하여 여성의 생활투쟁의 문제로 유도해가고 있다.

「두 개의 정원(二つの庭)」

「두 개의 정원」[7]은 사회 반영이라는 전환점과 노부코의 사회주의 접근 과정을 그리고 있어 작가의 사회주의 여명기의 작품이다. 또한 간과할 수 없는 것은 여성이 스스로 경제적, 정신적으로 자립해야 한다는 계몽적인 메시지를 전하고자 하는 작가의 고독한 투쟁이었다고 할 수 있다.

「노부코」에서 주인공 노부코는 쓰쿠다와 이혼하는 것으로 끝을 맺고, 「두 개의 정원」에서 노부코는 다시 새로운 삶을 시작한다. 노부코는 자립적인 여성의 전형으로 등장하는 러시아 문학자 모토코와 생활하면서 작가로서 글을 쓰며 정신적, 경제적, 사회적으로 자립하는 모습으로 변모한다. 그 중에서도 가장 실질적인 문제는 경제적인 자립에 있었다.

이것은 아주 중요한 문제로, 경제적인 자립이 선행되지 않으면 진정한 여성으로서의 자립이 불가능하기 때문이다. 따라서 노부코의 모습을 통해 부모나 다른 누구의 도움 없이 소설을 쓰고 그 수입으로 생활을 해 나가는 모습을 보인다.

그런 가운데서도 노부코의 생활은 점차 새로운 전개를 보인다. 노부코는 모토코의 영향뿐만 아니라, 『무산자신문』과 『사적 유물론』 등을 통하여 평소 읽어왔던 일간지나 책과는 달리 자신의 일상에서 조금도 느낀 적이 없는 권력의 압박이 직접적으로 통렬하게 드러나 있고, 또 항쟁하고

---

7) 「두 개의 정원(二つの庭)」은 1947년 1월부터 8월까지(그중 2월호는 휴재) 「중앙공론」 연재. 1948년 3월 중앙공론사 간행.

있는 사람들의 숨결이 나타나 있었다.

노부코에 있어 사회주의는 인간이 성장해 가는 것은 휴머니티의 문제로, 오직 사상의 접근이라기보다는 끊임없는 휴머니즘의 추구이었다. 특히 여성의 자아확립에 관심이 많았던 노부코는 자신이 여성을 위해서 뭔가를 하지 않고 안주해 있으면 많은 여성들의 부르짖는 소리가 들려오는 것 같아 그들을 대신하여 사회에 발언하고 싶은 충동을 느꼈다. 노부코는 모토코와 함께 서로 목표는 다르지만 새로운 세계를 꿈꾸며 소비에트로 떠난다.

결과적으로 「두개의 정원」에서 작가는 노부코를 통하여 사회주의에 접근해 가는 과정을 그리고 있지만, 그 바탕에 깔려 있는 인간의 기본권 추구를 목적으로 하고 있다. 또한 여성의 자립을 경제적인 자립뿐만 아니라, 정신적인 내면세계의 확립까지 정립될 때 비로소 진정한 자립으로 보고 있다.

2장. 히라바야시 다이코

2-1 작가 히라바야시 다이코

히라바야시 다이코(平林たい子: 1905년10월3일-1972년2월17일)는 신슈(信州, 지금의 나가노) 스와(諏訪)에서 아버지 고이즈 사부로(小泉三郎)와 어머니 가쓰미(かつ美)의 3녀로 태어났다. 할아버지는 제사소(製絲所)를 경영했으나 마쓰카타 디플레이션정책(松方デフレ政策: 서남전쟁에 의한 전비조달에서 발생한 인플레이션을 해소하려고 오쿠라쿄(大蔵卿)의 마쓰카타 마사요시가 행한 디플레이션 유도의 재정정책)에 의해 생산가격 폭락으로 몰락했다. 데릴사위인 아버지는 사업 부채의 해결을 위해 조선으로 돈을 벌러 가고, 어머니가 농사와 잡화점을 하며 어렵게 생활하였다.

다이코는 현립 스와고등여학교에 입학하여 교감인 쓰치야 분메이(土屋文明)로부터 아라라기파(アララギ派)의 사생표현과 시가 나오야(志賀直哉)와 구니키다 돗보(国木田独歩) 문학을 배운다.

15세 때는 프랑스 탄광노동자 쟁의를 다룬 에밀 졸라(Emile Zola)의 『제르미날(Germinal)』을 읽고 감격하여 번역자인 사카이 도시히코(堺利彦)에게 편지를 보내기도 한다. 다이코가 사카이에게 끌린 것은 일본의 자유민권운동은 여성문제에 있어서는 냉담한 반면, 사카이는 새로운 원리에 의해 무엇이든 혁신을 꾀하려고 하는 열정으로 여성이나 가정의 문제에도 많은 관심을 보였기 때문이기도 했다.

그리고 스즈키 분지(鈴木文治)의 강연과 『자본론(資本論)』『씨 뿌리는 사람(種蒔く人)』 등을 읽고 급속하게 사회주의 사상에 눈뜨게 된다. 수학

여행 도중에 사카이를 의지하여 도쿄로 상경하려 했지만 실패하고, 졸업과 동시에 상경하여 도쿄 중앙 전화국 교환수 견습생으로 근무하게 된다. 그런데 근무 도중에 사회주의자로 지목받고 있던 사카이 도시히코와 통화한 것이 문제가 되어 한 달 만에 해고당한다. 그 후, 도시히코의 소개로 독일 서점 점원이 된다. 그곳에서 알게 된 아나키스트 야마모토 도라조 (山本虎三)와 동거(17세)를 시작한다.

두 사람은 May Day에 전단을 뿌린 일이 문제되어 도망치듯 경성에 있던 도라조의 누나를 의지하여 1923년 6월 5일 조선으로 간다. 다이코는 아버지 고이즈 사부로가 1915년부터 16년, 17년에 걸쳐 조선에 온 적도 있어 생소한 곳은 아니었다. 그러나 두 사람은 한 달 가량 체류 후 다시 귀국하고, 얼마 되지 않아 관동대지진이 일어났다.

관동 대지진 직후 도라조는 다수의 아나키스트들과 함께 체포되어 1개월 정도 이치야 형무소(市谷刑務所)에 구속되었다가, 도쿄 퇴거(退去) 조건으로 석방된다. 생활을 위해 시모노세키에서 3등 우편국에 근무하지만 도라조가 요주의 인물인 것이 밝혀져 해고 당한다.

결국 일본에서 생활할 수 없게 된 두 사람은 중국에서 마차 철도회사를 경영하고 있던 도라조의 형을 의지하여 1924년 1월 중국 대련으로 간다. 도라조는 현장에서 일하고, 다이코는 중국인의 취사(炊事)를 담당하였다. 그러나 형의 밀고로 5월에 섭정궁(摂政宮:쇼와 천황) 성혼 축하 연회식 날 전단을 뿌린 일에 연좌되어 도라조는 불경죄로 2년의 실형을 받게 된다. 그때 임신 중이었던 다이코는 과로와 영양실조로 각기병에 걸린 채 혼자서 딸 아케보노를 출산하지만 사망하자, 일본으로 돌아오게 된다.

다이코는 작가의 꿈을 이루기 위해 귀국했지만, 자신을 기다리는 곳은 아무데도 없었다. 결국 「마보(MAVO:일본의 전전(戰前)의 미술계통의 그룹)」 동인 다가와 스이보(田河水泡)[8]에 끌려 동거를 시작했으나 서로 성격이 맞지 않아 헤어진다. 다가와 스이보가 오카다 다쓰오(岡田龍男)[9]를 소개시켜 주었으나 이틀간의 동거로 끝난다. 그 당시는 도쿄에서 방랑생활을 하며 사회상식을 파괴하려는 사람들은 어제 남편과 헤어지고, 오늘은 그 남편 친구의 부인이 되는 일이 허다했다.

그 후, 다이코는 「다무다무(ダムダム)」 동인의 합숙 생활에 가담하여 이이다 도쿠다로(飯田德太郞)[10]를 알게 되어 함께 생활하게 된다. 이렇게 다이코는 여성에게만 강요된 성적 속박을 부정하며 다수의 남성과 성적 관계를 가진 것에 대해, 「사막의 꽃」에서는 남성 편력을 반복한 것은 "타인의 경험을 읽고 듣는 것만으로는 만족할 수 없어 직접 인생의 파란(波瀾)을 겪어보고 싶었던 나의 마음은 그 때 말 그대로 악마였다"라고 쓰고 있다. 그리고 「나의 이력서(私の履歷書)」에서, "나는 여자이기에 부정해야 할 하나를 내 속에 지니고 있었다. 나는 사회에서 행해지는 가치판단을 스스로 뒤엎으며 통쾌하다고 부르짖었다. 그것은 정조를 부정하는 것이었다."고 회고하고 있다.

다이코는 1927년에 야마다 세이자부로(山田淸三郞)의 소개로 『문예전선』 동인 고보리 진지(小堀甚二)[11]와 정식으로 결혼(다이코 22세)했다. 이

---

8) 다가와 스이보(田河水泡,1899년-1989년)는 쇼와(昭和)기에 활약한 일본의 만화가, 현대 미술가, 세계 최초의 전업만담(專業落語) 작가이기도 한다.
9) 오카다 다쓰오(岡田竜夫, 1904-미상): 쇼와(昭和)·다이쇼(大正)기의 판화가.
10) 이이다 도쿠다로(飯田德太郞, 1903년-1933년):사회주의자. 1925년 히라바야시 다이코와 함께 생활함.
11) 고보리 진지(小堀甚二:1901年-1959年):1926년 잡지 『해방(解放)』에 희곡 「어떤 저축심(或る貯蓄心)」을 발표하고, 프롤레타리아문학 운동에 참가. 1937년 인민전선사건(人民戰線事件)으로 체포되었다. 1927년 히라바야시 다이코와 결혼하여 1955년 이혼.

때 『오사카 아사히신문』의 현상소설로 「비웃다」(=「상장을 팔다」)가 입선, 이어서 작가가 경험한 중국 대련에서의 비참한 체험을 소재로 한 「시료실에서(施療室にて)」(1927년) 발표로 다이코는 일약 프롤레타리아 문학의 유력한 신인으로 인정받는다.

그리고 때를 같이하여, 아오노 기요시(青野季吉), 하야마 요시키(葉山嘉樹), 나카노 시게하루(中野重治), 가네코 요분(金子洋文) 등의 일본 프롤레타리아 예술 연맹의 멤버를 알게 된다. 동 연맹이 분열(1927년)했을 때 아오노, 하야마 등과 노농 예술가 연맹을 결성, 소위 문전파의 대표적 작가 중 한 사람으로서 나프파(전일본 무산자 예술 연맹)에 대립하면서 왕성하게 집필활동을 계속하지만, 1930년 문전파에서도 탈퇴하여 프롤레타리아 작가로서 독립적인 길을 선택한다.

당시 일본의 프롤레타리아 문학 운동은 고바야시 타키지(小林多喜二), 도쿠나가 나오(德永直) 등이 활동한 나프파(NAPF)와 공산당계 마르크시즘이 주도권을 쥐고 있었는데, 다이코는 일관되게 이들 파의 첨예한 관념성에 대항했다.

이어서 발표한 「비간부의 일기(非幹部派の日記)」「간장공장(醬油工場)」「부설열차(敷設列車)」「경지(耕地)」「프롤레타리아 별(プロレタリアの星)」「프롤레타리아 여자(プロレタリアの女)」 등도 호평을 받았다.

시대는 전향시대에 들었지만 파시즘비판을 모티브로 한 「사쿠라(桜)」를 쓰고, 「그 사람과 아내(その人と妻)」「하오리(羽織)」 등 연이어 수작을 발표하며 전향소설은 쓰지 않았다.

다이코가 생애 최대의 사건에 휘말린 것은 1937년 12월 15일의 노농파(勞農派) 간부가 일제히 검거된 사건이다. 다이코가 운영하고 있는 이쿠이나 여관(生稻旅館)으로 인민전선사건(人民戰線事件)의 정치자금을 받은 혐의로 고보리를 검거하기 위해 경찰관이 왔다.

2년 전부터 두 사람은 별거를 하고 있었다. 그런데 그때는 마침 고보리가 그 여관에 묵고 있었다. 그 때 진지는 자신을 체포하러 온 것을 알아채고 재빨리 도주했다. 그러자 경찰은 달아난 진지를 대신하여 다이코를 참고인으로 소환했다. 그 후 다이코가 경찰에 자신을 대신하여 잡혀 들어간 사실을 알게 된 진지가 25일에 자수하여 출두했음에도 불구하고 다이코는 이듬해 8월 중순까지 석방되지 못했다.

한마디로 말할 수 없는 공포의 시대가 계속되는 가운데 다이코는 점점 건강이 나빠져 고열과 기침에 시달리다 못해 경찰의사의 진찰을 신청해도 허락되지 않아 자비로 의사를 불렀다. 복막염에 늑막염까지 병발했다는 진단이 나왔지만 석방해 주지 않았다. 급기야 중태에 빠져 생명의 위험을 느낄 때 쯤에야 석방시켜 주었다.

그러나 이미 다이코는 갈 곳이 없었다. 이런 사정을 알고 있던 엔치 후미코(円地文子), 가미치카 이치코(神近市子)들이 중심이 되어 히라바야시 다이코 위로회를 발족하여 성금으로 입원시켰다. 그러나 병의 증상이 조금이라도 호전되면 입원비 때문에 시료병원으로 옮기고, 다시 악화되면 병원으로 옮기기를 여러번 되풀이 하는 사이 몇 번이나 생사의 갈림길에 서게 된다.

1939년 1월에 임시 면회 허가 받은 진지가 다이코가 입원에 해 있는 병원을 찾았다. 다시 감옥으로 돌아가서 9월에야 겨우 보석출소하게 된 진지는 헌신적으로 간호하면서 옥중에서 마스터한 독일어 번역으로 의료·생활비를 벌지만 다 충당할 수 없었다. 다이코에 고깃국을 먹이면서도 자신의 건강을 돌보지 않아 영양실조에 걸려 왼쪽 눈이 실명 위기에 놓였다. 번역이 불가능하게 되자, 토목사업장으로 직업을 바꾼다.

이런 고보리 진지의 헌신적인 간호와 다이코의 살고 싶은 의욕은 유례를 볼 수 없을 정도로 치열했다. 다이코는 병을 극복하기 위하여, 먹으면 바로 토하면서도 먹는 것을 포기하지 않았다. 이 시기를 그린 일련의 작품에는 다이코의 맹렬한 의지력, 열렬한 자기 긍정욕에 생명력의 구가가 나타나 있다.

다이코가 회복한 것은 1943년 후반으로, 44년 11월까지는 신변기록을 하기 시작했다. 1945년 3월 말 고향 생가로 소개하여 패전 후 도쿄로 돌아와 신일본문학회 중앙위원에 선정되었지만, 받아들여지지 않아, 작품에 몰입하는 길을 선택했다.

전쟁 후 재빨리 문단에 복귀한 다이코는 전시하의 검거, 투옥, 투병의 체험을 바탕으로 일련의 자전작품을 썼으며, 대표작이 된 「혼자 가다(一人行く)」 「이런 여자(こういう女)」 「나는 살아간다(私は生きる)」 「노래일기(うた日記)」 「겨울 이야기(冬の物語)」 등을 발표한다. 특히, 「이런 여자(かういふ女)」로 제1회 여류문학자상을 수상했다(1946년). 이런 문학활동을 하면서도 민주 부인연맹을 창립(1947년)하여 바빴던 다이코는 고보리와 가정부로 들어온 시모무라 세이조(下村淸壽) 사이에서 딸이 태어나고 6년(1949년11월15일)이 지나서야 두 사람의 관계를 알게 되었다. 여권확장을 주장하고, 남녀차별에 대해 활발하게 발언을 해 오던 다이코는 자신의 남편이 가정부를 임신시켜 아이까지 출산했다는 사실에 아주 충격을 받았다. 그 후, 다이코는 세이조와 딸의 양육비와 생활비를 모두 책임지며 따로 생활할 수 있게 배려했으며, 1주일에 하루 부녀 상봉을 자택

에서 가능하게 했다. 그러다 끝내 1955년 협의 이혼한다.

다이코는 1950년 무렵부터 급속하게 반공적 자세를 강화하여 보수계의 언론인 단체 일본문화 포럼·간담회에도 참가하며, 아라하타 간손(荒畑寒村) 등과 문화 자유회의 일본위원회를 설립(1951년)하였다.

1957년에는 여류 문학자회 회장을 역임, 1967년에는 「비밀(秘密)」로 제7회 여류문학상(1946년부터 1960년까지 「여류문학자회」에서 수여한 문학상이 '여류문학자상'이며, 1961년부터는 중앙공론사가 인수하여 '여류문학상'으로 개명)을 수상하며, 작품 활동을 계속하다 1972년(67세) 폐렴으로 사망한다.

사망 후, 다이코의 유언에 의해 「히라바야시 다이코 문학상」 히라바야시 다이코의 유지에 의해 만들어졌으며, 1973년에 시작하여 1997년 제25회로 끝남.

이 창설되었으며, 스와시 나가스후쿠시마(諏訪市中洲福島)에 「히라바야시 다이코 기념관」이 있다.

2-2. 혁명시대의 작품세계

히라바야시 다이코는 정치와 사회 문제뿐만 아니라, 남성 위주의 사회구조에서 여성이 직면한 고통과 슬픔을 상세하게 묘사해 온 프롤레타리아 작가로, 작품의 대부분은 자전적인 요소가 강한 주제를 다루고 있다. 그 중에서도 초기작품에서는 자본주의화 되어 가는 농촌의 생활상을 부각시키고 있다. 무엇보다 다이코는 이들 작품에서 봉건적 가부장제, 이에(家)제도에 의해 억압당하는 여성을 주인공으로 설정하고, 폭행을 행사하는 남성을 비인간적인 인물로 묘사하고 있다.

다이코는 최초의 프롤레타리아 작품이라 할 수 있는「시료실에서(施療室にて)」를 시작으로 사상성에 입각하여 남편과 동등한 입장을 고수하고자 노력한다. 또한, 자신이 무산계급 운동가가 될 수밖에 없을 정도로 부패하고 참담한 사회모습을 리얼하게 표현하며, 사회 부조리 척결을 위한 무산계급 운동가로의 굳건한 의지를 작품 속에 분출시키고 있다.

그 대표적인 작품으로, 프롤레타리아 작가로서 여성 노동자들의 실태를 그린「시료실에서(施療室にて)」「짐수레(荷車)」「야풍(夜風)」「비웃다(嘲る)」「때리다(殴る)」「프롤레타아 별(プロレタリヤの星)」「프롤레타리아 여자(プロレタリヤの女) 등을 살펴본다.

그리고 작가의 작품 성향을 쉽게 이해하기 위해 주요 작품「혼자 가다(一人行く)」「이런 여자(こういう女)」「나는 살아간다(私は生きる)」등의 해설도 함께 실었다.

「시료실에서(施療室にて)」

「시료실에서(施療室にて)」의 배경은 다이코가 첫 출산을 경험한 만주의 자선병원으로 되어 있다. 여주인공 〈나〉를 중심으로 구성되어 있으며, 남편은 하층 노동(coolie) 쟁의를 지도하고 계획한 테러가 발각되어 수감되었다. 마철공사(馬鉄公司)에서 일하던 〈나〉도 공범으로 출산 후에는 바로 수감될 상황에 놓여 있다.

임신 각기병에 걸린 〈나〉가 입원한 자선병원에서 우유 공급이 되지 않아 어쩔 수 없이 모유를 먹여 아이가 사망한다. 그 과정에서 노출된 병원 부조리는 사회에 만연해 있는 빙산의 일각일 뿐이었다. 사회단체 중에서도 봉사정신을 내세우는 자선병원의 기독교인마저도 인간의 생명을 위협할 정도로 부패되어 있는 사회의 윤리성을 고발하며, 자신은 무산계급 운동가가 되겠다는 의지를 보인다.

그러나 무산계급 운동가가 되기 위해서는 남성과 동등한 입장이 되어야 한다고 생각하면서도, 남편에게만은 여성스러운 면을 부각시키고자 하는 이중성을 동시에 보이기도 한다.

결국, 다이코는 「시료실에서(施療室にて)」에서 스스로의 신체 체험을 매개로하여 무산계급 운동가로서의 결의를 획득하기 위해, 미력하고 극한 상태에 있는 여주인공을 통하여 사회와 자신과를 동등하게 대치시켜 혁명을 이루고자하는 결의를 표방하고 있다.

이런 다이코의 개인보다는 사회 전반적인 구조 개혁을 위한 운동가로서 자리를 구축하고 싶다는 자신 내부의 사실적인 작품이라 할 수 있다.

「비웃다(嘲る)」

「비웃다(嘲る)」(「상장을 팔다 喪章を売る」)는 다이코가 "1925년 7월부터 8월 사이의 실생활을 소재로 집필"한 작품으로, 생계를 위해 부인이 옛 애인을 찾아가 정조를 파는 것에 암묵적인 합의가 되어 있는 부부의 이야기이다.

「비웃다」에서 〈나〉는 3번이나 남자와 동거한 경험이 있었다. 그런데 4번째 남자인 고야마는 이런 〈나〉의 과거를 이용하여 자신의 생활을 영위해 나가고자 한다. 결국 고야마의 권유로 〈나〉는 자신의 정조가 생계 수단으로 사용되며, 남자의 담뱃값으로도 충당되고 있어도 별 저항 없이 그 생활을 지속하고자 했다.

〈나〉는 남편 고야마의 친구들이 자신을 친구부인이 아니라 정조를 파는 여자로 치부하고 있음을 알면서도 생활비 충당을 위해 견뎌낼 수밖에 없는 자신이 처해 있는 환경을 "지옥"이라고 표현하고 있다. 그러나 고야마는 〈나〉의 상처받은 마음을 헤아리려고 생각하지 않는다.

이렇게 처음 정조를 부정하는 것으로 자기 탈출을 시도하기 위해 시작된 〈나〉의 남성편력이 이제 자신에게 멍에가 되어 돌아 온 것이다. 그때서야 순수했던 첫사랑의 남자와 그 사이에서 태어나서 바로 죽어버린 아이에 대한 애절한 감정이 자신 속에 살아 있음을 느끼게 된다.

다이코는 여러 남자들과의 만남과 이별이 있었지만, 결국 이다 도쿠다로와 같은 남자를 만나 생활하면서 비로소 처음 남편이었던 도라조에 대한 미안함과 아쉬움을 통감하게 된다. 이런 자신의 아픈 과거를 〈나〉를 통하여 그려내며, 과거의 아픔을 고백하는 것에 그치지 않고, 앞으로 남성편력을 이어가고 싶지 않다는 의미도 함축되어 있다.

「때리다(殴る)」

「때리다(殴る)」의 공간적 배경은 여주인공 긴코(ぎん子)가 자란 시골과 결혼하여 살고 있는 도쿄(東京)로 구성되어 있다. 시대적 배경은 러일전쟁이 시작되기 전 10월부터 시작하여 4세였던 여 주인공 긴코가 18세가 된 때까지 이어진다.

졸업과 동시에 도쿄로 상경한 긴코는 수습생으로 근무할 전화국의 위치를 이소키치(磯吉)에게 물어 본 것이 계기가 되어 두 사람은 함께 생활하게 된다. 긴코는 아버지뿐만 아니라, 매를 맞으면서 아무렇지도 않게 오히려 미소까지 지으며 당연한 것처럼 받아들이는 어머니의 행동을 이해할 수 없었다.

그러나 긴코도 도쿄로 와서 함께 생활하고 있는 남자 이소키치(磯吉)에게 어머니처럼 매 맞는 처지에 놓일 뿐만 아니라, 전화국에서도 쫓겨나고 만다. 이로써 긴코는 여성에 대한 성차별은 지역적인 문제도 아니며, 가부장제도에 입각한 오랜 인습에 따른 사회구조에서 오는 것으로 남자의 특권처럼 인식하고 있는 성차별에서 기인된 사회 구조 자체의 모순임을 인지하게 된다.

긴코는 어느날 상사로부터 매를 맞고 있는 이소키치를 보호하려다, 오히려 화가 난 이소키치의 화풀이 대상이 되고 만다. 이는 사회 구조의 계급적인 주종관계에 최하위층인 노동자 계급아래 자신의 의지와는 상관없이 학대당하며 살아가는 여성의 삶이 존재한다는 것을 그리고 있다.

따라서 「때리다」에는 사회 구조가 지배층과 피지배층으로 구성되어 있으며, 모든 계급적인 주종관계 최하위층에 속하는 소작인과 노동자 아래 남자에게 학대당하는 여자의 비참함이 존재하고 있다는 것을 나타내고 있다. 이는 가부장제도하의 인습에 따른 성차의 문제가 단순히 가정 내에 한정된 것이 아니라, 여성의 직장문제로까지 영향을 미치는 사회 전반에 걸친 성차별에서 기인한 여성의 위상임을 그려내고 있다.

「짐수레(荷車)」

「짐수레」는 다이코의 고향인 신슈(信州)에서 많이 볼 수 있는 제사공장을 무대로 하여 열악하고 위험한 작업환경과 비위생적인 기숙사에서 생활하며 노동력을 착취당하고 있는 여공들의 군상을 그리고 있다.

특히 다이코는 오하나(お花)와 오코메(お米) 같은 기혼여성의 직장생활로 인한 육아문제와 가족의 생활비 충당을 위해 결혼도 할 수 없는 미혼 여성의 고충에 관심을 보이고 있다. 더 나아가 노동법을 위반하면서까지 채용한 유여공(幼女工) 오케이를 감사단의 눈을 피하기 위해 건조장에 가두어 끝내 죽음으로 몰아간 일까지 그려내고 있다.

또한, 맞벌이 부부 오하나와 미요시, 오코메와 게이사쿠의 생활을 그리고 있다. 오하나는 아이가 있지만 모유 수유 시간마저 주어지지 않아 배고픈 아이에게 모유를 먹이지도 못하고 짜서 버려야하는 아픔을 겪고, 남편 미요시는 양수작업을 하다가 기계화에 밀려 갑자기 회고 당해, 생계유지를 위해 오하나는 남겨두고 혼자서 아이를 데리고 공장을 떠나 살고 있다.

오코메는 아이를 원하지만 차가운 곳에서 하루 종일 일을 하다 보니 임신이 되어도 유산이 되고 만다. 유산하고도 바로 일을 하다가 머리카락이 기계에 말려들어가는 사고를 당한다. 남편 게이사쿠는 소작료를 내고 나면 가족의 생계가 위협을 받고 있는데 가뭄으로 농사가 힘들어지자 소작인들과 단합하여 공장으로 흘러들어가는 물줄기를 자신들의 논으로 끌어들이기로 하였다.

그런데 때마침 공장에 화재가 발생하였다. 이를 계기로 지주이기도한 공장주에 대해 불만이 많았던 소작인들이 화재를 핑계 삼아 불길이 진압되어도 물을 퍼부었다. 공장주가 만류했지만 여공들까지도 합세하여 남은 건물들마저 모두 물로 무너뜨렸다.

그 곳에서 여공들은 오케이의 기모노를 발견하고 오케이의 죽음을 알게 된다. 이미 이시다는 알고 있었지만 숨기고 있었던 것이다. 그제야 경찰이 움직이기 시작하였다. 그때도 역시 공장주는 배제하고 소작인과 여공들, 이시다를 경찰서로 불러 조사를 시작하였다. 그러니까 경찰까지도 공장주와 결탁되어 있음을 시사하고 있다.

그러나 용기있는 소작인과 여공의 단합으로 오케이의 죽음을 확인할 수 있었으며, 공장주에게 손해를 입혀 복수하는 과감한 행동을 통해 현실의 모순을 근저에서부터 척결해 나가려는 의지를 표출하고 있다.

「야풍(夜風)」

「야풍(夜風)」은 다이코의 고향으로 알려진 신슈 스와(信州諏訪) 주변의 농촌을 배경으로, 산업화 기조에 의해 지주들이 전기회사 주식과 제사공장 부지 확보를 위해 소작지를 몰수해 가는 과정 속에서 희생당하는 소작농민들의 고통을 잘 묘사해내고 있다.

러일전쟁 이후, 일본 농촌의 생활모습이 많이 바뀌게 되었다. 농촌에서 평범하게 생활하던 자작농들은 갑작스럽게 복잡해진 사회구조 속에서 자녀들의 학비와 생활비 부족 등으로 논밭을 팔고 소작농이 되었다. 이들의 땅을 싸게 사들인 지주들은 자본가로 급부상하기 위하여 되팔고 싶어 했다. 그러나 그 땅에 소작하고 있는 빈농과의 계약 때문에 땅을 쉽게 팔수가 없어 지주들은 소작료를 높게 책정하였지만, 빈농들은 틈틈이 공장에서 일을 하면서까지 농사를 포기 할 수 없었다. 그러다보니 어린 여자들도 환경이 열악한 공장에서 일을 할 수밖에 없었다.

이런 환경 속에 살아가고 있는 소작인들의 모습을 스에키치(末吉)와 누나 오센(お仙), 형 세이지로(淸次郞) 가족을 비롯해, 요노스케(陽之助) 부부의 생활상을 중심으로 그리고 있다.

우선 스에키치 가정을 보면, 장남 세이지로는 집을 떠나 제사공장의 누에고치를 건조하고, 스에키치가 본가에 남아 대를 이어 농사를 짓고 있었다. 그리고 남편의 사망으로 실가로 돌아온 오센은 닭을 키우면서 가사를 전담하고 있었다. 그런데 오센이 일용직으로 모내기를 하면서 알게 된 남자의 아이를 가졌다. 출산일이 가까워지자 외부의 소문이 두려워 바깥출입도 할 수 없었다. 늦게 오센의 임신한 사실을 알게 된 세이지로는 자신이 하고 있는 일이 뜻대로 잘 되지 않을 때도 오센을 구타한다.

이런 학대 속에서도 오센이 세이지로에게 반항하지 못하는 것은 스스로 인습(因襲)에 물들어 굴레에서 벗어나기 위한 방법을 시도하지 않았다고 볼 수 있다.

이처럼 과도기의 농촌에서 최고의 희생자가 여성일 수밖에 없다는 것을 다이코가 부각시키며 자신의 의지와는 상관없이 학대당하며 살아갈 수밖에 없는 여성의 삶을 '여자의 일생'이라고 표현하고 있다.

「프롤레타아 별」과 「프롤레타리아 여자」

「프롤레타아 별(プロレタリヤの星)」과 「프롤레타리아 여자(プロレタリヤの女)」는 히라바야시 다이코가 동일한 주인공과 배경설정 아래 여성으로 인한 사회운동 내부구성원들의 갈등을 그리고 있다.

두 작품의 "프롤레타리아 여자" 사에(小枝)와 기요코(淸子)는 살아가는 방식과 의식에서 확연한 차이를 보인다. 가부장제의 전형적인 여성으로 남성에게 의존하여 살아 갈 수밖에 없는 사에와는 대조적으로 기요코는 노동조합에도 주체적으로 활동한다. 이렇게 정반대 성향의 두 여성을 "기생하는 프롤레타리아 여자"와 "일하는 프롤레타리아 여자"로 등장시켜, 그들의 삶과 사상에 중점을 두고 있다.

사에의 남편 이시가미(石上)는 좌익활동 혐의로 투옥되어 유치장에서 참혹한 고문을 당하면서도 동지와 조직을 위해 견디어 내고 있었다. 그러나 사에는 어릴 때부터 삼종지도(三從之道) 교육을 받아왔기 때문에 이시가미가 갑자기 투옥되자 경제적 어려움으로 힘들어 한다. 그때 야스다가 사에를 도우면서 두 사람은 함께 생활하게 된다. 이시가미는 사에가 동지 야스다(安田)와 동거하고 있다는 사실을 알고, 두 사람에 대한 배신감으로 사회주의 운동에 대한 투지도 잃어가고 있다.

이렇게 스스로 자립할 수 없는 사에에 비해 기요코는 공장위원회 여공 뉴스 책임자로 일하면서 노동조합 기금으로 사치스러운 생활을 하는 간부 이토 부부의 부정에 맞서 투쟁한다.

사에와 기요코가 함께 생활하게 되었을 때, 두 사람은 처음에 서로를 견제하였으나, 어색함은 곧 사라지고 기요코로 인해 사에가 크게 변한다. 이렇듯 대비되는 두 성향의 여성상을 통해 작가가 발신하고자 하는 것은 여성이 스스로 사회적 지위와 역할에 의문을 가지고 변화해야 하며, 이를 위해서는 남녀의 유기적인 협력이 필요하다는 것이다. 무엇보다 가부장 제도하에 갇혀 있던 여성들의 삶과 그 여성으로 인한 남성의 피해를 부각시키며 남녀가 평등하게 서로 화합하여 자신의 길을 추구해나가는 것이야말로 사회주의 운동도 제대로 해 나갈 수 있다는 것이다.

더 나아가 여성이 선도하여 남성중심의 가부장제 시스템에 균열을 내고 사회운동에 보다 적극적으로 나설 것을 촉구하는 프롤레타리아 여성 작가만의 중층적인 인식을 엿볼 수 있었다.

그 외 주요 작품세계

「혼자 가다(一人行く)」

「혼자 가다(一人行く)」는 히라바야시 다이코가 인민전선사건과 관련하여 체험한 일련의 체포, 투옥, 발병, 투병 등을 제재로 하여 발표한 첫 작품이다.

다이코는 유지창에서의 발병이 원인이 되어 결핵에 걸렸으며, 그 외 심장병도 앓고 있었다. 다이코와 친분관계가 있던 엔치 후미코(円地文子)는 그녀의 투병 생활을 옆에서 볼 때 처참할 정도이었다고 밝히고 있을 정도로 위험한 상태가 지속되었으나, 고보리 진지(小堀甚二)의 극진한 간호로 회복되어, 8년간의 침묵을 깨고 창작활동을 재개한다.

「혼자 가다(一人行く)」에서 주인공 〈나〉는 남편 대신 경찰서로 구인되었다. 그러나 남편이 자수를 해 와도 〈나〉의 사상을 문제 삼아 석방시키지 않는다. 〈나〉는 유치장 생활에서의 불편한 진실에 대해 출소하면 어떻게 복수를 할까하는 마음으로 하루하루를 보내고 있었다. 그러다가 끝내 생명을 잃을 수도 있는 큰 병에 걸리고 서야 출소를 하게 되지만, 경제적 여건이 어려워 치료는 고사하고 당장 거주할 곳도 없었다. 오히려 돈이 전혀 들지 않은 유치장 생활에 미련이 남을 정도였다.

〈나〉는 갈 곳이 없어, 자신이 기댈 수 없다는 것을 알면서도 형편이 어려운 친척 "하나상"을 의지하여 출소한다. 돈이 없어 치료도 받을 수 없는 생사의 갈림길에서도 자신이 겪은 부조리한 사회의 희생자로 인생을 마름할 수 없다는 강한 의욕을 보이기도 한다.

또한, 다이코는 사망한 아이에 대한 애절한 마음이 남아있었다. 사회 구조상 우유획득이 어려웠다고 해도 각기병에 걸린 자신의 모유를 먹이면 죽는다는 것을 알면서도 먹인 것은 모성보다 사상을 우선시했기 때문이라는 죄책감을 표현하고 있다. 이런 아이에 대한 후회를 남편과의 사랑으로 승화시키고 싶어 했다.

힘든 가운데서도, 남편이 출소하면 평범한 사람들처럼 "교외의 밭이 있는 집"에서 "봄에는 된장을 끓여 발효시키고, 여름에는 박고지를 잘라서 말리고, 가을에는 단무지를 노란색"으로 절이며, 살고 싶다는 희망을 가져보기도 한다. 그런 상상을 하다가 평범한 생활을 하는 아내가 되는 길이 더 어렵다는 생각을 한다.

결국 다이코는 〈나〉를 통하여, 자신이 힘들었던 시기를 상세하게 그려내며, 그 당시의 사회 부조리 고발과 함께 절망적인 고독을 감수하며 견디어 낸 지난날을 회고하고 있다. 또한 평범한 결혼생활에 대한 희구도 함께 그려내고 있다.

「이런 여자(こういう女)」

「이런 여자(こういう女)」는 다이코가 전후 "사소설계열의 작품으로 일관하는 불굴의 정념(情念)"을 인민전선사건과 관련하여 발표하기 시작한다. 제일 먼저 발표한 작품이 「혼자 가다(一人行く)」이지만, 이야기의 전개는 1회 여류문학자상을 수상한 「이런 여자(こういう女)」에서부터 시작된다.

「이런 여자」의 대부분은 "중일전쟁 당시의 다이코 부처(夫妻)를 소재"로 하고 있으며, 여주인공 〈나(다이코)〉의 남편(고보리 진지, 小堀甚二)의 검거 도중에 도주 사건이 발단으로 되어 있다.

작품에서 사회의 부당한 탄압과 타락으로 인해 〈나〉는 오랜 유치 생활 끝에 병마와 싸울 수밖에 없는 것에 대해 절망적인 고독감에 휩싸인다. 그러나 자기 주도적인 삶을 지향하는 〈나〉는 타의에 의해 자신의 생(生)을 절대로 마름할 수 없다는 강한 의지로 자신이 살아야 하는 이유와 욕망을 형용할 수 없는 아주 큰 "우주"에 비유한다.

다이코는 프롤레타리아 작가로서 독립적인 행보를 취해 온 만큼 "건방지고 강한 여자"로 비쳐지고 있지만, 스스로 "연약하고 조금은 결단력이 부족한 것이 나의 본질"이라고 「문학적 자서전」에서 적고 있듯이, 전후(戰後) 작품에서는 자신의 본연의 모습을 솔직하게 쓰고 싶은 충동을 느꼈을 것이라는 추측을 가능하게 한다.

이런 다이코가 「이런 여자」에서 〈나〉를 통해, 사회개혁을 위한 젊은 날의 열정이 아무 의미 없이 끝나고, 오히려 부패한 사회구조의 희생자가 되었다고 적고 있다. 또한, 여성으로서 모성보다 사회운동가로서 사상을 중시하여 자식을 잃었다는 회한을 여과없이 진솔하게 그려내고 있다.

「나는 살아간다(私は生きる)」

최초로 발표한 작품 「혼자 가다(一人行く)」는 경찰서 유치장에서 병든 몸으로 나와 힘들게 병마와 싸우고 있을 때의 회상, 「이런 여자(こういう

女)」는 남편의 검거 동기와 〈나〉가 구인되는 과정들이 그려져 있다. 그리고 「나는 살아간다」에서는 병마를 극복해나가는 모습을 그려내고 있다.

〈나〉는 유치장에서 생명의 위협을 느낄 정도로 건강이 악화된 상태에서 석방 되었다. 그러나 당장 머물 곳도 없었다. 그때서야 〈나〉는 사회운동가로 현실과 동떨어진 삶을 살아온 자신을 되돌아보며 회의감에 빠지기도 한다. 그러나 그렇게 자신이 오랜 수감생활을 할 수밖에 없었던 것을 부패하고 부조리한 사회 구조로 인한 결과로 인식하며, 이런 사회구조 속에서는 자신이 사회운동가로서 활동할 수밖에 없다는 시대적인 배경도 함께 그려내고 있다.

「나는 살아간다」에서 〈나〉가 병원에서 퇴원하여 힘들어 할 때 남편이 보석으로 풀려나 약값과 생활비 조달을 위해 무리하게 번역 일을 하다 결국은 앞을 볼 수도 없다는 의사의 진단을 받기에 이른다. 그러나 남편은 자신을 돌보지 않고 〈나〉를 꼭 살려내겠다는 의지를 보인다. 이런 남편의 극진한 간호를 받으며 용변 보는 일까지 남편에게 의존할 수밖에 없는 〈나〉는 40대 여성의 아픔과 수치심을, 병을 극복해 나가고야 말겠다는 강한의지로 승화시켜 나가고 있다.

이렇게 전후 발표한 첫 작품에서부터 다이코는 인민전선 사건과 관련된 모든 사건들을 〈나〉에 투영시켜, 병마와 시름하며 겪었던 고통스러운 자전적 경험을 바탕으로 한 작품을 발표하여 제기했던 것이다. 이 시기를 그린 일련의 작품에서 볼 수 있는 강한 의지력과 강한 생명력은 다이코의 문학적 자질이 돋보이게 하며, 「나는 살아간다」는 이 사건과 관련된 마지막 작품이다.

3장. 사타 이네코

3-1 작가 사타 이네코

사타 이네코는 학생 신분인 다지마 마사후미(田島正文, 18세)와 다카야나기 유키(高柳ユキ, 15세)의 장녀로 태어났다. 젊은 부모는 학교를 포기하고 나가사키시에 집을 마련하였다. 생계를 위해 마사후미는 나가사키 미쓰비시(長崎三菱) 조선소의 서기로 취업하고, 유키는 이네코와 동생 마사토를 시어머니에게 맡기고 백화점에서 상품을 진열하는 일을 했다.

그러나 유키가 폐결핵에 걸려 어린 딸(이네코, 7세)과 아들(5세)을 남겨두고 세상을 떠나고 만다. 유키의 사망으로 마사후미는 방탕한 생활을 하게 되었다. 거문고·꽃꽂이를 가르치는 여성과 재혼한 아버지는 피리를 불며 합주를 하는 등, 남은 가족들의 생활에는 전혀 관심을 가지지 않고 할아버지가 남긴 재산을 모두 탕진하였다.

그 후, 고향에서 살기가 어려워진 마사후미는 도쿄에서 와세다 대학에 다니고 있는 남동생 히데미(秀実)를 의지하여, 히데미의 부인 도시코(俊子)를 비롯해 함께 살고 있던 모친 다카(タカ)와 가족을 데리고 상경한다. 그러나 도쿄에서도 마땅한 일거리를 찾지 못한 마사후미는 소학교 5학년에 다니다 중퇴한 이네코를 캐러멜 공장의 여공으로 보낸다.

이네코의 급료가 가정에 별 도움이 되지 않자, 이번에는 숙식이 제공되는 아사쿠사(浅草)에 있는 중화 요리집에서 다시 우에노 요정 세이료테이(清凌亭)로 보내 일을 하게 하였다. 이네코는 나가사키의 초등학교에서 공부 좋아하는 쾌활한 우등생이었으므로, 선생님으로부터 초등학교만이라도 졸업해야 한다는 편지를 받고 변소에서 몰래 읽으며 눈물을 흘리기도 하였다.

1917년 가을 아버지는 효고현 아이오이초(相生町)에 있는 사츠마 조선소에 취업하여 혼자 가게 되었다. 그러나 가족들에게 생활비를 보내지 않아 남은 가족은 메리야스 공장에서 일을 하지만 여전히 생활이 곤란했다.

다급해진 이네코가 아버지에게 '게이샤가 되고 싶다'는 편지를 보내자, 이에 놀라 이네코를 아이오이초로 데리고 돌아간다. 이네코에게 있어 14살부터 16살까지 아버지와의 생활은 자유롭고 평온한 시기였다. 아버지가 사가에서 여학교를 나온 후처를 맞이하여 가정을 꾸리게 되자, 다시 혼자 도쿄로 돌아온다. 그때의 부녀의 생활에 허구를 가미하여 쓴 작품이 「맨발의 소녀」(1940년)이다.

평소 책읽기를 좋아하던 이네코는 1922년부터 니혼바시 마루젠(日本橋丸善)서점에 취업하여 많은 독서를 하게 된다. 성실하고 아름다운 이네코는 모범 점원으로 상사에게 인정을 받아 그의 소개로 자산가의 아들이며 게이오 대학 학생이었던 고보리 가이죠(小堀槐三)를 만나 결혼(1924년, 20세)하였다. 고보리(小堀)와의 결혼으로 가난에서 탈출할 수 있을 것 같았다. 그러나 결혼 생활은 비참하였다. 남편에게는 두 형이 있었지만 큰형은 금치산자로 폐적되었고, 작은 형은 양자로 가 있어 남편이 고보리가의 당주가 되었지만, 육친과의 재산 분쟁에 휘말리게 된다. 게다가 신경이 날카로워진 남편의 병적일 정도의 강한 질투심으로 인해, 이네코는 경제적인 부유함이 가난보다 더 괴로운 것을 알고 자살을 시도하지만 실패하고 만다. 그 후에는 부부가 함께 수면제를 다량 복음하고 자살을 시도하지만 미수에 그치고 만다. 이때, 허무와 절망으로부터 이네코를 구한 것은 태아의 생명이었다. 장녀 요코(葉子) 임신을 알고 친정으로 돌아온다.

이혼 후, 한때 염세적이었던 이네코가 요코(葉子)를 양육하기 위해 혼고(本郷)에 있는 카페 '고로쿠(紅緑)'에서 여급으로 일을 시작한다. 여기서 이네코의 인생이 변하게 된다. 이 카페는 나카노시게 하루(中野重治), 호리 다쓰오(堀辰雄), 구보카와 쓰루지로(窪川鶴次郎) 등의 『당나귀(驢馬)』 동인들이 문학을 논하는 곳이기도 했다. 한가할 때 구석에서 조용히 책을 읽고 있는 이네코에게 동인들은 관심을 가졌다. 결국은 구보카와와 연애관계로 발전하여 동인들의 후원으로 두 사람은 결혼하게 된다.

시대는 프롤레타리아 문학 융성기로 나카노와 구보카와도 좌익운동 활동가로 활약하고 있었다. 평소 문학에 관심이 있던 이네코도 캬라멜공장에 일하던 자신의 경험이 프롤레타리아 문학의 좋은 소재가 될 것 같아 나카노와 구보카와의 격려와 도움으로 「캐러멜공장에서」를 발표한다.

이 작품이 발표 될 당시는 노동자의 억압이 사회적인 문제로 확산되어 있기도 한 시기여서, 어린 여공의 힘든 생활이 사회적인 반향을 불러일으키기에 충분하였기 때문에 당당히 프롤레타리아 작가로서 자리매김하게 된다.

이때 소비에트에서 귀국하여 일본 프롤레타리아 동맹에 가입한 미야모토 유리코와 함께 프롤레타리아 문학의 대표적 작가로서 수작, 가작을 차례로 발표하는 한편, 고바야시 다키지(小林多喜二)와 미야모토 겐지(宮本顕治) 등과 연락을 취하며 활동하였다. 이네코와 프롤레타리아 문학운동과의 관련을 생각할 때, 나카노 시게하루와 구보카와 쓰루지로, 또한 이론적 지도자였던 구라하라 고레히토(蔵原惟人)와의 관련성을 배제할 수 없다. 이들 프롤레타리아 작가들은 치안유지법으로 검거되었다.

구보카와는 위장전향으로 2년간의 감옥생활을 끝내고 돌아왔지만 자신이 작가로서 설 자리는 이미 없어져 버린 상태였다. 구러나 이네코는 구보카와가 없는 동안 가족의 생활비와 감옥에 있는 동지들에게 차입할 자금조달을 위해 생계형 작품 활동을 계속해 나갈 수밖에 없었던 역경이 오히려 작가적 성장을 도모했다.

그러나 1934년 2월의 작가 동맹 해산 이후 조직을 잃고 붓 하나로 군국주의가 심화되는 시대에 대항해야 했던 작가들은 사상과 문학을 시험받아야 했다.

그리고 일본은 전쟁에 몰입하면서 작가들을 전지로 보냈다. 특히, 1938년 9월 내각정보부는 한구(漢口) 공략전에 국민의 전의고양(戰意高揚)을 촉진시키는 방법으로 미디어를 이용한 "펜부대(ペン部隊)"를 결성한다. 이네코가 아사히신문사의 '펜부대' 일원으로 만주 각지의 전지(戰地)를 위문한 것은 1941년 9월이었다. 1942년 5월에는 「신조사(新潮社)」에 의해 마코토 시즈에(真衫静枝) 등과 함께 중국각지를 전지위문[12]하고, 8월에는 군의 징용에 의해 하야시 후미코(林芙美子), 고야마 이토코(小山いと子), 미즈모토 요코(水木洋子) 등과 함께 싱가포르와 수마트라를 위문했다. 이렇게 시작된 3번의 전지위문 가운데, 2번째(1942년 5월) 오게 된 중국 상해에 다무라 도시코가 살고 있었다. 이네코는 도시코와 구보카와 쓰루지로와 관계를 잘 알고 있는 신문사로부터 조심스럽게 도시코를 만날 의향이 있는지 물어왔다. 덧붙여 도시코가 작가로서는 감각이 둔해진 듯하다는 말을 전해들은 이네코는 더욱 만나서 확인 하고 싶어졌다. 그때

---

12) 1942년 5월 말, 전지 위문의 신조사(新潮社) 소속으로 상해·남경·소주·항주·한구(漢口)·선창(宣昌) 등 각지를 위문. 6월에 귀국.(久田美好(1979)「年譜」「佐多稲子全集」18 講談社 p.511.)

본 도시코의 늙음과 초췌함에 이네코의 마음을 움직였으며, 무엇보다 돌연사(突然死)하기 직전에 도시코가 보낸 편지에서 이네코는 도시코가 과거의 잘못으로 무거워했던 마음을 읽어낼 수 있었다.

이네코는 1944년부터 구보가와 쓰루지로와 별거를 하다, 1945년 6월에 이혼하고 필명을 사타 이네코로 바꾸었다. 이렇게 구보가와 쓰루지로와의 인연이 끝난 후, 이네코는 도시코 사후(死後) 1주년인 1946년에 자신을 포함한 '여작자'의 삶과 여권신장을 표방한 신여성으로서의 도시코를 기리기 위해「여작자」를 발표하였다.

이런 이네코는 전후(戰後) 전전(戰前)의 일본 프롤레타리아 작가 중심으로 1945년 12월에 창립된 "신일본 문학회" 발기인에도 들지 못하고 전쟁 협력자로 치부되어 사회적으로 움츠러 들 수밖에 없는 위치에 놓였을 때, 도시코의 발자취를 새삼 인식하며 여작가로서의 사명을 다할 것을 다짐한다.

1946년 10월 일본 공산당에 재입당하여, 11월 여성 민주클럽 중앙위원, 1947년에는 신일본문학회 도쿄지부장이 된다. 그러나 1950년 1월의 코민테른에 의한 일본 공산당 비판을 주류파에서 제명 처분을 받고, 1964년에는 부분적 핵 실험 중지 조약을 둘러싼 비판적 언동이 조직 원칙에 어긋난다는 이유로 다시 제명 처분을 받는다.

그리고 1964년에는「시타마치 사람들(下町のひとびと)」을, 1976년의「그 역사 속에(その歷史の中に)」를 통해, 관동대지진 당시 마루젠 서점에서 점원으로 일하면서 겪었던 조선인에 대한 유언비어와 편견에 대해서도 적고 있다. 또한, 일본 여성작가로서는 드물게 1981년 1월 김대중 사형판결에 대한 항의문을 외무성에 보내기도 했다. 1986년 82세에「달의

향연」으로 요미우리문학상(読売文学賞) 수상하였으며, 1998년 94세로 사망하였다.

3-2. 혁명시대 작품

사타 이네코는 자신이 직접 캐러멜공장 여공으로 일하면서 알게 된 어린 여공들의 생활을 그린 「캐러멜 공장에서(キャラメル工場から)」를 시작으로 여성노동자들의 여러 문제 해결을 위해 적극적으로 활동하였다. 그리고 일본 "프롤레타리아 예술가연맹"에 가입하여, 금속 노동조합 사무소에서 열린 "관동부인동맹"에도 참석한다.

1929년 1월에 결성되어 일본 노농당(労農党)의 영향 아래 있던 "무산부인동맹"에 가입하여 부선운동(婦選運動)을 촉진함과 동시에 산아제한, 모성보호, 폐창문제 등의 부인문제에 앞장서기 시작한다. 여성노동자들이 일상생활에서의 인간성 모멸과 자유 속박 등, 정신의 독립과 육체의 쾌락이 박탈당한 생활을 작품 속에 그려내어 자본주의 발달에 따른 노동자계급의 피해사항에 깊은 관심을 표방한다.

그러므로 프롤레타리아 작가로서 여성 노동자들의 실태를 그린 작품 「캐러멜 공장에서(キャラメル工場から)」「담배 여공(煙草工女)」「구레나이(くれなゐ)」등을 통해 혁명시대의 작품 성향을 살펴본다.

그리고 작가의 작품 성향을 쉽게 이해하기 위해 주요 작품 「맨발의 소녀(素足の娘)」「여작자(女作者)」「잿빛 오후(灰色の午後)」「허위(虛僞)」해설도 함께 실었다.

「캐러멜 공장에서(キャラメル工場から)」

　「캐러멜 공장에서」의 배경은 일본의 자본주의가 경공업에서 중공업으로 바뀌어 가는 과정에서 '자본'과 '공업'이 집중되어 있는 도쿄에 많은 노동자들이 유입되고 있을 당시로 설정되어 있다. 이네코 가족도 도쿄로 상경한다. 그러나 아버지가 쉽게 일자리를 구하지 못하자, 이네코를 캐러멜 공장 여공으로 취업시킨다. 이네코는 이때의 경험을 살려 농촌에서 도쿄로 이주해온 가정의 모습과 공장에서 일하는 여공의 모습을 「캐러멜 공장에서」의 히로코에게 투영시켜 가정에서는 가부장의 명령에 따라야 하고, 사회에서는 계급적인 억압에 따라야하는 고충을 그려내고 있다.

　여 주인공 11세의 소녀 히로코는 직장을 옮기는 일도 학교를 그만두는 일도 모두 아버지의 의지에 따를 수밖에 없었다. 물론 히로코는 나이가 어려 아버지의 명령에 따를 수밖에 없다고 해도, 할머니의 의사까지 모두 무시하는 아버지의 모습을 볼 수 있다. 이에 대해 가족 모두는 반감을 나타내지 않는다. 단지 순종만이 있을 뿐이다. 그 당시의 가부장제도에 의해 가장의 뜻에 따라 가족 전체는 움직일 수밖에 없는 실태가 시대상황과 함께 잘 그려져 있다.

　또한 공장의 생활을 통하여, 히로코뿐만 아니라 같은 환경에 놓인 어린 여공들의 고통을 함께 그려내고 있다. 공장의 열악한 환경, 특히 추위에 그대로 노출되어 일을 하다 보니 여공들은 거의 병이 들어가고 있었다. 그러나 여공들은 공장주의 노동력 착취에 아무 반응을 보이지 않는다. 공장에서 정해진 일 외의 화장품 병을 닦는 일을 시켜도 거부하지 않으며, 임금제 변동도 업주가 정한대로 따르는 모습이다.

게다가 퇴근 시간 피곤한 몸으로 오랜 시간 줄을 서서 일일이 검사를 받아야만 했다. 이런 어처구니없는 일들이 어린 여공들에게 가해지고 있는 혹독한 공장주의 노동력 착취에 대해 폭로하고 있다.

이렇게 비록 그 해결책을 위한 부르짖음은 희박하다고 해도, 히로코를 통해 어린여공들이 처해 있는 가정과 공장에서 느끼는 속박과 모멸을 현실감 있게 그려내고 있다고 할 수 있다.

「담배 여공(煙草工女)」

프롤레타리아 작가동맹의 여성작가로서 중요한 위치를 차지하게 된 이네코는 여성노동자들의 여러 문제를 자신의 입장에서 받아들여 적극적으로 활동하게 된다. 그런데 프롤레타리아 작가들이 거의 공산당에 가입되어 있었기 때문에 3.15사건[13]으로부터 자유로울 수 없는 실정이었다.

「담배 여공」은 3.15사건을 모티브로 하고 있으며, 특히, 이네코가 프롤레타리아 문학의 소재를 직접 구한 작품이기도 하다. 이네코는 이 작품을 위해 어느 혁명적인 노동자 부부의 소개로 알게 된 젖먹이 아이를 업고 요도바시(淀橋)에 있는 담배공장 안으로 들어가는 데 성공한다. 이렇게 이네코가 실제로 여성노동자들의 작업환경과 무산계급자 아내의 의식

---

13) 3·15 사건은 1928년 3월 15일 일본 정부가 사회주의자와 공산주의자를 탄압한 사건이다. 일본공산당은 1922년 창당한 이후, 불법화로 반체제 조직이 되었지만, 일본의 불안한 경제·사회 분위기 속에서도 세력을 확장하여, 1928년 2월의 제1회 보통선거에서 무산정당에서 8명의 의원이 당선되었다. 이에 위기감을 느낀 다나카 기이치 내각은 선거 직후(3월 15일) 치안유지법 위반혐의로 전국의 일본공산당과 노동농민당의 관계자를 비롯한 1,652명을 체포하였다.

과 생활을 직접보고 현실감 있게 그려낸「담배 여공」은 그 당시의 노동현장을 그대로 엿볼 수 있다는 큰 의의가 있다.

이네코는 러시아의 탁아소에서는 유아의 건강관리와 수유시간, 시설 등이 잘 완비되어 있으며 수유 시간도 2시간 마다 30분씩 주어지는 반면, 일본은 어린아이가 죽어 나갈 정도로 '돼지우리' 같은 환경이며, 모유 수유시간도 점심시간에 포함시켜 노동력 착취에만 관심을 가지고 있다고 밝히고 있다. 그리고 작업환경은 사방이 막혀 햇볕이 잘 들지 않으며 공장안의 나쁜 공기와 과로, 영양부족으로 여공들은 폐병에 걸리면서도 경제적 압박으로 일을 할 수밖에 없는 실정임을 적고 있다.

그리고 3 · 15사건으로 인한 최대의 피해자가 공산당원의 아내일 수밖에 없다는 사실도 그려내고 있다. 오소노는 출산 후 육아와 직장생활을 병행하다 어느 날 집으로 돌아오자 갑자기 복통이 일어나고 다량의 출혈을 하며 일어설 수도 없게 되어 2주일 정도 누워 있었다. 그러나 다행히 건강을 되찾아 다시 직장을 다닐 수 있게 되었다. 하지만 게이사쿠 부인은 평소에 건강이 좋지 않았지만 남편부재로 아이 2명과 함께 살아가기 위해 일을 할 수밖에 없어 계속 일을 하다가 끝내 죽고 만다. 이렇게 공산당원의 아내는 남편부재의 가정을 지키며, 남편 옥바라지까지 해야만 했다. 그러다 보니 죽어야만 쉴 수 있는 자유가 부여 된다고 할 정도로 고달픈 삶을 살아야만 했다. 이런 오소노와 게이사쿠 아내의 생활을 통하여 이네코는 기혼 여성노동자의 직장과 육아 병행에 있어서의 어려움과 특히 공산당원의 아내로서의 이중고를 밝히고 있다.

또한, 이네코는 이 작품을 통해 자신이 활동하고 있는 무산계급 연맹과 구원회의 활동을 어필하며, 그런 활동들이 사회의 어려운 사람들에게 도움을 주고 있음도 함께 밝히고 있다.

「구레나이(くれなゐ)」

「구레나이」[14]는 사타 이네코가 1935년 1월부터 9월까지 경험한 실제 생활, 특히 7월에서 9월 사이에 일어난 남편 구보가와 쓰루지로(窪川鶴次郎)의 여성문제로 부부 균열이 표면된 시기의 심경변화를 작품화한 것이다. 물론, 생활의 소용돌이 속에서 일어난 부부 내실의 모습과 시대에 따른 참담함을 그리고 있지만, 무엇보다 이네코 자신이 처한 직업을 가진 부인의 문제를 이슈화하여 높은 평가를 받았다.

전향시대에는 프롤레타리아 작가 부부도 정치적 탄압에서 자유로울 수 없는 상황이었다. 부부는 서로 이런 어수선한 사회 분위기 속에서도 작가적 성장을 위해 좁은 집에서 글을 쓰고 있었다. 주인공 아키코는 가사와 자신의 일을 병행해 나감에 있어, 가정 내에서 남편과 충돌할 수밖에 없었다. 남편 히로스케는 자신이 작품 활동에 몰입할 수 있도록 내조해 줄 수 있는 아내를 원했다. 그래서 다른 여자를 만나 새로운 가정을 꾸릴 계획을 하지만 그 여자에게 다른 남자가 있다는 사실에 그 꿈이 좌절되고 만다.

한편, 아키코는 히로스케보다 먼저 별거를 생각해 왔지만, 정작 히로스케에게 여자가 생겨 별거하자는 말을 들었을 때는 자살충동까지 느낄 정

---

14) 1936년 1월에서 5월까지 「부인공론」에 연재, 마지막장은 1938년 「만하(晚夏)」라는 제목으로 「중앙공론」에 발표. 동년 9월에 「구레나이(くれなゐ)」라는 제목으로 전체를 묶어 「중앙공론」에서 간행되었다.

도로 위축되기도 한다. 이런 히로스케의 변신에 대해, 아키코는 스스로 가부장제도하의 여성의 역할을 하지 않았기에 남편의 마음을 잡을 수 없었다는 후회를 하기도 한다.

두 사람이 별거하게 되면, 아키코에게 가장 문제시되는 것이 자녀양육이었지만, 오직 자신의 성장에만 관심이 있는 히로스케는 자녀문제에는 별 관심을 보이지 않는다. 자식에 대한 아버지로서의 의무감은 찾아보기 어렵다. 이런 히로스케의 행동에서 가정이 붕괴되면 당연히 자녀는 여성이 책임져야한다는 무언의 논리가 엄연 중에 내재되어 있었기 때문이다.

이런 상황에서 사회적 이슈가 되었던 싱글맘 아나운서의 자살 소식과 아이를 등에 업고 일선으로 나선 친구의 모습은 아키코를 더욱 망설이게 했다. 그러나 한편으로는, 일하는 여성에 대한 사회보장제도가 전혀 구축되어 있지 않는 현실에 대해 글을 써야겠다는 각오를 다지기도 한다.

이처럼 이네코는 기혼여성 아키코의 모습을 통하여, 자기적(自己的)인 설정으로 공론의 장을 만들어 아직 여성해방에 대한 사고가 완전히 성숙되지 않아 헤매는 모습과 사회 속에서 불완전한 여성들의 위치도 함께 표방하고 있다.

그 외 주요 작품세계

「맨발의 소녀(素足の娘)」

「맨발의 소녀(素足の娘)」는 사타 이네코가 36세 때 아이오이에서 보낸 2여 년 동안의 소녀시절을 회상하며 그린 작품이다. 이네코는 작품 후기

에서 "성에 눈뜨기 시작한 소녀의 숙명" 뿐만 아니라, "경제(전쟁)의 움직임과 하급 샐러리맨의 생활"을 그리고 싶었다고 적고 있다. 또한, 이 작품은 자신의 어느 한때의 생활을 그린 것이지만 "버섯 채집하러 갔을 때 생긴 일은 허구"로, 신문에서 본 "과거의 중압감으로 시달리는 여성의 슬픔"을 적은 것이라고 밝히고 있다.

여주인공 모모요는 조선소에 근무하는 아버지 히데후미를 의지해 아이오이로 오게 된다. 그때 15세였던 모모요는 아이오이에서 첫 생리를 하며 여성으로 신체적인 변화를 경험하지만, 성에 대해 제대로 인식하기도 전에 모모요는 아버지의 동료이기도 한 가와세(川瀬)에게 정조를 유린당한다.

그런데 새엄마 후지와 집주인의 대학생 아들 야스지, 서점 동료 하나이 야스코등을 통해 여성의 순결에 대한 이야기를 듣게 된다. 그리고 후지로부터 순결을 잃은 여성은 결혼 후에 이혼을 당한 실례를 듣게 된다. 모모요는 여성이 결혼하기까지 정조를 지켜야 하는 것을 덕목으로 여기는 인습으로부터 결코 자유롭지 못한 상황이 사회 전반에 깔려있다는 것을 인지하게 된다.

그러나 모모요는 좌절하지 않고 고정화된 인습을 무시한 행동으로 스스로의 자유해방의 길로 달리고 싶어 한다. 자칫 여성이 순결을 잃었다는 큰 자괴감에 빠져 헤어나지 못할 수도 있지만 모모요는 좌절하지 않고 필사적인 저항의 자세로 독립적인 여성의 길을 구축해 나가려고 한다.

모모요의 여성으로서의 성장과 아이오이 조선업의 호황기와 맞물려 있다. 모모요는 조선업의 쇠퇴기에 접어들 무렵 도쿄로 돌아 온다. 작품내의 공간적 배경은 거의가 아이오이로 구성되어 있다. 이렇게 제1차 세계

대전의 조선업 호황으로 나와조선소에 근무하던 하급 샐러리맨 가정의 경제적 불안과 비애가 모모요의 성장기와 조선 붐에 따른 활기 있는 아이오이의 도시 배경이 유기적으로 잘 묘사되어 있다.

무엇보다 모모요는 아이오이에서 맨발로 달리며 타인의 시선을 의식 않는 의지를, 도쿄에서는 후지서점에서 일하며 남녀가 평등한 대우를 받기 위해서 열심히 노력하는 모습을 보이며 여성으로서의 자유를 누릴 수 있는 길을 모색해 나가는 모습을 보인다.

「여작자(女作者)」

사타 이네코와 다무라 도시코의 복잡한 인연은 도시코가 남편 스즈키에쓰(鈴木悅)의 갑작스런 사망으로 18년 만에 캐나다에서 일본으로 돌아올 때 밝힌 선중담화(船中談話)에서 이네코를 높이 평가한 것이 계기가 되어 시작된다.

일본에 돌아온 도시코는 다시 평론, 에세이, 소설 등을 발표하며 작가활동을 재개하지만, 독자들의 관심을 얻어내지 못했다. 이런 어려운 가운데 있던 도시코가 구보가와 쓰루지로(窪川鶴次郎, 이네코의 남편)에게서 에쓰의 모습을 발견하고 특별한 관계로 발전한다. 두 사람의 정사(情事)가 세상에 알려지자, 곤란해진 도시코는 서둘러 중국으로 떠난다.

이네코가 전지위문으로 오게 된 중국 상해에 도시코가 살고 있었다. 이네코와 도시코의 관계를 잘 알고 있는 신문사로부터 조심스럽게 도시코를 만날 의향이 있는지 물어왔다. 덧붙여 도시코가 작가로서는 감각이 둔해진 듯하다는 말을 전해들은 이네코는 더욱 만나서 확인 하고 싶어졌다.

그때 본 도시코의 늙음과 초췌함에 이네코의 마음을 움직였으며, 무엇보다 돌연사(突然死)하기 직전에 도시코가 보낸 편지에서 이네코는 도시코가 과거의 잘못으로 무거워했던 마음을 도시코 사후(死後) 1주년인 1946년에「여작자(女作者)」를 발표하게 된다.

「여작자」에서 사타 이네코가 다에, 다무라 도시코가 후지무라로 설정되어 있다. 다에는 후지무라와 한때 복잡한 관계에 있었다. 그런 두 사람이 중국 상해에서 만나게 된 것이다. 처음 만났을 때 후지무라는 다에 보다 요시에 쪽으로 먼저 눈을 돌려 인사를 할 정도로 서먹해 했다. 다에는 후지무라가 여느 때와 마찬가지로 진한 화장을 하고 있었지만, 상상할 수 없을 정도로 늙어 보이는 모습을 보며, 여작자로서의 동질감에서 오는 안타까움을 느끼게 된다.

그런 짧은 만남을 뒤로하고 일본으로 돌아와서 다에가 보낸 편지를 받은 후지무라는 지난날의 잘못에 대한 깊은 사죄를 내비치며, 다에를 만나 많은 이야기를 풀어내고 싶다는 답장을 보내왔다.

이런 편지를 받고 난 후, 다에가 조금씩 후지무라에 대해 마음이 열려가고 있을 즈음, 후지무라가 돌연사(突然死)했다는 소식을 접하게 된 것이다. 다에는 중국 상해에서 만난 후지무라의 모습과 편지 내용 등을 통해, 후지무라에 대한 생각이 어릴 때부터 선망해오던 작가의 모습으로 되돌아 온다.

이렇듯 이네코는 자신과 도시코를 주인공으로 하여 여성의 삶과 여권 신장을 표방한 신여성으로서의 '여작자'를 그려내고 있다.

「잿빛 오후(灰色の午後)」

　「잿빛 오후」는 1936년 12월 31일 아사쿠사 배경을 시작으로, 중일전쟁 승리까지로 되어 있다. 이 작품은 사소설로 등장인물은 사타 이네코가 가와베 오리에(川辺折江 33세), 구보카와 쓰루지로가 소키치(惣吉 34세), 다무라 도시코(田村俊子)가 요시모토 와카(吉本和歌 36세), 미야모토 유리코(宮本百合子)가 미노베 가즈코(美濃部数子 36세)로 실존인물들이다.

　만주사변에서 시작된 전쟁의 여파로 프롤레타리아 작가들은 사상적 검증을 이유로 검거되기도 하고 집행유예로 풀려나기도 한다. 사타 이네코는 구보카와 쓰루지로와 결혼해서 프롤레타리아 작가로 활동하며, 공산당에도 입당한다. 두 사람은 치안유지법에 의해 투옥과 집행 유예 상태를 되풀이한다.

　작품의 소키치는 프롤레타리아 작가이면서도 공산당원이기도 하여 정치적 탄압에 의해 투옥된다. 그러나 소키치가 위장전향으로라도 출소하고 싶어하자, 아내 오리에와 당원들은 소키치가 사상적으로 전향할 위험요소가 없다는 것을 확인하고는 위장전향을 해서라도 빨리 나오라는 미노베[15]의 전언을 알린다. 그 일을 성사시키기 위한 수단으로 고향에서 의붓형까지 불러들여 가족을 통한 보석운동으로 출소할 수 있었다. 오리에 역시 "치안 유지법 위반"을 피해 갈 수 없어 검거 되었지만, 민감한 사상적인 문장보다는 "여성평론" 쪽으로 글을 많이 쓰고 있어 집행유예로 풀려났다.

　소키치는 건강이 좋지 않아 의사인 와카에게 치료를 받게 된다. 이 만

---

15) 미노베는 가즈코의 남편으로 미야모토 겐지의 모델이다.

남으로 두 사람의 관계가 사랑으로 발전한다. 와카는 소키치와의 불륜이 알려지자 스스로 소키치와의 관계를 시인하며 아무에게도 알리지 않은 채, 죄책감에 사로잡혀 만주로 떠나고 만다.

그러나 오리에는 소키치가 와카와의 불륜을 완강하게 부인하는 것이 거짓이라는 것을 알면서도 오히려 소키치와 매일 저녁 욕정으로 타락해 간다. 이런 자신의 모습이 소키치와 함께 와카를 피해자로 만든 공범자가 되었다는 생각에서 벗어날 수가 없었다. 이네코는 이러한 오리에의 행동을 통해, 와해되어 버린 혁명사상에서 현실과 타협해 가는 전쟁협력자가 될 수밖에 없는 시대상을 암시를 하고 있다.

「허위(虛僞)」

전후(戰後)에 전전(戰前)의 일본 프롤레타리아작가 중심으로 1945년 12월 30일 간다 교육회관에서 신일본문학회가 창립총회가 열렸다. 그런데 이네코는 전쟁위문 등 전시 중의 행위에 대한 비판을 받아 창립발기인에서 제외 당한다. 이에 이네코는 전쟁 협력문제와 관련하여 전쟁말기 군 당국에 영합하는 문장을 썼던 그들이 과연 전쟁 책임에 대해 추궁할 자격이 있는지 반문하며, 국가 총력전 체제의 확립과 그것에 보조를 맞추는 지식인 문학자들 영합은 퇴폐 그 자체였다고 말한다.

그리고 이네코는 일본이 전쟁에 몰입하면서 작가들을 전지로 보냈으므로, 전지위문은 문학자라면 좋든 싫든 군지배에 의해 동원되어 전쟁에 휩쓸린 많은 군인들의 고통과 전장(戰場)을 보면서 자신의 욕구와 의도는 무시당한 채 전쟁에 협력 할 수밖에 없었다고 밝히고 있다.

「허위(虛僞)」[16]의 여주인공 도시에(年枝)를 통해 전쟁 책임에 대한 자기 분석과 패전 직후 자신의 전쟁책임 처리 문제에 대해 스스로 전쟁책임 문제를 객관화하여 작가의 주체성을 재확립해 나가고자 했다.

도시에(年枝)가 처음 중국으로 전지위문을 갔을 때의 심경과 싱가폴, 말레이 반도, 인도네시아에 머물면서 겪었던 체험을 비교적 상세하게 그려내고 있다. 전쟁의 본질을 알면서도 군 당국의 압력에 의해 징용되어 전쟁에 협력하는 과오를 돌이켜보고 굴절된 인생을 다시 한번 바로 세우고자하는 의지를 담고 있다.

그리고 도시에를 통해 이네코는 전쟁책임에 대한 의문과 비애와 수치심등을 모두 드러내어 스스로 비판하면서도, 군국주의의 파시즘에 저항했던 작가는 일종의 위장의식에 사로잡혀 타협의 길을 걸을 수밖에 없는 실정이었다고 말한다. 또한, 자신의 제명에 대해 신일본문학회의 동료들도 종군한 작가를 탓할 수 있는 자격이 없으며, 전쟁책임에 관해서는 작가 스스로가 반성하고 책임져야 할 문제라고 밝히고 있다.

---

16) 「허위(虛僞)」는 1948년 6월『인간』에 발표

제3부

여성 프롤레타리아작가의 작품 분석

PROLETARIAN

1장
미야모토 유리코의 작품 분석

미야모토 유리코의 「한송이 꽃(一本の花)」
- 자립한 여성의 표상으로서의 한송이 꽃-

프롤레타리아문학의 해방운동 서사
- 「1932년의 봄」과 「시시각각」을 중심으로 -

미야모토 유리코의 「유방(乳房)」
- 젠더 구조 속의 여성의 슬픔과 분노 -

「아침 바람」과 「나날의 영상」의 두 여자
- 사요(히로코)와 오토메를 중심으로 -

미야모토 유리코의 「한송이 꽃(一本の花)」

- 자립한 여성의 표상으로서의 한송이 꽃 -

1. 서론

미야모토 유리코(이하, '유리코')가 "소비에트로 떠나기 직전에 쓴"[1] 「한송이 꽃(一本の花)」은 유리코 문학의 전반기 "마지막 작품"[2]으로 그 의의가 크다고 할 수 있다.

「한송이 꽃(一本の花)」은 작가가 "3년 남짓 계속되어 온 여자들만의 생활에서 미묘하게 단조로움을 느끼는 마음이 들기 시작함과 동시에, 자신이 쓰는 작품 세계에도 의문을 품기 시작한 시기"[3]에 쓴 것으로 여주인공 아사코(朝子)[4]를 통해서 그 당시 유리코의 심리적 불안정한 상태를 표출하고 있다.

작품의 배경으로는 낡고 부패한 부인단체, 거리의 작은 인쇄소, 탁아소 등이며, 사회복지단체로 출발한 기관들마저 구성원들의 무자각으로 본래의 설립취지가 퇴색되어 버린 사회상을 그리고 있다.

여주인공 아사코(朝子)는 부인단체에서 기관지 편집 일을 하며, 대학에

---

1) 미야모토 유리코는 유아사 요시코와 1927년 12월에 소비에트로 떠남. 「한송이 꽃」은 가을에 완성되었으나 1927년 12월 『개조(改造)』에 발표.
2) 須見磨容子(1981)「転換期の宮本百合子」『民主文学』、新日本出版社、p.8.
3) 宮本百合子(1956)「あとがき」『宮本百合子選集』第4卷、河出書房、참조.
4) 아사코는 미야모토 유리코, 사치코는 유아사 요시코의 모델로 되어 있다. 유리코는 아라키 시게루와의 이혼직전 1925년 1월 초부터 유아사 요시코와 공동생활을 시작하여 미야모토 겐지와 재혼하기 직전 1931년 2월 하순까지 약 7년간을 같이 생활한다. 岩淵宏子(2006)「百合子とセクシュアリティーレズビアン表象の揺らぎー」『国文学解説と鑑賞』4月号、学灯社、p.49.

서 심리학을 가르치고 있는 여자 친구 사치코(幸子)와 함께 살고 있다. 두 사람과 가깝게 지내던 사치코의 사촌 오빠 오히라(大平)[5]가 아사코에게 청혼함으로써, 아사코는 동성과 이성에 구애받지 않는 사랑의 감정 이입으로 남녀의 관계성에 갈등하며, 결혼과 여성의 자립에 대해 깊게 생각하게 된다. 또한, 가타리데(語り手)와 아사코의 시선이 겹쳐져 여성의 직업관과 사회의 부패한 모습 등을 비판적인 시각으로 그리고 있다.

유리코가 작품 후기에서 "아사코는 자신이 무엇을 추구하고 있는지 알지 못한다"[6]고 적고 있듯이, 선행 연구자들 대부분이 "아사코가 추구하고자 하는 것이 구체적으로 명확히 나타나 있지 않다"[7]는 것에 동의하고 있다. 그런 가운데, 미야모토 겐지는 "개인주의적인 세계에 안주하지 않고 자기 생명의 의의를 사회적인 확대와의 관계에서 인식하려고 하는 방향이 그려져 있다."[8]나카무라 도모코는 "여주인공의 직업과 인생의 사는 보람에 대한 모색을 주제로 하고 있다."[9] 이와부치 히로코[10]는 "아사코와 사치코의 레즈비언 관계", "관능의 자각에 의한 정신과 육체의 자기 분열

5) 오히라는 실존 인물 와세다 영문과를 졸업하고, 체호프의 작품을 번역한 아키바 도시히코(秋葉俊彦)가 모델이다. 中村智子《1973》『宮本百合子』、筑摩書房、p.99.

6) 宮本百合子(1956)「あとがき」『宮本百合子選集』第4卷、河出書房、p.342.

7) 宮本顕治 (1980)「転換期と新しい 試練」『宮本百合子の世界』、新日本出版社、p.81. 菅聡子(2006)「『一本の花』一分節化されない言葉」『国文学解説と鑑賞』4月号、学灯社、pp.106-113. 中村智子(1973)「『二つの庭』時代」『宮本百合子』、筑摩書房、p.100. 참조.

8) 宮本顕治 (1980)「転換期と新しい 試練」『宮本百合子の世界』、新日本出版社、p.81.

9) 中村智子(1973)「『二つの庭』時代」『宮本百合子』、筑摩書房、p.100.

10) 岩淵宏子(1996)「『一本の花』一レズビアニズムの揺らぎー」『宮本百合子-家族・政治そしてフェミニズム』、幹林書房. 岩淵宏子(1986)「『一本の花』一ベルハーレン「明るい時」の影響を中心にー』『昭和学院短期大学紀要』. 岩淵宏子(2006)「百合子とセクシュアリティーレズビアン表象の揺らぎー」『国文学解説と鑑賞』4月号、学灯社

에 괴로워하는 아사코", "타자와의 연대에 의한 신체의 자립에 대한 지향" 등, 아사코와 사치코의 관계성을 중심테마로 하여 다방면으로 분석을 하고 있다.

본고에서는 위의 선행 연구를 참고로 하면서 아사코의 사랑과 결혼, 직업관, 더 나아가 모순 있는 사회 속에서도 좌절하지 않고 자립한 여성의 표상으로 한송이 꽃을 피우려고 노력하는 아사코에 대해 고찰하고자 한다.

2. 아사코의 사랑과 결혼

아사코(1년 반 전에 남편을 잃음)는 사치코와 같이 살고 있다. 두 사람이 집을 얻는 일에서부터 여러 가지 도움을 주고 있던 오히라(36세로 2년 전 아내와 헤어짐)가 아사코에게 청혼하자, 아사코는 오히라에게는 관심을 보이지 않고 오히려 사치코에 대한 감정을 확인하게 된다. 아사코는 사치코의 존재가 "자신의 육체 안에서 큰 꽃잎이 소용돌이치듯", 마음속에 몰려와 애달프게 느껴졌다.

아사코는 사치코를 사랑하고 있었다. 그녀는 사치코의 아주 하찮은 버릇과 단점, 아름다운 선량함도 알고 있었다. 사치코가 짜증을 내기도 한다. 또 가끔 있는 일이지만, 아주 무서운 얼굴로 아사코에게 대들기도 한다. 이런 볼품없는 사치코의 표정을 상기하는 것만으로도 아사코는 익살과 행복을 느끼며 진정으로 웃을 수 있었다. (8)[11]

11) 인원문은 宮本百合子(1969)「一本の花」『宮本百合子選集』、新日本出版

아사코는 사치코와의 생활에서 일어난 사소한 일들조차도 아주 특별하게 여기며, "이상적인 생활"[12]로 인식하고 있음을 알 수 있다. 이와부치 히로코는 이런 아사코와 사치코의 관계를 "단순한 우정을 넘어 애정의 영역에까지 도달"[13]하고 있다며, リリアン・フェダマン(Lillian Faderman)의 레즈비언의 정의를 소개하면서 아사코와 사치코를 레즈비언 관계로 보고 있다.

여기서 작가가 말하는 「이성간의 우정」을 통해서 동성과 이성 간의 우정을 살펴보면, "여자끼리의 우정이 깊이 뿌리를 내리고 있는 넓은 생활 감정 속에 역시 이성 간의 우정이 자연스럽게 실제로 포함되어 존재하고 있다."[14]면서도, 거기에는 "대단히 복잡한 사회적인 조건이 수반" 된다고 적고 있다. 이는 작가는 동성도 이성처럼 서로 사랑할 수 있는 관계라고 생각하고 있지만, 사회에서는 용납되지 않고 있는 것을 알고 있다고 본다.

그렇다면 사치코의 마음은 어떨까? 사치코의 마음을 알 수 있는 장면이 있다. 아사코와 오히라가 사치코와 함께 동행하기를 제안했을 때 사치코가 동행을 거절하여 두 사람만 외출한다. 그러나 아사코는 외출 중에도 혼자 집에 남아 있는 사치코를 생각했다. 사치코도 오히라와 아사코가 돌아 올 때까지 밖에서 계속 서성이며 기다리고 있는 모습을 통하여 사치코의 감정 역시 아사코와 동일하다는 것을 적고 있다.

社.에 따랐다. 괄호( )안의 숫자는 본문의 각 장을 나타내며 번역은 필자에 의함. 이하동일.
12) 岩淵宏子(2006) 「百合子とセクシュアリティーレズビアン表象の揺らぎー」前掲書、p.51.
13) 岩淵宏子(1996) 「『一本の花』ーレズビアニズムの揺らぎー」前掲書、p.137.
14) 宮本百合子(1939.10) 「異性の間の友情」『婦人公論』

복숭아밭의 모퉁이를 돌자 문 앞을 서성이는 사치코의 모습이 보였다. 아사코는 그 모습을 멀리서 본 순간 자신들이 곧바로 되돌아 온 것이 마음속으로 기뻤다.

"많이 기다렸어요."

"뭐야! 이 정도라면 함께 갔으면 좋았잖아."

오히라가 덜뜨럼하게 웃었다.

"네가 염려한다고 과감하게 나의 유혹을 거절했어." (6)

오히라는 아사코가 자신에게 관심을 보이지 않는 것은 사치코 때문이라고 말한다. 그러나 아사코는 오히라를 사랑하지 않는다고 말은 하면서도 야릇한 안락함에 빠져드는 "마음의 이중성"(8)을 느낀다. 아사코는 사무를 보고 있는 사이에도 "때때로 어젯밤에 마음을 빼앗긴 이상한 느낌이 되살아"나 괴로웠다. 그런 현상을 아사코는 일시적인 불꽃으로 생각하고 싶었지만, 상상외로 마음에 강하게 각인 되었다.

아사코는 오히라를 사랑하고 있는 것이 아니었다. 그것은 아사코가 다시 결혼을 바라지 않는 의미와는 전혀 다르다. 단지 귀찮다는 심정으로, 소극적인 자유를 유지하고 있는 것도 알고 있었다. 그쪽에서는 좋은 감정으로 1년 남짓 서로 알고 있는 아사코에 대해 혼자 자유롭게, 조금은 재미있게 무엇인가 연정다운 것을 느낀 것이다.(8)

아사코는 오히라의 그런 마음을 잘 알고 있었다. 그러나 과거의 불행했던 결혼생활을 되풀이 하고 싶지 않아, "마음속에서 이미 결혼 생활은 완전히 완결" 시켰다고 말하고 있다. 그렇다면 오히라를 사랑하지도 않고 결혼할 마음도 없으면서 끌리고 있는 현상은 어떻게 받아들여야 할까?

히라바야시 다이코는 "두 사람은 역시 남녀 사이이기 때문에 인격적으로는 싫어하고 있어도 성적(性的)으로 끌리는 것이 있다." [15] 시게 소코도 "아사코는 스스로 자신 속에 있는 성적욕망의 '방탕' 함을 발견했다." [16]고 밝히고 있다. 이와 관련하여, 작가에 의해 조형된 작품 속의 인물과 실제 모델과의 관계성에서는 조금 다를 수도 있지만, 작품의 이해를 돕기 위해 유리코의 자전적 요소와 결부시켜 사치코는 유아사 요시코, 아사코는 유리코로 모델화하여 유리코가 여성작가 노가미 야에코에게 보낸 편지에서 살펴보면, "자신은 요아사씨를 이렇게 사랑하고 함께 있으면 즐겁고 솔직해지는데, 남자에게는 왜 마음을 주지 못하는 것인지, 왜 남자를 유아사씨처럼 사랑할 수 없는 것인지 신체적이나 생물학적인 것은 어떻게 관계하는 것일까 하는 것을 유아사씨를 만나고 난 후 계속 생각하고 있다." [17]고 적고 있다. 이처럼 작가의 생활을 통해서 본 것을 작품 속의 인물에 대립시켜 보면 아사코는 사치코와의 생활만을 우선시 하고 있다는 것을 알 수 있다.

또한, 아사코는 "한 그루의 석류나무" 와 "한 그루의 물푸레나무" 에 관심을 보인다.

그 복도의 밖에 한 그루의 석류나무가 있었다. 이러한 공공 건축의 공

---

15) 平林たい子(1972)『宮本百合子』、文芸春秋、p.183.
16) 菅聡子(2006)「『一本の花』一分節化されない言葉」『国文学解説と鑑賞』 4月号、学灯社、p.106.
17) 黒沢亜里子外(2006)「愛と生存のかたち湯浅芳子と宮本百合子の場合」 『国文学解説と鑑賞』4月号、学灯社. p.11.

터에 자란 나무답게 언제나 열매 없이 꽃만 흩뜨리고 있었다. 신기하게 올해는 아래 가지에서 단 하나의 열매가 맺었다. (생략) 바람에 움직이는 풀까지 모두 가늘게 긴 가을의 쓸쓸함 속에 단 하나 석류 열매는 둥글게 무거운 듯이, 아사코에게는 무엇인가 호감을 주었다. (8)

이웃집 울타리에 한 그루의 물푸레나무가 있었다. 한창 때를 조금 지난 아사코 쪽의 정원 흙 위에까지 금귤색의 잘잘한 꽃잎이 온통 깔려 그 시원한 향기를 발산하고 있었다.(9)

위의 인용문에서 아사코 눈에 비친 "한 그루의 석류나무"가 공공건축의 공터에 자란 나무답게 열매도 없이 꽃만 흩뜨리고 있는 모습과, "한 그루의 물푸레나무"가 한창 때를 조금 지났지만 시원한 향기를 발산하고 있다는 표현을 통해 자신의 마음을 상징적으로 그리고 있다고 본다. 아사코는 어려운 가운데서도 좌절하지 않고, 언젠가 분명 자신의 나무에 열매를 맺겠다는 불굴의 의지를 보이고 있다.

아사코는 이렇게 자신을 키워나가기 위해서는 결혼생활을 지속하지 않고 사치코와 자유로운 생활을 함으로써 자신 속에 "반개한 여성의 꽃"을 피울 수가 있었다고 보고 있다.

아사코가 남편을 잃은 것은 24살 때이었다. 그녀는 요즘 들어 예전에 몰랐던 남녀의 생활에 대한 많은 것을 이해하게 되었다. 그녀 안에 반개(半開)한 여성의 꽃이 피었다. 만약 지금까지 결혼생활이 계속되고 있었다면 자신은 이렇게 섬세하게, 뭔가 나무의 싹이라도 자라는 것을 지켜보는 듯한 마음과 관능의 성장을 자신에게서 발견할 수 있을까? 아사코는 가끔 그런 생각을 하며, 보통 세상적으로 생각하면, 그 당시 아사코에게 있어 힘들었던 일이 단지 불행이었다고만은 생각되지 않았다. 한 여자의 성장. 자연은 그 여자가 남편이 있든 없든 그러한 것과는 상관이 없다. 때가 되면 꽃을 피운다. 자연은 맑고 깨끗하다.(8)

아사코가 "반개(半開)한 여성의 꽃"을 피운 것은 "아사코의 내면의 상징임에 틀림없다."[18]는 이와부치 히로코의 설(説)에는 필자도 동의하지만, "결혼생활은 인간 본연의 마음의 관능에 대한 성장을 방해한다는 지적"[19]은 이해하기 힘들다.

물론 "만약 지금까지 결혼 생활이 계속되고 있었다면, (생략) 마음과 관능의 성장을 자신에게서 엿 볼 수 있었을까?"라는 부분을 보면 결혼생활이 계속 유지가 되었다면 지금의 "반개한 여성의 꽃"을 피우기 어려웠을 것이다. 그러나 "그 당시 아사코에게 있어 힘들었던 일이 단지 불행이었다고는 생각되지 않았다."는 것으로 보면, 그런 생활이 있었기 때문에 여자로서 더욱 성숙해질 수 있었다고 본다.

그리고 "그녀는 요즘 들어 예전에 몰랐던 남녀 생활에 대해서 많은 것을 이해"하게 되었다는 부분에서, "요즘"을 오히라의 고백을 듣고 난 뒤로 이해하고 싶다. 또한, 내용은 결혼생활이 아사코에 있어 관능의 성장을 방해했다고 볼 수 있지만, 그렇다고 역으로 사치코와의 생활을 통해 관능의 성장을 초래했다고 보기도 힘들다. 필자는 무엇보다 아사코가 자유로운 생활을 하며 자신에게 충실할 수 있는 여유를 가지고 있었기 때문

18) 岩淵宏子(1996)「『一本の花』論―レズビアニズムの揺らぎ―」前掲書、 p.141.
19) 上掲書、p.142.

이라고 본다.

아사코는 자신의 결혼생활을 엿볼 수 있는 한 가정을 소개하고 있다. 아사코는 잡지에 실을 수필 원고를 부탁하기 위해 도도(藤堂)의 집을 방문하게 된다. 그 집의 정원은 형형색색 아름다운 꽃들로 잘 가꾸어져 있어 융단을 깔아놓은 느낌이 들었다. 그러나 그런 아름다운 환경 속에서도 도도는 울화병으로 건강이 좋지 않아 부인의 도움을 받고 있다. 그러나 도도는 아내가 자신의 간호를 해주는 것은 당연한 것으로 받아들이며 모든 것을 자신 위주로만 생각하고 행동한다.

아사코가 방문했을 때 손님을 접대하기 위해 부인이 차를 내왔을 때도 "더욱 진하게" 다시 끓어오라거나, 부인이 아사코에게 강아지를 한 마리 주겠다고 했을 때도 도도는 부인에게 "그렇게 갑자기 말하면 실례"라며 잘라서 거절해 버린다. 부인의 의견을 전혀 수렴하지 않는 전형적인 가부장제도하의 남편 모습에서 자신의 지나간 결혼생활을 떠올리며, 아름다운 정원을 소유하고 풍요로운 결혼생활을 하는 부부에게서도 여느 부부들과 마찬가지로 남성의 타력에 의해 피해를 보는 것은 여성들이라는 것을 보여주고 있다.

꽃들에 둘러싸여, 점점 병적으로 되어가는 부부생활을 상상하면, 아사코는 퇴폐적인 그림을 바라보는 것 같은 기분이 들었다. 그들이 있는 곳에도 부부생활의 타력이 강하게 지배하고 있다. 그것이 어떤 늪인가 아사코는 그녀가 짧은 망부와의 부부생활로 알고 있다. (4)

도도 부부의 생활에서 "병적인 부부 생활"과 "부부의 타력"을 인지하고 아사코 자신의 결혼 생활에서도 결코 잊을 수 없었던 "부부 타력"을 상기시키며 결혼에 대한 거부 의사를 강하게 나타낸다.

또한, 오랜만에 만난 동창생 후키코(富子)를 통하여서도 결혼생활에 대한 여성의 불만을 토로하고 있다. 후키코는 자신이 가족에게 구속을 당하고 있다며, 아사코에게 "제일 편한 사람은 당신"(9)이라며 "미망인 아사코의 자유"[20]를 부러워한다.

이렇듯 아사코는 결혼이란 인간의 성장에 필요한 것이지만 관습적인 남자의 의해 좌우되는 남편과 부인이라는 관계유지에는 의문을 가진다. 따라서 아사코는 아내라는 역할에 주어진 억압과 차별에 대한 자각으로 주체자로서의 균열을 느끼면서 "남편과 대등한 관계를 유지"[21]하기 힘들다는 부분을 크게 부각시키고 있다고 본다.

아사코는 이렇게 남녀 대등한 관계유지가 힘든 결혼생활보다는 동성끼리 서로가 인정하는 범위 내에서 자유롭게 살아가는 것이 여성의 계발에 도움이 된다고 본다.

아사코는 "사치코를 사랑하는 마음"과 "이성을 향하는 관능과의 분열에 의한 섹슈얼 아이덴티티의 위기"는 아사코의 성을 중심으로 한 감성의 은밀한 변용에 의한 것이었다.[22] 동성에게 느꼈던 감정이 이성으로 옮겨지면서도 이성끼리 같이 생활하기 위한 결혼이라는 관문을 통과하는 것에는 아사코는 난색을 표방한다. 자신이 경험한 결혼생활에 비추어 아사코는 주체자로서의 균열을 느끼면서 본래의 자신을 찾아 독립적으로

20) 菅聡子(2006) 前掲書、 p.108.
21) 渡辺澄子(1972)「近代女流作家の肖像－宮本百合子」前掲書、p.449.
22) 岩淵宏子(1996)「『一本の花』論－レズビアニズムの揺らぎ－」前掲書、
     p.141.

인간답게 살고 싶다는 욕망으로 결혼 그 자체에 거부반응을 보이고 있다.

3. 여성의 직업관

여성의 직업관 고찰에 앞서 아사코가 근무하고 있는 부인단체 내부의 부패된 모습부터 먼저 살펴보기로 한다.

아사코가 일하고 있는 부인단체는 봉사 목적으로 설립되었지만, 현재는 그 당시의 순수한 목적은 사라지고 소속원들이 자신의 욕심만을 추구하는 장소로 바뀌어 있는 실정이다. 아사코는 여성과 직장을 연관 지어 자신이 일하고 있는 부인단체와 이시다 인쇄소, 탁아소 등에 만연해 있는 부패사항을 보여 주고 있다.

우선 자신이 근무하고 있는 부인단체 구성원들의 모습을 살펴본다.

러일전쟁 당시, 어떤 정이 많은 부인이 전국의 유지들을 규합해서 하나의 부인단체를 조직했다. 전시 중, 그 단체는 상당한 활동을 해서 실적을 올렸다. 설립자였던 부인이 죽은 후에도 단체는 해산되지 않고 메이지시대 참모 정치로 이름을 날렸던 여성을 회장으로 추대하여 점차 사회사업 등에 기여해 왔다. 그러나 그 정신은 옛날의 주동자와 함께 죽었다. 이사나 기타 임원이 상류층 부인뿐이어서 실권은 주사(主事) 또는 서무과장인 모로토 요시히코(諸戸嘉彦)에게 있었다. 여자는 여자대로 남자는 남자대로 이 단체의 내부를 야심의 소굴로 삼았다. (5)

이 단체의 실질적인 실권자 서무과장 모로토 요시히코는 부인과 아이를 고향에 두고 혼자 도쿄에서 살며 직장생활을 하고 있다. 모로토가 마음대로 공금을 유용한 것이 밝혀져서 신문사로부터 조사를 받기도 한다. 또한 여자관계도 복잡하다. 여학교 교장과 특별한 관계라는 소문이 나 있는데 요즈음에는 가와이(河合)라는 여자와도 소문이 있었다. 이런 직장 상관과의 복잡한 이성관계는 이시다 인쇄소에서도 볼 수 있다. 편집일로 인쇄소를 방문한 아사코는 사장실에서 뛰쳐나오는 여사환을 보게 된다.

> 무심코, 아사코는 '탁 탁' 게다를 끌며 젊은 여자답게 두 세단 빠른 걸음으로 올라갔다. 그때, 순식간에 아까 그 갈대발이 쳐진 방의 문이 열리고 실내에서 17세 정도의 여자 사환이 뛰어나와 빠른 동작으로 계단 쪽에서 나갔다. 그 여자는 재빠르게 아사코를 지나쳐, '우당탕탕' 하고 아래층으로 뛰어 내려갔다. 아사코가 엉겁결에 이미 아무도 보이지 않는 어두운 계단를 보고 있자, 얼굴이 불그스레한 사장이 발이 쳐진 문과 평행인 벽 쪽으로 책장이라도 끼워 넣을 예정인 것처럼 보이는 6자에 2자 정도로 패여 있는 곳에서 사장실의 중앙 쪽으로 천천히 아무렇지도 않게 걷기 시작했다. 아사코는 왠지 싫은 기분이 들었다. 이층에서 아버지가 젊은 여자 사환을 그 사장실에서 뛰쳐나가게 하는 것을 요시조는 알고 있는 것일까? (2)

이 인쇄소의 실질적인 경영은 이소다(磯田)의 아들 요시조(嘉造)가 맡고 있었으므로 아버지가 젊은 여사환을 농락하고 있는 것을 알고 묵인하고 있는지에 대해 의문을 가지고 있다. 어린 여자 사환이 사장실에서 뛰쳐나오고 뒤이은 사장의 출현은 두 사람이 평범한 상하 직원 관계라고 보기 힘든 부분을 연상시킨다.

이소다는 요즘 다른 사람들에게는 최근 만성신경통 치료를 받고 있다고 했지만, 실제로는 이시다의 퇴폐적인 여자관계로 생긴 병이라는 것을 직원들도 추측할 정도로 이미 복잡한 여성편력으로 소문이 나 있는 사람이기도 하여 어린 소녀가 직장 내에서 남자 상관으로부터 성적 유린을 당하고 있다는 추측이 가능하게 한다. 아사코는 이 여사환을 통하여 "여성이라는 성, 섹슈얼리티에 관한 사상(事象)"[23]을 보고 있는 것이다.

아사코와 사치코는 여성이 직장을 갖는 것은 자신의 능력을 키우며 남녀 상생의 길을 모색하여 사회구성원으로 일역을 담당하기 위해서라고 생각하고 있었다.

여기서 작가 유리코가 쓴 「신여성의 직장과 임무」「여성의 현실」「여성의 생활 태도」 등에서 여성과 직업에 대한 관련 글을 살펴보자. 우선 「신여성의 직장과 임무」에서는 "현대에 살고 있는 여성의 새로운 의무는 오늘날 원하든 원하지 않던 새롭게 증대 되고 확대되고 있는 여성의 생활 경험과 적지 않은 희생 속에서 이윽고 여성 전체의 행복을 늘리는 무언가를 잡으려는 끈질긴 노력에 있는 것."[24]이라며 여성의 행복을 위해서는 많은 노력을 해야 한다고 적고 있다. 또한, 「여성의 현실」에서는 "일본의 일하는 부인은 모든 직무 능력을 통해서, 현재 지극히 심각한 딜레마에 빠져 있는 것이 현실"[25]이라며, 「여성의 생활 태도」에서는 "여자의 용기나, 지혜나, 어떤 경우에는 남자를 납득시켜 가는 상냥하고 씩씩함이라고

---

23) 菅聡子(2006)「『一本の花』―分節化されない言葉」『国文学解説と鑑賞』4 月号、学灯社、p.110.
24) 宮本百合子(1937.12)「新しい婦人の職場と任務」『婦人公論』
25) 宮本百合子(1941.2)「女性の現実」『オール女性』

하는 것이 필요."[26]하다고 적고 있다.

작가는 작품 속에서 교육 수준이 낮은 여성들은 직업의식이 희박하여 직장의 상관으로부터 여러 가지 불이익을 당하고도 특별한 반응을 보이지 않는 여성으로, 아사코와 사치코 처럼 의식이 있는 여성들은 남성들과 동등하게 일하고 그 타당성 또한 인정받고 있는 여성으로 그리고 있어 작가의 의도를 생각하게 한다.

아사코는 시청에 다녀오는 길에 탁아소에 들렀다. 그때 탁아소에서 근무하고 있는 구보(久保)가 안내를 해 주었다. 구보는 탁아소 원아가 아사코에게 인사를 하지 않자, 강제로 인사를 시키려고 한다. 아사코는 강요하지 말라고 하지만 구보는 떠나고 싶어 하는 아이의 어깨를 누른 채, 강요한다. 구보의 가정환경과 생활방식을 알고 있는 아사코는 자유분방한 아이를 억지로 자신의 방법에 맞추어 나가려하는 구보의 이런 모습을 통하여, 개인적인 감정 처리도 잘 조절할 수 없는 교사로서의 자질 부족과 직업의 전문성과 봉사정신이 희박함을 지적하고 있다고 본다.

구보는 가정이 없고, 건강이 좋지 않고, 위로가 없는 자신의 생활 고통을 선천적으로 타고 난 고집에 접목시켜, 그 힘으로 아이나 동료를 억압하려는 것처럼 생각되었다.(10)

이렇듯 봉사정신을 우선시 하는 복지 단체에 근무하고 있는 직원들의 의식구조에도 문제가 있음을 부각시켜 전반적이 사회상을 짐작하게 한다고 본다.

---

26) 宮本百合子(1939.9)「女性の生活態度」『婦人画報』

다음으로, 그 당시 여성들의 직업관에 대해 살펴보기로 한다. 저녁이 다 되어 사치코가 가르친 적이 있는 스에마쓰(末松)라고 하는 아가씨가 친구 한 명과 함께 직업을 부탁하려 방문해 왔다.

"경제적으로, 일이 없으면 곤란해요?"

"아니에요, 그렇지는 않지만……"

"집에 그냥 있어도 어쩔 수 없다고 하는 것이군요. 그럼, 어떤 일이 좋아요? 어떤 일에 자신이 있어요?"

스에마쓰는 의자에 나란히 앉아 친구와 서로 얼굴을 마주보며 어색한 듯이,

"특히, 자신이 있는 것은 없지만, 만약 가능하다면 잡지사나 신문사에서 일해 보고 싶습니다." (7)

사치코에게 취업을 부탁하러 온 아가씨들은 딱히 자신이 무엇을 잘 할 수 있는지도 파악하지 못한 채 막연하게 잡지사나 신문사에서 일하기를 원한다. 보다 못한 사치코는 장래에 저널리스트가 될 생각이냐는 질문에 생각해보지 않았던 것처럼 아가씨들은 몸을 비비꼬며 가만히 있다.

작품 분석에 도움이 될 만한 작가의 글「여자의 자신」「인간의 도의」를 인용해 본다.「여자의 자신」에서 "개개인의 다양한 경험이나 기분이나 희망을, 자신의 것임과 동시에 여성전체와 사회의 것이라고 하는 관계로 느끼고, 말할 수 있는 힘을 어떤 식으로 몸에 익혀 갈 것인가?"[27]라며, 여

---

27) 宮本百合子(1952.8)「女の人間」『宮本百合子全集』第九卷、河出書房
　　초판은 1940.6 발표되었으나 不詳.

성이 직업에 도전하기 위하여 노력이 필요하다고 적고 있다. 또한 「인간의 도의」에서는 "일반 실업자 문제가 심각해지자, 그 중에서도 여자실업자의 나날은 실로 말로 표현할 수 없을 정도로 고통스러운 것이었다." [28] 고 그 당시의 어려운 취업난에 대해서도 적고 있다.

> "지독한 불경기이기 때문에, 꼭 맞는 일 따위 없어요. 있다고 해도 그런 일에는 당신들보다 절실하게 오늘을 살아가는데 필요한 남자들이 모여들고 있어요." (7)

이렇게 불경기로 직업이 어려워지면, 당장 생계에 곤란을 받는다는 이유로 남성들에게 먼저 취업의 기회가 주어지는 사회적인 현상을 밝히고 있다. 이런 가운데서도 다행스럽게 여성의 의식이 변해가고 있음을 남자인 오히라를 통해서 밝힘으로써 단순한 여성들의 바람이 아님을 시사하고 있다.

> "어쨌든, 상당한 교육을 받은 사람들이 부모에게 얹혀사는 것을 명예스럽게 생각 하지 않게 되었다. 청년시대의 열정에는 경제관념이 전혀 없었다. 지금의 아가씨들은 독립을 경제적 자립으로 결부시키고 있기 때문에 방심할 수 없어." (7)

교육을 많이 받은 여성들이 가정에만 갇혀있던 생활에서 스스로 직장을 구하여 부모를 의지하지 않고 경제적으로도 독립하여 생활해나가기를

---

28) 宮本百合子(1946)「人間の道義」『民報』

원했다. 그것은 큰 변화인 것이다.

> "여성문화는 반드시, 여자는 집 안에서 라는 의미는 아니니까. 당신도
> 알고 있는 동북대학의 히노라는 사람의 부인이 이제 곧 훌륭한 여자변
> 호사가 될거에요."
> "다른 표현이지만."
> 아사코가 살짝 웃으며 말했다.
> "내가 말하는 것은 초 여성 문화주의에요." (7)

여성이 단순히 직장을 갖기를 원하는 것에서 더 나아가 노력에 의해 남
성들의 전유물이었던 법조계에까지 진출해 있음을 알린다. 여성 직종의
다양화를 볼 수 있다.

아사코는 "나 요즘 회의주의에 빠졌어요. 일하는 여자에 대해서. 여권
확장가(女権拡張家) 처럼 태평하게 생각하고 있을 수 없게 되었다" 며, 자
신의 직업의식에 대해서도 회의감을 가지고, 단순히 봉급만 받기 위한 직
장이 아니라 자신의 계발을 위한 사명감을 가진 직장인이 되기를 원했다.

> "자신의 직업이라면, 직업이 인생의 어떤 부분에 어떤 상태로 결부되어
> 있는 것인지 좀 더 탐구적이지 않으면 제대로 된 것이 아닌 게 아닐까.
> 단지 급료를 받을 수 있으면 좋고, 싫어지면 그 직업 버리는 것뿐이야.
> 즉 여자도 남자처럼 교활하게, 게다가 그들보다 불 숙련으로 체면을 차
> 리는 것은 잘못이 아닐까." (7)

이렇게 자신의 "사회적 아이젠티티를 성찰" [29]한 아사코는 자신의 일에 대해 열정을 보인다. 아사코는 단순한 직업의식에서 벗어나 여성의 삶의 방식까지 거론하고 있다. 여성의 역할과 능력발휘의 중요성. 여성과 문화의 관계를 어떻게 구축시켜 나가야 하나 구상하고 있었다고 본다.

"단지 월급 90엔 받고, 적당히 할당된 잡지의 편집을 하며 살아갈 수 있는 것도 아니므로 직업이 있다고 말할 수도 없어요. 어떤 잡지를 왜 편집하는 것인지, 거기까지는 명확한 의지가 작용해야 드디어 인간의 직업이라고 말할 수 있는 것이지만 (생략) "나는 뭐, 일을 해서 먹고 살고 있다는 것이 실은 기분 나쁘지도 않지만, 왠지 요즈음 자신이 없어져서 앞으로 내가 정말로 자신의 잡지를 만든다면, 오히라씨가 독자가 되어 주세요." (7)

아사코는 자신이 지금 하고 있는 편집일이 나쁘지는 않지만, 좀 더 사명감을 가지고 당당하게 자신의 이름을 걸고 잡지를 출간해 보고 싶다는 의지를 표현한다.

이처럼 여성이 직장에서 단순히 상관의 뜻에 따라 움직이는 수동적인 모습에서 벗어나 여성의 자아계발을 위해 자신의 삶의 목표에 따른 직업관을 가지고 있는 여성의 모습을 보이고 있다.

---

29) 岩淵宏子(1996)「『一本の花』—レズビアニズムの揺らぎ—」前掲書、p.140.

4. 열린 세계로의 지향

야마구치현에 살고 있는 사치코 언니로부터 포도상귀태 수술을 받고나서 최근 건강이 좋지 않다는 전보를 받고, 사치코가 언니 집으로 가게 된다. 이때, 아사코는 사치코를 배웅하면서, 사치코가 없는 동안 자신이 변해 버릴 것 같은 예감이 들어 같이 갈 의사를 내비친다. 그런 아사코의 마음을 아는지 모르는지 사치코는 자신에게 대한 배려와 호의로 생각하고, 혼자가기로 한다. 그런데 아사코는 사치코가 떠나고 난 뒤 이상하게도 마음이 더 편안해 지는 것을 느끼게 된다.

> 아사코는 이상한 불안으로부터 점점 마음이 자유로워졌다. 사치코가 없는 것도 좋다. 자신의 전후좌우로 지나가는 엄청난 무리를 바라보면서 아사코는 생각했다. 자신도 괴로운 채로 이 무리 속의 한 사람이 되어 살아가면 좋을 것이다. 아무리 괴로워도, 반드시 인간의 뇌리 속에 있으면 되는 것이다.(9)

여기서 시게 소코는 아사코가 왜 "무리 중의 한 사람으로 살아가려고 하는지", 아울러 불안해하는 것이 무엇인지 "구체적으로 나타나있지 않다."[30]고 평하고 있다. 물론 텍스트에 확실히 표현되어 있지 않지만, "아사코와 사치코의 관계가 레즈비언니즘이라는 금기시 되어 있는 관계"[31]를 유지하고 있어, 보통여자들의 생활 방식이 아니라는 것을 자신도 인지

---

30) 菅聰子(2006) 前揭書、p.106.
31) 岩淵宏子「『一本の花』ーレズビアニズムの揺らぎー」前揭書、p.140. 1996. 참조.

하고 항상 불안해하고 있었던 것은 아니었을까라는 생각을 한다. 그리고 "점점 마음이 자유로워 졌다."는 표현에서는 사치코가 떠나고 혼자 남게 되자 그런 관계에서 벗어났다는 해방감으로 보고 싶다.

또한, "사치코가 없는 것도 좋다"는 표현에서는 사치코와의 생활이 절대적이라고 생각했지만, 막상 혼자가 되어 보니 자신이 생겨 "무리 속의 한 사람"으로 살아가도 좋을 것 같다는 생각을 하게 된 것은 "보다 열린 세계로 나아가는 가능성"과 동시에 "타자와의 연대를 구축하고 무리의 한 사람으로서 살아가려고 하는 모습"[32]을 보이고 있다고 본다.

아사코는 자신의 주변으로 지나가는 엄청난 사람들을 바라보면서 자신도 이 무리 속의 한 사람이 되어 살아가면 좋을 것 같다는 생각을 하며 거울에 비친 자신의 모습을 보게 된다.

여기저기 밤의 쇼윈도에 자신이 걷고 있는 모습이 흘끗 비쳤다. 그 자신의 마음 을 억누르고 있는 괴로움 등이 일순간 같은 불빛에 의해 거울에 비치는 여러 가지 얼굴, 넥타이 색깔 등에 아사코는 따뜻한 감정을 가졌다.(9)

아사코는 자신이 거울에 비추어지는 모습과 함께 타인의 모습까지 보면서 서로 교통할 수 있을 것이라는 희망을 가진다.

이렇게 생활상의 근본개혁을 원하고 있는 아사코는 현대인을 두 분류로 나누고 있다. 하나는 개인적으로 자신만 만족을 느끼면 되는 사람, 또

---

32) 岩淵宏子(1986)「『一本の花』論ーベルハーレン『明るい時』の影響を中心にー」前掲書、p.42.

다른 분류는 자신의 만족에서 떠나 다른 사람에게 전해야만 한다는 사명감을 가지고 있는 분류이다. 아사코는 자신이 후자에 속한다고 말한다.

후자에 속하는 사람은 강렬한 소모와 동시에 신생(新生)이 가능하기 때문에 자신을 포함한 더욱 넓은 인간 집단을 잊을 수 없다. 예를 들면, 그것에 대해 자신이 무력해도 잊을 수는 없다.(9)

아사코는 자신을 포함하여 다른 사람에게 계몽적인 선구자 역할을 해야 한다는 사명감을 가지고 있었다. 그러기 위해서는 자신의 계발이 필요하다. 유리코는「여자의 역사」에서 이렇게 표현하고 있다.

자신의 일생을 사는 것은 타인이 아닌 자기 자신이다. 이 사실을 깊이 생각할 때, 우리들 가슴에 솟아나는 자신에 대한 격려, 자신에 대한 편달, 자신에 대한 비판이야말로 한 사람 한 사람의 여자를 길러내면서, 여자 전체 역사의 해안선(海岸線)을 잔물결이 반석을 모래로 만들어온 것처럼 변해가는 일상의 감추어진 힘이라고 생각한다.[33]

여성의 자아 확립을 위해서는 바위가 모래를 만들어 온 것처럼 긴 세월 동안 꾸준한 노력이 필요하다는 것을 강조하고 있다.

「한송이 꽃」은 작가가 이미 소비에트 행을 결심하고 난 뒤에 쓴 작품이므로 자신이 갇혀있는 사고에서 벗어나 소비에트로 가서는 "새로운 사회

---

33) 宮本百合子(1940.6)「女の歷史」『婦人画報』

건설"[34]을 위해 변화해야 한다는 작가의 미래 지향적인 의지가 내포되어 있다고 본다. 또한 "그 불길의 중심에서 내 삶의 노래(10)"를 부르고 싶다는 희망으로 자신의 본능에 따른 적극적인 자세를 취하고 있다.

> 아사코는 인간의 생존의 첨단이라는 것을 깊게 생각했다. 도덕이나 상식, 교양 등 그 사람을 지탱하는데 아무런 도움도 되지 않는 순간이 인생에 있다. 또 그러한 비상시가 아닐 때까지는 우리들을 둘러싼 상식이나 도덕, 그것들의 권위의 실추 사이에서 살아가는 데, 무엇이 마음의 의지가 될 것인가. 왜 인간이 인간답게 살아가는 길을 본능적으로 구분하는가 하면, 그것은 초목으로 말하자면 초목을 키우는 중요한 싹과 다름없는 인간의 마음속에 있는 생존의 첨단에 의해서이다. (10)

아사코는 세상속의 도덕이나 상식, 교양 등에 얽매이지 않고 자연스럽게 마음이 시키는 대로 살고 싶어 하며, 또한 사회 규범의 소용돌이 속에 빠져들지 않고 "생존의 첨단"이 요구하는 방향으로 뻗어나가고 싶어한다. 그것은 사회적인 전개 속에서 "자기 존재의 충실을 요구하는 방향"[35] 이기도 하다.

아사코는 왠지 종 잡을 수 없는 답답함을 느끼면서도, 자신 스스로 무엇인가를 주장하고 큰 불길이 피어오르게 하는 새로운 세계를 만들어 가려는 의지를 보이고 있다.

---

34) 中村智子(1973)「平和と民主主義の旗手」『宮本百合子』、筑摩書房、p.306.
35) 中村智子(1973)「『二つの庭』時代」『宮本百合子』、筑摩書房、p.109.

5. 결론

이상과 같이, 아사코의 사랑과 결혼, 여권신장을 위한 직업관에 대해 살펴보고, 자립한 여성의 표상으로의 한송이 꽃의 의미를 고찰해 보았다.

아사코는 사치코와의 생활에 만족하고 있었다. 그러나 오하라의 청혼으로 이성 간의 사랑에 대한 가능성도 완전히 배제하지 않고 있다. 아사코는 오히라를 사랑하지 않고 사치코를 사랑한다고 말하면서도, 동성끼리 느낄 수 없는 감정을 느끼고 스스로 당황해한다. 그러면서도 결혼에는 난색을 표한다. 아사코는 결혼생활에서 남성 중심사회의 타력에 의해 여성이 희생당하는 것을 경험했기 때문에 여성이 성장할 수 없다고 보고 있다. 또한, 자신의 "반개(半開)한 꽃"을 볼 수 있는 것은 결혼생활을 유지하지 않았기 때문에 가능했다고 믿고, 결혼 상대와는 상관없이 결혼생활 그 자체에 거부 반응을 보이고 있다.

당시의 사회 부패 상황의 심각성을 나타내기 위해 봉사정신을 우선시하는 사회 복지 단체에서도 부조리가 팽배해 있음을 밝히고, 직장내부의 상하조직관계에 의해 피해를 당하고 있는 여성들을 통해서는 사회전반에 깔려있는 남성 우월사상에 입각한 정서를 그대로 그려내고 있다.

한편으로는, 젊은 인텔리 여성의 직업에 대한 전진성과 자아추구의 결실로 여성이 변호사로 까지 진출해 있음을 알리고, 여성의 경제적인 자립뿐 아니라, 정신적인 내면세계의 확립까지 정립 될 때 비로소 진정한 자립으로 보고 있는 직업의식의 변화를 시사하고 있다.

「한송이 꽃」에서 아사코의 내면의 움직임을 명확히 추구 할 수 없는 채로 끝나는 것은 작가 자신의 정립되지 않는 마음 상태를 그대로 표출해

내고 있다. 그러나 작품의 메시지는 자립한 여성의 표상을 한송이 꽃에 비유하여, 여성의 주체화 문제와 사회와 가정으로 부터의 일탈(逸脫)이 그 근저를 이루고 있다.

특히, 『한송이 꽃』은 유리코가 소비에트로 떠나기 전에 여성의 내면세계에 대해 끊임없이 자각하고 갈등하며 진취적인 방향 모색을 위해 노력하고 있음이 나타나 있는 귀중한 자료라고 할 수 있다.

〈참고문헌〉

菅聡子(2006)「『一本の花』―分節化されない言葉」『国文学解説と鑑賞』4月号、
　　学灯社、pp.106-113.

黒沢亜里子外(2006)「愛と生存のかたち湯浅芳子と宮本百合子の場合」『国文学
　　解説と鑑賞』4月号、学灯社、pp.6-27.

岩淵宏子(2006)「百合子とセクシュアリティーレズビアン表象の揺らぎ―」『国
　　文学解説と鑑賞』4月号、学灯 社、pp.49-56.

（1996)「『一本の花』―レズビアニズムの揺らぎ―」『宮本百合子-家族・政治そし
　　てフェミニ ズム』、幹林書房、pp.127-156.

(1986)「『一本の花』論―ベルハ-レン『明るい時』の影響を中心に―」『昭和学院
　　短期大学紀要』、pp.33-45.

佐藤静夫(2001)『宮本百合子選集と同時代 の文学』、本の泉社.

須見磨容子(1981)「転換期の宮本百合子」『民主文学』、新日本出版社、pp.6-15.

板垣直子(1987)「湯浅芳子との共同生活」『婦人作家評伝』、日本図書センター、
　　pp.261-266.

(1969)『明治・大正・昭和の女流文学』、桜楓社、pp.140−176

宮本顕治 (1980)「転換期と新しい 試練」『宮本百合子の世界』、新日本出版社、
　　pp.77−82.

中村智子(1973)「『二つの庭』時代」『宮本百合子』、筑摩書房、pp.86-101.

（1973)「平和と民主主義の旗手」『宮本百合子』、筑摩書房、pp.279-331.

平林たい子(1972)『宮本百合子』、文芸春秋.

小原元 (1968)「解説」『宮本百合子選集』第 3券、新日本出版社、pp.473-492.

宮本百合子(1956)「あとがき」『宮本百合子選集』第4巻、河出書房、p.342.

프롤레타리아문학의 해방운동 서사
- 「1932년의 봄」과 「시시각각」을 중심으로 -

1. 서론

일본 프롤레타리아 문학운동은 "지배 권력의 반동체제 강화 속에서 전쟁과 전제주의에 반대하며, 일본문학의 민주적발전과 혁명문학의 추진을 위한 투쟁"[1]이었다.

프롤레타리아작가 미야모토 유리코(宮本百合子 1899-1951년, '유리코'로 약칭)는 민주적인 문예비평은 물론이거니와 여성의 사회참여에 대한 많은 관심을 표방하고 있다. 유리코의 작품 활동은 1916년 발표한 「가난한 사람들의 무리(貧しき人々の群)」[2]로부터 시작된다. 이 작품은 조부가 개척을 지도한 구와노마을(桑野村)의 농민들 생활을 토대로 하고 있으며, 17세의 미숙함은 있지만 리얼한 묘사력과 사회적 사고력이 뛰어나, 그 후 프롤레타리아 작가로서의 유리코를 예고했다.

유리코는 러시아에 있는 동안 학습한 "사회주의에 대한 확신과 그것을 조국에 실현"[3]하기 위해, "동요와 혼란 속에서 우경화한 작가들과 대립하며 보다 순수하게 프롤레타리아문학의 혁명적 정신"西垣勤(1981)[4]을 지키

---

1) 佐藤静夫(1968)「解説」『宮本百合子選集』3.、新日本出版社、p.435.
2) 「가난한 사람들의 무리(貧しき人々の群)」는 1916년 3월 18일 제1일고 탈고 (221장) 후 수정을 거쳐 동년 7월 25일 쓰보우치 쇼요의 추천으로 『중앙공론』동년 9월호에 발표되었다.
3) 津田孝(1969)「解説」『宮本百合子選集』8、新日本出版社、p.511.
4) 「宮本百合子の昭和十年前後-『一九三二年の春』『刻々』まで」『日本文学』 30(12)、日本文学協会編、p.87.

려고 했다. 이런 유리코의 행동에 대해 오타 쓰토무(大田努)는 "인민해방의 투쟁과 자신의 문학과를 결합시키려고 한 것"[5]이라고 밝히고 있다.

본고에서는 미야모토 유리코가 프롤레타리아작가 초기에 발표한 「1932년의 봄(一九三二年の春)」과 「시시각각(刻々)」을 분석 텍스트로 삼고자 한다. 「1932년의 봄」과 「시시각각(刻々)」은 유리코가 1932년 3월 28일 도쿄를 떠나 나가노현 시오지리시모스와(長野県塩尻下諏訪)에서 문학서클 멤버들과의 만남에서 프롤레타리아 문화연맹에 대한 탄압으로 4월 7일 검거되어 6월 25일 석방될 때까지의 체험을 그리고 있다.

「시시각각」은 「1932년의 봄」의 속편이라 할 수 있다. 이 두 작품은 "르보문학" "기록문학"[6]으로, 유리코가 스스로 체험한 "천황제강권의 야만성과 비인간성을 폭로함에 있어 유치장 내에서도 개인의 권리의식을 짓밟는 것에 투쟁의 정당성을 대치시키고 있다."[7]

사토 시즈오(佐藤静夫)는 이 두 작품에 대해 "유치장의 비인간적인 학대와 특별고등경찰(特別高等警察, 이하 특고경찰)의 포학한 취조 등의 묘사를 통하여 권력과 억압기구의 본질 폭로, 이에 대한 규탄과 항의를 하고 또 부당한 탄압에 저항하여 투쟁하는 노동운동과 그 노동자, 그들과 결부되어 있는 민주적인 문화운동과 그 활동가에 대한 〈나〉의 격려와 공감이 나타나있다."[8]고 평하고 있다.

본고에서는 이들 작품을 통해 프롤레타리아 작가로서의 유리코와 그

---

5) 大田努(2009)「宮本百合子 ヒューマニズム思想の発展」『解釋敎材研究』、学灯社、p.64.
6) 西沢舜一(1988)「解説」『日本プロレタリア文学集』28、新日本出版社、p.416.
7) 大田努(2009)「宮本百合子 ヒューマニズム思想の発展」『解釋敎材研究』、学灯社、p.66.
8) 佐藤静夫(1968)「解説」『宮本百合子選集』3、新日本出版社、p.436.

당시의 사회적 현상을 살펴본다. 특히, 국가권력에 의한 여공들에 대한 차별뿐만 아니라 프롤레타리아 문학운동에 참여한 작가들의 혁명운동을 고찰한다.

2. 유리코에 있어 프롤레타리아문학

유리코는 1918년 가을 미국 콜롬비아대학 청강생으로 뉴욕에 체류한다. 그때, 고대 동양어연구자 아라키 시게루(荒木茂)와 결혼한다. 1919년 말 두 사람은 귀국하지만, 성격과 환경에서 오는 차이를 극복하지 못해 이혼하게 된다. 그 사이에 노가미야 야에코(野上弥生子)를 통해서 알게 된 러시아 문학자 유아사 요시코(湯浅芳子)와 공동생활을 하면서 지난 결혼생활을 배경으로 한 「노부코」(『개조(改造)』 1924년 9월-1926년 9월에 단속 연재)를 발표하였다. 1927년에는 이와 성격이 완전히 다른 여성 노동자의 문제를 다룬 「한송이 꽃(一本の花)」을 발표한 후, 12월 유아사 요시코와 함께 러시아로 간다. 유리코가 러시아로 갈 때는 마르크스주의자도 아니며 그 사상을 완전히 이해하지도 못했다. 그러나 이미 「가난한 사람들의 무리」 이래 여성 노동자의 삶, 아이누족에 대한 인종차별, 인습에 따른 남녀차별 등, 사회적인 모순에 대한 문제의식을 가지고 있던 유리코는 "세계에서 처음으로 성립한 사회주의국 러시아 문학에 깊은 영향"[9]을 받게 된다.

---

9) 西垣勤(1981)「宮本百合子の昭和十年前後-『一九三二年の春』『刻々』まで」
『日本文学』30(12)、日本文学協会編、p.79.

1930년 11월 귀국한 유리코는 12월부터 일본의 프롤레타리아 작가동맹에 가입하여 계급적 문학운동의 주도적인 역할을 하게 된다. 1931년 7월에 상임중앙위원, 9월에 부인위원회 책임자, 10월에 일본공산당에 입당, 11월에는 작가동맹, 미술동맹, 연극동맹, 음악동맹 등 각 전문별 문화단체를 연합체로 조직한 일본 프롤레타리아 문화연맹(KOPF, コップ)의 중앙협의회 위원과 부인협의회 책임자이기도 했다. 이 KOPF에서는 「프롤레타리아 문화연맹(プロレタリア文化聯盟)」『일하는 부인(働く婦人)』『대중의 벗(大衆の友)』『작은 동지(小さい同志)』 등의 잡지를 발간하였다.

1932년 3월 28일 도쿄를 떠나 시오지리 시모스와 방면으로 가서 각지의 문학 서클을 돌아본다. 4월 5일 남편 겐지와 고우즈(国府津)에 있는 별장으로 갔다가 7일 혼자 도쿄로 돌아왔다. 그때 검거되어 6월 25일에 겨우 석방되었다. 겐지는 그대로 지하활동으로 들어갔으나, 1933년 검거되었다. 혼자 남게 된 유리코는 1934년 정식으로 겐지의 호적에 입적하였다.

그동안 유리코는 5회나 검거와 투옥을 거듭하였다. 특히 3회째의 검거 때에는 어머니를, 4회째에는 아버지를 여의고, 5회째는 그녀 자신이 감옥의 열악한 환경과 더위로 열사병에 걸려 인사불성이 되었으나, 끝내 전향하지 않고 공산주의자로서의 절개를 지켰다.[10]

무엇보다 1933년 2월 20일 고바야시 다키지(小林多喜二)가 검거되었다. 다키지는 공산청년동맹 중앙위원회에 잠입해 있던 특고경찰의 스파이 미후네 도메키치(三船留吉)[11]와 아카사카(赤坂)에서 만나기로 되어 있

---

10) 佐藤静夫(1968)「解説」『宮本百合子選集』3、新日本出版社、p.436.
11) 미후네 도메키치(1909년 2월 10일-1983년1월 7일)는 일본 사회 운동가, 실업가. 일본 공산 당원이면서, 특고경찰의 스파이로 활동했다.

었다. 그 약속 장소에는 미후네로의 연락을 받고 잠복 중이던 특고경찰이 대기하고 있었던 것이다. 다키지는 도주하다 체포되어 쓰키지경찰서(築地警察署)에서 경시청 특별 고등경찰 계장 나카가와 시게오(中川成夫)의 지휘 아래 추운 겨울에 발가벗긴 채 구타당해 마에다 병원(前田病院)으로 이송하였으나 사망하였다. 다키지의 옥사에 이어, 1933년 12월 미야모토 겐지도 검거되자, 프롤레타리아 작가동맹은 해산되었다.

이런 상황이 되자. 나카노 시게하루(中野重治)[12]를 비롯해 운동지도자들이 잇달아 "전향" 하였다. 그 당시는 일본에서 민주주의와 자유주의도 어정쩡한 채 급속히 좌경화 된 사회주의 인텔리의 사상적 기반이 취약했기 때문에 개인이 국가 권력의 탄압을 이겨내지 못하고 전향하는 분위기였다.

그럼에도 유리코는 전향하지 않고 "검열과 집필금지 등 언론탄압의 격화, 경제상의 궁핍, 출옥 후의 건강상태 부조(不調) 등, 모든 악조건과 싸우면서도, 전쟁과 압제(圧制)의 봉사자로 전락해 가는 보수적 문학과의 투쟁에 전력" [13]하였다.

겐지는 1944년 무기 징역의 판결을 받아 끝내 홋카이도의 아바시리 형무소(網走刑務所)에서 복역하게 되지만 일본의 패전 후에 연합군최고사령부(GHQ)가 전체 정치범의 즉각 석방을 지령하자, 1945년 10월 12년 만에 출옥했다. 그동안 남편과 나눈 약 900통의 서한은 유리코의 사후 「12

---

12) 나카노 시게하루는 1931년 여름 일본공산당에 입당하였다. 5월에는 공산당에 자금을 제공했다는 이유로 기소되어 도요타마 형무소(豊多摩形務所)에 수감되었다가 12월 보석 출소했다. 다시 치안유지법에 의해 1932년 4월 체포되어 1934년 5월까지 도요타마 형무소(豊多摩形務所)에 수감되었다. 그때 전향을 강요당해 도쿄 공소원(控訴院)에서 일본공산당원인 것을 인정하고 공산주의운동에서 탈퇴할 것을 약속했다. 그 결과 구형 4년, 징역 2년, 집행유예 5년으로 즉시 출소했다.笠森勇(2009)「中野重治 人と作品」『解釋と教材研究』、学灯社、p.72.
13) 津田孝(1969)「解説」『宮本百合子選集』8、新日本出版社、p.491.

년의 편지(十二年の手紙)」로 간행되었다.

유리코가 군국주의에 저항하며 지키려고 한 프롤레타리아문학은 "사회성, 계급성을 자각한 지금까지의 일본문학과 전혀 다른 새로운 이성에 입각한 문학운동"[14]이었다. 유리코는 자신의 부르주아적 배경에서 벗어나 스스로 프롤레타리아 문학의 기본정신을 지켜나가기 위해 끝까지 투쟁하였다.

그런 정신이 가장 잘 나타나 있는 작품 「1932년의 봄」과 「시시각각」을 통하여, 다음 장에서 프롤레타리아작가 유리코가 그리고 있는 해방운동 서사를 분석해 나가기로 한다.

3. 프롤레타리아문학의 해방운동 서사

3-1 여성 프롤레타리아작가의 활동

「1932년의 봄」은 최초 1932년 『개조(改造)』 8월호에 실었으나, 후에 개정과 가필하여 1933년 『프롤레타리아 문학』 1월과 2월호에 연재하였다. 속편 「시시각각(刻々)」은 1933년 6월 23일 탈고 했지만 특고경찰의 취조 실상을 대담하고 리얼하게 폭로한 것이 문제되어 발표하지 못하고, 작가 사망 후 『중앙공론』 1951년 3월호에 게재되었다.

미야모토 겐지는 이런 작품을 발표한 것은 유리코의 용기 있는 행동이

---

14) 下田城玄(2016)「評論家としての宮本百合子の出発」『民主文学』658号、日本民主主義文学会、p.396.

라며, 『미야모토 유리코의 세계』에서 다음과 같이 밝히고 있다.

> 이 작품에는 당시의 사회적 문화적 정세, 특히 출정종업원에 대해 요구
> 하고 있는 지하철 파업, 거기의 부인노동자, 문화서클을 결합하여 발전
> 해가는 문화활동과 그 활동가의 계급적 고뇌, 유치장의 비인간적인 학
> 대. 정치범의 병. 특고경찰의 포학 한 취조 모양. 〈나〉의 반응과 굴하지
> 않는 투지. 딸에게 전향을 권유하는 어머니의 모습과 객관적 역할, 노
> 동절 전후의 경찰의 움직임 등이 당시로서는 용기 있는 솔직함으로 묘
> 사되어 있다.[15]

이처럼 두 작품에는 "노동자 계급과 인민해방 운동에 폭력으로 압박을
가하고 있는 권력에 대한 강력한 규탄의 결의"와 "전쟁과 전제주의에 대
한 항의"[16]가 나타나 있다.

일본 프롤레타리아 문화연맹은 새로운 사회 건설을 위한 농민층 프롤
레타리아작가를 양성하기 위한 작가동맹의 상임 중앙위원회의 여성위원
회 보고나 의안은 구보카와 이네코와 〈나〉가 맡게 되었다. 작품에서 인물
은 모두 실명으로 되어 있으나 유리코 자신은 〈나〉로 표현하고 있다.

부인위원회는 작가동맹 내의 여성작가의 세계관과 기술을 향상시켜 우
수한 프롤 레타리아 여성작가로 성장시키기 위한 역할뿐만 아니라, 작

---

15) 宮本顕治(1980)「転換期と新しい試錬」『宮本百合子の世界』、新日本出版社、
pp.94-95.
16) 西沢舜一(1988)「解説」『日本プロレタリア文学集』28、新日本出版社、
p.415.

가 동맹이 1931년부터 현저한 문학활동의 발전으로 확대한 동아리활동에 독자적인 적극성으로 참여하여, 기업과 농촌의 근로부인의 문학적 자발성을 고무·지도하고 프롤레타리아문학의 영향 아래 조직하는 임무를 맡고 있다. [17)]

일본에서도 1929년 세계 경제공항으로 생활이 궁핍해지자 농촌과 도시에서 여성들이 노동현장에 뛰어들 수밖에 없는 실정이었다. 프롤레타리아 문학운동에서도 여성위원회를 별도로 두어 근무조건이 열악한 방적산업의 여성노동자 문제를 많이 다루게 되었다. 그 한 가지 방법으로 문학 서클을 만들어 직장 내 문제에서 스스로의 문제를 표현할 수 있도록 하였다. 1932년 3월 작가동맹은 나가노 현 순회강연회를 개최하였다. 가미스와(上諏訪)에서 가장 활발하게 활동을 하고 있는 제사공장 여공들과 청년 단들과 좌담회를 했으며, 밤에는 스와신사(諏訪神寺) 근처의 공민관에서 강연회를 했다. 그 과정에서 〈나〉는 시모스와에 있는 제사공장 여공들의 실태를 알게 된다.

나가노 현만 구만명의 부인 노동자가 있다. 물론 섬유가 중심이지만 제사공장의 조직을 보고 나는 그것이 얼마나 여공을 착취하기 위해 계획되었는지를 통감했다. 경영의 내부에 무슨 일이 있어도 여공은 참여하

---

17) 본문 인용은 「刻々」(『宮本百合子選集』第3券、1968)에 따름

婦人委員会は、作家同盟内の婦人作家の世界観と技術とを高め、優秀なプロレタリア婦人作家として成長するために役立てるばかりでなく、作家同盟が一九三一年からの著しい文学活動の発展として拡大したサークル活動に独自的な積極性で参加し、企業・農村における勤労婦人の文学的自発性を鼓舞・指導し、プロレタリア文学の影響のもとに組織する任務をもっている。(「刻々」p.44.)

지 못하도록 조직되어 있다. 봄이 되면 권유원이 산 속에서 20명에서 30명 단위로 묶어 젊은 빈농의 딸들을 데리고 온다. 그녀들은 그대로 기숙사로 보내져, 9시간 노동을 착취당하고, 일이 없어지면 다시 권유원에 의해 고향으로 함께 돌아간다. 다음 해에는 그때 다시 계약한다. 만성적인 계절노동의 성격과 심한 산업 노예적인 악조건 때문에 제사 공장 여공의 수준은 가장 낮은 곳에 머물러 있는 것이다.[18]

여성노동자들은 경영에도 참여할 수 없을 뿐 아니라, 회사와 부모의 계약에 의해 움직일 수밖에 없는 실정이었다. 여공들에게는 직접 봉급도 주지 않고 일한 임금은 일정기간 일이 끝나고 마을로 돌아 갈 때, 장부와 함께 부모에게 전달하는 것이었다. 그러다보니 임금을 제대로 받지 못해도 여공들이 뿔뿔이 흩어지고 난 후에 알게 되므로 항의도 할 수 없었다. 이미 러시아 사회주의 사회에서는 여성 노동자가 얼마나 합리적인 생활을 영위해 나가고 있는지를 몸소 체험한 〈나〉는 여성 문화조직이 중심이 되어 지배계급과 당당히 맞서서 부당한 대우를 받지 않기 위한 방법을 모색하고자 하였다.

---

18) 본문 인용은 「一九三二年の春」(『宮本百合子選集』第3券、1968)에 따름
長野県だけでもおよそ九万人の婦人労働者がいる。もちろん繊維が主なのだが、製糸工場の組織をみて、わたしは、それがどんなに女工を搾取するためにだけ恥なく仕組まれているかということを痛感した。経営の内部にどんなことがあろうとも、女工は参与し得ないように組織されている。春になると、勧誘員に山の奥から二十人三十人と束にして、若い貧農の娘たちがつれて来られる。彼女たちはそのまま寄宿舎へしめ込まれ、九時間労働でしぼられ、用がなくなると、また勧誘員に追いたてられつつ故郷へと一団になって戻ってゆく。来年はそのときまた改めて契約される。慢性的な季節労働の性質と全然産業奴隷的な悪条件のために、製糸女工の水準は最も低いところにのこされているのである。
(「一九三二年の春」pp.6-7.)

그 일환으로 일본 프롤레타리아 문화연맹에서 출판한『일하는 여성』은 창간호부터 매월 발매금지의 연속이었다. 그 이유는 인습에 물든 사회구조 속에 여성들의 활동이 못마땅했던 것이다.

"당신들은 정도가 심하다든가, 여자 같지 않다고 말하지만, 실제로 지금은 여자가 남자 수준 이상으로 일하고 있어요. 그래도 받는 돈은 반밖에 안됩니다. 완전히 여자를 무시하고 있다. 그래서 무언가 확실히 해야만 한다. 당신들도 자신의 몸이 건강하다면 부인을 소위 여자답게 묶어 두겠지만, 하루아침에 오래 병환으로 돈이 없어지게 되면 경시청이 5년, 10년 부양해 주지는 않겠죠. 부인이 역시 어떻게든 돈을 벌지 않으면 안 된다. 그렇게 되었을 때, 시간이 너무 길다든가 임금이 너무 싸다고 말하면 당신은 결코 '뭐야 여자답지 않아!'라고 아내를 꾸짖지 못할 것이다." [19]

〈나〉는 여성이 남성과 같은 수준으로 사회일익을 담당하고 있는 시점에서 보수와 처우가 차이가 나면 안 된다고 주장한다. 그리고 한 가정의 남편이 경제활동을 할 수 없을 때를 대비하기 위해라도 여성의 사회진출이 확대되어야 한다고 밝히고 있다.

19)「あなたがたは、高度になったとか女のようではないとか云うが、実際今の世の中で、女は男なみ以上働かされている。それでとる金は半分です。キリキリ女をしぼっている。それでしっかりして来なければその方がどうかしている。あなた方だって、自分の体が満足なら細君を所謂女らしく封じて置けるだろうが一朝永患いをして金がないとなったら、警視庁が五年十年と養ってはくれないでしょう。細君がやっぱり何とか稼がなければならない。そうなったとき時間が永すぎるとか、賃銀がやすすぎるとか云った時、あなた方は決して何だ女らしくない！と細君をどやしはしないのだ」(「刻々」pp.60-61.)

3-2 사회의 해방운동 서사

일본정부는 〈나〉를 "공산당과의 관계"에 대해 밝힌다는 명목으로 구속하였다. 〈나〉에 대한 조사는 오전 11시 전에 시작하여 여섯시까지 진행되었다. 일본 공산당을 어떻게 생각하느냐는 것이다. 이에 〈나〉는 "일본공산당은 어디까지나 하나의 정당"이라며 "합법, 비합법은 그 나라의 상태에 의거하는 것으로 결코 공산당 그것의 본질적 속성은 아니다."라며 끝까지 자신의 의지를 굽히지 않자 석방시키지 않았다. 그때부터 〈나〉는 유치장에서 생활하면서 여러 가지 사건을 경험하게 된다.

제일 먼저 접한 것은 지하철 파업동맹이 3월 20일부터 4일 동안 종업원 중 여성 40명을 포함하여 약 100명이 참가한 사건이었다. 이 파업은 회사와 경찰의 중재 아래 다음과 같은 항목에 대해 합의하는 조건 아래 강제조정으로 끝났다.

> 출정병사가 결근해도 군대의 일당을 공제한 임금을 지불할 것, 각 역에 오존 발기를 둘 것, 숙직 수당과 화장실 설치 등은 획득하였지만, 여종업원의 유급 생리 휴가 요구는 거절당했다. 그러나 여자의 휴가를 남자와 같이 하고 사무복을 여름용 두 벌, 겨울용 한 벌 지급 등이 관철되었다.[20]

---

20) 出征兵士は欠勤とし軍隊の日給をさし引いた賃銀を支給すること、各駅にオゾン発生器をおくこと、宿直手当、便所設置その他を獲得し、婦人従業員の有給生理休暇要求は拒絶されて女子の賜暇を男子と同じによこせ、事務服の夏二枚冬一枚の支給、その他を貫徹した。(「刻々」p.44.)

이렇게 외형적으로는 합의가 된 것처럼 보이지만, 내부적으로는 관련자들을 감시하며 주동자로 여겨지면 수감시키고 있었다. 그 예로, 지하철 매표소에서 일하는 "아가씨 한 명"이 잡혀들어 왔다. 그리고 노동자와 직장인, 학생이 "임금인상"이나 "대우개선"을 요구하거나, "서클"이나 "독서회"를 열어도 끌려와 수감당했다.

현재 일본의 형편으로는 전위적 투사뿐만 아니라 아주 평범한 노동자, 직장인, 학생까지도 유치장에 끌려와 협박과 구타를 당하고, 게다가 죽임을 당할 가능성이 매우 증가하고 있다. 지극히 당연한 임금인상, 처우개선을 요구해도 바로 경찰서행이다. 학생이나 직장인이 지식욕을 충족시키기 위해 죄 없는 서클이나 독서회를 가져도 29일, 또는 그것을 다시 문제 삼아 구금한다.[21]

〈나〉는 유치장에서 나가면 이런 상황들을 꼭 알리고 싶다며, May Day[22]를 대비하여 버스를 동원하고 휴가 중인 경찰을 배치하였지만 "메이지 대학생들의 데모"가 별 사고 없이 마무리 되었다며, 데모에 대응하는 경찰의 움직임도 적었다.

5월 15일의 해질녘, 누군가가 "이누카이가 당했다."며 소리쳤다. 실제

---

21) 現在の日本の有様では前衛的闘士ばかりか全く平凡な一労働者、農民、勤人、学生でも、留置場へ引ずり込まれ、脅され、殴られ、あまつさえ殺される可能が非常に増している。極めて当然な賃銀値上げ、待遇改善を要求しても直ぐ警察だ。学生や職場の大衆が知識欲をみたすための罪のないサークルや読書会をもっても二十九日、又それをむしかえしての拘留を食う。(「刻々」p.54.)

22) メーデー(May Day): 노동절, 혹은 노동제(労働祭)는 세계 각지에서 매년 5월 하루에 열리는 축제. 유럽에서는 여름이 다가오는 것을 축하하는 날이며, 다른 한편으로는 노동자가 연합하여 권리 요구와 국제 연대 활동을 하는 날이기도 하다.

로 일어난 이누카이 쓰요시의 암살사건[23]이다. 이 사건과 관련하여 유치장 간수는 〈나〉에게,

"이건 나의 노파심이지만, 당신들도 이곳에서 깊게 장래를 생각할 때야. 이 모습으로는 결코 낙관 할 수 없어요. 한다면 죽을 각오해"라며, 그 말을 할 때 특별히 목소리를 낮추어 말꼬리를 흐리는 것이었다.[24]

〈나〉에게 있어 관심사는 이누카이의 암살보다, 그 여파로 일어날 형무서나 경찰서의 유치장에서 투쟁하고 있는 동지들과 알려지지 않은 수많은 혁명적 노동자농민의 신변에 대한 문제였다. 이런 사회의 살벌한 분위기를 반영하듯 유치장 내에서도 감시가 이루어지고 있었다. 심지어 화장실에서 조차 감시를 당하고 있었다.

유치장의 화장실에는 문이 없다. 세면대에서 돌아서면 3자의 한 칸의 콘크리트에서 막다른 곳에 흐릿한 사각 거울이 달려 있다. 간수가 용변을 보는 사람을 감시하기 위한 장치이다. 창문이 없는 어두운 변소에 쭈그리고 앉아 있는 동안 자신의 머리는 미묘하게 여러 가지 방면으로

---

23) 이누카이 쓰요시(犬養 毅, 1855년6월4일-1932년5월15일)는 중국 진보당 총재, 입헌 국민당 총재, 혁신 구락부 총재, 입헌 정우회 총재, 문부대신, 체신 대신(遞信大臣), 내각 총리대신, 외무부 장관, 내무부 장관등을 역임했다. 1932년 5월 15일 일요일 저녁 5시 반경 해군 청년장교와 육군사관 후보생 등이 권총을 들고 난입했다.
24) 「これは私の老婆心からだが、あなたなんぞもここで大いに将来を考える時だね、この様子じゃ、決して楽観は出来ませんよ……やるなら死ぬ覚悟だ」と云い、そういう時は、特別声を潜め、言葉をひきのばして云うのである。(「刻々」p.65.)

움직였다.[25]

유치장의 열악한 환경뿐만 아니라, 수감자의 자유가 전혀 보장되어 있지 않다는 것을 알 수 있다. 이렇게 지하철 동맹파업, May Day 데모, 이누카이 암살 사건 등, 혼란한 사회분위기 속에서 많은 사람이 유치장이나 교도소로 수감되었으며, 그들은 화장실에서조차 감시를 당해야 하는 긴장의 연속이었다.

3-3 프롤레타리아 문화연맹 탄압

1931년 9월 〈만주사변〉 이후 군국주의적인 풍조 속에서 문화연맹은 탄압과 기관지 발행 금지를 당했다.

〈나〉는 "만주사변이라는 일본제국주의의 침략체제"[26]에 대한 강한 비판을 하고 있다.

만주침략전쟁으로 인한 심한 수탈도 그 전쟁의 명령자(두 자 복자)에 대해서도 인민은 보지 않고, 듣지 않고, 말하지 않는 노예로 착취당한 후 죽으라는 것이다. 이는 이성 있는 인간에게는 불가능한 것이다. 분노와 증오가 얼어붙은 눈을 밟는 것처럼 삐걱 삐걱 소리를 내며 온몸이 삐걱

---

25) 留置場の便所には戸がない。流しから曲ったところが三尺に一間のコンクリで、突当りに曇った四角い鏡が吊ってある。看守が用便中のものを監視する為の仕かけである。窓のない暗い便所にかがんでいる間、自分の頭は細かくいろいろな方面に働いた。(「刻々」p.38.)
26) 中山和子(2001)「『刻々』そのn他- 二重の反空性のなかで」『宮本百合子の時空』、翰林書房、p.168.

거리는 것을 느낀다.[27)]

이런 비인간적이고 야만적인 행동의 직접적인 피해자는 프롤레타리아 작가들이었다. 〈나〉는 자신과 함께 작가동맹 상임 중앙위원회의 여성위원회를 책임지고 있는 사타이네코가 만삭인 몸으로 수감 중인 남편 구보카와 쓰루지로를 기다리며 활동하고 있는 모습과 곤노 다이리키(今野大力), 고바야시 다키지, 구라하라 고레히토 등에 대해 적고 있다.

그 중 문화연맹 출판소의 충실한 동지였던 곤노 다이리키[28)]가 중이염으로 점점 용태가 나빠지고 있는 과정에서 죽음을 맞이하는 부분까지 상세하게 묘사하고 있다. 〈나〉는 곤노가 중이염이라는 것을 알고 4월 24일 해질 무렵, 특고경찰에 갔을 때, 이와테 사투리를 사용하는 주임에게 집요하게 곤노가 치료받을 수 있도록 해 달라고 부탁했다.

"당신들은 언제나 가정의 평화라든지 어버이와 자식의 정이라는 것을 요란스럽게 떠들고 있으니까, 빤히 중이염이라는 것을 알고 있으면서도 방치하여 한 가정의 가장을 유치장에서 죽일 수는 없겠죠?"

---

27) 満州侵略戦争とそのためのひどい収奪のことも、その戦争の命令者である〔二字伏字〕のことも、人民は見ざる、聞かざる、云わざる、奴隷として搾られ、そして死ねというわけである。これは理性ある人間にとって不可能なことである。憤りと憎悪とが凍った雪を踏むようにキシ、キシと音をたてて身内に軋きしむのを感じる。—(「刻々」p.62.)

28) 곤노 다이리키(今野大力, 1904년 2월 5일-1935년 6월 19일)는 1931년 일본 프롤레타리아 문화연맹 결성에 참여하고 『프롤레타리아 문학』 등에 반전시를 발표. 1932년 3월, 문화운동의 확대와 발전에 대해서 천황제 정부는 문화 활동가 404명을 체포하였다 이때 체포된 곤노는 고마고메 경찰서에서 건강악화로 인사불성이 되어 석방된다. 곤도는 기적적으로 회복되어 고바야시 다키지가 학살되고 이마무라 쓰네오(今村恒夫)가 체포되자 「적기(赤旗)」 배포 등에 참가한다. 다시 결핵이 악화되어 31세에 세상을 떠났다.

"흠."

밤송이 머리를 한손으로 뒤에서 쓸어 올리며, 입술을 깨물듯이,

"꽤 고통스러운 모양이군."

"뇌막염을 일으키고 있다고 생각한다.……진찰을 받아 본적도 없이, 저렇게 방치해 두는 것은 정말 심하다." [29)]

치료를 제대로 받지 못한 곤도는 심한 신음소리를 내며, 때때로 출혈을 하였다. 오늘밤이 마지막이라는 것을 암시하듯 "감방 한가운데 이불"을 깔고 곤노 혼자 눕혀 놓았다. 그리고 "머리맡에 탈지면으로 만든 고름 닦는 막대기"와 두 명의 간호사까지 배치되었다.

나는 참을 수 없었다. 자물쇠가 열려 있는 철문을 밀어재치고 방 안으로 들어 갔다. 고열로 유치장의 더러워진 이불에서 뭐라고 말할 수 없는 악취를 품어내고 있다. 나는 때와 질병으로 새카맣게 탄 듯한 곤노의 손을 꼭 잡고 초췌한 뺨을 어루만졌다.(중략)

"곤노."

그 목소리에 실눈을 뜨고 이쪽을 보았다.

"아직 죽어서는 안 돼요. 괜찮아요? 분하니까, 죽으면 안 돼! 괜찮아요?"

---

29) 「あなたがたは、いつも家庭の平和とか親子の情とかやかましく云っているのだから、見す見す中耳炎と分っているのに放っといて、一家の主人を留置場で殺すことも出来ないでしょう」「ふむ」いがぐり頭を片手で後から撫であげ、唇をかむようにし、「――大分苦しいらしいね」「脳膜炎を起しかけてると思う……調べることなんか無いんだもの、ああやって置くのは実際ひどい」(「刻々」p.48.)

"아아."

"정신 차려요."

"아아……" 마른 입술을 핥으며 희미하게 "알고 있어요."[30]

〈나〉는 이런 곤도의 모습을 지켜보며 아직 죽으면 안 된다고 소리쳤다. 서로의 안타까운 마음을 느낄 수 있는 문장이다. 실제 곤노 다이리키는 그때 위험한 상태로 석방되었으나 기적적으로 회복되었다. 그리고 구라하라 고레히토(蔵原惟人)[31]와 고바야시 다키치에 대해서도 놓치지 않았다. 〈나〉는 한 번도 만난 적은 없는 구레하라 고레히토에 대해서도 이렇게 적고 있다.

일본에서의 프롤레타리아 문학운동 발전의 역사와 그의 업적이 끊으려야 끊을 수 없는 관계에 있는 것은 프롤레타리아 문학에 대해서 한마디라도 말하는 사람은 모두 알고 있는 사실이다. 일본 프롤레타리아 문학운동의 초기부터 그 당시에 있던 객관적 조건을 마르크스주의 예술 이

---

30) 自分はたまらなくなった。錠をはずしてある鉄扉を押しあけ、房の内に入った。高熱で留置場の穢れた布団が何とも云えぬ臭気を放っている。自分は、垢と病気で蒼黒く焼けるような今野の手を確り握り、やつれ果てた頬を撫でた。(中略)「今野」その声で薄すり目をあけ、こっちを見た。「まだ死んじゃいけないよ。いいか？口惜しいからね、死んじゃいけない！いいか？」「ああ」「しっかりして……」「あァ……」かわいた唇をなめて微かに「わかってるヨ」」(「刻々」p.49.)

31) 1929년의 경제세계공황이 일본에도 파급되어 공장의 도산과 조업단축 합리화에 의한 해고자가 격증하여 실업자가 거리에 넘쳐나고, 심각한 노동쟁의도 증가했다. 이런 사회분위기 변화 속에서 1930년에 몰래 소련에 도항하여 프로핀테른(Profintern) 회의에 참석한 구라하라 고레히토는 귀국 후 1931년 문학조직의 대중화를 제창했다. 탄압이 예상되는 가운데 그러한 조직을 결성한다는 것에 대한 비판도 있었지만, 끝내 새로운 일본 프롤레타리아 문화연맹을 결성(1931년 11월)하였다. 이 KOPF에 의해 문학뿐 아니라 다른 예술 장르의 조직도 만들어졌다.

론가로서의 입장에서 꾸준히 적극적으로 거론하며, 계급적 문화운동을 추진해 온 그의 노력은 대단한 것이었다. 구레하라 고레히토 자신의 예술 이론가로서의 발전 흔적을 더듬어 봐도 그의 생활태도 자체가 투명한 마르크스주의자임은 분명하다.[32)]

그렇다. 그는 프롤레타리아 문화투쟁에 있어 "좌익문화·문학운동에 있어 아주 중요한 이론적 지도자"[33)]라고 할 수 있다. 유리코는 "구라하라 에게도 KOPF에게도 전면적인 신뢰를 보이고 있다."[34)] 그리고 고바야시 다키지에 대해서도,

혁명적노동자, 농민이 비인간적인 조건 아래서도 우선 투쟁을 계속하고 있는 것은 사실이다. 동지 고바야시가 「독방」[35)]라는 소설에서 프롤레타리아는 어디에 있어도 자신감을 잃지 말고 명랑하다고 말하는 것

---

32) 日本におけるプロレタリア文学運動の発展の歴史と彼の業績とが、切っても切りはなせない関係にあることは、プロレタリア文学について一言でも語るものは一人残らず知っている事実である。日本におけるプロレタリア文学運動の当初から、その当時にあった客観的条件を、マルクス主義芸術理論家としての立場からたゆまず積極的にとりあげ、階級的文化運動を押しすすめて行った彼の努力はなみなみならぬものであった。蔵原惟人自身の芸術理論家としての発展の跡を辿って見ても彼が生活態度そのもので混り気ないマルクス主義者であったことは明らか である。(「一九三二年の春」p.28.)

33) 江口渙(1976)「『一九三二年の春』と『刻々』」『宮本百合子 作品と生涯』、新日本出版社、p.13.

34) 中山和子(2001)「『刻々』その他- 二重の反空性のなかで」『宮本百合子の時空』、翰林書房、p.168.

35) 고바야시 다키지는 1930년 치안유지법으로 구속 기소되어 도요타마 형무소(豊多摩刑務所)에 수감되어 1931년 1월에는 가석방 되었다. 그 해 발표 「독방」은 이때의 체험을 바탕으로 구성되어 있다. 도요타마 형무소는 치안유지법 시행 이후 정치범이나 사상범이 많이 수용되었다.

은 거짓은 아니다.[36]

고바야시 다키지에 대해 오기노 후지오(荻野富士夫)는 "사회 부조리와 모순의 해결의 필요성을 통감"하며, "사람이 행복해지기 위해서는 어떻게 하면 좋을까" 하는 인간의 근원적인 행복을 추구하였으며, 만주사변 야기에 대한 "논봉(論鋒)은 문학평론에서 사회평론"[37]으로 예리함을 더해갔다고 평하고 있다. 이런 문학적인 행동이야말로 정치적인 행동이라고 할 수 있으며, 정치와 문학이라는 조합은 단순한 대립물이 아니라, "정치는 문학이고, 문학은 정치"[38]라고 할 수 있다. 유리코는 이런 구레하라 고레히토와 고바야시 다키지 등의 프롤레타리아 운동의 서구적인 활동을 했던 작가들의 정신을 이어가야 한다고 주장한다.

〈나〉가 끝까지 특고경찰의 뜻에 따르지 않자 이번에는 어머니를 회유했다. 〈나〉가 있는 곳으로 어머니와 여동생이 찾아왔다. 〈나〉는 십수 년 어머니와 따로 살아왔기 때문에 경찰서에서 만나도 대립의 느낌은 사라지지 않았다.

어머니는 〈나〉에게 "국가의 체면이라는 것을 도대체 너는 어떻게 생각하고 있니?"라고 물었다. 〈나〉는 어머니는 여전히 현실감이 결여된 부르주아적인 어머니의 사상에 증오감 느꼈다. 특고경찰은 근로계급의 생

---

36) 革命的勞働者、農民が非人間的な條件の下にもひるまず闘いをつづけているのは本当である。同志小林が「独房」という小説の中で、プロレタリアは、どこにいても自信を失わず朗らかであると云っているのに嘘はない。(「刻々」、pp.53-54.)

37) 荻野富士夫(2009)「小林多喜二の文学観」『解釋と教材研究』54(1)、学灯社、p.58.

38) 島村輝(2009)「政治と文学を伝位する-芸術的価値論争の軌跡に見出すもの」『解釋と教材研究』54(1)学灯社、p.38.

활을 잘 모르는 보수적인 어머니를 통해 국체를 운운하며 그 강한 기질을 유리코를 설득하기 위한 도구로 사용하고자 하였다. 그러나 그런 분위기를 이미 파악하고 있는 〈나〉는 답답하기까지 하였다. 비가 오는 날 어머니가 두 번째 찾아오셨다. 자신을 끌어 들인 스파이와 함께 왔다. 어떻게 왔느냐는 〈나〉의 질문에,

"부모라는 것은 어리석어."[39]

갑자기 어머니가 방 밖을 엿 보듯이 작은 목소리로 "방금 그 사람, 어디에 있니?"라며 어머니는 〈나〉를 자신의 곁으로 오게 했다. 어머니는 누군가 권유로 〈나〉를 설득하려 오신 것이다. "벌써 두 사람 자백했다"며, 〈나〉에게 출소하기 위해 공산당에 자금을 공급했다는 거짓자백을 하라는 것이다. 비굴을 확신이라고 착각하고 있는 듯한 어머니 얼굴에서 눈을 뗄 수가 없었다.

"나는 돈 따위 준 적이 없어요."라고 말했다.
"알겠어요? 나는 절대 준 적 없다고요." 어머니의 옆으로 바싹 다가가 귓가에 말했다. "어머니가 지금 무슨 역할을 맡았는지 알아요? 스파이에요. 저쪽은 이유도 모르고 그냥 자주 바쁘게 뛰어다니는 부모를 그런 식으로 이용하고 있는 거야. 정신 차려요, 부탁이니까……"
문 쪽에서 헛기침하는 소리가 났다.[40]

---

39)「親なんてばかなものさ」(「刻々」p.79.)
40)「私は、金なんぞ、だ、し、て、はいない」と云った。「わかったこと？私は、だ、し、てはいないのよ」母親のそばへずっとよって、耳元で云った。「おっ

특고경찰은 〈나〉에게서 공산당과의 관계를 밝히지 못하자 어머니를 통해 거짓자백을 강요한 것이다. 〈나〉는 이런 비합리적인 어머니의 접근을 시도 하는 특고경찰의 비열한 방법이 무엇보다 자식을 위한다는 명분아래 어머니를 바보로 만들어 버린 것 같아 울분을 참을 수 없었다. 〈나〉는 끝내 일본 프롤레타리아 문화연맹과 공산당은 합법적인 단체이므로 제국주의 전쟁의 중압과 탄압은 결코 무력한 계급 조직을 향하여 내려져서는 안 된다는 생각에 끝까지 투쟁하였다.

4. 결론

이상과 같이, 유리코가 일본 프롤레타리아 문화연맹에 대한 탄압으로 1932년 4월 7일 검거되어 6월 25일 석방되기까지의 체험을 등장인물과 장소 모두 실명으로 그린 작품 「1932년의 봄」과 「시시각각」을 통해 프롤레타리아 문학과 해방운동 서사에 대해 고찰하였다.

우선, 프롤레타리아 작가로서의 유리코에 대해 살펴보았다.

유리코는 초기 작품 「가난한 사람들의 무리」에서부터 농민들의 가난한 생활상을 모델로 하였으며, 그 후에도 빈부의 차이, 인종차별, 남녀 성차 등, 사회현상을 테마로 한 작품을 많이 발표하였다. 러시아를 다녀와서는 프롤레타리아 작가동맹과 공산당에 가입하여 계급적 문학운동의 주도적

かさんが今何の役をさせられているか分る？ス・パ・イ・よ。むこうは、わけの分らない、只うまく立廻ろうとしている親をそういう風に利用しているのよ。しっかりして頂戴、たのむから……」ドアのところで、咳払いがする。(「刻々」, p.81.)

인 역할을 하게 된다. 그러다 보니 유리코는 검거와 투옥을 거듭하게 되었고, 그 결과 검열과 집필금지 등 언론탄압은 물론 건강상태도 점차 악화되어 갔다.

게다가 고바야시 다키지가 1933년 2월 검거된 날 옥사하고, 미야모토 겐지도 1933년 12월 검거되자, 프롤레타리아 작가동맹은 해산되었다. 이런 상황이 되자. 나카노 시게하루(中野重治)를 비롯해 운동지도자들이 국가 권력의 탄압을 이겨내지 못하고 전향하기 시작하였다. 그러나 유리코는 전향하지 않고 일본 프롤레타리아 문화연맹은 합법적인 문화 단체이며, 발전하는 인간사회의 역사성에 따른 문화 활동을 벌이는 단체라는 확신으로 스스로 부르주아적 배경에서 벗어나 그 기본정신을 지켜나가기 위해 끝까지 투쟁하였다.

그런 정신이 「1932년의 봄」과 「시시각각」에 잘 나타나 있다. 일반적으로 여성 프롤레타리아작가들은 여성노동자가 가장 많이 일하고 있는 방적공장의 여성노동자의 문제를 많이 다루었다. 여성노동자들은 경영에도 참여할 수 없었을 뿐만 아니라, 회사와 부모의 계약에 의한 노동이므로 직접 봉급도 받지 못했다. 이런 여성들이 사회로부터의 부조리에서 벗어나기 위하여 공장 내에 문학서클을 만들어 그들이 스스로 작품을 통하여 사회 부조리를 고발할 수 있도록 만들어가고 있었다. 유리코가 중심이 되어 그런 내용을 실을 수 있는 잡지 『일하는 여성』을 창간하였지만, 창간호부터 매월 발매금지의 연속이었다.

〈나〉는 유치장에서 지하철 동맹파업, 노동절 파업에 대해서도 경찰 개입으로 외형적으로는 합의가 된 것처럼 보이지만, 내부적으로는 관련자들을 감시하며 주동자로 여겨지면 수감시키고 있는 실상을 알게 된다. 그리고 유치장 내에서도 감시가 이루어지고 있으며, 심지어 화장실도 감시 대상으로 문이 없을 정도이다. 또 사회적 이슈가 되었던 "이누카이 쓰요시"의 암살사건을 접하며, 〈나〉의 관심은 그 사건으로 투쟁하고 있는 동지들과 수많은 혁명적 노동자 농민들이 피해를 보지 않을까 걱정한다.

그리고 〈나〉는 프롤레타리아 문화연맹의 대 탄압으로 이어진 만주사변을 침략전쟁으로 보며 이성이 있는 사람의 행동이 아니라고 노골적으로 비판을 가하고 있다. 이런 대 탄압의 희생자 곤노 다이리키, 고바야시 다키지, 구라하라 고레히토 등에 대해서도 표현하고 있다. 그 중 문화연맹 출판소의 충실한 동지였던 곤노 다이리키가 감기에서 중이염으로 전이되어 점점 용태가 나빠지고 있는 과정에서부터 끝내 치료를 제대로 받지 못하고 죽음을 맞이하고 있는 모습을 상세하게 그려 유치장내의 비인간적인 학대 모습을 그리고 있다. 그리고 특고경찰이 〈나〉가 끝내 공산당과의 관계를 부인하자, 이번에는 공산당에 자금을 제공했다는 거짓자백이라도 하면 출소 시키겠다며 어머니까지 회유했던 부분까지 폭로하고 있다.

이렇게 유리코는 일본 프롤레타리아작가로서 이 두 작품을 통하여 사회성과 계급성에 따른 노동자, 특히 여성노동자가 현재 경험하고 있는 심각한 차별의식과 전제와 공황, 제국주의 전쟁의 중압과 정치적 탄압에서 벗어나기 위한 해방운동을 그려내고 있다.

〈참고문헌〉

江口渙(1976)「『一九三二年の春』と『刻々』」『宮本百合子 作品と生涯』、新日本
　　出版社、pp.146-156.

笠森勇(2009)「中野重治 人と作品」『解釋と教材研究』、学灯社、pp.70-77.

大田努(2009)「宮本百合子 ヒュ-マニズム思想の発展」『解釋と教材研究』、学
　　灯社、pp.60-68.

荻野富士夫(2009)「小林多喜二の文学観」『解釋と教材研究』54(1)、学灯社、
　　pp.52-59.

蔵原惟人(1976)「作家・革命家ととして宮本百合子」『宮本百合子作品と生涯』
　　54(1)、新日本出版 社、pp.46-56.

佐藤静夫(1968)「解説」『宮本百合子選集』3、新日本出版社、pp.435-453.

西垣勤(1981)「宮本百合子の昭和十年前後―『一九三二年の春』『刻々』まで」『日
　　本文学』30(12)、日本文学協会、pp.79-89.

西沢舜一(1988)「解説」『日本プロレタリア文学集』28、新日本出版社、pp.409-
　　425.

島村輝(2009)「政治と文学を伝位する-芸術的価値論争の軌跡に見出すもの」
　　『解釋と教材研究』54(1)、学灯社、pp.30-39.

下田城玄(2016)「評論家としての宮本百合子の出発」『民主文学』658号、日本民
　　主主義文学会、pp.394-400.

中山和子(2001)「『刻々』そのｎ他-二重の反空性のなかで」『宮本百合子の時空』、
　　翰林書房、pp.162-179.

宮本顕治(1980)「転換期と新しい試錬」『宮本百合子の世界』、新日本出版社、
　　pp.80-105.

미야모토 유리코의 「유방(乳房)」
- 젠더 구조 속의 여성의 슬픔과 분노 -

1. 서론

미야모토 유리코(이하, '유리코')는 일본에서 좌익 정치운동과 관련된 평가를 주로 받아 프롤레타리아(이하, '프로') 작가로 잘 알려져 있다. 유리코 문학은 주로 여성 해방의 시각에서 남녀평등 문제, 삶의 질에 관한 문제, 부부 문제, 모성 문제, 출산과 직업문제 등을 작품 속에 그려내고 있다. 그러므로 시대의 격동 속에서도 프로 문학과 페미니즘 사상을 결합시킨 정치·사회·경제적 약자인 여성들 삶의 중요성을 환기시키고 있다고 볼 수 있다.

「유방(乳房)」[41]은 1933년 여름 8, 90장까지 쓰고 중지하였다가, 미야모토 겐지가 "이치야 형무소에 살아 있는 것을 확인하고 다시 시작하여 완성"[42]한 작품으로, 1932년 3월 하순 일본의 "프롤레타리아 문화연맹"에 대한 탄압과 깊은 관계가 있다.

「유방」은 무산자 탁아소가 무대로 되어있으며, 사상범으로 수감된 남편이 있는 보모 히로코를 주인공으로 당시의 합법 좌익운동의 최대거점으로 알려진 도쿄시 시영전차 쟁의 모습을 생생하고 현실감 있게 그리고 있다.

---

41) 1935년『中央公論』4월호에 게재.
42) 平林たい子(2003)「宮本百合子」『林芙美子 宮本百合子』、講談社、p.250.

이런 배경 속에 쓰인 「유방」은 권력과 인민의 계급투쟁에 의한 혁명적인 인간상을 그린 프롤레타리아 문학이라는 논이 선행연구의 주류를 이루어 오고 있다. 나카자토 기쇼는 "노동자 계급과 그 당의 다툼을 정면에서 그린 유일한 작품"[43]이라며, "사회주의 리얼리즘"을 성공적으로 실천한 프로 문학 후퇴기의 "최후의 역작"으로 평가하고 있다.

또한, 사토 시즈오도 "프롤레타리아 문학운동의 패배주의적 경향에 반항하여 프롤레타리아 문학운동의 혁명적 정통을 굳건히 하고, 지배력과 인민과의 계급적인 다툼을 훌륭하게 전형화한 작품"[44]으로 평가하고 있다. 이타가키 나오코는 "제재(題材)나 주제도 그 무렵의 좌익문제에 흔히 있는 종류"의 것이라면서도, "유리코의 뛰어난 묘사 능력"과 "리얼리티한 현실감"[45]은 높이 평가하고 있다. 이렇듯, 국가권력과 반 체재내부의 퇴폐에 강한 저항을 나타내고 있는 「유방」은 소비에트 연맹에서 출판되는 3개의 혁명문학 선집에 채록된 작품이기도 하다.

선행연구에서, 오모리 스에코는 "권력에 대한 저항으로써 만이 아니라 여성의 생활에서 슬픔과 분노를 얽어 그린 점에 지금까지 볼 수 없었던 작품의 신선함과 현실성을 불러일으킨다."[46]고 여성의 시각에서 접근을 시도했다. 또한, 이와부치 히로코도 "전통적 프롤레타리아 문학 작품"으로 인정하면서도, 「유방」이라는 제목이 붙은 이유를 들어 "국가 권력과 혁명운동에 통저(通底)한 섹시즘과 젠더지배 구조를 훌륭하게 형상화하

43) 中里喜昭(1963)「つめたい乳房」『宮本百合子』、汐文社、p.230.
44) 佐藤静夫(1968)「『乳房』解説」『宮本百合子選集』第3券、新日本出版社、p. 438.
45) 板垣直子(1969)『明治・大正・昭和の女流文学』、桜楓社、p.172.
46) 大森寿恵子(1976)「『乳房』にあらわれた新しい婦人像」(『多喜二と百合子』1955)『宮本百合子作品と生涯』、新日本出版社、p.161.

고 있다."[47]고 여성의 입장에서 비중있게 논하고 있다.

본고에서는 오모리와 이와부치 논에 주목하면서, 더 나아가 히로코 중심으로 인간의 평등을 추구하는 혁명운동 내부에도 도사리고 있는 남성의 여성 비하적인 관념적 사고와 사회적으로 피해자일 수밖에 없는 여성 스스로의 자각의 필요성에 중점을 둔다. 그리고 권력의 강한 힘에 의해 파괴된 가정에서 살아 갈 수밖에 없는 여성의 슬픔과 분노를 고찰하고자 한다.

2. 1935년까지의 유리코 문학

「유방」을 고찰하기 위해서 유리코의 첫 작품부터 시작하여 사회주의에 관심을 가지게 된 동기, 특히 소비에트에서 귀국한 1930년 11월부터 작품이 발표된 1935년까지의 사회구조와 작가 주변에 대해 살펴본다.

유리코는 17세 때, 전편에 사회개량을 바라는 열정과 동북쪽 추운 마을의 빈농에 대한 뜨거운 동정이 강한 모티브로 되어 있는 처녀작 「가난한 사람들의 무리(貧しき人々の群)」(1916)를 쓰보우치 쇼요(坪内逍遥)의 추천으로 『중앙공론』에 발표한다.

그 후 1918년 9월, 미국으로 유학 가서 고대 페르시아어 연구자 아라키 시게루(荒木茂)[48]와 부모의 반대를 무릅쓰고 결혼한다. 귀국 후, 인생관·가치관 등의 차이로 고뇌하다 결국은 이혼하게 된다. 이런 자신의 삶

---

47) 岩淵宏子(2001)「『乳房』-ジェンダ-・セクシュアリティの表象-」『宮本百合子の時空』、翰林書房、p.196.
48) 「노부코」의 남자 주인공 쓰쿠다의 실존 인물.

을「노부코」(『개조』1928년)의 여주인공 노부코라는 인물을 통하여 그리고 있다.

또한,「노부코」의 마지막 부분에 나오는 러시아문학자 모토코[49]와 1925년 1월부터 공동생활에서 러시아로 떠나기 전까지의 모습을 그린「두 개의 정원(二つの庭)」(『중앙공론』1947년, 작품 배경은 1920년대)에서는 1920년대 일본 개화기의 가정과 지식계급의 자각 문제를 새로운 시각에서 추구하고 있다. 그리고 사회주의 리얼리즘에 입각한 논의의 일환으로 유리코가 사회주의를 처음 접하게 되는 여명기의 과정들이 상세하게 묘사되어 있으며 소비에트로 떠나는 것으로 끝을 맺고 있다 .

1930년 유리코가 소비에트에서 귀국할 당시 일본의 프로 문학계는 대탄압 직전의 최후의 빛을 발하고 있었다. 유리코는 소비에트의 사회적·문화적 우의를 정열적으로 알리는 계몽 선전문장을 많이 발표했다.

프롤레타리아 문학, 문화공작이라기 보다도 공산주의운동 그 자체는 물론 비합법 시대였다. 좌익 문학은 모조리 탄압을 받고 있었다. 돌아온 유리코는 그런 까닭에 이중의 노력을 하지 않으면 안 되었다. 하나는 탄압에 투쟁하는 것이고 다른 한 가지는 계몽하는 일이었다.[50]

이때 여성 프로 작가들 대부분은 문학운동을 배경으로 좌경화 되어, 가혹한 운동의 격류 속에서 자기의 체험을 바탕으로 작품 활동을 했다.

1932년 2월 유리코가 일본공산당의 지도자였던 미야모토 겐지(宮本顕

---

49)「두개의 정원」모토코의 실존 인물은 유아사 요시코(湯浅芳子)이다.
50) 板垣直子 前揭書、p.157.

治)와 결혼하자마자, 3월에 비상시 체제로 들어간 일본은 "프롤레타리아 문화 연맹"에 대한 탄압을 시작한다.

> 1932년 봄, 3월 2일부터 4월 7일까지 일본의 프롤레타리아 문학·문화운 동에 대해 대단히 큰 탄압이 있었습니다. 그 후에도 탄압이 계속되었기 때문에 프롤레타리아 문화운동에 참가한 사람이 총 400명 정도가 검거 체포되었습니다. 그러니까 이 시기부터 문화운동의 쇠퇴가 시작된 셈 입니다. 붙잡힌 사람들 중에는 바로 풀려난 사람도 있어 기소된 사람은 50명 정도 였습니다만, 그러나 문화운동의 주요인물들이 검거되었기 때문에 운동이 혼란한 시기였던 것입니다.[51]

이렇게 대부분의 프로 작가들이 검거와 석방을 거듭하는 가운데, 별장 에서 생활하던 유리코 부부도 안전하지 않았다. 결혼 2개월도 채 되기 전 에 형사가 겐지를 불러 나간 뒤 서로 소식이 끊기게 된다. 1933년 2월 20 일 일본 프로 문학의 큰 별이라고 할 수 있는 고바야시 다키지가 고문에 의해 학살당하고, 일본권력이 공산당원으로 활약하고 있던 사람을 모두 잡아들였다.

「풍지초(風知草)」(『문예춘추』1948년. 작품배경 1930년대 초)에서도 치안 유지법이라는 명분아래 희생당한 사람들의 비참함과 어려움을 꿋꿋이 견 디어낸 사람들의 삶을 그린 내용의 영화「당신들은 말할 수 있다」를 통해 서 먼저 죽을 수밖에 없었던 사람들의 모습을 그리고 있다.

---

51) 大森寿恵子 前掲書、p.169.

10월 10일에 동지들이 해방된 전후를 중심으로 해서, 치안유지법과 그 비정한 소행, 그 법률의 철폐를 그린 영화였다. 야마모토 센지[52]를 죽이고 완성된 치안유지법이 고바야시 다키지[53]를 학살하고, 와타나베 마사노스케[54] 외에 많은 사람들을 희생시켰다. (「풍지 초」7)

이런 실명 거론에 대해, "예술적인 양심을 무시하고 문예를 정치의식으로 희생"[55]시키고 있다는 비난을 받았지만, 비참한 현실을 독자들에게 강하게 부각시키기 위한 묘사 방법이었다고 볼 수 있을 것이다.

실제로, 유리코는 프로 작가들의 죽음과 직면한 인간의 실존을 응시하고 있는 상황 속에서 겐지의 생사 여부도 확인을 할 수 없어 노심초사하고 있었다. 그러던 중 겐지가 살아 있다는 소식을 듣고, 미완성 상태로 두었던 작품을 쓰기 시작하여 1935년 4월 「유방」으로 발표한다.

이렇게 쓰인 「유방」에는 겐지를 쥬키치로, 유리코를 히로코로 설정하여 당시의 상황들을 리얼하게 그려내고 있다. 히로코가 본 면회소의 모습이다.

면회소는 왼쪽 안에 있었지만 처음 왔었을 때 히로코는 장소를 잘 몰라 그곳이 화장실인 줄 알고 가려고 했다. 그런 착각도 이상하지 않을 정도의 외관이었다. 문 밖에서 자갈이 타이어에 튀겨 날아가는 소리가 나

---

52) 山本宣治(1889-1929) : 1928년 최초로 보통선거에 노동당으로 나와 당선, 치안유지법에 반대하다 우익에 의해 刺殺.
53) 小林多喜二(1903-1933):프롤레타리아 작가로 활동. 관헌(官憲)의 고문에 의해 학살.
54) 渡邊政之輔(1899-1928):노동운동가, 일본 공산당 결성과 함께 입당. 일본 공산당 중앙 위원장을 역임. 국외로 탈출했지만 결국 대만에서 일본 경찰에 포위되자 자살.
55) 板垣直子 前揭書、p.175.

자 수위가 나와 특수 열쇠로 문을 여니, 자동차 한대가 안뜰로 들어왔다. 세네 명의 남자가 그 차에서 내려 경례를 받으며 별채의 건물 안으로 들어 갔다. 히로코는 떨어진 곳에서 그 모습을 응시하며, 쥬키치가 여기 와서 현관의 돌계단을 올라갈 때 고문으로 부은 다리가 불편해서 손으로 짚고 올라갔다는 말을 전해들은 생각이 났다.(3)[56]

치안유지법의 혹독함과 정부의 대 탄압아래 힘들었던 생활을 그리고 있다. 히로코는 남편 면회를 갔을 때 그 열악한 환경을 느낄 수 있는 "차가운 공동화장실과 비슷한 면회소"를 보고 마음이 아팠다. 게다가 정부 관계자는 자동차를 타고 경례까지 받으며 들어오고, 쥬키치는 고문으로 부은 다리로 현관의 돌계단을 손으로 짚고 올라간 것을 생각하면 억누를 수 없는 울분을 애써 참았다.

면회를 마치고 나오다 더 충격적인 광경을 보게 된다. 감옥 안에서 고통 받는 남편과는 대조적으로 수위와 원숭이가 한가롭게 놀고 있는 장면이다.

작은 원숭이를 에워싸고 신사복 차림의 남자 두세 명과 권총을 차고 있는 수위도 함께 서거나 쭈그리고 앉거나 한 모습으로 웃고 있다. (중략)

"이러고 있는 것을 보니 꽤 귀엽네. 하하하하."

그것은 궁상맞고 초라한 원숭이였다. 인간을 향해 권총을 차고 있는 사람은 원숭이에게는 마음 편히 상냥하게 말하며 웃고 있었다. 여기에는

---

56) 본문 인용은 『宮本百合子全集』第3卷(1968. 新日本出版社)에 의함. 괄호( )안의 숫자는 각 장을 나타내며 번역은 필자에 의함. 이하 동일.

인간에 대해서 모든 친절을 금지한 규칙이 있었다. 그렇지만 원숭이와는 웃어도 반칙은 아니었으니까.(3)

인간의 자유는 허용하지 않으면서도 동물에게는 관대함을 보이고 있는 "권력구조의 비인간성이 전형적"[57]으로 그려져 있으며, 인격적으로 무시당하며 비참하게 생활하고 있는 쥬키치 생각에 히로코는 증오심으로 가득 차 있다고 본다.

이상과 같이 1916년부터 1935년 「유방」이 발표될 때까지의 유리코의 문학 세계를 간략하게 살펴보았다. 유리코는 첫 작품부터 의협심을 발휘하는 작품을 썼으며, 또한 여성의 자아계발에 관심을 가지고 있었다. 이혼 후 유아사 요시코와 소비에트로 떠난다. 소비에트에서 돌아와서부터 프로 문학에 입문했다고 볼 수 있으며, 미야모토 겐지와 재혼하여 옥바라지를 하면서 끝까지 전향하지 않는 작가로도 잘 알려져 있다.

「유방」에서는 히로코라는 여 주인공으로 하여금 그 당시의 프로 작가들의 생활, 즉 잔혹한 치안유지법으로 인해 인격적으로도 인간이하의 참상을 당하고 있는 실태를 독자에게 알리고자 했음을 알 수 있다.

3. 혁명 운동과 젠더

유리코가 본 소비에트는 남녀가 서로를 인정하는 동료로 동등한 입장에서 책임감 있게 일을 하고 있었다. 유리코가 프로 작가가 된 계기도 소비에트의 경험을 살려 사회주의 사회가 실현되면 여성도 남성과 동등한

---

57) 佐藤静夫(1968)「『乳房』解説」『宮本百合子選集』第3券、新日本出版社、p.451.

권리로, "사회에서 어떻게 해방되어 갈 것인가"[58]라는 페미니즘 사상을 바탕에 둔 것이라고 본다.

여성의 자아계발과 삶의 질 향상을 위해 노력하는 유리코는 사회보장 측면에서도 직장생활 유지를 위한 방법 모색의 일환으로 탁아소에 지대한 관심을 가지고 있었다. 여성이 아무리 유능해도 육아 문제에 대해서는 자유로울 수 없으며 그 문제가 선결되지 않으면 사회활동을 할 수가 없다. 그런 의미에서 보면, 탁아소란 기혼여성들에게 사회진출의 길을 열어주기도하고 지속적으로 사회 활동을 할 수 있도록 육체적, 정신적으로 도와주는 곳이기도 하다.

유리코는 소비에트에서 직장 여성을 위한 탁아소 시스템에 대해 관심을 가진다.

> 부인이 경제적으로 독립하고, 사상적으로나 사회적으로 독립하기 위해서는 탁아소라는 것은 꼭 필요하고, 탁아소가 없으면 부인은 일을 할수 없다. 가사에 쫓겨 독립된 생활을 할 수 없다. (생략) 그것이 일본에 있어 부인 해방의 중요한 테마라고 생각했기 때문에 미야모토 유리코는 소비에트에서 탁아소라는 것에 대해 열심히 연구하며 견학하고 온것이라고 생각한다.[59]

「유방」의 무대가 무산자 탁아소로 되어 있다. 비록 순수한 탁아소 역할만 하는 곳이 아니라 혁명운동을 하는 곳이기도 하지만 일하는 여성의 아

---

58) 須見磨容子(1981)「転換期の宮本百合子」『民主文学』、新日本出版社、p.13.
59) 藏原惟人(1976)「『小畜一家』『乳房』について」(『多喜二と百合子』1955)『宮本百合子作品と生涯』、新日本出版社、p.184.

이를 맡아 운영해나가고 있다. 여 주인공 히로코는 다미노와 함께 무산자 탁아소의 보모로 일하고 있으며, 혁명운동에도 관여하고 있다. 탁아소 운영이 어려워 집세를 제대로 내지 못하자, 건물주인 후지이가 집세 독촉이라는 명분아래 집을 비워 달라며 수시로 탁아소를 찾아와 빈정대는 모습에서 히로코와 다미노를 사회의 일역을 담당하고 있는 인격체로 보기보다는 여성으로 바라보는 장면이다.

> 말은 위엄 있게 하면서도, 눈은 탐욕스럽게 번뜩였다. 스커트와 부드러운 재킷 위에 앞치마 를 두르고 그곳에 무릎을 꿇고 앉아 있는 히로코의 몸과 무관심하게 다른 쪽을 향하고 무언가를 하고 있는 타미노의 뒷모습 등을 계속 힐끗 힐끗 쳐다보았다.
>
> 괴롭히려고 작정이라도 한 것인지, 짐승 같은 기분도 들어 히로코는 6조 방의 작은 창문을 급히 거칠게 열고 밖을 내다보았다. (1)

히로코는 인습적인 사회제도 하의 남성들이 여성들을 '성적인 존재'로 보고 있는 것은 이해한다고 해도, 같은 혁명 운동을 하고 있는 동지들 사이에서도 여성을 동등한 입장의 동지로 보지 않고, 하우스 키퍼[60]나 비서로 대우하고 있는 것에 의문을 제기한다.

하세가와 게이도 "여성 활동가들을 남자활동가의 하우스 키퍼나 비서, 결국에는 성적처리 도구취급까지 시키며, 죄악감조차 가지지 않았던 당

---

60) 하우스 키퍼: 당원의 동거녀를 '정부' 또는, '내연의 처', '내연관계' 라고 불러오다가 1933년 이후 당내 외에서 하우스키퍼라는 말로 정착시킨 것 같다. 岩淵宏子(2001)「『乳房』-ジェンダ-･セクシュアリティの表象-」『宮本百合子の時空』、翰林書房、p.193.

시의 남성 중심의 좌익 운동을 고발하고 있다."[61]고 논하고 있다.

히로코는 인간의 평등과 존엄성을 추구하며 인습에 반기를 들고 개혁 의지로 혁명운동을 하는 단체에서는 적어도 성별의 차이를 극복한 시스템 운영을 바라고 있었다. 그러나 가부장제도의 인습에 길들여진 남성들과 다를 게 없음을 확인한다.

또한, 히로코는 성별의 불균형은 단지 남성들만의 문제가 아니라 여성 내부에도 도사리고 있음을 동료 타미노를 모델로 지적하고 있다. 타미노는 3개월 전쯤에 야마 전기에서 조합관계 일로 해고되어 탁아소로 들어왔다. 하로코는 혁명 동지이지만 개인적인 정보가 전무한 우스이와 다미노가 친하게 지내고 있는 것을 알고 경계하고 있었다.

그런데 히로코의 우려가 현실로 다가온 것이다. 다미노가 갑자기 탁아소를 그만두겠다고 했을 때, 우스이의 꼬임에 빠졌다는 생각에 젊고 정직한 다미노를 향한 자신의 애정이 용솟음치는 것을 느낀다. 히로코는 우스이를 통해 당 조직으로부터 하우스 키퍼의 지령을 받은 것 같은 타미노에게 "아직 일다운 일을 해보지 않아 우스이의 속마음을 잘 알 수 없다"며, "너의 장래성 있는 장점과 적극성을 개인적인 애매한 사정으로 쓸모없이 소모시키지 않도록 하라."는 의미 있는 애정 어린 충고를 한다. 히로코는 지배하고 있는 남성뿐만 아니라, 여성도 남성의 부속물 취급을 받고 있다는 것을 자각하지 못하고 있음에 안타까워하며 일깨워 주고자 한다.

히로코는 부당하게 해고당한 회원들의 후속조치를 위한 회의에 노구(労救)[62]를 대표해서 참석하게 된다. 이때 남성 동지들에게 직접 당하는

---

61) 長谷川啓(2000)「女性文学にみる抵抗のかたち」『転向の明暗』、インパクと出版会、p.167.
62) 노구(労救): 노농구원회(労農救援会)로 1912년 결성. 현재의 국민 구원회 전신의 하나.

장면을 그리고 있다. 예상하지 못했던 여성 등장에 대한 남성들의 반응이다.

> 히로코는 오타니에게 물어서 찾아 왔다고 말했다.
> "야아, 수고 많으십니다. 올라오세요."
> 히로코가 구두를 벗고 있는 사이, 야마기시는 그 뒤에 서서 양손을 바지 주머니에 찔러 넣은 채 말했다.
> "오타니군, 오늘은 만날 수 있습니까?"
> "저 혼자입니다만."
> "아니, 오히려 여성 쪽이 효과적이라 좋습니다. 하하하." (중략)
> 히로코는 "주변 분위기 뒤에 감추어진 이상하고 복잡한 것을 느꼈다." (2)
> 뒤쪽에서 괴상한 소리를 지르는 사람이 있다. 웃음소리가 났다. (2)

여기서 웃으면서 "여성 쪽이 효과적이라 좋다"는 표현이나, "괴상한 소리를 지르는 사람", "웃음소리" 등은 모두 여성 비하적인 발언으로 볼 수 있다. 그러나 히로코는 굴하지 않고 끝내 자신의 맡은 바 소임을 다해 "야유 없이 성의 있는 박수"까지 끌어낸다.

> "어제 게이오 대학 뒤쪽에서 뛰어 내려 자살 한 오에씨는 정말 안됐다고 생각합니다. 신문에는 평소 많이 취해있었다고 쓰여 있었지만 히로오 사람들로부터 직접 들은 이야기는 다릅니다. 오에씨의 부인이 병약해서 결근이 많은 것을 해고의 구실로 삼아서 그렇게 되었다고 합니다.

우리가 힘이 있어 병원이라도 갖고 있다면 오에씨는 병약한 부인 때문에 해고는 당하지 않았을 것이라고 생각합니다. 자살하지 않아도 되었을 것이라고 생각하면 유감입니다."(2)

히로코는 이렇게 자신들의 힘이 미약하여 자살을 방치 해 둘 수밖에 없었다고 보고한다. 앞으로 "우리들은 미흡하나마 가능한 한 도울 준비를 하고 있습니다. 그 일이 허사가 되지 않도록 부디 열심히 해주세요."라는 협조의 당부까지 잊지 않는다. 이때 남성 동지들은 조금 전의 분위기와는 사뭇 다르게 성의있게 박수로 환호한다.

히로코의 강한 의지가 보이는 부분이 또 있다.

히로코는 혼자서 이층으로 올라가 보았다. 다다미 3조 방에 있는 테이블 주위가 어질러져 있다. 테이블 밑의 다다미에 펜대가 위에서 난폭하게 굴러 떨어져 깊이 박혀 있었다. 히로코는 조용히 그것을 빼내어 만지작거리면서 저녁때 아이를 데리러 오는 부모들과 그대로 회합을 가질 방침을 세웠다. 그리고 밑에 내려가서 오구라에게 하나의 보자기를 건넸다. 내용물은 옥중의 쥬키치를 위한 한 벌의 재킷이었다. (6)

사토 시즈오는 이 다다미에 깊이 찌른 펜대를 "권력이 인민을 향하여 찌른 공격의 표징"[63]으로 보며, 조용히 그것을 빼내는 히로코의 동작이 오히려 더 혁명적인 결의의 강함을 독자에게 깊게 호소하고 있다고 논하

---

63) 佐藤静夫(1968)「『乳房』解説」『宮本百合子選集』第 3券、新日本出版社、
   p.444.

고 있다. 이와부치 히로코는 다다미에 깊게 찔러 넣은 펜대는 "시전쟁의 지원운동 좌절의 표징으로, 그 펜대가 히로코에 의해 뽑혀지는 것은 국가 권력의 탄압에 굴하지 않고 투쟁하려는 결의를 표현하고 있다."[64]고 깊이 찌른 펜대는 공격과 좌절로, 빼내는 펜대는 결의로 보고 있다.

또한, 히로코는 감옥에서 고생하고 있는 남편을 위해 부인으로서 할 수 있는 일이 고작 "한 벌의 재킷"밖에 보낼 수 없음에 마음속으로 억제 할 수 없는 반감을 불러일으키고 있다.

이렇게 히로코는 인간으로서의 모멸감과 굴욕적 체험 속에서도 현실을 탐구하고 있다. 히로코는 여성에 대한 차별의식이 인간의 평등을 위해 투쟁하고 있는 혁명 운동 내에서도 도사리고 있음을 알게 된다. 더 큰 문제는 가부장제 인습에 길들여져 있는 남성들보다도, 여성 자신이 남성으로부터 차별대우를 받고 있다는 인식조차 하지 못하고 있음에 더 안타까워한다. 또한, 히로코는 사상적으로도 자신의 의지를 꿋꿋하게 표방하고 있으며, 여성이 남성과 동등한 입장에 놓이기 위해서는 어떤 야유와 질책 속에서도 자신의 주장과 견해를 관철시킬 수 있는 노력이 필요하다는 것을 스스로 보여주고 있다.

---

64) 岩淵宏子(2001)「『乳房』-ジェンダ-·セクシュアリティの表象-」『宮本百合子の時空』、翰林書房、p.187.

4. 여성의 슬픔과 분노

「유방」에 나타나 있는 여성의 슬픔과 분노를 고찰함에 앞서 작가 유리코에 대해 잠깐 살펴본다.

유리코가 아이를 갖기 원하고 보통의 가정을 꾸리기를 얼마나 갈망했는지에 대해, 나카자토 기쇼는 "평소 남편을 면회 갈 때나 편지에도 자주 자신의 남동생 구리오의 장남 다로에 대해 자주 적었"으며, "이치가야 형무소에 있던 겐지에게 쓴 편지에는 다로에 대한 이야기를 자주 썼."[65] 고 밝히고 있다.

1935년 4월 발표될 당시에 태어난 조카 다로에 대해 「반슈평야」에서도 적고 있다.

> 히로코가 마지막으로 왔을 때, 아키오는 태어난지 겨우 백일 된 갓난아기였다. 얼굴이 검은 돌아가신 할아버지와 닮은 예쁜 아기로, 꼭 안고 찍은 사진을 쥬키치에게도 보냈다. 자기 아이가 없는 히로코는 생질들에게 특별한 애정을 느끼고, 관심이 쏠리는 것이었다. (8)

이처럼 유리코가 여자로서 아이를 갖고 싶어 하는 욕망은 실제 생활에서나 작품 속에서도 엿볼 수 있다.

「유방」에서는 남편이 사상범으로 감옥에 갇혀있어 정상적인 결혼생활 영위가 어려워 자식을 바랄 수 없는 히로코와 자식은 있으나 영양실조로 키울 수밖에 없는 오하나를 통하여 여성의 고통을 호소하고 있다.

---

65) 中里喜昭(1963)「つめたい乳房」『宮本百合子』、汐文社、p.234.

히로코는 탁아소에서 아이를 다다미방에 재우고, 그 옆에서 책을 읽고 있었다. 그러나 아이는 얼마 안 되어 눈을 뜨더니 코끝에 땀이 맺힐 정도로 심하게 계속 울어댔다. 당황한 히로코는 생각다 못해 자신의 젖꼭지를 아이에게 물린다.

> 하얀 블라우스의 가슴을 펼쳐 히로코는 자신의 유방[66]을 울고 있는 아기의 입 언저리에 들이댔다. 치이(오하나의 아들)는 그때 힘이 없고 안색이나 발바닥의 혈색이 나쁜 아이였지만, 가느다란 빨간 바퀴처럼 입을 벌리고 더듬거리며 달라붙어 마침내 히로코의 젖꼭지를 입에 물자마자, 바로 혀로 그 젖꼭지를 입 속에서 밀어내고 더욱 더 심하게 울어댔다.(5)

히로코는 그 이유를 알지 못하고 세네 번 반복해 자신의 젖꼭지를 물려보지만 계속 밀어내며 울음을 그치지 않자 결국은 포기하고 만다. 한 시간 정도 지나 치이코의 엄마 오하나가 돌아왔다. 오하나는 우는 아이를 보자 선채로 땀이 난 어깨에 물수건을 걸고 젖을 물린다.

> 길게 늘어진 검은 젖꼭지를 갖다 대었다. 콧김을 내며 치이는 그 젖꼭지를 덥석 물었다. 히로코 안도의 빛이 아기의 얼굴에 나타나자 마음이 놓였다. 히로코는 그 모습을 옆에서 들여다보면서 조금 전의 이야기를 했다. 오하나씨는 무신경하게 계속 흐르는 땀을 어깨에 걸고 있는 수건으로 닦으면서, "그건 빨지 않지, 왜냐하면 먹던 젖이 아니면 차가워서

---

66) '유방' 이라는 표현과 '젖꼭지' 라는 표현의 구분은 원문에 따른다. 이하 동일.

싫어해." (5)

히로코는 아이를 낳아 본적이 없는 자신의 차가운 젖꼭지는 우는 아이
도 달랠 수 없다는 것에 여자로서 큰 상실감에 빠진다. 그러나 오하나 역
시 아이를 낳았어도 자신의 건강 악화로 양질의 모유 수유가 불가능하여
영양실조로까지 몰고 갈 수밖에 없음에 고통스러워한다.

> 오하나씨의 아기 치이는 십 개월 가까이 되었는데도, 발육이 아주 좋지
> 않은 작은 얼굴을 찡그리며 잠을 이룰 수 없다는 듯이 반쯤 울음 섞인
> 소리로 목청을 쥐어짜며 머리를 움직이고 있다. 히로코는 기저귀를 갈
> 았다. 소화불량에 걸려 있었다. 모유 외에 산양 우유를 먹이라는 의사
> 의 말을 듣고 오하나씨는 자신의 수입이 계속 되는 날에는 그것을 먹이
> 고, 달구질에 나갈 때는 아이를 탁아소에 맡기는 것이었다.(4)

오하나는 건강 상태가 좋지 않았지만 "생식에 있어 자기 결정권을 유린
하여 전전의 일본이 부국강병책을 단행하기 위해 중절은 고사하고 피임
의 자유조차 없었"[67]으므로, 아이를 낳았다고 볼 수 있다. 그렇다면 그 당
시의 일본 정부 정책이 "모성 파시즘의 칭송과는 상반된 섹슈얼리티까지
철저하게 수탈"[68]하고 있었다고 할 수 있을 것이다. 이는 여성이 자식을
낳을 권리와 낳아도 기를 권리가 완전히 차단된 상태라 할 수 있다. 오모
리 스에코는 "아이가 좋아하면서 빠는 유방은 따뜻하지만 영양분이 부족

---

67) 岩淵宏子(2001)「『乳房』-ジェンダ-·セクシュアリティの表象-」『宮本百合
子の時空』、翰林書房、p.190.
68) 上揭書 p.189.

하기 때문에 젖이 나오지 않고, 히로코의 풍만한 유방은 어린아이가 싫어하며 밀어낸다." [69]며, 여자의 유방을 통하여, 슬픔과 분노로 표출하고 있다고 본다. 여성의 유방은 아이의 생산과 관계가 있기 때문에 그런 논리도 가능하다고 보지만, 필자는 히로코와 오하나는 모두 남성부재로 인해 고통을 받고 있는 여성으로, 또한 경제적으로도 아주 빈곤한 사회의 약자일 수밖에 없는 여성의 처절한 삶을 그리고 있다고 본다.

쥬키치가 갇혀 있는 형무소가 히로코와도 깊은 관계가 있었다. 히로코도 투옥과 석방을 반복한다. 히로코가 경찰에게 붙잡혔을 때, 이층의 특별 고등경찰실의 창문을 통해서 어미 새가 경찰서의구내에 심겨져 있는 노송나무 잎의 가지 끝에 둥지를 짓고 있는 것을 발견했다.

"어머나 불쌍하게! 이런 곳에 둥지를 짓다니."
그러자 마침 그곳에 있던 수염이 진한 남자가,
"뭐가 불쌍하다는 거야! 안전하게 보호받는다는 것을 알고 있는 거야."
그렇게 말하고 빤히 히로코를 위 아래로 훑어보다가,
"당신도 아이를 하나 낳아봐. 필시 귀여워 할 거야. 너무 당연해." (5)

여기서 히로코는 그 남자를 정면으로 보며 "쥬키치씨를 돌려보내 주세요." (5)라고 말한다. 이 말에는 남편이 자유롭지 못한 형무소에서 언제 자신의 곁으로 돌아올지도 모른다는 불안함과 울분으로 가득한 히로코의 용솟음치듯 솟아오르는 절규가 느껴진다.

히로코는 자유롭지 못한 환경 속에서 부부가 떨어져 살아 갈 수밖에 없

---

69) 大森寿恵子 前揭書、p.161.

는 아픔을 호소하고 있다. 오하나도 혼자서 어린 아이의 양육을 책임져야 만 한다.

그러므로 두 여성은 남성 부재인 가정을 꾸려나가야 하며, 자녀문제에 있어서는 히로코는 히로코 대로 출산하지 못한 아픔을, 오하나는 오하나 대로 자식을 건강하게 키우지 못하는 슬픔을 안고 살아갈 수밖에 없는 여성으로 묘사되어 있다.

이런 사회적으로 불안한 가정의 모습과 경제적 궁핍에 대한 고통까지 그려내고 있다. 또한, 부부가 같이 생활 할 권리조차 박탈당한 사회적인 불만요소를 토로하고 있다.

5. 결론

이상과 같이 「유방」이 쓰이기까지의 작가로서의 삶과 젠더 구조 속에서 여성이 당하는 내면세계의 고통을 슬픔과 분노로 고찰해 보았다.

작가는 소비에트에서 경험한 남녀의 평등사회와 사회주의 사상을 접목시켜 생각하며, 기혼여성의 사회활동을 도울 수 있는 탁아소에 대해 관심을 가지고 있었다. 「유방」의 무대도 무산자 탁아소로 설정되어 있다.

히로코는 국가권력뿐만 아니라 인간의 평등과 권리 확보를 위해 혁명운동을 하고 있다고 생각하는 것이다. 그러나 그 운동의 내부에도 사회에 만연해 있는 하우스키퍼제도라든가, 비서제도, 회의에 참석한 히로코에 대한 남성들의 태도 등을 통하여 성 지배가 체제 내에 뿌리 깊게 포진되어 있음을 호소하고 있다.

탁아소 동료인 다미노의 행동을 통해서는 여성 스스로도 남성들이 인지하고 있는 보편적인 여성상에서 벗어나지 못하고 있음을 시사하고, 히로코 자신의 모습을 통해서는 여성비하적인 발언으로 시작된 회의에서 결국 자신이 의도하는 결론으로 이끌어내는 모습을 보여주고 있다. 이런 묘사를 통하여, 여성은 스스로 인간으로 거듭나기 위한 노력과 자각의식이 필요하며, 어떤 상황에서도 자신의 의사 표명을 정확히 할 필요가 있음을 표방하고 있다 .

또한, 여성의 신체 일부인 "유방"을 통하여 남편이 부재중인 가정의 여성의 고통과 경제적 궁핍을 다루고 있다. 히로코는 결혼 두 달 만에 남편과 같이 살 수 없는 상황으로 자식을 낳을 수 없어 "차가운 유방"이 되어 어린아이에게도 거부당하는 슬픔을 겪고, 오하나는 자식을 낳은 "따뜻한 유방"의 소유자이지만, 자신의 건강악화와 어려운 경제적 여건으로 모자가 영양실조에 걸려 있다. 혁명운동가의 아내 역시 생활고를 비난하여 자살하는 모습까지 그려 그 당시는 원만한 가정의 단란한 모습을 보기 힘들다는 것을 암시하고 있다고 본다.

이와 같은 성립과정과 모티브를 가진「유방」을 통하여 히로코는 극히 곤란한 정치적 상황 속에서 국가권력과 반 체재내부의 퇴폐에 강한 저항을 나타내고 있다. 또한, 여성의 고통스러운 삶을 진솔하게 그려나가면서 여성의 슬픔과 분노가 실제의 생활 속에서 뿐만 아니라, 모든 젠더의 구조 속에 내재되어 있음을 밝히고 있다.

〈참고문헌〉

板垣直子(1969)『明治・大正・昭和の女流文学』、桜楓社.

(1987)「左翼作品」『婦人作家評伝』、日本図書センター、pp.301-310.

岩淵宏子(2001)「『乳房』-ジェンダ-・セクシュアリティの表象-」『宮本百合子の
　　時空』、翰林書房、pp.180-198.

(2006)「宮本百合子とセクシュアリティ」『国文学』9月号、学灯社、pp.49-57.

大森寿恵子(1976)「『乳房』にあらわれた新しい婦人像」(『多喜二と百合子』
　　1955)『宮本百合子作品と生涯』、新日本出版社、pp.157-168.

蔵原惟人(1976)「『小畜一家』『乳房』について」(『多喜二と百合子と宮本百合子』
　　1955)『宮本百合子作品と生涯』、新日本出版社、pp.169-187.

小林富久子「宮本百合子『婦人と文学』」『国文学』、学灯社、pp.131-139.

佐藤静夫(1968)「『乳房』解説」『宮本百合子選集』第3券、新日本出版社、pp.435-
　　461.

谷口絹枝(2006)「宮本百合子とセクシュアリティ」『国文学』9月号、学灯社、
　　pp.37-64.

中里喜昭(1963)「つめたい乳房」『宮本百合子』、汐文社、pp.229-236.

沼沢和子(1981)「『1932年の春』『乳房』」『多喜二・百合子研究会　会報』第99号、
　　pp.3-14.

長谷川啓(2000)「女性文学にみる抵抗のかたち」『転向の明暗』、インパクと出版
　　会、pp160-173.

「아침 바람」과 「나날의 영상」의 두 여자
- 사요(히로코)와 오토메를 중심으로 -

1. 서론

미야모토유리코(宮本百合子: 이하 '유리코'로 약칭)의 작품 활동을 4기[1]로 나누어 분류하면, 「아침 바람(朝の風)」은 1940년 11월(『일본평론』)에 발표된 작품으로 제3기[2]에 해당한다.

유리코는 소비에트(1930년11월)에서 돌아와 바로 일본 프롤레타리아 작가로 활동하다 공산당의 최고 지도자였던 미야모토겐지(宮本顯治: 이하 '겐지'로약칭)와 결혼(932년2월, 입적은1934년2월)한다. 그러나 결혼 2개월만에 좌익 문화운동 대탄압으로 겐지가 지하로 숨고(1933년말 검거) 나서 패전까지의 12년 동안 두 사람은 서로 떨어져 생활하게 된다. 겐지가 감옥에 있는 동안 유리코도 검거·투옥·집필금지 등을 거듭하며, 양친의 죽음도 옥에서 맞는다. 1937년 가을 유리코는 필명도 '주조(中条)'에서

---

1) 제1기는 처녀작 「가난한 사람들의 무리(貧しき人々の群)」 발표로부터 일대의 대표작 「노부코」를 발표하고 소비에트로 떠나는 1927년 말까지의 약 11년, 제2기는 소비에트 유학시절에서부터 1933년 말 미야모토 겐지(宮本顯治)가 검거 되기까지의 6년, 제3기는 프롤레타리아 작가 동맹이 해산한 1934년 2월부터 패전까지의 약 12년, 제4기는 1945년 8월의 패전부터 1951년 1월에 급서하기까지의 전후 약 5년간으로 본다.

2) 제3기의 작품으로는, 전향소설 유행에 저항하여 프롤레타리아 문학의 건재를 나타내며 사회주의 리얼리즘을 그린 「소축 일가(小祝の一家)」 「유방(乳房)」 「잡답(雜沓)」 「해류(海流)」 「길동무 (道づれ)」, 소비에트 체재중의 체험에서 취재한 「광장(広場)」 「옛 모습(おもかげ)」, 전시 하의 시류에 항거하면서 살아가는 서민의 생활상을 그린 「그해(その年)」 「삼목울타리(杉垣)」 「3월의 넷째 일요일(三月の第四日曜日)」 등이 있다.

'미야모토(宮本)'로 바꾸고 옥중 비전향의 정치범의 아내임을 자칭하며, 불굴의 저항 자세를 보인다.

「아침바람」은 「나날의 영상」[3]의 등장인물 성격과 배경, 내용이 거의 비슷하다. 「아침 바람」에서는 사요(サヨ)와 오토메(乙女), 「나날의 영상」에서는 히로코(ひろ子)와 오토메(乙女)라는 여주인공들이 있고, 남자 주인공 쥬키치(重吉)와 쓰토무(勉)는 두 작품에서 모두 등장한다. 사요와 히로코는 유리코가 모델로 동일인물이며, 쥬키치(重吉)는 겐지가 모델로 되어 있다. 이 두 작품은 작가 유리코가 겐지와 결혼한 후 헤어져 살 수밖에 없었던 생활을 소재로, 상황은 다르지만 남편이 없는 생활을 하게 된 두 여성이 쓸쓸하고 괴로운 생활에서 벗어나기 위하여 각자 다른 형태로 노력하는 모습이 그려져 있다.

선행연구에서, 사토시즈오는 "지배권력의 비인간적인 폭력의 본질에 대한 비판"[4], 미즈노 메이젠은 "작가 유리코가 미야모토 겐지와 같이 생활하고 싶은 바람을 사요를 통하여 그려내고 있다."[5] 또한, 나카무라 도모코는 "남편이 치안유지법에 의해 옥에 갇혀 있다는 사실에 대한 분노와 항의의 기분이 소설의 저류를 관통하고 있다."[6]고 평가하고 있다.

본고에서는, 선행연구를 참조하면서 더 나아가 남편과 함께 생활하고 싶어 국가권력에 저항하는 사요와, 남편에게 의존하여 살아온 여성이 남편 부재시 자립의 의지를 보이지만 좌절해 버릴 수밖에 없는 "보통여자" 오토메의 모습을 통하여, 그 당시 여성의 자각과 의식을 고찰하고자 한다.

---

3) 1939년 7월 나고야제국대학 의학부 학생의 동인지 『문예집단』 제1호에 발표.
4) 佐藤静夫(1968)「あとがき」『宮本百合子選集』3券、新日本出版社.
5) 水野明善(1976)「軍国的狂宴と毅然たる百合子」『宮本百合子 作品と生涯』、新日本出版社、p.224.
6) 中村智子(1973)「二つの庭時代」『宮本百合子』、筑摩書房、pp.86-102.

2. 저항하는 여자- 사요

「아침 바람」과 「나날의 영상」이 집필 되었을 때, 유리코는 조직적인 운동이 와해되고 실제 생활도 굉장히 힘든 상황에 놓여 있었다.

「아침 바람」에는 감옥에 있는 쥬키치, 그의 부인 사요, 사요 친구 도모코부부, 같은 혁명운동을 하던 쓰토무와 부인 오토메, 사요의 여동생 유키코의 모습이 그려져 있다.

이장에서는 「아침 바람」의 사요를 통해 저항하는 여자의 모습을 분석함에 있어, 「나날의 영상」의 히로코로 하여금 부연 설명[7]을 덧붙여 가면서 이해를 돕고자 한다. 사요는 "인민해방을 위해 투쟁하는 남편을 불법적인 사상범"[8][9]으로 치부하여 권력의 힘으로 억지로 감옥에 잡아두고 있다고 생각하며, 쥬키치와 함께 생활 할 수 없음에 저항하며 방황한다.

사요는 쥬키치와 떨어져 혼자 살게 되었을 때, 마음을 다스리기 위해 생활환경을 바꾸어 본다.

> 지금 사요가 살고 있는 벼랑 위의 작은 집은 쥬키치와 함께 살던 집이
> 아니고, 사요가 혼자서 생활을 하게 되고 나서, 도모코(友子)와 힘들게
> 찾아다니며 구해서 이사한 집이었다. 그 집을 발견했을 때,
> "어머, 이 집은 쓸쓸하지 않고, 통풍도 잘 되어 좋아." 라며 사요는 대단

---

7) 「아침바람」과 「나날의 영상」에는 다른 이름으로 나와 있지만, 사요와 히로코를 동일 인물로 보고, 「나날의 영상」의 히로코에 대한 설명은 이해를 돕기 위해 사요 (히로코)로 표기하고 특별히 히로코 만의 주장이 필요(마지막 부분)할 경우만 히로코로 표기함을 일러둔다. 이하 동일.
8) 佐藤静夫 (1968) 前掲書、p.442.

히 기뻐했다. (「아침 바람」)[9]

사요는 도모코의 집과도 가깝고 쓸쓸하지 않아 좋다며 이사를 했지만, 정착하지 못하고 다시 이사할 집을 찾아다닌다는 핑계로 공허한 마음을 충족시키기 위해 헤메고 있다. 꼭 집이 필요해서라기보다 마음을 잡지 못하고 헤매고 있다는 표현이 더 잘 어울릴 것 같다.

자신이 이렇게 때때로 눈동자 속에 작은 불을 켠 듯한 표정으로 찾아 헤매는 것은 무엇일까. 집만의 문제가 아니다. 그것은 사요도 알고 있다.(「아침 바람」)

이에 대한 대답을 「나날의 영상」에서 찾아본다.

산책이냐고 묻는다면 그렇기도 하고, 집을 찾느냐고 묻는다면 그렇기도 하다. 히로코가 걷고 있는 기분은 그러했다. 그 무렵은 서로 의논이라도 한 듯 친구들도 집을 구하러 다녔다. 저마다의 이유가 요 몇 년 동안 그들의 생활 변화를 반영하고 있는 것으로, 히로코가 집을 보러 다니는 것도 나름대로 또 다른 이유가 있었다. 집이란 것은 크든 작든 두 사람 이상의 인간이 모여서 살도록 되어있다.(「나날의 영상」)

사요(히로코)가 생각하는 집이란 두 사람 이상이 모여서 사는 곳으로 보

---

9) 「朝の風」 본문인용은 『宮本百合子全集』 10卷(新日本出版社, 1969)에 의함. 「日々の映り」 『短編 女性文学近代』(おうふう社 1999. 2). 번역은 필자에 의함. 이하 동일.

고 있으므로 혼자가 된 자신에게는 그다지 집의 필요성이 없다는 것을 이미 알고 있다고 본다. 여기서 작가 유리코가「여성의 생활태도(女性の生活態度)」에 적은 내용을 소개한다.

혼자서 살아보면 역시 새로운 현실에 부딪쳐 곤란해지는 경우가 많이 있다는 것을 알게 됩니다. 본래 일본 사회의 가정의 모습이 실제로는 대개 파괴되어 있음에도 불구하고, 유일하게 마음을 의지할 곳으로 여겨온 역사가 길어, 오늘날에는 여자든 남자든 오래 동안 익숙해져 온 가정의 모습을 동경하고 있다. 그리고 또, 거기에 집착해서 살아가는 것이라 생각합니다.(「여성의 생활태도」)[10]

이처럼 집이라는 개념은 오랫동안 가족과 함께 생활하는 곳으로 가족 구성원들의 추억이 남아 있는 곳이기도 하다. 사요는 마음의 공허함을 달래기 위해 집을 찾아 헤매고 다닐 뿐이다. 그러다 사요가 일상의 변화를 꾀할 수 있는 현실 도피를 위해 모색한 것이 아파트였다.

쥬키치와 함께 살고 싶은 간절한 마음을 억누를 수 없었지만, 그럴 방법이 없다는 것을 알고, 발작처럼 어떻게든 생활의 형태라도 극단적으로 바꾸어 보면 마음이 편안해질 것 같은 생각이 든 순간 아파트를 떠올리게 된다. (「아침 바람」)

---

10) 宮本百合子(1886)「女性の生活態度」『宮本百合子全集』第14巻、新日本出版社(『婦人画報』에 1938발표, 재인용.)

이 아파트에 대해 「나날의 영상」과 「여성의 생활태도」를 통해서 살펴본다.

설사 주키치가 살고 있는 높고 두꺼운 담의 한 겹밖에 집을 구한다고 해도 거기에 살 사람은 역시 '히로코' 한 사람 뿐이라는 것이다. 그렇기 때문에 히로코가 집을 구하는 기분은 집 그 자체에 따라서 찾는 생각도 담겨 있다. 아파트 같은 것을 생각하는 것도 그래서이다. (「나날의 영상」)

지금의 아파트 생활은 일시적인 것이라고 하는 기분, 결혼할 때까지라든가, 또, 결혼한 사람은 어린이가 태어날 때까지라든가, 그런 기분이 가가호호의 벽을 통 해서 배어 나오고 있었다.(「여성의 생활태도」)

위의 인용문에서 알 수 있듯이, 사요(히로코)는 아파트를 개인의 생활과 개인의 발전을 위한 임시 공간으로 보고 타인의 구속과 간섭에서 벗어나 혼자만의 생활이 가능하다는 의미로 보고 있다. 그러나 사요는 이런 개인의 공간을 중요하게 생각하고 아파트를 찾아 나서지만, 그 역시 "조시가야 아파트" 이어야만 되는 것이었다. 그 이유로서는 사요와 헤어져 쥬키치가 형무소에 들어가기 전까지 숨어 지내던 곳[11]으로, 사요가 쥬키치를 추억하고 그 정취를 느낄 수 있는 특별한 곳이기도 하기 때문이라고 본다. 쥬키치가 살던 아파트를 찾아 헤메는 사요(히로코)의 모습을 「나날의 영상」을 통하여 살펴본다.

---

11) 中村智子(1973)「『冬を越す蕾の時代』『宮本百合子』、筑摩書房、p.232.

"잠깐 실례합니다만―이 근처에 아파트가 있나요."

"글쎄 있긴 있습니다만, 무슨 아파트인데요?"

"그것을 그만 잊어버렸습니다만, - 이쪽 길?" 하고, 히로코는 길 안쪽에 느티나무 가지가 우거져 있는 한쪽의 갈림길에 마음이 끌려,

"앞쪽으로는 없나요?"

"아, 그렇다면 조시가야. 저쪽이에요."

가르쳐준 데로 가보니까, 그 길에는 가리개를 친 엷은 남빛 페인트 옆면이 마주 보고 있고, 조시가야소라는 아파트의 입구는 모퉁이를 빙 돈 곳에 있었다.(「나날의 영상」)

쥬키치의 흔적을 찾는 「나날의 영상」의 히로코와 「아침 바람」의 사요를 통해 작가는 쥬키치가 살던 "조시가야 아파트"가 있던 묘지 주변을 일상적으로 묘지가 있는 곳은 음침하다고 생각하는 고정관념과는 달리 주변의 분위기를 아주 미화시켜 화사하게 표현하고 있다.

묘지라고 해도 여기는 조금도 음침하지 않고, 출입문 나무문 가장자리를 햇볕이 비추고 있다. 꽃집 뒤쪽에 판자가 쳐진 곳에 아파트가 있었다. (「아침 바람」)

아파트의 바로 옆이 조시가야소 묘지의 후문으로, 살짝 정원수를 파는 가게의 마당 출입구 같아 보이는 작은 문이 열려 있었다. 묘지와 가까이 있는데도 조금도 음산한 기분이 들지 않았다. 모퉁이 꽃집의 처마 밑에 놓여있는 선향의 빨간 종이색도 햇살을 받아, 반들반들 빛나는 들

통 옆의 붓순나무의 푸른 잎과 더불어, 오히려 그 주변을 일종의 정적 속의 번화함으로 빚어내고 있다.(「나날의 영상」)

사요는 작게 타오르는 가슴 속의 불길을 억제하지 못하고 무엇인가가 있는 듯한 눈길로 "소시가야아파트"를 찾아왔지만 그 아파트가 가까워 지면 가까워질수록 쥬키치에 대한 "애절한 감정"[12]이 북받쳐 올라 마음 은 더 혼란스러웠다.

쥬키치에 대한 부인인 사요의 감정은 말하자면 순수하다는 것 밖에 없을 것 같은 조건에서, 사요는 그 감정의 순수함에 몰두하는 것은 쥬키 치의 마음의 성장을 위해서라도 자신의 풍부함을 위해서도 바람직하다 고 생각했다.(「아침 바람」)

여기서 "순수"라는 표현을 빌어 미즈노 메이젠(水野明善)은 작가와 결 부시켜 분석하고 있다. 남편 "미야모토겐지의 정치적 비전향과 그것을 감옥 밖에서 견디어 내지 않으면 안되는 확고한 애정의 표현"으로 보고, "애정만이 남편의 비전향의 의지를 관철"[13]시키는 중심에서 있다고 평하 고 있다. 유리코가 남편의 옥바라지를 하며스스로 비전향자의 아내임을 밝히고 끝까지 전향하지 않은 것은 유리코의 사상성보다는 남편을 사랑 하는 마음이 우선시 되어 있다고 본다.

사요는 주키치와 함께 살고 싶은 격렬한 마음의 충동을 억제하기 위해

---

12) 上揭書 p.231.
13) 水野明善(1976) 前揭書、p.224.

생활의 형태를 집에서 아파트로 바꾸고 싶었다. 그러나 아파트를 구하러 돌아다니면서, 자신이 원하는 것은 쥬키치가 숨어지내던 "조시가야 아파트"라는 것을 알게 된다. 그러나 막상 "조시가야 아파트"가 가까워져지자, 손에 넣을 수 없는 것을 찾아 헤매고 있다는 것을 자각한다. 이는 치안유지법에 의해 쥬키치를 가두어두고 있는 권력탄압에 대한 저항이며, 그로 인해 만날 수 없는 남편에 대한 그리움을 표현한 것이라고 본다.

3. 보통여자의 표상- 오토메

사요와 도모코는 오토메의 남편 쓰토무와 같은 동료로 서로 친분이 있는 사이였으므로 쓰토무가 갑자기 사망하자 젊은 오토메가 어떻게 살아갈 것인가에 대해 염려를 많이했다. 남편이 없는 오토메는 어떻게든 혼자서 생계를 꾸려나가야 할 처지에 놓이게 된다. 쓰토무의 연세가 높으신 부모님들은 사망한 아들을 대신하여, 며느리 오토메와 함께 살기를 희망했다. 그러나 오토메는 부담스러워 딸을 데리고 마작 클럽에 입주해 근무하기도 했다. 오토메는 시부모의 뜻에 따르지 않고 혼자서 자립하여 딸을 데리고 살아가려고 노력한다. 그러나 그 당시 일본은 새 도로가 건설되고, 여러 주물공장과 기계공장이 새롭게 세워지는 등 많은 변화가 일어나고 있었다. 이렇게 변화해 가고 있는 사회 환경 속에서 오토메가 자식까지 데리고 자립하기란 결코 쉽지 않았다.

정오의 사이렌이 소리와 동시에, 공장의 뒷문으로부터 에프론 차림으로 뛰어 나온 여공들의 모습에도 활기가 넘쳤다. 서로 서로 말을 걸면서 여공들은 저마다 꼬불꼬불 구부러진 골목길의 사이로 재빠르게 사라졌다. 점심에는 돌아오는 남편이 있다.(「아침 바람」)

여자들도 사회의 일원으로 바삐 일하지만, 돌아올 남편이 있다는 기대감이 있었다. 그러나 기다려도 돌아 올 남편이 없는 오토메는 바쁘게 변해 가는 일상 속에 끼어들지도 못한다. 모두 힘들게 노력하지 않으면 일상생활이 어려울 정도로 경제적으로도 굉장히 힘든 상황들이 묘사되어 있다.

어물전 앞의 쌀가게에, 쌀 주문은 현금으로 가능하다는 인쇄된 종이와 나란히 칠판에는 국산 쌀 2할, 외국 쌀 8할이라고 쓰여져 있었다. 성냥 배급합니다. 그런 벽보가 잡화 가게에 붙여있었다. 그리고 좁은 길거리의 공동 수도를 끼고 있는 이쪽 저쪽에, 주민자치회가 세운 2개의 팻말이 있고, 거기에는 그 전에 팻말을 세운 집에서 적은 전사자의 이름이 적혀 있었다. (「아침 바람」)

이렇게 물자의 공급이 수요를 따라가질 못할 정도로 생필품이 귀하고 생활이 각박하며, 전사자들도 늘어가고 있는 불안한 사회 분위기를 속에서 여자 혼자 가정을 꾸려 나가기 위해서는 여자의 많은 노력이 요구된다.

여자가 스스로 자신의 생활에 대한 태도로써 한 채의 집을 가질 수 있는 그 과정에서 여자는 실로 얼마만큼 노력해야만 하는 것일까.(「아침 바람」)

여자 혼자서 세상을 살아가기 위해서는 실로 복잡한 사회의 여러 문제
와 부딪치게 된다. 아무 문제없이 자신이 제일 바라는 것을 실현시키는
것은 쉽지 않다. 그러므로 자신이 생활 속에서 "가장 지키고 싶은 점, 가장
성장시키고 싶은 점, 혹은 또 취하고 싶은 점을 확실히 인지하고", 그 목
적을 달성하기 위해서는 "여성의 용기와 지혜"[14]가 필요하다고 본다.

여자에 있어서 사회생활을 해나간다는 것은, 단지 세상으로 나와 고생
만 하는 것은 아니라고 생각한다. 자신의 행동과 여러 가지 감정을 점
점 자신에게 명확히 책임감 있게 단련시키면서, 그러한 자신의 행동,
감정의 명암에 관련되어 있는 사회적인 것을 보고, 사람이 살아가는 모
양에도 한층 깊은 진정한 의미의 이해와 흥미를 품을 수 있게 성장해
가는 것이라고 생각한다. 「여자의 자신」)[15]

유리코는 또, 「여성의 현실(女性の現実)」에서도 사회에서 여성을 보는
편견으로 인해 여성의 사회진출이 어렵다는 애로사항을 적고 있다.

일본의 일하는 부인은 모든 직무 능력을 통해서, 현재 지극히 심각한
딜레마에 빠져 있는 것이 현실이라고 생각한다. 사회를 위해서 최선을
다하지만, (중략) 항상 걸핏하면 여자는 어차피 가정으로 들어갈 사람

---

14) 宮本百合子(1986)「女性の生活態度」(『宮本百合子全集』第14巻、新日本出
版社、初出:「婦人画報」1939年 9月 号)
15) 宮本百合子(1986)「女子自信」(『宮本百合子全集』第14巻、新日本出版社、初
出:『宮本百合子全集』第九巻、河出書房1952年8月)

이니까, 그것이 가장 자연스럽고 귀중한 여성의 임무라고 생각한다.[16]

사회 구성원으로 여자는 최선을 다해도, 여성들에게는 언제나 가정이 우선시 되어야 한다는 편견 속에서 사회생활을 포기할 수밖에 없게 만들고 있다. 사요와 도모코는 그런 사회구조의 흐름을 알고 있으므로 오토메가 고통 가운데 있을 것이라고 짐작하고 있었다. 그래서 이번에 다시 사요가 집을 구하게 되면, 그때 오토메와 함께 생활하는 것이 어떻겠느냐는 제안을 도모코로부터 받는다.

앞장에서 살펴보았듯이, 사요가 시집을 구해 이사할 의지는 찾아보기 힘들지만, 도모코는 사요가 집을 구하러 다니는 것을 알고, 또한 같이 동행한 일도 있으므로 그런 제안을 한 것이다. 그러나 본문 내용에서는 사요의 확실한 대답은 나와 있지 않다. 그러나 여기서 사요의 대답이 중요한 것이 아니라 도모코의 질문에 오토메가 거절의 반응을 보이는 것이다.

함께 살아도 좋다고 오토메는 말한다. (중략) 만약 두 사람이 살다가 나 혼자 남았을 때는 곤란해질 것 같아. 사요씨는 그러한 때라도 계속 성장해나가겠지만, 나는 역시 보통 여자라서, 그렇게 되면 언제까지나 보통 여자로 남을 것이다.(「아침 바람」)

오토메가 말하는 '보통 여자'라는 의미 분석을 위해 「나날의 영상」에서의 오토메의 말을 인용해 본다.

---

16) 宮本百合子(1986)「女性の現実」(『宮本百合子全集』第14卷 新日本出版社 初出:『オール女性』1941年2月号)

자신은 역시 보통여자라고 하는 말주변이나 자신을 친구들의 생활과 구별 짓고 있는 것은 쓰토무가 살아 있을 때의 사고방식이 아니었고, 오토메가 남편을 여의고 나서 오늘날까지 이 년 동안 자신이 살아온 과정에서 터득한 것이라고도 생각 되지 않았다. 그것은 오토메 답지 않은 말투이다. 당신은, 혹은 그대는 보통여자라고 운운하며 오토메를 설득하려고 하는 남자의 여운을 히로코는 분명히 느꼈다. 그러나, 오토메는 정직하고 완고하게 애써 자신을 움직이고 있는 남자의 생각을 숨기고, 자신을 하나의 개체로서, 강하고도 당당하게 히로코에게 말하는 것이다. 오토메 혼자의 생각이 아닌 계획된 것이 거기에도 있었다.(「나날의 영상」)

예전의 오토메의 모습이 아니라고 생각한 사요(히로코)는 오토메에게 "보통여자"의 정의에 대해 묻는다.

그럼 보통 여자란 무슨 뜻인가. 남편의 부양을 받으면서 남편을 출세시키고, 재산을 모으며 살고 싶다는 그러한 여자를 보통 여자라고 하면, 자기 스스로 살아가야 하는 오토메씨와 같은 입장도 결코 평범한 여자일 수 없는 거죠. 그렇지 않아요?(「나날의 영상」)

사요(히로코)는 쓰토무와의 우정을 생각해서라도 오토메에게 도움이 되고 싶었다. 사요는 뒤에서 오토메를 조종하고 있는 남자가 있으며, 그 남자와의 관계유지를 위해 자신들로부터 멀어져 가려한다고 생각했다. 히로코가 쓰토무와 함께 생활할 때 보고 느낀 오토메의 모습은 다음과 같다.

오토메의 남편이 함께 활동하고 있을 때 막 스무 살을 넘긴 오토메가 생활비 마련을 위해 변두리 카페에서 일하려고 젊고 건실한 부부가 결심을 굳혔을 때, 오토메는 히로코의 처소에 의복에 관한 일로 상담하러 왔다. 자기 스스로 왔다기 보다 남편인 쓰토무가 가도록 했다는 편이 맞다. 부부 생활의 감정 등에 대해서도 매우 솔직한 성격인 쓰토무가 남자에게 전혀 애교를 부릴 줄 모르는 소박한 젊은 아내를 그러한 직업에 종사하게 할 결심을 한 기분을, 오토메를 자신의 처소로 보낸 사실에서 히로코는 애절하게 느낄 수 있었다.(「나날의 영상」)

쓰토무가 사망한 후에 사요(히로코)와 도모코의 마음에 홀로 남겨진 오토메가 "살아온 인생의 길과 다른 흐름 속에서 떠돌기 시작한 모습을 보며 안타까운 마음[17]으로 도움을 주고 싶었지만, 진실을 몰라주는 오토메가 원망스러웠다. 사요는 여동생 집에서 우연히 영화잡지를 보다 오토메와 비슷한 그림을 보고 깜짝 놀라 시선을 멈추었다.

그림 속의 오토메는 아무것도 입지 않은 알몸이었다. 작게 치솟은 여윈 어깨가 거친 먹선으로 그려져 있는데, 그 어깨 모양이 틀림없이 오토메 어깨 같았다. 알몸의 오토메는 고지식하게 바로 정면을 향하고, 앙상한 한쪽 무릎을 세운 자세로 앉아, 양팔은 그대로 축 늘어뜨리고, 두개의 눈썹을 지켜 올려 당장이라도 입술을 빨고 싶은 것을 참고 있는 듯한 표정이었다. (「아침 바람」)

---

17) 宮本顕治 (1980)「転換期と新しい 試練」『宮本百合子の世界』、新日本出版社、p. 102.

사요는 씁쓸한 눈물이 가슴에 흐르는 듯한 기분이 되어 더욱 유심히 그림을 바라보았다. 오토메는 "산토끼를 닮은 얼굴"에 "시골의 사투리"를 쓰는 순수한 인품의 소유자였으며, "남자에게 전혀 아양을 떨 줄 모르는 소박한 젊은 아내"로 남자에게 고용되어 옷을 벗는 직업인이 아니었다. 그러나 그림 속의 오토메는 자신의 육체를 스스로 움직일 힘조차 자각하지 못하고 어느 사이엔가 변해 버린 세상의 흐름 속에 떠돌기 시작하고 있는 모습처럼 보였다. 사요는 오토메가 "남성에 의존하는 종속적인 존재가 아니고 독립한 인간"[18]으로 살아가기를 바랐다. 그러나 오토메는 결국 자신을 "보통 여자"라 칭하며, "스스로 인생을 선택할 힘을 잃은 연약함에 연민과 애절함"[19]을 느낀다.

오토메를 통해 작가는 오랜 가부장제도의 역사 아래서 "무권리 상태에 놓여 무권력자로서 취급되어 온 여성"[20]이 남편을 잃고 혼자가 되었을 때 다시 남자에게 의존해서 살아갈 수밖에 없는 대부분의 여성들의 삶을 반영하고 있다. 그리고 준비되지 않는 여성의 자립은 결코 성공할 수 없음도 함께 표방하고 있는 것이다.

---

18) 中村智子(1973)「平和と民主主義の旗手の時代」『宮本百合子』、筑摩書房、p.307.
19) 竹内栄美子(2006)「全体を象嵌するものとして」『国文学解説と鑑賞』4月号.
20) 岡野幸子(2006)「百合子と女性文化」『国文学解説と鑑賞』4月号、学灯社、p.87.

4. 저항하는 여자 사요의 희망

이 작품은 그 시대 반영이라도 하듯이 직접적인 표현을 하지않고 독자가 짐작하게하는 표현 방법을 쓰고 있다.

그 주변에는 메이지시대부터 붉은 벽돌의 높은 담이 둘러 싸여있어, 도쿄 거리 한구석의 독특한 분위기를 형성하고 있었다.(「아침 바람」)

여기서 "붉은 벽돌의 높은 담"은 스가모의 형무소를 암시[21]하는 것으로, 그대로 쓰는 것이 허용되지 않았다. 거기에 갇혀 있는 사람들도 "암갈색 목면의 소맷자락이 없는 작업복의 남자들이라는 표현으로 우회하여 표현하고 있다."[22]

형무소의 이미지를 「반슈평야」에서도 "문의 크기는 사람 키의 몇 배나 되며, 창문을 향해 잠시 멈춰 기다리고 있을 때, 히로코는 몸이 마치 그 '높은 담' 밑에 나있는 잡초와 같이 낮고 무력하게 느껴졌다."고 표현하고 있을 정도로 접근이 힘든 "높은 담"을 상징적으로 표현하고 있다.

「아침 바람」 후기에서도 작가가 "언론의 탄압으로 군국주의 비판과 인간적인 사회의 갈망을 완곡한 표현으로 호소"하고 있으며, "끈질긴 투쟁의 자세"[23]를 보인다고 적고 있듯이, 사요는 치안유지법에 반대하면서도

---

21) 水野明善(1976) 前揭書 p,220.
22) 佐藤静夫(1968)「あとがき」『宮本百合子選集』3권、新日本出版社、P.442.
23) 작가는 후기에서 「아침 바람」이라는 작품은 작자가 마음 속에 담고 있는 생각을 그대로 자연스럽게 표현할 수 없었기 때문에 마치 수건으로 재갈을 물려 틈새에서 새어나오는 소리처럼 되어 있다. 입은 움직이고 있으나 소리가 들리지 않는 듯한 작품이라고도 말 할 수 있다.……(생략)…… 당시는 그런 사실을 노골적으로 쓴다는 마음가짐 그 자체가 항의를 나타내는 것으로, 치안유지법의 대상이 되었

저항과 항의를 마음 놓고 표현할 수 없었음을 알 수 있다.

필자는 서두에서 「아침 바람」과 「나날의 영상」은 주인공의 이름만 살짝 바꾸어 놓았을 뿐 작가가 의도하는 줄거리는 거의 같다고 밝혔다. 그러므로 사요와 히로코를 같은 맥락에서 분석해 왔다. 그러나 마지막 부분은 매우 다르게 끝을 맺고 있어, 여기서는 사요와 히로코 역시 따로 거론하고자 한다.

우선 「나날의 영상」의 마지막 부분부터 살펴보고자 한다.

히로코에게 형무소에서 쥬키치가 쓰던 모포가 보내져 왔다. 히로코는 오랜 찬 기운 속에 몇 해 겨울이나 계속해서 쥬키치의 몸을 지켜 온 모포를 보고 참을수 없이 가슴에 벅차오르는 감정으로, 모포를 어루만졌다.

아내인 자신이 남편의 신체 일부분과 현실적으로 접촉 할 수 있는 것이라고는 다만 이 우연에 의해 운반되어 떨어져 있는 머리카락 몇 개뿐이라는 사실이 얼마나 기막힌 일인지. 이 얼마나 기묘한 인간 생활에 있을 것 같지도 않은 일인지.(「나날의 영상」)

히로코는 모포에 묻어 우연히 함께 배달되어 온 쥬키치의 짧은 머리카락을 버릴 수가 마음 속에 뜨거운 불길이 이는 것 같은 뒤얽힌 기분으로 하나 하나 주워 모아 손가락사이에 꼭 쥐고 작은 머리카락 다발을 만들었다. 자신이 현재 쥬키치 것으로 만질 수 있는 것은 이 머리카락밖에 없다는 사실에 통탄해 하며 강한 분노를 느낀다.

다. 그 무렵의 작자와 독자와는 서로 은밀하게 간신히 감정 교류를 하고 있었다. 그렇게 일본 전체가 감옥 같았다."고 적고 있다.

쥬키치가 잡혀 들어가게 된 동기에 대해서는 작품 속에 나타나 있지 않지만 작가의 사실적인 표현으로 쓰여진 작품이라 보면, 유리코는 남편은 이치에 맞지도 않는 치안유지법에 의해서 옥에 간혀 있다는 사실에 대한 분노와 항의의 기분으로 이 대목을 썼으리라 인지할 수 있다.

그럼에도 「아침 바람」의 마지막 장면에서 사요는 좌절과 분노보다는 희망을 보이고 있다고 필자는 분석하고 싶다. 그 이유로써, 사요는 어머니가 일찍 돌아가시고 여동생 유키코에게는 어머니와 같은 역할을 해 왔으므로, 유키코의 출산 예정일에 맞추어 동생 집을 방문한다. 유키코의 출산을 기다리고 있었다.

> 갑자기 아래층 쪽에서, 높은 아기 울음소리가 들렸다. 사요는 반사적으로 의자로부터 일어섰지만, 비교적 우렁찬 사내아이의 목소리이었던 것 같이 생각되어서 망설이고 있는데, 간호사가 복도를 달려 이층의 계단을 올라오는 것을 보았다. 갑자기 심장이 요동치기 시작하는 것을 느끼면서, 사요는 간호사가 계단을 올라오기를 기다렸다.(「아침 바람」)

쥬키치를 찾아 헤매던 사요의 마음에 평화를 찾은 것은 아기의 탄생이었다.

> 대단히 깊은 편안한 기쁨이 사요의 마음을 만족시키고 있었다. 그런 기쁨과 편안한 감정은 예상할 수 없었던 것이었다. (「아침 바람」)

저항하며 반항하던 여자 사요도 아이의 울음 앞에서 편안한 기쁨을 느끼게 된다. 그렇다면 사요가 간절히 남편을 기다리고 한 가정의 아이의 울음소리가 울려퍼지는 가정을 바라지 않았을까 하는 생각을 해본다. 이렇게 사요가 마음의 평안을 되찾자, 좌절의 순간은 막을 내리고 이제는 참새 지저귀는 소리와 "자, 시작"이라는 새 출발을 알리는 희망의 소리가 들린다.

> 참새 지저귀는 활기찬 소리가 들린다고 생각하자마자, 라디오에서 체조 소리가 울려 퍼졌다. 피아노의 단순한 멜로디에 따라 "자. 시작" 하는 평범한 소리이었지만, 얼굴에 아침 햇살을 받으며 가만히 피아노의 멜로디를 듣고 있는 동안에, 사요의 몸은 가늘게 떨리고, 은밀한 오열이 복받쳐 왔다.(「아침 바람」)

작가는 사요(히로코)를 통하여 남편을 기다리며 방황과 저항을 거듭하며 살아가기보다는 좀 더 현명하게 자신을 사랑하며 스스로 행복을 추구해 나가려는 의지를 보이고 있다. 좌절을 희망으로 바꾸기 위해서는 어려운 환경에서도 좌절하지 않고 스스로의 주어진 환경에서 "행복을 누리기 위해 무언가를 잡으려는 끈질긴 노력"[24]이 필요하다는 것을 시사하고 있다.

---

24) 宮本百合子(1986)「新女性の生活態度」(『宮本百合子全集』第14巻 新日本出版社, 初出:「婦人画報」1939年9月号)

5. 결론

이상과 같이, 사요와 오토메를 중심으로 하여 사요를 저항하는 여자로, 오토메를 보통 여자의 표상으로 보고 분석해 보았다.

사요는 권력의 탄압으로 행복한 가정생활 영위가 힘들고, 오토메는 남편이 없는 가운데 자식과 함께 기본생활을 유지하지 못해 타락한 모습을 보인다. 이렇게 두 여성의 삶을 통하여 불행한 여성의 삶을 그리고 있다.

특히, 오토메를 통하여 가부장제도하에서 남성에 의존하여 살아가던 여성이 남편과 헤어져 주체자로 살아가고 싶어하지만 끝내 또 다른 남성에게 의존해 살 수밖에 없는 모습을 "보통 여자"들의 삶으로 그리고 있어 독자들에게 많은 것을 시사하고 있다.

그러나 작품의 끝부분에 사요의 여동생이 출산한 아이의 탄생을 알리는 우렁찬 울음 소리는 사요가 여성으로서 최대의 안락함과 기쁨을 느끼는 제일 행복한 순간으로 묘사되어 있다.

이렇듯 여성의 고통스러운 삶 속에서도, 여성의 희생으로 태어난 아이의 탄생으로 기쁨을 얻듯이 어려운 환경을 잘 극복해 나가면 희망이 도래할 것이라는 메시지를 전달하고 있다.

〈참고문헌〉

岩淵宏子(1992)「日々の映り」の作品解説『短編 女性文学 近代』、おうふう社、
　　pp.144-152.

岡野幸子(2006)「百合子と女性文化」『国文学解説と鑑賞』4月号、学灯社、
　　pp.82-89.

垣田時也(1973)「近代女流作家の肖像-宮本百合子」『女流文芸研究』、南窓社、
　　pp.135-147.

黒沢亜里子外(2006)「愛と生存のかたち湯浅芳子と宮本百合子の場合」『国文学
　　解説と鑑賞』4月号、学灯社、pp.6-27.

小林富久子「宮本百合子『婦人と文学』」『国文学』9月号、学灯社、pp.131-139.

佐藤静夫(1968)「「あとがき」『宮本百合子選集』第 3券、新日本出版社、
　　pp.435-461.

須見磨容子(1981)「転換期の宮本百合子」『民主文学』、新日本出版社、pp.6-15.

竹内栄美子(2006)「全体を象嵌するものとして」『国文学解説と鑑賞』4月号、学
　　灯社、pp.123-130.

谷口絹枝(2006)「宮本百合子とセクシュアリティ」『国文学』9月号、学灯社、
　　pp.37-64.

中村智子(1973)「二つの庭時代」『宮本百合子』、筑摩書房、pp.86-102.

(1973)「冬を越す蕾の時代」『宮本百合子』筑摩書房、pp.221-237.

(1973)「平和と民主主義の旗手の時代」『宮本百合子』、筑摩書房、pp.279-331.

宮本顕治 (1980)「転換期と新しい 試練」『宮本百合子の世界』、新日本出版社、
　　pp.80-105.

宮本百合子(1969)『宮本百合子全集』10 巻、新日本出版社、pp.31-39.

水野明善 (1976)「軍国的狂宴と毅然たる百合子」『宮本百合子作品と生涯』、新日本出版社、pp.215-239.

長谷川啓(2000)「女性文学にみる抵抗のかたち」『転向の明暗』、インパクと出版会、pp.160-173.

2장
히라바야시 다이코의 작품 분석

히라바야시 다이코의 『시료실에서(施療室にて)』론
 - 〈나〉의 젠더 의식과 사상의 발로(発露) -

히라바야시 다이코의 『때리다(殴る)』론
 - 가부장제도하에 여성의 위상과 폭력 양상 -

제사공장 여공들의 표상
 - 히라바야시 다이코의 『짐수레』를 중심으로 -

자본주의로 인해 해체되어 가는 농촌의 생활상
 - 히라바야시 다이코의 『야풍』을 중심으로 -

프롤레타리아 여성과 사회주의 운동의 내부갈등
 - 『프롤레타리아 별』과 『프롤레타리아 여자』를 중심으로 -

히라바야시 다이코의「시료실에서(施療室にて)」론
-〈나〉의 젠더 의식과 사상의 발로(発露) -

1. 서론

히라바야시 다이코(平林たい子:1905年10月3日-1972年2月17日, '다이코'
로 약칭)는 1923년 관동대지진 직후 다수의 아나키스트들과 함께 체포되
지만, 도쿄를 떠나는 조건으로 풀려나 남편 야마모토 도라조(山本虎三)
와 함께 당시 일본의 식민지였던 중국 대련에서 생활하게 된다. 그때, 야
마모토 도라조는 선로파괴 테러를 모의한 혐의로 구속(1924년)되고, 다이
코는 혼자 시료병원에서 여자 아이를 낳지만 영양실조로 죽고 만다. 이런
작가의 중국 대련에서의 비참한 체험이「시료실에서(施療室にて)[1]의 배
경으로 되어 있다.

「시료실에서(施療室にて)는 여주인공〈나〉를 중심으로 구성되어 있으
며,〈나〉가 헌병대에서 출산을 위해 병원으로 들어가는 장면에서 시작하
여 입옥(入獄)을 위해 감옥으로 향하는 장면으로 끝난다.

〈나〉의 남편은 하층 노동(coolie) 쟁의를 지도하고, 계획한 테러가 발각
되어 수감되고, 마철공사(馬鉄公司)에서 일하던〈나〉도 공범으로 출산 후
에는 바로 수감될 상황에 놓여 있다. 그 구조 속에서 시료실내의 음침한
모습과 출산한 아이가 사망할 수밖에 없는 처절한 상황을 무산계급 운동

---

1) 1927년 9월『문예전선』에 발표. 시료실(施療室)이란, 한국어 표현으로는 어색하
   나 '무료 치료소' 라는 의미로 제목과 동일하게 사용.

가의 투쟁의지로 구축시켜 나가는 과정과 함께 생생하게 그려내고 있다.

작품의 선행연구에서, 이시카와 나오코는 다이코가 스스로의 신체 체험을 매개로하여 무산계급 운동가로서의 결의를 획득하기 위해, 미력하고 극한 상태에 있는 여주인공이 사회와 자기와를 동등하게 대치시켜 혁명을 이루고자하는 결의를 표방한 작품이라는 평을 하고 있다(石川奈保子 1985:82-83참조). 나카야마 가즈코는 다이코의 혁명적인 자기극복의 과제를 모티브로 여성 전반의 사회적 위상을 문제화시켜 나가는 점에 다이코의 뛰어난 이론적 능력을 엿볼 수 있다는 평을 하고 있다(中山和子 1999:69).

본고에서는 지금까지의 선행연구에서 밝혀진 다이코 스스로의 체험을 〈나〉를 통해 부각시키고자 하는 혁명적인 결의 표명에 중점을 두면서, 인습에서 벗어나지 못하고 갈등하는 젠더 구조 속의 〈나〉와 무산계급 운동가로서의 〈나〉에 대해 논증해 나가고자 한다. 이번 고찰을 통하여 그 당시의 다이코의 사상적 확립을 위한 정신세계의 갈등을 읽어 낼 수 있을 것이다.

2. 젠더 구조 속의 〈나〉

이 장에서는 무산계급 운동가로서의 활동을 희망하지만 자신의 정신세계가 아직 가부장적인 체계에서 벗어나지 못하고 있는 〈나〉에 대해 분석해 보기로 한다.

〈나〉의 남편은 중국에서 3명의 노동 감독과 함께 계획한 테러가 발각되어 투옥되고, 마철공사(馬鉄公司)에서 일하고 있던 〈나〉도 공범으로 지목되어 출산 후에는 감옥으로 가게 되어 있다.

> 나는 남편을 원망하지 않는다. 그런 식의 테러를 하면 이렇게 되리라는 예측은 나에게는 너무나도 명백한 것이었다. 남편과 3인의 동지는 그런 나의 염려를 임신한 여자의 고리타분한 걱정이라고 웃었다. 그러나 결과는 내가 예상한 대로였다. 그렇지만 그런 부분을 극복하지 않으면 더 전진할 수 없는 것이 대세라면, 역시 거기에 따르는 것이 운동하는 사람의 도리이다. 남편에 대한 아내의 도리인 것이다. 나는 조금도 후회는 하지 않는다.[2]

테러 계획이 실패할 것을 예측하고 염려하는 〈나〉에게 남편은 "여자의 고리타분한 걱정"이라고 무시하고 강행한 결과 남편은 투옥되고 〈나〉도 출산하고 난 뒤 감옥에 수감될 상황에 놓여있다. 이런 상황에서 적어도 자신의 의사를 무시한 남편에 대한 비판적인 시각이 있을 법도 하다. 그러나 〈나〉는 남편을 "원망"하지 않을 뿐만 아니라, 도리어 "아내의 도리"라는 분명치 않은 애매한 태도를 보인다. 〈나〉의 이런 행동은 남편과 동반자 입장이 아니라, 가부장제도에 입각한 순종의 미덕을 중시하는 "젠

---

2) 본문인용은 平林たい子(1968)『日本の文学』中央公論社에 따름. 번역은 필자에 의함. ( )의 숫자는 본문의 페이지를 나타냄. 이하 동일.
　私は夫をうらむまいと思う。ああいう風なテロをすれば、こうなって行くという見透しは、私にはあまりに明白だったのだ。夫と三人の同志は、私の考えを妊娠している女の因循な臆病だと笑った。しかし、結果は私の予想した通りだ。しかし、そういうところを通り抜けなければ向うへは行けないすべての大勢ならば、やはり、それに従って行かなければならないのが、運動する者の道だ。夫に対する妻の道だ。私は、少しも悔いてはないのだ。(p.8.)

더에 의해 만들어진 부덕(婦德)"(渡辺澄子 2000:119)의 횡적인 부부관계의 사고방식에서 비롯된 것이다.

더 나아가, 〈나〉는 실패한 남편의 상황을 대세에 따라야 하는 "운동하는 사람의 도리"라며 더 전진하기 위해 극복해야 하는 실패로까지 몰아가며 자신의 의지 관철 무시는 고사하고 남편의 실패를 정당화하려고 노력하고 있다. 즉, 남편과 대등한 입장에서 논의하고 설득하려는 것이 아니라, "아내의 도리", "운동하는 사람의 도리"로 확대시키고 있다.

아베 나미코는 인용문의 "남편을 원망하지 않는다"는 것은 작가 다이코의 실제 결혼생활과 관련하여 야마모토 도라조 때문에 임신 중인 자신이 겪는 고통에 대한 "원망하고 있는 마음"을 반대로 표현한 것이며, "조금도 후회하지 않는다."는 표현에서는 다이코의 고독마저 느낄 수 있다고 적고 있다(阿部浪子 1986:162). 그러나 다음 인용문에서 알 수 있듯이 남편에 대한 역감정의 표현이라고 보기는 어렵다.

> 나는 사랑하는 남편과 생이별하고 이런 식민지의 시료병원에서 아무도 돌봐주지 않는 들개처럼 아이를 낳아야하는 자신의 불행을 한탄해서는 안 된다.[3]

〈나〉는 자신의 출산을 함께 할 수 없는 사랑하는 남편과의 이별을 아쉬워하며, 남편에 대한 원망보다는 사회에 대한 불만을 더 크게 부각시키고 있다.

---

3) 私は愛する夫と引き裂かれてこんな植民地の施療病院で誰にも見とらずに 野良犬のように子供をうむ自分の不幸をなく嘆いてはならない。(p.11.)

또한, 다음의 인용문에서도 감옥에 있는 남편이 아무 도움이 되지 않는 다는 것을 알면서도 자신의 처해져 있는 입장을 편지로 써서 알리고 있다.

"다리가 부어 일어날 수 없게 되었습니다. 변기를 잡는 것조차 자유롭지 못합니다. 간호사가 불쾌한 얼굴로 변기청소를 할 것을 생각하니 슬퍼집니다. 그보다도 더 힘든 것은 아이의 기저귀를 세탁할 사람이 없다는 것입니다. 2층에서 일하는 가정부에게 한 장에 2전씩 주기로 하고 세탁을 부탁했습니다만, 내 지갑에는 지금 2엔 7, 80전 밖에 남아 있지 않습니다. 도대체 어떻게 해야 할까요?"[4]

여기서도 〈나〉는 남편에게 "매달리고 싶은 참을 수 없는 그리움"으로 자신이 처해 있는 어려운 상황을 "도대체 어떻게 해야 할까요?" 하고 묻고 있다. 이런 사항들을 미루어 보면 다이코가 남편에 대한 소원함을 〈나〉에게 주입시켜 토로하고 있다고 보기 어렵다.

〈나〉는 이렇게 남편에게 의지하고 싶은 마음으로 그리워하면서도 사회주의 사상을 공유한 동지로서 보기를 희망하고 있다. 그러나 아직 성숙하지 않은 사상성을 다음의 인용문에서도 볼 수 있다.

---

4)「足が立たなくなってしまったのです。便器をいじるのさえ自由でありません。看護婦にいやな顔をされて便器の掃除をしてもらうことを思うと悲しくなります。それよりも、大変なのは、赤ん坊のおしめを洗う人間のないことです。仕方がありませんから、二階で働いている家政婦に一枚二銭で洗ってもらうよう話をたのみましたが、私の財布の中には今二円七、八十銭の金しかありません。一体どうなって行くんでしょう。」(p.13.)

무엇이 이렇게 미련의 끈을 놓지 못하고 그에게 여성스러운 태도를 취하게 하는 것일까. 그의 충혈된 눈은 도대체 나에게 무엇을 요구하고 있는가. 아내라는 존재가, 의지가 약한 남편을 미련에 얽매이게 한다. 미련이 남은 남편이 던진 긴 끈의 끝을 아내는 받을 수밖에 없는 것이다. 아아, 정말 싫어, 싫다. 어딘가로 빠져 들어가는 것 같아 견딜 수 없는 기분이다. 짜 모아 붙여 놓은 나무 조각처럼 산산이 부서지고 싶다.[5]

이렇게 〈나〉는 가부장제도하의 인습에서 벗어나 사회주의 사상 아래 남편을 동지로 생각하고 싶어 하면서도, 스스로의 굴레에서 벗어나지 못하고 갈등하는 모습을 보인다.

남편이 아니라 동지다. 남편이라고 생각하기 때문에 여러 가지 불만이 생긴다. 변혁을 위한 동지로서의 남녀관계에, 그 하잘 것 없는 그물에 모두가 매달리려고 하는 낡은 가족제도는 지난해의 잡초와 같이 시들어 버렸다. 그러나 알이 큰 안경테의 검은 안경이 빨아들이려는 기세로 키가 작은 나를 내려다보았다.[6]

---

5) 何が彼にあんな未練の糸につながれた女々しい態度をさせるのであろうか。彼の充血した目は、一体私にどうせよと要求しているのだ。妻の存在が、意志の弱い夫を未練につなぎとめる。未練の夫が投げて来る長い帯の端を、妻は受け取らずにはいられないのだ。ああいやだ。いやだ。どこかへ落ち込みそうで堪らない気持だ。寄木細工のようにがらがらに崩れてしまいたい。(p.10.)

6) 夫ではない。同志だ。夫と考えるからこそいろいろな不満が引き摺り出される。変革を前にした同志としての男女関係に、あの頼りない一体の綱に皆が繙ろうとする古い家族制度は去年の雑草のように枯れているはずだ。しかし一球の大きい緑の黒い眼鏡が吸い上げようとするように、背の低い私を見下している。(p.10.)

그럼에도 불구하고 남편과의 관계를 의식적으로 대등한 관계로 보려고
노력한다.

> 사랑하는 동지여, 주위를 살피지 마시오. 앞을 봅시다. 앞을 봅시다. 높
> 은 천정에 그려진 그의 환영을 향해 호소해 본다.
> 나는 목구멍을 피리처럼 둥글게 하여 낮은 소리로 "민중의 깃발"을 부
> 르기 시작했다. 높은 음정 부분에서는 어깨를 올리고 폐의 공기를 누르
> 면서 떨리는 자신의 목소리에 빠져든다. 눈물이 한 방울 귀를 간질 듯
> 이 흘러내렸다.[7]

위의 인용문에서는 주의를 살피지 말고 앞을 향해 나아가자고 〈나〉 스
스로에게 경각심을 불러일으키고 있다.

이런 모습에서 남편을 의지하며 자립의지가 부족한 여성의 젠더 모습
과 사상적으로나마 남편과 동등한 위치의 동지가 되고자 하는 이중성을
보이고 있다.

이상과 같은 〈나〉의 모습과 작가 다이코가 1925년 『문예전선』 9월호에
발표한 평론 「부인작가여, 창부여(婦人作家よ, 娼婦よ)」의 여성의 모습과
비교해 보기로 한다.

「부인작가여, 창부여(婦人作家よ, 娼婦よ)」에서 다이코는 "남성의 정
복적 사랑을 모든 생활의 대상물로써 살아가는 현대 일본여성은 몰사회

---

7) 愛する同志よ、周囲を見廻すな。前を見よ。前を見よ。深い天井に描いた彼
の幻影に呼びかけて見る。私は、咽喉を笛のように円くして、低い声で『民
衆の旗』をうたいだした。高い音のところへ来ると肩を突きあげて肺の息
を押し出しながら、ふるえる自分の声に聞き入る。涙が一滴耳へ擽るよう
に流れ込んで来た。(p.10.)

적이다. 따라서 그녀들에게는 계급의식뿐만 아니라 정복자 남성에 대한 피정복의 자각조차 가질 수 없다고 적고 있다.

그렇게 본다면, 다이코는 이 작품의 〈나〉를 통해서 인습에서 벗어나지 못하고 있는 모습과 동시에 사회주의 사상이라는 매개를 통하여 남성과 동등한 입장의 자신을 찾아가려고 노력하며 스스로 갈등하는 모습을 보이고 있어 다이코가 평론에서 밝힌 "현대일본여성은 몰사회적"이며, "정복자 남성에 대한 피정복의 자각"조차 가질 수 없는 여성의 모습에서 탈피했다고 볼 수 있다. 그러나 서론의 선행연구에서 나카야마 가즈코가 밝힌 "여성 전반의 사회적 위상을 문제화"(中山和子 1999:69)시켜 여성의 위상을 사회적인 문제로 표방하고 있다고 보기에는 부족함이 있다.

그러나 인습에서 벗어나기 힘든 여성의 젠더 모습과 동시에 비록 사상적 배경이 주입되어 있지만 남편과 동등한 입장을 공유하려는 〈나〉의 고민과 갈등이 잘 나타나 있다.

3. 무산계급 운동가로서의 〈나〉

이 장에서는 무산계급 운동가로서의 투쟁의 길을 택한 〈나〉에 대해 고찰하고자 한다.

〈나〉가 출산을 위해 들어간 시료실은 행려병자가 무료로 수용되는 자선병원으로 반 지하실이다. 그곳은 먼지 냄새와 모기 소리, 비가 세는 벽, 바람소리에 덜컹거리는 유리 창문 등, 건강한 사람도 생활하기 힘든 열악한 환경이다.

그럼에도 불구하고 병원 원장은 환자 치료에 쓰일 돈을 사생활비로 빼

돌려 유용하며, 손이 많이 가는 중병환자를 떠맡는 일은 곤혹스러워한다. 심지어 아직 살아있는 환자를 시체 안치소로 옮겨가는 잔혹함도 보인다. 이런 시료실에서는 심하면 몇 년 동안 다리를 움직이지 못하여 용변조차 혼자 볼 수 없는 각기병 환자는 원장에게 있어서는 아주 곤란한 환자일 수밖에 없었다. 게다가 부자 후원자에게 보고 할 때 고정 환자가 많으면 새로운 환자를 받을 수 없어 환자수가 줄어들 수밖에 없어 병원 업적상으로도 좋지 않았다.

이렇게 후원금으로 운영되는 설립 취지에 맞지 않는 행동을 하는 병원장이 다름 아닌 "기독교인"[8]이라는 것에 중점을 두고 있다.

> 간호부장은 원장 부인으로 기독교인이다. 표면상으로는 간호부장이나 사실은 의사면허도 없이 환자진찰을 하고 있다. 겉은 벨벳처럼 상냥해 보이지만 속에는 무서운 칼날을 품은 여자다.[9]

이타가키 나오코도 "여주인공 〈나〉의 휴머니즘에 입각한 사회 비판적인 작품"(板垣直子 1956:138)이라고 평하고 있듯이, 특히 자애와 사랑을 기본 교리를 하는 기독교를 믿는 사람들조차도 타락해 버린 피폐해진 사회상을 시사하고 있다.

---

8) 기독교인(基督教人)은 기독교를 믿는 사람, 다시 말해 성경에서 메시아로 예언된 예수 그리스도의 삶과 가르침을 중심으로 하는 종교를 믿는 사람을 통틀어 일컫는 말이다. 기독교의 기본 원리가 사랑과 희생이라는 것에 초점을 맞추어 기독교인마저 부패한 사회상을 밝히고 있다고 본다.
9) 婦長は院長夫人でクリスチャンである。表面は看護婦長であるが、事実は、医者の免状も持たずに患者の診療もするし往診もしている。表面はビロードのようにやさしいが、中には荊のような恐ろしい手応えをもった女だ。(p.12.)

이런 열악한 환경에서 〈나〉는 "얼룩진 낡은 면 이불 한 장이 깔린 바닥에서 원숭이처럼 붉은 여자아이를 낳았다." 출산 후, "손과 발도 두꺼운 떡을 붙인 것처럼 전혀 감각이 없"어 간호사에게 각기병에 걸린 것 같다고 여러 번 말을 하자 주사를 놓아 주었다. 그러나 그 주사를 맞은 것이 문제가 되었다. 원장이 회진 때 〈나〉의 머리맡에 있던 빈 주사 병을 발견하고 고가의 약을 사용하였다고 간호사를 질타한다.

"주사? 주사라면 부장에게 허가를 받았나?"

"아니요, 저 정신을 잃었기 때문에....... 항상 빈혈을 일으키는 증상이 있어 허가를 받지 않았습니다."

"이 멍청이."

갑자기 푸른 유리병을 바닥에 던져 가루가 사방으로 흩어졌다. 코르크가 떼굴떼굴 굴렀다.

"당신은 2년이나 간호사를 하고 있으면서 이런 독일어 정도도 못 읽는 거야? 이 G....란 약품은 한 번 열면 다시는 쓸 수 없어. 1그램에 얼마인지나 알아? 이런 가난한 병원에 서 뇌빈혈 정도에 일일이 이런 약을 쓴다면 어떻게 되겠어."[10]

---

10) 「注射？注射は婦長さんに許可を仰いだのか」「いいえ、あの、失神したもので ございますから。いつも脳貧血を起す癖がありますししますので、御許可を うけることは略しております。」「馬鹿野郎！」いきなり青硝子が粉のように 床で砕けて四方に飛び、コルクが二間もころころと転がった。「君も二年も看 護婦をやったんだから、このドイツ語ぐらいはよめるだろう。このG...薬品は 一度口をあけるともう使えないんだ。一グラムいくらするのか、君は知って るのかね。こんな貧乏病院で脳貧血ぐらいにいちいちこんな薬を使われてた まるもんかね、君」(p.17.)

〈나〉는 자신의 생명이 "한 병의 약품 가격"도 되지 않는다는 모멸감을 느낀다. 이런 대우를 받은 〈나〉는 자신의 아이에게 먹일 우유를 공급해 달라고 말할 용기가 나지 않았다.

또 한편으로, 출산 후 투옥될 운명인 〈나〉는 우유를 획득하여 아이의 생명을 연장시킨다고 해도 지속적인 공급은 힘들 것이라는 것과, "감옥 생활을 하는 여자"를 상상하면 자신이 없었는지도 모른다.

나는 감옥이 무섭다. 영아를 데리고 감옥생활을 하는 여자를 상상해 보니 내장이 졸아 드는 느낌이다. 이 아이를 임신한 것을 처음 알았을 때도 나는 관동대지진으로 혼잡할 때 감옥에 있었다. 나에 의해 운명 지어진 아이의 일생은 감옥 생활인지도 모른다.[11]

〈나〉는 각기병에 걸린 자신의 모유를 먹이면 아이가 사망할 것이라는 사실을 알면서도 아이를 위한 우유 획득 투쟁을 단념하고 모유를 먹인다. 텍스트에서 〈나〉가 아이에게 우유를 먹이기 위해 노력하는 장면은 없다. 적어도 최소한의 노력도 하지 않고 포기했다는 것은 납득하기 힘든 부분이다. 〈나〉는 자신이 낳은 아이를 소유물로 생각하고, 아이의 죽음을 자신의 사상적 확립의 도구로 이용하여 투철한 사회주의자가 되고자 한다. 모성보다는 사상을 택한 것이다.

---

11) 私は監獄を恐れる。嬰児を抱いて監獄生活をする女を描いて見ると、内臓が縮むような感じがする。この子供をはじめて腹に抱いたことを知った時にも、私は東京の大地震のどさくさまぎれで監獄にいた。私によって運命づけられた子供の一生は監獄生活かも知れない。(p.18.)

사회주의자인 내가 투옥이라는 사실 앞에 위축되어 있다. 확실히 위축되어 있다. 아아, 그리고, 또 이 처량한 자각이 나를 절망하게 했다.

여자여. 미래를 믿어라. 아이에 대한 사랑이 깊다면 깊은 만큼 투쟁을 맹세해라.[12]

나카야마 가즈코가 "적을 죽이기 위해 자기를 죽이는 것을 서슴지 않는 것이 폭력주의의 심정이라고 밝히며, 그런 맥락에서 〈나〉가 스스로 자신이 낳은 아이에게 잔혹하게 하는 것만큼 맹렬하게 절망적으로 적과 대치하려고 하기 때문"(中山和子 1999:82)이라고 밝히고 있듯이, 혹독한 자기 파괴적인 애정을 기점으로 하지 않으면 〈나〉는 사상적 몰입이 불가능했을지도 모른다.

〈나〉의 젖을 먹은 아이가 심한 설사를 하고 토하며 젖꼭지를 입에 대려고도 하지 않자 몇 번이고 내진을 부탁해보지만, 간호사는 귀찮다는 얼굴을 하고 강보를 싸안고 아이를 2층으로 데리고 갔다. 이때 이미 〈나〉는 아이에 대한 마음을 비웠다. 그러면서도 신경이 쓰여 2층에서 나는 소리에 귀를 기울이며 밤잠을 설쳤지만, 간호사들은 시끄럽게 노래 부르며 떠들었다.

날이 밝았을 때, 수습 간호사가 방긋 웃으면서 내 침대로 다가왔다. 그 웃는 모습에서 나는 어떤 직감이 왔다.

---

12) 社会主義者私は、入獄という事実の前に萎縮している。たしかに萎縮している。ああ、そして、また、このあわれむべき自覚が、私を絶望させるのだ。女よ。未来を信ぜよ。子供への愛が深いならば、深いがゆえに、闘いを訴え。(p.18.)

"정말 안됐어요. 정각 4시에 죽었어요."

"그런가요."

나는 상대의 낮은 목소리에 비하여 아무것도 아닌 듯 평소와 같은 목소리로 대답했다. 사실 나에게는 그 이상의 감정은 일어나지 않았다.

"얼굴이 보고 싶겠지요. 그렇지만 걸을 수 없어서 안됐군요."

"아니요, 보고 싶지 않아요."

이것으로 나는 그녀가 미소를 지으면서 무슨 말을 해도 대답하지 않았다.[13]

끝내 아침에 간호사로부터 아이의 사망 소식을 듣게 된다. 〈나〉는 죽어가는 아이를 앞에 두고 떠들어대는 모습이나 사망 소식을 알리면서도 웃을 수 있는 간호사의 모습에서 타인의 아픔을 전혀 공유하지도 배려하지도 않는 삭막함을 느낀다.

〈나〉는 "꿈과 현실"에 대해 갈등하고 있는 자신을 발견한다.

눈을 감으니 꿈과 현실을 드나드는 기분이다. 단지 깃발 같은 한 장의 천이 펄럭거리며 움직이고 있는 것이 어둠 속에서 보이는 것 같을 뿐, 감각은 죽어 있었다. 나는 불행한가.[14]

---

13) 夜があけ放れた時に、見習看護婦がにこにこして私の寝台の傍にやって來た。その笑い方に、ぴったりと結びつく私の直覚があった。「ほんとお気の毒、ちょうど四時の時になくなったのよ」「そうですか」私は、相手のひそめた声に被せるように、何でもなさそうに、平気な声で答えた。事実、私にはそれ以上の感情は起っていないのだ。「顔を見たいでしょう。だけど、歩けなくって困ったわね」「いいえ、見ますまい」これきり、私は、彼女が微笑を含みながら、何を言っても答えなかった。(p.20.)

14) 目をつむっていると、夢と現い間を行き來している気持だ。ただ、旗のような一枚の布がひらひらと動いているのが暗い中に見える気がするだけ

여기서 "꿈과 현실"을 "꿈"은 사상적인 "깃발"로, "현실"은 "어둠"으로 표현하며 자신의 사상적인 행로를 취하기까지의 어려움을 인지하고 있다. 다음의 인용문은 〈나〉의 의지이며, 동시에 작가 다이코의 의지이기도 한 부분이다.

> 나는 내 속에서 꺼지지 않고 늘 불꽃을 다시 피우는 양초의 빛을 지키면서 이제까지 살아왔다. 나는 미래를 믿으며 살아왔다. 지금 이런 고난 속에서도 나는 이 고난 속을 헤쳐 나갈 붉은 불꽃 하나를 느낀다. 나는 어디까지라도 그것을 지키며 투쟁하며 살아갈 것이다. 짜디짠 눈물이 일그러진 표정 위로 끊임없이 흘러 내렸다.[15]

다이코는 〈나〉의 사상적 의지 관철을 위한 투쟁을 멈추지 않을 것을 표방하고 있다. 지금까지 자신을 지탱해온 자존심을 지키기 위해 안간힘을 쓰며 스스로 투쟁을 다짐한다.

〈나〉는 아이가 죽었다는 소식을 들은 다음날 죽은 이유를 알기 위해 해부를 할 것이라는 것을 잘 알면서도 스스로 검찰관에게 전화를 부탁하여 수감 신청을 마치고 감옥으로 향한다. 〈나〉는 자신이 강하게 요구해도 불가능할 것이라고 생각하며 무산계급자로서 투쟁의 길을 선택한 것으로 볼 수 있다.

で、感覚は死んでいる。私は不幸であろうか。(p.20.)

15) 私は、私の中に、消えなんとして、いつも焔を取り戻して来る一本のろうそくの火を見守りながらここまで生きて来た。私は未来を信じて生きる。今こんな苦闘の中にいても、私は、この苦闘の中を縫って行く一つの赤い焔を感じる。私は、どこまでもどこまでも、それを見守って闘って行こう。塩からい涙が歪んだ表情の上をとめどなく流れる。(p.11.)

그러나 아쉬운 것은 텍스트에 아이에게 우유를 먹이기 위해 노력하는 장면이 전혀 나타나 있지 않다. 이렇게 〈나〉가 모성을 버린 입장을 조금이라도 이해하는 측면에서 보면, 지금은 우유를 구하여 먹인다고도 지속적 공급은 힘들며, 출산 후 자신이 돌아갈 곳이 감옥이다. 어차피 지속적으로 돌볼 수 없을 바에 무언가 획기적인 반전이 필요하다고 생각했을지도 모른다. 그러나 아이 생명을 자신의 사상의 발로로 대치시킨다는 것은 아이를 자신의 소유물로 보는 것에서 출발한 인간의 존엄성에도 위배되는 위험한 발상이라고 할 수 있다. 특히 부모의 입장에서 보면 몇 시간의 연장을 위해서라도 자식을 살리고자 하는 의지를 보이는 것이 바람직할 것이다.

이상과 같이, 그 당시 다이코는 〈나〉를 통해, 자신의 사상적 무장을 위해 과감하게 자식의 죽음에도 태연함을 보이는 용기를 그려내고 있다.

4. 결론

본고에서는 히라바야시 다이코의 중국 대련에서의 경험을 「시료실에서(施療室にて)의 여주인공 〈나〉를 통해 고찰해 보았다.

우선, 〈나〉의 젠더 의식을 살펴보면, 자신의 의사를 무시하고 테러를 계획하여 실패한 남편은 투옥되고, 〈나〉도 출산 후 입옥될 처지에 놓여 있다. 그러나 〈나〉는 무조건 남편의 의사를 존중하고 따라야 한다는 젠더에 함몰된 여성의 태도로, "남편을 원망"하지 않을 뿐 아니라, 남편의 행동에 대한 정당성을 부여한다. 한편으로 〈나〉는 남편을 무산계급 운동의 동지로 보려고도 노력한다.

이렇게 스스로 인습의 굴레에서 벗어나지 못하는 젠더의 모습과 사상에 입각하여 평등한 동지로 보고자하는 이중성을 동시에 보이고 있다.

또한, 인간의 기본권마저 박탈당한 시료실의 현장을 현실감 있게 그려내며, 사회 저변에 깔려있는 부조리의 심각성을 알리기 위해 일반인들보다는 봉사정신을 기본으로 하는 기독교인마저도 인간의 생명을 위협할 정도로 부패되어 있는 사회의 윤리성을 고발하고 있다. 그리고 시료실의 간호사들의 모습에서도 인간의 생명의 존엄성이 완전히 배제되어 죽어가는 아이를 옆에 두고 노래를 부를 수 있는 메마른 인성과 아이의 사망 소식을 알리면서도 웃을 수 있는 삭막한 사회상을 그려내고 있다.

특히, 〈나〉는 자신이 처해 있는 현실을 모델로 하여, 출산한 아이에게 각기병에 걸린 모유를 먹일 수밖에 없는 사회에 대한 반항심과 반발심을 자신의 사상적 반등으로 돌출시키고 있다.

그러나 아쉬움은 남는다. 〈나〉가 우유를 간절히 원해도 공급 받을 수 없는 열악한 사회 구조가 배경으로 깔려있지만, 자식을 살리기 위한 우유 획득보다 무산계급 운동가로서 흔들리는 자신의 사상 확립을 위해 모성을 버린 느낌마저 든다.

작품 마지막 부분의 "감옥의 정문"이라는 한 마디는 자신을 휩싸고 있는 모든 감정을 떨쳐내 버리려고 하는 강력한 의지와 긴장을 잘 나타내고 있다.

이렇게 히라바야시 다이코는 「시료실에서(施療室にて)의 〈나〉를 통하여 가부장제도하에서 사상성에 입각한 방법으로나마 여성이 남편과 동등한 입장을 고수하고자 노력한다. 또한, 현실적으로 부패하고 참담한 모습

을 리얼하게 표현하여, 사회 부조리 척결을 위한 무산계급 운동가로의 굳건한 의지를 분출시키고 있다.

또한, 자신이 무산계급 운동가가 될 수밖에 없는 사회적 배경과 모성 보다 사상을 우선시 할 수밖에 없는, 즉 개인보다는 사회전반적인 구조 개혁을 위한 운동가로서 자리를 구축하고 싶다는 그 당시의 다이코의 열망이 복잡하게 뒤엉키어 있는 사실적인 작품이라 할 수 있다.

〈참고문헌〉

マレー 望(2009)「砂漠の花咲き揃う--百合子、たい子 革命的な結婚について」
　　『立命館文学』、立命館大学人文学会.

西荘保(2005)「平林たい子『施療室にて』論一喪失される子供の視点から」『福岡
　　女学院大学紀要』、文学部編15.

中山和子(1999)「『施療室にて』一『文芸前線』の有力新人/身体感覚を通して/テ
　　ロリストの心情」『平林たい子』、新典社.

阿部浪子(1986)「『『施療室にて』のプラスとマイナス」『平林たい子花に実を』、
　　武蔵野書房.

上野博子(1985)「作家平林たい子を育てたもの」『平林たい子研究』、信州白樺.

石川奈保子(1985)「プロレタリア文学における〈身体〉性一平林たい子『施療室
　　にて』に現れた〈和〉の問題一」『平林たい子研究』、信州白樺.

態木哲(1985)「平林たい子」『国文学解釈と鑑賞』50(10)、至文堂.

大塚博(1980)「女流における革命と文学-平林たい子・佐多稲子の帰趨」『国文学
　　解釈と鑑賞』2 5 (15)、至文堂.

村松定孝(1980)「プロレタリア文学と4人女流作家」『近代女流作家の肖像』、東
　　京書籍.

倉科平(1975)『平林たい子』、南信日日新聞社.

菊地弘(1973)「平林たい子」『女流文芸研究』、南窓社.

金子洋文(1973)「『施療室にて』を読んで」『平林たい子追悼文集』、平林たい記念
　　文学会.

島田昭男(1972)「近代女流作家の肖像一平林たい子一」『国文学解釈と鑑賞』
　　37(3)、至文堂.

杉森久英(1969)「解説」『日本の文学』48、中央公論社.

板垣直子(1969)「林芙美子」『明治・大正・昭和の女流文学』桜楓社.

(1956)『林芙美子 作家論シリーズ』、東京ライブ社.

(1956)「自伝的の処女作のころ」『平林たい子』、東京ライブ社.

平林たい子(1968)『作家のとじ系平林たい子』、芳賀書店.

히라바야시 다이코(平林たい子)의 「때리다(殴る)」론
- 가부장제도하에 여성의 위상과 폭력 양상 -

1. 서론

히라바야시 다이코(平林たい子:1905年10月3日-1972年2月17日, '다이코'로 약칭)의 문학은 "강한 감성과 의지력이 넘치는 실천자의 문학"(島田昭男 1972:105)이라는 평을 받고 있다. 작품의 소재는 거의 유치장·경찰·조합간부·여공·노동자·노동자의 아내 등이 주축을 이루고 있으며, 계급사회 구조와 민족문제에 이르기까지 "그 범위와 다양함"(大塚博 980:84)에 주목받고 있다.

히라바야시 다이코의 초기 작품인 「때리다(殴る)」[1]는 작가의 어릴 적 힘들었던 "어두운 자전적 작품"(板垣直子 1956:142)이라 할 수 있다. 이 작품의 공간적 배경은 여주인공 긴코(ぎん子)가 자란 시골과 직장인으로서 결혼하여 살고 있는 도쿄(東京)로 구성되어 있다. 시대적 배경은 "10월이 지나자 볏짚 위에 눈"이 쌓이고, "러일전쟁[2]이 시작되려고 할 때" 4세였던 여 주인공 긴코가 18세가 될 때까지 이어진다.

긴코는 어릴 때부터 아버지(마쓰조,松造)[3]에게 구타를 당하는 어머니 모습과 어린 여자아이들의 노동력 착취를 보며 용감하게 "노동쟁의"가 일어나고 있는 도쿄를 동경한다. 졸업과 동시에 도쿄로 상경한 긴코는 수습

---

1) 1928년(쇼와 3년) 10월「개조(改造)」에 발표.
2) 러일전쟁:1904년 2월8일- 1905년 9월.
3) 마쓰조(松造)는 긴코의 아버지로, 어머니와의 관계를 나타낼 때는 남편으로 표현.

생으로 근무할 전화국의 위치를 이소키치(磯吉)에게 물어 본 것이 계기가 되어 두 사람은 함께 생활하게 된다. 매 맞는 어머니와 다른 삶을 추구하고자 했던 긴코 역시 이소키치로부터 매 맞고 사는 부인일 수밖에 없는 사회적인 배경이 테마로 되어 있다.

선행연구에서는 "자본주의 사회의 최하위층으로 이중의 계급적 지배를 받고 있는 여성의 호소"(中山和子 1999:104)를, "여성의 감각"(菊地弘 1973:179-191)으로 "인간성의 억압에 대한 분노"(杉森久英 1969:315)로 그려내고 있다는 평을 받고 있다. 특히, 스기모리 히사히데는 "인간성의 억압에 대한 소박한 노여움이 당시의 자각한 젊은이들의 공감"(杉森久英 1969:511)을 불러일으켰다고 평하고 있으며, 아베 나미코는 "지주와 소작인, 자본가와 노동자의 관계를 양지와 음지 관계로 인식하며 그 계급적인 주종관계 밑에 더욱 학대받는 여자가 있다."(阿部浪子 1986:196)고 평하고 있다. 이렇게 선행연구에서는 '폭행을 당하는 여성의 생활'과 '성차별'의 문제로 작품연구가 이루어지고 있음을 알 수 있다.

본고에서는 선행연구에 주목하면서, 특히 여성이 사회의 계급적인 주종관계에 있어서 가장 큰 피해자라는 것을 좀 더 구체적으로 논증해 나가며, 가부장제도하의 여성의 위상과 폭력 양상에 대해서도 고찰하고자 한다.

2. 가부장제도하의 여성의 위상

폭력은 상대방을 육체적으로 침해하는 것으로, 특히 남성이 여성에게 폭력을 행사하는 행위는 가부장제도에 의한 사회 구조를 악용한 행동이라 할 수 있다.

> 부인에게 대한 폭력은 남편과 부인이라는 구조적인 힘 관계를 악용하
> 여 부인의 인간적 존경을 침해하는 것과 같은 강제력이고, 그것은 개별
> 의 부부관계에 있어서 생길 수 있는 것 임과 동시에 사회적 카테고리에
> 서 남편과 부인의 구조적 관계의 표현이다. 자신의 남편으로부터 폭력
> 을 당하는 것은 이 구조적인 힘의 관계에 의한 것이고, 남편에 속하는
> 남자라는 구조적인 강자의 집단이 가진 규범이다.(內藤和美 1995:132-
> 133)

이렇게 남성이 여성에게 가하는 폭력은 남녀 "성차"에서 기인한 것이
며, 여성문제의 모든 영역에서 "남성과 여성이라는 척도만으로 보면 확
실히 여성은 차별받고 있는 존재"(菅孝行 1984:13)라는 것을 알 수 있다.

여성이 차별을 받는 것에 대해, 에하라 유미코는 여성의 "고유성(固有
性)이나 특수성에 의한 차별"이 아니라, 단지 "남자가 아니라는 표식을
가진 것으로 의식"되어 "능력이나 적성, 그 자체로서 인식되어질 위치에
있지 않기 때문"(江原由美子 1985:88)이다. 또한, "성차 의식은 타자와의
사회적 상호행위에 의해 형성될 뿐만 아니라 메디아 환경, 혹은 옛날이야
기나 문학작품 등 문화적 환경에 의해서도 형성"된 것으로 "성차가 있다
고 하는 의식, 혹은 특정 남녀의 성차에 대한 의식은 실제 남녀의 행동의
차이와 생활의 차이를 만들어내는데 매우 큰 영향력을 가지고 있다."(江
原由美子 1999:14)고 적고 있다.

미즈타 노리코는 여성의 신체는 남성에 의해 억압받아 "역사적사회적·

문화적으로 타자로부터 억압당해 온 성차=젠더에 대한 여성의 위화감은 근본적으로 가족관계, 성적관계, 생식, 섹슈얼리티에 있어서 위화감에 기인"(水田宗子 2000:16)한다고 적고 있다. 이렇게 본다면, 전통적으로 사회 전반에 걸쳐 여성 스스로 성차를 인식하고 따를 수밖에 없는 카테고리에서 벗어날 수 없도록 제도화되어 있다고 할 수 있다.

이 장에서는, 이런 차별의식을 가지고 있는 여성들이 「때리다」에서 남편에게 당하는 폭력에 대해 어떻게 반응하는지를 고찰하고자 한다.

우선, 작품 내의 시대적 배경은 러일전쟁이 시작되기 4개월 전부터 시작된다. 이미 전쟁이 일어날 것을 다 알고 있는 상태에서 생활은 굉장히 힘들었다. 그 예로 일본의 주식인 쌀이 모자라 "쌀 소동"이 일어나기도 했다. 참다못한 "인부"들과 "쓰레기 소각장 부근에서 살림을 꾸려온 사람들"은 선로를 통해 "쌀을 싣고 오던 짐마차"를 가로막아 "쌀가마니를 곡괭이"로 내리쳐 탈취하는 일이 벌어지기도 했다.

이렇게 집집마다 기본적인 생활을 영위해나가기 위한 쌀이 모자라 아우성인데 마쓰조(긴코의 아버지)는 쌀과 누룩으로 밀조주를 만들어 마시며, 가족 부양이나 생계에 대해서는 관심도 없다. 가족들의 궁핍한 식량 조달을 위해 노력하는 부인을 도우지도 않으면서 마쓰조는 자신의 기분에 따라 구타한다. 마쓰조에 있어 폭력은 "커뮤니케이션의 수단"(中山和子 1999:96)으로, 이들 부부사이에 대화는 없고 남편에게 무조건 순종하는 아내가 있다.

쇠갈고리 같은 손톱이 있는 손이 어머니의 귀 쪽을 스쳐지나갔다. 태양 광선으로 검게 탄 피부 위로 아버지의 두꺼운 손바닥에서 완전히 딱딱한 소리가 났다. 계속해서 소리가 났다. 어머니의 얇은 허리에는 심지가 나온 허리끈이 졸라매어져 있다. 어머니는 작은 체구를 힘없이 움직여 마쓰조의 몸을 밀어냈다. 표정이 없는 얼굴로 적토의 낭떠러지 같은 아버지의 이마를 보고 있는 듯한 느낌이었다. 녹슨 램프에 매달린 줄을 보고 있는 것 같았다. 아버지는 취한 눈으로 어머니의 눈 아래쪽을 응시했다. 그리고 여자가 자신들의 일에는 관심이 없고 닭장의 지붕에 떨어지는 눈 소리에 귀를 기울이고 있는 것 같은 생각이 들었다. 그래서 부채처럼 펼치고 있던 손바닥을 접어 어머니를 때렸다.[4]

아버지의 폭력은 때와 장소를 가리지 않았으며, 타인도 의식하지도 않은 채 자신의 감정에 따라 강행되었다.

마쓰조는 논두렁에서도 엄마를 때렸다. 손을 치켜들 때에는, 둑이나 보가 있는 곳에 사람이 일하고 있는 것도 잊어버리고 말았다. 토비구치(鳶口) 같은 손톱이 있는 손으로 낫을 갈고 있는 엄마를 때렸다. 메말랐던 흙이 뚝뚝 떨어졌다. 여자 아이는 어째서 엄마가 울지 않는 것일까라고 생각했다. 엄마는 허멀건 검은 눈으로 가볍게 웃었다. 그리고는

---

4) 본문 인용은 平林たい子(1969)『日本の文学』48 中央公論社 에 따랐다. 괄호 안의 숫자는 본문의 페이지를 나타냄. 이하 동일. 鳶口のような爪のある手が母の耳のところに打ち下された。雪やけの皮骨の上で、皮の厚い父の掌の思いきり乾いた音がした。つづけて音がした。母の細い腰には芯の出た腰紐が食い込んでいた。母は狭い背を懶く動かして松造の体を追けた。表情を忘れた顔で赤土の崖のような父の額をみているようであった。錆びたランプの吊鍵を見ているようでもあった。父は酔った目を母の下瞼のところに据えた。そして女が自分などを問題にせずに鶏小屋の屋根に落ちる雪の音に耳を澄しているように思った。そして団扇のようにひろげていた掌を握った。そしてなぐった。(p.23.)

떨어진 빗을 주어서 꽂았다. 여자아이는 흙덩어리를 주어서 갑자기 아빠를 향해 던졌다.[5]

아버지가 어머니를 때리는 것을 보며, 두 명의 오빠는 아버지를 무서워하며 울부짖었지만, 긴코는 아버지를 무서워하지 않고 아버지의 "다리"를 물어뜯기도 하고, "흙덩어리"를 주어서 아빠를 향해 던지기도 하며 반항의 모습을 보인다. 그러다 끝내는 아버지에게 구타를 당한다. 아버지의 폭행 대상은 어머니에 이어 자식도 예외는 아니었다.

긴코는 이미 아버지에 대해서는 포기했지만, 매맞은 어머니가 살짝 웃기까지 하며 자연스럽게 떨어진 빗을 주어 머리에 다시 꽂는 행동에 의아심을 가진다. 이런 어머니의 모습은 "스스로 신체를 지배와 억압의 장"(水田宗子 2000:18)으로 인지하며 폭력당하면서 살아가는 것이 숙명적인 여성의 삶이라는 인습에 따르고 있다고 볼 수 있다.

긴코는 아버지와 어머니의 모습에서 "남자는 여자를 때리기 위해 태어나고, 여자는 남자에게 맞기 위해 태어난 것"이라 생각하기도 한다. 이런 여성에 대한 남성의 폭력뿐만 아니라, 어린 여자아이들에 대한 노동력 착취에 대해서도 불만이 생겼다.

긴코는 신사(神社) 숲 아래를 지나 새로 세워진 실 제조 공장에 다녔다.

---

5) 松造は畔で、母を殴った。手を振り上げる時には、堤や堰のところに人が働いていることも忘れてしまった。鳶口のような爪のある手で鎌をといでいる母をなぐった。かわいた泥がぼろぼろ落ちた。女の子はどうして母が泣かないのだろうかと思った。母は黒い暈のある目でうすく笑った。そして落ちた櫛を拾ってさした。女の子は土の塊を拾って、いきなり父の方へ投げた。(p.24.)

많은 불행한 딸들 이 작은 노랫소리에 맞춰 베틀을 둘둘 감아 실을 뽑아내고 있었다. 명주실을 만들어내는 자신들이 명주로 짠 기모노를 입지도 못하고, 무명으로 된 옷의 소맷부리를 흠뻑 적셔가며 실을 뽑았다. 긴코도 소맷부리를 적셔가며 실을 뽑았다.[6]

긴코는 어릴 때부터 명주실을 짜느라 소맷부리를 흠뻑 적셔가며 일을 해야 하고, 결혼해서는 남편에게 매를 맞아가면서 어려운 가정을 꾸려나가야만 하는 "인종(忍從)의 인생"(阿部浪子 1986:195)을 살아가는 여자에게 불합리한 사회구조를 인지하고 새로운 돌파구를 찾고 싶었다. 그래서 긴코는 "용감한 노동쟁의"가 일어나고 있는 도쿄는 자신이 살고 있는 시골과는 다를 것이라는 기대감으로 도쿄행을 결심하게 된다.

차라리 도쿄에 갈까, 다다미를 응시하면서 긴코는 문득 그렇게 생각했다. 긴코는 신문을 빌려 와서 연재물을 어머니에게 읽어주었다. 그러나 자신은 연재물 따위에 흥미는 없었다. 도시에는 용감한 노동쟁의 등이 있다. 모든 도시 인간의 생활은 솔직하고 용기가 있다. 신문을 읽고 집안을 둘러보며, 긴코는 그렇게 생각했다. 그러나 그것은 누구에게도 털어놓을 수 없는 것이었다. 봄이 되면 어떻게 해서든 도쿄로 가야겠다고 생각했다.[7]

---

6) ぎん子は、稲荷の森の下をとおって新しくできた製糸工場へ通った。無数の不幸ば娘が、細い歌に合わせて、枠をくるくる繰っている。絹糸をつくり出す自分らが絹で織った着物をきることができずに、木綿の袖口をびしょびしょに濡らして糸をとった。ぎん子も袖口を濡らして糸をとった。(p.30.)
7) いっそ東京へ行こうかしらん、畳を見つめながらぎん子はふとそう考えた。ぎん子は新聞をかりて来てつづき物を母によんできかした。しかし自分はつづき物などに興味はなかった。都会には勇敢な労働争議などがあ

긴코는 여학교를 졸업하자마자 바로 도쿄로 상경한다. 중앙전화국 가는 길을 이소키치(磯吉)에게 물어본 것이 인연이 되어 두 사람은 함께 생활하게 된다. 30세가 넘은 이소키치와 18세의 긴코는 "세상 속 모든 결혼의 풍습과 절차를 비웃듯" 아무 형식에 구애 받지 않은 상태로 부부가 되었다. 그러나 긴코는 야간 근무를 마치고 아침에 돌아오고, 이소키치는 새벽에 출근하여 밤늦게 돌아오기 때문에, 두 사람의 생활리듬이 맞지 않는 것에 대해 이소키치는 불만을 느끼게 된다.

부부는 달과 태양처럼 엇갈렸다. 아침에 2층으로 돌아오면 접시 위에 꽁초가 가득 쌓여있었다. 화장 분가루 상자를 만지작거린 흔적이 있었다. 화장 분가루가 다다미에 엎질러져 있다. 남편의 향기를 찾아서 걸었다. 남자는 하루 쉬고, 밤일하는 공사장을 찾아갔다. 그러나 게타의 코끝이 벌어지는 바람에 황당하여 지갑을 떨어뜨리고 되돌아왔다. 아사쿠사의 숲에 불꽃이 오르는 해질녘이었다. 남자는 알몸이 되어 부채를 찾았다. 울퉁 불퉁한 다다미 위를 걸었다. 하카마를 입고 있는 여자에게 부채가 있는 곳을 물었다. 남편의 귀가를 기다려 출근 시간에 늦은 여자가 두세 마디 대답했다. 갑자기 달려가 쥘부채로 여자를 때렸다. 여자는 몸을 비틀었다. 허리가 가늘던 어머니를 떠올렸다.[8]

る。すべて都会の人間の生活は、率直で勇気がある。新聞を読んで家の中を見廻し、ぎん子はそう思った。しかし、それは誰にも打ち明けられないことであった。よし、春になったらどうかして東京へ行こうと考えた。(p.31.)

8) 夫婦は月と太陽のように食いちがった。朝二階へ戻って来ると、皿の上にバットの吸殻があった。白粉の箱をいじってみたあとがあった。白い粉が畳にこぼれていた。夫の香を探して歩いた。男は一日休んで夜働く工事場を探しに行った。が下駄の鼻緒を切り蟇口を落してかえって来た。浅草の森に花火があがり、夕暮れであった。男は裸になって団扇を探した。凸凹な畳の上を歩いた。袴をはいている女に団扇のありかをきいた。夫のかえりを待って出勤

보통, 부부생활에서 남편은 "아무리 빈곤한 생활을 하고 있다고 해도 인간에게는 집요하게 기생하는 성욕"(阿部浪子 1986:195)이 있기 때문에 이소키치의 불만은 긴코를 구타하는 것으로 표출되었다. 긴코가 기대했던 도쿄에서도 "농민의 부모에 주입된 고정관념이 없어 보이는 도시 남자 역시 긴코를 때린다."(中山和子 1999:97) 긴코는 도쿄에서 자신도 남편으로부터 구타를 당하자 어머니의 입장과 전혀 다를 바 없다는 것을 깨닫게 된다.

두 사람은 3월부터 9월까지 밤낮이 엇갈리는 결혼생활이 계속되었으므로, 서로 만나기 위해서는 한 사람이 쉬지 않으면 안 되었다. 그러는 중에 긴코가 직장의 불만분자를 모았다는 이유로 해고당했다. 그러나 남편이 자신의 아픔을 같이 나눌 수 있는 상대가 아니라는 것을 알고 있는 긴코는 아무런 내색도 하지 않았다. 이소키치는 긴코의 우울한 감정을 전혀 알려고도 하지 않고 아침에 들어오는 여자는 필요 없다며 폭력을 가했다. 자신의 감정을 억제하기 어려운 상황에 놓인 긴코는 남자에게 반찬을 던지고 때리며 대들었다.

남자는 취해서 피부 모공이 열렸다. 얼굴을 들어 밤에 돌아오지 않는 마누라는 필요 없다며 심하게 말했다. 작고 붉은 눈을 여자의 얼굴에 고정하지 못할 정도로 취해있었다. 여자는 하카마를 입은 채로 서서 해고당한 것을 말할 수 없었다. 남자의 작은 몸이 주먹을 치켜세워 늑대같이 향해왔다. 여자는 아버지를 떠올렸다. 가슴에 소용돌이가 휘몰아

時刻におくれた女が二言三言答えた。いきなり駈けて行って扇で女を殴った。女は体をよじった。腰の細かった母を思い出した。(pp.35-36.)

처 남자의 무릎 옆의 다다미에 쓰쿠다니(佃煮)[9]를 던졌다. 그리고 눈을 감고, 때리며 대들었다. 남자 등의 그을린 피부는 오히려 탄력으로 손바닥이 밀착하는 느낌이 들었다.[10]

작가 다이코는「때리는 남편(殴る夫」)에서 "부끄러운 일이지만 젊었을 때, 나는 자주 남편에게 맞았다"고 밝히고 있다. 그래서 자신이 터득한 방법이 "여자가 훌쩍거리며 남자에게 매를 맞아야만 할 때, 그 여자가 팔을 치켜들고 남자에게 대들면 남자는 몹시 놀라서 때리려고 하던 자신의 기세를 약화시켜버린다"(平林たい子 1979: 346)고 적고 있다. 이 처럼 작가의 "살아가는 독창성이 새로운 문학창조를 위해 내적 충동력으로 강하게 작용"(島田昭男 1972:105)한 것이라 할 수 있다.

이렇게 작가가 의도적으로 긴코를 남자에게 반항하며 맞붙어 대항하는 모습으로 그려내고 있는 것에 대해, 스케가와 노리요시는 "긴코가 어머니와 다른 것은 단지 맞기만 하는 것이 아니라 이소키치를 때리는 것이지만 인간생활의 비참함은 전혀 변하지 않았다"(助川德是 1985:13)고 적고 있다.

그러나 결과적으로 비참한 여성의 생활에 변화가 전혀 없었다고 보기는 어렵다. 어머니의 행동은 순종 그 자체로 자신이 남편으로부터 왜 폭

---

9) 쓰쿠다니(佃煮): 에도(江戸)의 쓰쿠다지마(佃島) 에서 처음 만든 데서 유래된 것으로, 해초·채소 등을 설탕·간장으로 달짝지근하게 조린 반찬.

10) 男は酔って皮膚の毛孔があいた。顔をあげて晩に帰って来ない女房はいらないと舌を巻いて言った。小さい赤い目を、女の顔に据えておけないほど酔っていた。女は袴のまま立って解雇されて来たことが言えなかった。男の小さい体が拳を振り上げて狼のように向って来た。女は父を思い出していた。胸に渦が巻いて来て男の膝の脇の畳に佃煮を投げた。そして目をつぶって殴りかかった。男の背中のやけた皮膚は、指が浮いて掌が密着する感じがあった。(p.36.)

행을 당해야 하는지 의문조차 가지지 않고 당연한 것으로 받아들이지만, 긴코는 이소키치에게 반항하며, 역시 매 맞는 부인일 수밖에 없다는 것을 인지하는 과정에 도달하기 때문이다. 무엇보다 가부장제도하의 사회 인습에 의문을 가지고 여성의 위상에 대해 사고를 한다는 것 자체에 의미를 부여하고 싶다.

3. 남녀 주종관계에 의한 폭력양상

어릴 때부터 사회구조에 반감이 있던 긴코는 도쿄에서 "사회주의에 눈 뜨기 시작"(菊地弘 1973:188)한다.

> 첫 임금 21엔은 배명 받고 나서의 일이었다. 견습기간은 수당으로 13엔 밖에 받을 수 없었다. 전철비가 5엔 들었다. 나막신과 버선등 크림 값에 6엔이 들었다. 남은 돈의 1엔은 공제회 적립금으로, 나머지 1엔은 휴식 시간의 팥빵 값으로도 부족했다. 긴코는 혼자서 오랫동안 생각하고, 밤 거리 노점에서 일본어가 붙어있는 소책자를 싸 왔다. 거기에는 일하는 사람과 자본가와의 관계가 친절하게 쓰여 있었다. 오랜 기간의 의문이 그것으로 풀리는 것 같아 기뻤다. 지금 한 권 더 싸왔다. 더욱더 확실히 알게 된 것 같은 생각이 들었다.[11]

---

11) 初任給二十一円は拝命してからのことであった。見習期間は手当として 十三円しか貰えなかった。電車賃が五円かかった。下駄や足袋やクリーム 代に六円はかかった。残りの内一円は共済会積立金で、あとの一円は休息 期間の餡パン代にも足りなかった。ぎん子は一人で長い間考え、夜店で仮 名つきのパンフレットを買ってきた。それには働く者と資本家との関係

긴코는 봉급 "13엔" 으로 생활하기노 힘들었지만, "일하는 사람과 자본가와의 관계" 에 관한 소책자를 싸서 보며 평소 의문을 가지고 있던 "소작인" 과 "지주" 의 관계에 대해 이해하게 된다.

농사꾼의 딸로 태어난 긴코는 시골에서부터 스스로 소작인이라 생각했으며, 소작인들의 피땀의 결실이라고 할 수 있는 쌀을 대충 다루는 모습에서 불만을 느꼈다.

세상이 하카타(博多)의 오비(띠,帶)처럼 두 개의 뚜렷한 세로줄 무늬로 짜여 나뉘어 있는 것을 보았다. 밝은 실로 짜인 인간들은 집 안에서 싱글벙글하며 눈웃음으로 소작료 쌀을 계량기에 달았다. 저울에 단 중량이 부족한 가마는 마루귀틀에 서서 멍석을 향해 건성건성 사방으로 던졌다. 여자는 남자 뒤에서 계속해서 끝이 얹어진 찰밥을 담은 밥상을 나르게 해 주는 걸로 충분했다. 볼 표면에만 살짝 주름을 더해 웃었다. 마루 아래에 작업복을 입고 서 있는 사람이 검은 실로 짜인 인간들이었다.[12]

텍스트에는 지배층과 피지배층을 여러 가지로 분류하고 있다. 우선 지주와 소작인을 기모노 오비의 "밝은 실" 과 "검은 실" 로 구분하고 있다.

が親切に書いてあった。長い間の疑問がそれで解けたように思った。うれしかった。さらに今一冊買って来た。さらにわかって来たように思った。(p.34.)

12) 世の中が、博多の帯のような二つの鮮かな縦縞に織り分けられているのを見た。明るい糸に織り込まれた人間たちは、家の中にいてにこにこと目尻で笑って小作料の米をはかりにかけた。目方の足りない俵は上り框に立って蓆の方へこともなげにほうり投げた。そして膝についた藁塵を気にして細かい指で払った。女は男の後にいて次次に赤飯の膳を運んで来さえすればよかった。頬の皮膚の表面だけに薄い皺をよせて笑った。緑の下に股引を履いて立っているのが黒い糸に織り込まれた人間どもであった。(p.26.)

또한, 긴코는 큰 나무 아래 가려진 그늘 쪽에 자신의 자리가 있는 것 같아, 학교에서도 어두운 복도 쪽으로 향했다.

　　두말할 나이 없이 우리는 그 검은 실로 짜인 줄무늬 일부였다. 그것은 양지와 음지와 같은 관계이기도 했다. 그것은 지주와 소작인이었다. 어디까지 병행해가는 줄무늬 일까, 라고 소녀는 생각한 것이었다. 큰 나무의 그늘에 있는 것 같은 우울을 알았다. 학교에 가서는 어두운 복도에서 연필을 주웠다.[13]

　여기서는 지주와 소작인을 "양지" 와 "음지" 로 구분하고 있다. 긴코는 자신을 "검은 실", "음지" 에 속하는 소작인으로 표현하고 있다. 이런 환경에서 벗어나는 방법은 도쿄로 가는 길뿐이라고 생각한다. 도쿄 역시 "자본가" 와 "노동자" 가 있어, "해 뜨는 곳" 과 "해 지는 곳" 의 관계와도 같다고 생각하면서도, 용감한 "가난한 사람의 운동" 이 일어나는 곳이기 때문에 개선의 여지가 있을 것이라는 기대를 한다.

　　지주가 있는 곳에는 소작인이 꼭 있다. 자본가가 있는 도시는 필히 노동자가 있다. 그래서 그것은 역시 해 뜨는 곳과 해 지는 곳의 관계이며, 흰 실과 검은 실로 엮인 허리띠의 선명한 색의 경계였다. 가난한 사람이 있는 곳은 반듯이 가난한 사람의 운동이 일어날 수 있다. 그러나 18

13) 言うまでもなく自分たちはその黒い糸で織られた縞の一部であった。それは日向と日かげのような関係でもあった。それは地主と小作人であった。どこまでも並行して行く縞であろうか、と小女は考えたのであった。大樹の日かげにいるような憂鬱を知った。学校へ行っては暗い廊下で鉛筆を拾った。(p.27.)

세밖에 안 된 긴코는 도쿄를 가지 않으면 밝은 생활은 있을 수 없다고 생각했다. [14]

긴코는 인간답게 살아볼 수 있을 것이라는 기대감으로 도쿄로 왔지만, 전화국에서는 퇴사 당하고, 함께 생활하고 있는 남자 이소키치로부터는 폭력을 당한다. 긴코는 이소키치에게 대들며 집을 뛰쳐나와 전화국까지 걸으면서도 이소키치가 일을 하고 있을 공사장 쪽으로 본다. 그때 남자들이 모여 있는 한가운데 깃을 세운 현장 감독이 고함을 치고 있는 모습을 목격한다.

그 앞에 머리를 숙여서 혼나고 있는 것은 남편이었다. (중략) 현장 감독은 배 밑바닥에서부터 밀어내는 듯한 소리로 고함쳤다. 그리고 자로 남편의 옆 얼굴을 때렸다. 감독은 더욱더 남편을 내려 보며 자를 가지지 않는 쪽의 손바닥으로 옆에서 때렸다. 머리를 맞은 남편은 휘청거리며 옆의 남자에게 부딪혀 몸을 안정시켰다. 그건 인간의 비굴한 모습이었다. 긴코는 갑자기 비집고 들어가 감독에게 소리 질렀다. 사람 발을 밟고 가서 비굴한 남편 대신에 감독의 가슴팍 단추 쪽에서 자신도 모르는 노성을 토해냈다. 감독은 움츠러들었다. [15]

---

14) 地主のあるところには小作人が必ずあった。資本家のある都会には必ず労働者があった。そして、それはやはり日向と日蔭の関係であり、白い糸と黒い糸とに織り込まれた帯の鮮かな縞目であった。貧乏人のあるところには必ず貧乏人の運動が起こり得る。—しかし、十八歳にしかならなかったぎん子は東京へ行かなければ明るい生活はあり得られないと考えた。(p.31.)

15) その前に頭を垂れてどなられいるのは夫であった。(中略) 現場監督は腹の底から押し出す声でどなった。そして、時尺で夫の横顔を殴った。監督はさらに夫を見下して時尺を持たない方の掌で横に殴った。頭を殴られた夫はもうよろけて傍の男に突き当り体を安定さした。それは人間の卑

이소키치의 매 맞는 모습을 보며, 긴코는 "현장감독은 자본가는 아니지만, 남편에게 있어서 권력자"(阿部浪子 986:196)라는 생각에 남편을 대신하여 감독에게 뇌성을 지르며 대든다. 자본가와 노동자의 관계에 관심이 있는 긴코의 처지에서 보면, 학대당하는 약한 자를 변호했다고 할 수 있다. 그러나 이소키치의 반응은 이외였다.

　감독 쪽을 향해 비굴하게 굳어 있던 남편의 얼굴이 여자를 향해 빨간 달리아처럼 확 피었다. 남편은 뭐라고 소리쳤다. 주먹을 들어 올려 여자에게 내려쳤다. 그것은 늘 보아오던 주먹이었다. 그 주먹에 힘이 잔뜩 들어가 내려쳐졌다. 여자는 젖어있는 시멘트 지면에 세게 던져졌다. 소리 내며 울었다. 무너질 듯이 울기 시작했다. 철골을 파고드는 소리가 머리 위의 하늘에 울러 퍼지고, 멍하니 서 있는 감독 앞에서 남편은 부인을 때렸다.[16]

이소키치는 감독에게 맞은 분풀이를 긴코에게 한다. 나카야마 가즈코는 "폭력적으로 지배당하고 있는 사람이 자신의 폭력이 보다 하위의 사람에게 휘둘림을 당한다고 하는 이 내부 박해의 폭력관계, 남과 여의 지배구조가 여기에 선명하게 정착되어 있다."(中山和子 1999:98-99)고 적

屈な姿であった。ぎん子はいきなり人を分け入って、監督に一と声浴びせかけた。人の足をふんで行き卑屈な夫の代りに監督の胸ぼたんのところに自分でもわからない怒声を吐きかけた。監督はたじろいだ。(pp.37-38.)
16) 監督に方へ向いて卑屈に固부まっていた夫の顔が、女の方へ向いて赤ダリヤのようにパッと広がった。夫は何かどなった。夫は拳を振りあげて女の上に振り下した。それは見慣れた拳であった。それが力いっぱいに振り下された。女はセメントの濡れている地面に投げつけられた。声をあげて泣いた。割れるように泣き出した。鉄骨を打ち込む音が頭の上の空にひびいた、呆れて立っている監督の前で夫は妻を殴った。(p.38.)

고 있다. 이처럼, "계급적인 주종관계 아래에는 남자에게 확대 당하는 여자"(阿部浪子 1986:196)가 있는 가부장제도하의 사회 구조를 여실히 보여주고 있다. 더 나아가 "탈취당하는 노동자, 지주에게 혹사당하는 소작인, 그들 밑에 남자들에게 폭행당하는 여성의 존재"가 있으며, "그 굴욕을 참아내야만 하는 것이 여자의 운명"(阿部浪子 1986:195)이라는 것을 긴코가 도쿄에서도 경험하고 있는 것이다.

이렇게 작가를 대변하고 있는 긴코를 통해 "이 세상에는 권력을 가진 자와 가지지 않는 자, 지주와 소작인"이라는 "영원히 풀리지 않는 두 갈래의 길"(板垣直子 1956:142)이 있음을 표방하고 있다.

텍스트에서 긴코를 통해 지주와 소작인의 관계를, 지배층=지주=밝은색의 실(흰 실)=양지=해 뜨는 곳, 피지배층=소작인=어두운색의 실(검정실)=음지= 해 지는 곳으로 분류하고 있다. 시골에서 자란 긴코는 소작인의 딸로, 검정 실, 음지, 해지는 곳에 속하며, 학교에서도 스스로 그늘진 어두운 곳을 찾았다. 그런 환경의 탈출구로 생각했던 도쿄로 와서도 어머니처럼 매 맞는 부인, 직장에서도 쫓겨나오는 처지에 놓인다.

자본가와 노동자의 관계에 대해 공부하기 시작한 긴코는 상관이라 할 수 있는 감독으로부터 약한 자 남편을 보호하려고 했다. 하지만 오히려 그 남편으로부터 감독이 보는 앞에서 폭력을 당할 수밖에 없는 부부라는 주종관계 틀에서 벗어나지 못하는 한계를 드러내고 있다.

그러므로 자본가에 착취당하는 노동자, 지주에 혹사당하는 소작인이 있고, 그들의 밑에는 남자에 폭행당하는 여자의 존재가 있다고 할 수 있다. 여성의 지위는 사회구성원 중에서도 최하위의 집단이라는 것을 잘 표현하고 있다.

4. 결론

「때리다(殴る)」를 통해 사회 계급체계에 대한 불만이 최종적으로 남녀 주종관계로 이어지는 폭력에 대해 고찰해 보았다.

작품의 공간적 배경은 여주인공 긴코가 자란 시골과 직장인으로 살고 있는 도쿄로 구성되어 있다. 시대적 배경은 러일전쟁이 시작되기 전 해 10월부터 시작하여 4세였던 여 주인공 긴코가 18세가 된 때까지 이어진다.

긴코 부모의 생활과 자신의 결혼생활이 모델로 되어 있다. 아버지는 쌀소동으로 온 가족의 어려운 생활 속에서도 쌀로 술을 빚어 마시고, 아무 이유 없이 어머니를 구타하는 것이 습관화되어 있다. 부모의 생활 모습에서 대화는 텍스트에 나타나 있지 않으며, 아버지의 감정이 어머니를 구타하는 모습으로 나타나 있다. 긴코는 어릴 때부터 아버지에게 구타를 당하는 어머니 모습을 보고 자란다. 긴코는 아버지뿐만 아니라, 매를 맞으면서 아무렇지도 않게 오히려 미소까지 지으며 당연한 것처럼 받아들이는 어머니의 행동을 이해할 수 없었다.

또한, 자신과 비슷한 나이 또래의 여자아이들의 노동력 착취도 인권침해라고 생각했다. 이러한 굴레 속에서 벗어나는 길은 오직 도쿄로 상경하는 길이라고 생각하고, 졸업과 동시에 도쿄로 와서 전화국 수습생으로 근무하게 된다.

그러나 긴코는 도쿄로 와서 함께 생활하고 있는 남자 이소키치(磯吉)에게 어머니처럼 매 맞는 처지에 놓일 뿐만 아니라 직장에서도 쫓겨나고 만다. 이로써 긴코는 여성에 대한 성차별은 지역적인 문제도 아니며, 가부장제도에 입각한 오랜 인습에 따른 사회구조에서 오는 것이라고 인지하게 된다. 즉, 남자의 특권처럼 인식하고 있는 성차별에서 기인된 사회 구조 자체의 모순임을 인지하게 된다.

도쿄에서 "자본가와 노동자의 관계"에 대해 공부하기 시작한 긴코는 상사로부터 매를 맞고 있는 이소키치를 보호하려다, 오히려 화가 난 이소키치의 화풀이 대상이 되고 만다. 이는 사회 구조의 계급적인 주종관계에 최하위층인 노동자 계급아래 자신의 의지와는 상관없이 학대당하며 살아가는 여성의 삶이 존재한다는 것을 그리고 있다.

긴코는 어머니와 마찬가지로 끝내 남성과의 주종관계의 틀에서 벗어나지는 못하였다고 해도 차이는 있다. 어머니는 스스로 인습(因習)에 물들어 남성으로부터 차별받고 있다는 것조차 인지하지 못했지만, 긴코는 차별을 받고 있는 굴레에서 벗어나기 위한 방법을 시도 했다.

따라서 「때리다(殴る)」에는 사회 구조가 지배층과 피지배층으로 구성되어 있으며, 모든 계급적인 주종관계 최하위층에 속하는 소작인과 노동자 아래 남자에게 학대당하는 여자의 비참함이 존재하고 있다는 것이 나타내고 있다. 이는 가부장제도하의 인습에 따른 성차의 문제로 단순히 가정 내에 한정된 것이 아니라, 여성의 직장문제로까지 영향을 미치는 사회 전반에 걸친 성차별에서 기인한 여성의 위상임을 여성의 감각에서 그려내고 있다.

〈참고문헌〉

水田宗子(2000)「フェミニズム・ジェンダー・セクシュアリティ」『女性文学を学ぶ人のために』、世界思想社.

中山和子(1999)「『殴る』ー横光利一の評価／内部迫害の暴力／女の号泣」『女性作家評論シリーズ』8、新典社.

(1999)「女性評論家」『平林たい子』、新典社.

江原由美子(1999)「ジェンダーとは？」『ジェンダーの社会学』、放送大学教育振興会.

(1985)「差別の論理」『女性解放という思想』、勁草書房.

內藤和美(1995)「女性・家族・暴力」『日本のフェミニズム』6、岩波書店.

阿部浪子(1986)「性差別を課題とした作品」『平林たい子花に実を』、武蔵野書房.

助川德是(1985)「鳥瞰された時間ー平林たい子の初期四作についてー」『平林たい子研究』、信州白樺.

大塚博(1980)「女流における革命と文学-平林たい子・佐多稲子の帰趨」『国文学解釈と鑑賞』25(15)、至文堂.

村松定孝(1980)「プロレタリア文学と4人女流作家」『近代女流作家の肖像』、東京書籍.

平林たい子(1979)「にくまれ問答」『平林たい子全集』11、潮出版社.

倉科平(1975)「告白」『平林たい子』、南信日日新聞社.

菊地弘(1973)「平林たい子」『女流文芸研究』、南窓社.

島田昭男(1972)「近代女流文学の肖像-平林たい子-」『国文学解釈と鑑賞』37(3)、至文堂.

杉森久英(1969)「解説」「平林たい子『日本の文学』48、中央公論社.

平林たい子(1968)『作家のとじ系平 林たい子」、芳賀書店.

板垣直子(1956)「プロレタリア作家としての活動」『平林たい子』、東京ライブ社.

제사공장 여공들의 표상

- 히라바야시 다이코의「짐수레」를 중심으로 -

1. 서론

히라바야시 다이코(平林たぃ子, 1905년10월3일-1972년2월17일)는 프롤레타리아 작가로 알려져 있는 만큼, 그 작품 주제 역시 거의 자본가·노동자·노동자의 아내·경찰·조합간부·여공 등이 주축을 이루고 있다.

다이코의 초기작품이라 할 수 있는 1928년에 발표한「야풍(夜風)」[1]「짐수레(荷車)」[2]「때리다(殴る)」[3]에서도 1920년대 일본이 자본주의 사회로 변화하는 과도기의 지주와 소작인, 자본가와 노동자의 관계 속에서 일어나는 사회현상들뿐만 아니라, 열악한 노동환경에서 일하는 여공들의 모습을 현실감 있게 그려내고 있다.

이런 다이코의 문학에 대해 시마다 아키오(島田昭男)는 "격한 감성과 의지력이 충만한 실천자의 문학"[4]이라고 규정짓고 있다. 그만큼 다이코는 현장에서의 일들을 책임감 있게 그려내고 있다고 볼 수 있다.

본고에서 다루고자 하는「짐수레」에서도 다이코의 고향인 신슈(信州)에서 많이 볼 수 있는 제사공장을 무대로 하여 열악하고 위험한 작업환경과 비위생적인 기숙사에서 생활하며 노동력을 착취당하고 있는 여공들의

---

1)「야풍(夜風)」은 1928년 3월『문예전선(文芸戦線)』에 발표.
2)「짐수레(荷車)」는 1928년 6월『신조(新潮)』에 발표.
3)「때리다(殴る)」는 1928년 10월『개조(改造)』에 발표.
4) 島田昭男(1972)「近代女流作家の肖像-平林たぃ子」『国文学:解釋と鑑賞』、至文堂 p.105.

군상을 그리고 있다. 특히 작가가 오하나(お花)와 오코메(お米) 같은 기혼여성의 직장생활로 인한 육아문제와 가족의 경제적인 책임을 회피할 수 없어 결혼도 할 수 없는 미혼 여성의 고충에 관심을 보이고 있다. 더 나아가 노동법을 위반하면서까지 채용한 어린 여자 유여공(幼女工)의 죽음으로 몰아간 일까지 그려내고 있다.

이 작품의 선행연구에서는 대부분이 "제사공장에서의 여공들에 대한 비인간적인 처사"와 "비위생적인 기숙사에서의 생활"과 "열악한 노동환경"에 대해 평하고 있다.[5]

그러므로 본고에서는 「짐수레(荷車)」를 통해 선행연구에서 다루었던 여공들의 공장 내에서의 생활에 주목하면서도 기혼 여성의 생활상에 대해 중점을 둔다. 그리고 미혼 여성과 유여공까지 확대하여 제사공장 안에서의 생활을 통해 노동현장의 실태에 대해 고찰하기로 한다. 더 나아가 순종으로 일관하던 소작인과 여공들이 합세하여 지주이기도 한 공장주에게 대항하는 행동도 함께 연구범위 내에 둔다.

2. 제사공장 여공들의 노동 현장

오하나와 오케이는 제사공장에서 일을 하고 있는 기혼 여성이다. 오하나는 제사공장에서 일하기 전에 마을에서 운영하는 탁아소에 아이를 맡

---

5) 岡野幸江(2016)「製絲女工たちの表象『-蛹と一緒に』から『系価補償法』まで」『平林たい子:交錯する性・階級・民族』、菁柿堂、p.82.
グプタスウィーティ(2015)平林たい子論『荷車』—辛抱刷る女から復習する女へ—『国文目白』、日本女子 大学国国国文学会、pp.133-142.

기고 제약공장에 다니다 그만두고 남편 미요시(三次)와 함께 제사공장에서 일을 하고 있다. 오하나가 계속 실을 뽑는 일을 하기 때문에 양수 작업을 하는 미요시가 어린아이를 보며 일을 하고 있었다. 그럼에도 오하나는 점심시간에만 아이를 만날 수 있어 모유를 수유해야 할 시간이 되면 아이의 우는 소리가 들리는 듯한 느낌이 들어 일이 손에 잡히지 않았다.

"어라, 아플 정도로 젖이 부풀었잖아."

오하나는 간지러운 듯 눈을 찌푸리고 옷깃을 풀어 헤쳤다. 밥그릇을 뒤집은 듯 단단하게 젖을 채운 유방이 왼쪽 가슴에 늘어졌다. 손가락으로 잡아당기듯이 짰다. 유두에서 흰 선이 날았다. 진한 젖이 햇살아래 석탄재 위에 뿌려졌다. 오하나는 유두를 보면서 늘어뜨린 엄지손가락과 집게손가락으로 겨드랑이 아래쪽부터 졸라 내리듯이 젖을 짰다. 하얀 선이 주욱주욱하고 날았다.[6]

아기는 영양실조에 걸릴 정도로 배고픔을 참아야하는데, 오하나는 모유를 짜서 버리면서까지 일을 해야만 했다. 그런데 야다이(山大)공장에서는 공장 시설을 기계화하여 인부를 지금까지의 1/3로 줄일 계획을 세우고 있었다. 그 해고의 첫 번째 대상자가 자연히 아이를 보면서 일을 하고 있는 미요시였다. 기계설비가 완료되자마자 감독장인 기요미즈(淸水)가 미

---

6) 「荷車」의 본문 인용은 『平林たい子全集』 1 卷(潮出版社,1979)에 의함.
「あれ、まあ痛い程乳が張って来たわえ」
お花は、むず痒い目をつむって、襟をひらいた。茶碗をかぶせた様に固く乳汁をたたえた乳房が、左の胸にぶら下った。指でたぐり寄せる様に絞った。乳首から白い線が飛んだ。濃い乳汁が日向の石炭殻の上に散った。お花は、乳首を見ながら、ふやけた拇指と人指し指の腹で腋の下の方からしめ下す様に乳を絞った。白い線がすういすういと 飛んだ。(p.147.)

요시를 불러 바로 해고통보를 했다. 더 나아가 오하나는 두고 아이만 데
리고 퇴사하라는 것이었다. 어처구니없는 제안이었지만 결국 미요시는
오하나를 두고 아이와 함께 공장을 떠났다. 이렇게 일방적인 해고도 감수
해야만 했다. 공장법에서는 노동법으로 14일 전에 통보하게 되어 해고규
정 위반이지만 말없이 떠날 수밖에 없었다. 이렇게 오하나는 "먹고 살기
위해 일을 해야만 하는 절실한 문제" [7] 때문에 혼자 남아서라도 일을 해야
만 했다.

　이와 같은 직장인 여성의 모유 수유에 대한 현실적인 표현은 여성작가,
특히 경험이 있는 다이코이기에 가능하다고 할 수 있다. 다이코는 「시료
실에서(施療室にて)」에서는 무산계급 운동가인 산모 〈나〉가 각기병에
걸린 것을 알면서도, 아이의 배고픔을 달래주기 위해 모유를 먹인다. 물
론 아이에게 먹일 우유를 공급받기 어려웠던 상황은 이해하지만, 우유
확보를 위한 노력보다는 자신의 사상적인 문제에 더 관심을 가지고 있었
다. 그 결과 아이를 희생시켰다는 비판은 면할 수 없다. 그리고 「야풍」에
서는 여 주인공 오센(お仙)이 스스로 동생 스에키치(末吉)에게 아이를
낳아서 죽였다고 말한다.

　　"아이가 태어났어, 이렇게 되었어."
　　오센은 흐트러진 머리를 끌어 올리며 웃었다. 곁에 접어져 있는 누더기
　　를 방의 불빛에 비추자, 스에 키치는 무심코 한발 물러났다. 접은 누더
　　기 사이로 아이의 작은 머리가 보였다.
　　"누나!'

_____
7) グプタスウィーティ (2015) 前揭書 p.134.

"아, 죽였어. 핫 하하하."

"뭐!"

"아, 죽였어. 핫 하하하."

오센은 방보다 한단 낮은 헛간의 흙 위에 앉아서 처참하게 웃었다. 부스럭 부스럭 짚의 소리가 났다.[8]

다이코는 작품에서 여성이 아이를 출산해도 양육할 능력이 없을 때 살해하고 만다. 여성이 자신의 아이를 방치하거나 살해하는 행동에 대해 아무런 죄책감을 느끼지 않고, 단지 아이의 불행을 미연에 방지하는 방편이라 생각하고 있음을 알 수 있다. 이는 아이의 생명에 대한 존엄성보다는 자신의 소유물로 착각한 행동이라고 할 수 있다.

이렇게 출산하고 양육할 수 없는 비참한 기혼 여성의 모습을 그리고 있는가 하면, 한편으로는 열악한 노동현장에서 일을 하면서도 아이를 간절히 원하는 부부의 모습도 그리고 있다. 오하나와 함께 일하고 있는 오코메는 아이를 갖고 싶었지만 임신이 잘 되지 않았다. 그 이유를 오코메가 근무하는 공장 환경에서 찾아본다.

공장법이 여공의 건강을 보증해주는 것은 아주 일부분에 지나지 않았다. 가장 중요한 부분은 마치 제정자가 고의로 그런 것처럼 쏙 빼놓았다. 발밑을 통과해 지나가는 바람은 하루 종일 젖어있는 발을 차갑게

---

8) 「子供がうまれたでなあ、こうしたわえ」お仙は乱れた髪を持上げてから笑った。傍にたたんである襤褸を室のあたりですかすと、末吉は思わず一足退った。たたんだ襤褸の間から子供の小さな頭が見えた。「姉さ！」「ああ、殺したわえハッハハハ」「なに！」「ああ、殺したわえハッハハハ」お仙は、室寄り一段低い土間の土の上に坐って凄く笑った。(「夜風」p.139.)

했다. 혈액순환이 둔해져, 발부터 정강이까지 올라 온 냉기는 허리까지 타고 올라왔다. 발은 감각을 잃고 통통 부어버렸다. 밖은 밝은 태양이 비추고 있는데, 공장 안은 안개가 흐르고 있었다. 후텁지근한 바람이 가끔씩 틀 사이를 흘러 지나갔다.[9]

바깥에는 햇살이 따뜻하게 비치고 있어도 공장 안은 추웠다. 특히 발은 항상 물에 젖어 있는데 차가운 바람이 들어오니 허리까지 냉기가 느껴졌다. 이런 환경에서 작업을 해야 하는 가임기 여성들은 임신이 잘 되지 않는다고 적고 있다.

여공들은 이런 작업 환경을 개선하기에는 많은 자금이 들어 어쩔 수 없다고 하더라도, 조금만 신경 쓰면 해결할 수 있는 사소한 것도 공장주는 완전히 무시해 오고 있었다.

걸상은 거칠게 깎인 재목의 빈 상자를 옆에 세운 모양으로 만들어져 있었다. 끝부분에 해당하는 부분은 집에서 가져온 플란넬 방석을 묶어두었지만, 딱딱하고 무거운 판자에 눌려 얇게 펴져 있었다. 판자의 딱딱함은 얇은 방석을 무시하고 직접 허리에 닿았다.[10]

---

9) 工場法が女工の健康を保証するのは、ほんの一部分にしか過ぎなかった。一番重要なところは、まるで制定者が故意にしているかの様に抜けているのであった。足の下を吹いてとおる風は、一日中濡れて居る足を冷やした。血のめぐりが鈍くなって、足から脛へ上って来る冷は腰まで這いのぼった。足は、感覚を失いかけてぶよぶよ太くなった。外は明るい陽が照って居るのに、工場の中には霧が流れてといた。むんむんする温度が、時々枠の間を流れてとおった。(p.158.)

10) 腰掛は空箱を横に立てた様なあら削りの材木で作ってあった。尻にあたるところは、家から持って来たフランネルの布団を結びつけてあったが、固い板と重い体で圧されて薄くなるだけ薄く押しひろげられてあった。板の固さは、薄い布団を無視して直接に尻に来た。(p.158.)

여공들이 사용하고 있는 걸상에 대한 개선을 이미 6,7년 전부터 공장주에게 건의해 왔지만, 받아들여지지 않았다. 그 정도로 여공들의 작업환경에는 관심이 없었다. 그런 환경에서도 뜻밖에 오랫동안 오코메 부부의 염원이었던 임신이 된 것이다. 그러나 그 기쁨도 오래가지 못했다.

> 전날부터의 출혈로 오코메는 파랗게 되어 있었다.(중략)
> "유산?"
> 만약 그렇다고 하면, 그 얼마나 애석한 일을 저지른 것일까 하고 생각했다. 이 나이가 되도록 아이가 없었다. 해마다 하얀 피하지방만 늘리고 있었다. 살이 찌는 것은 자궁에 나쁘다는 증거였다. 일부러 돈을 들여 현립병원까지 진찰받으러 갈 여유도 없었다. [11]

오코메 부부는 임신이 안 되어 고민할 때도, 갑자기 유산이 되었을 때도 제대로 병원에 진찰을 받으러 갈 수 없을 정도로 경제적으로 빈곤했으며, 시간을 내는 것조차 쉬운 일이 아니었다. 그 뿐만 아니라 유산을 하고도 계속 일을 해야만 했다. 그런데 작업을 하다가 갑자기 팔꿈치에 뜨거운 물이 닿았다. 이런 일은 자주 있는 일이라 대수롭지 않게 생각하고 손가락으로 누르고 있었지만 점점 부풀어 올라 서랍 아래에서 바셀린 용기를 꺼내려다 기계에 머리카락이 말려들어가고 말았다.

---

11) 前の日からの出血で、お米は青くなっていた。(中略)「遺産」もしそうだとすると、何で惜しい事をしてしまった事だかと思った。この年になるまで子供がなかった。皮膚の 下には毎年毎年白 い脂肪が増して行った。肥って来るのは子宮の悪い証拠だとの事だった。わざわざ金を 使って県立病院まで診せに行く余裕 もなかった。(p.158.)

"저거! 오코메야!"

그건 15초 정도의 순간이었다. 차는 여자의 빨간 머리카락을 말아넣고는 달그락 달그락 회전해 갔다. 앞의 짧은 댑싸리 같은 앞머리는 회전축에 끈적끈적하게 말려들어 갔다. 끈질긴 뱀같이 말려들어갔다. 그리고 차는 딸그락 딸그락 회전하고 있었다. 동력 스위치를 반대로 돌려야 한다는 것을 겨우 알아차리고 동력실로 뛰어간 것은 약 2분 뒤의 일이었다. 후두부 반 정도의 머리카락이 뽑혀버린 오코메는 네명의 남자들에게 안겨서 공장을 나왔다.[12]

오코메는 '유산'되고 마음이 안정이 되기도 전에 이번에는 큰 사고를 당하고 말았다. 그러나 보상금은 "겨우 5엔 정도의 위로금"에 지나지 않았다. 이 제사공장의 임금은 나타나 있지 않지만 텍스트에서 오하나가 제약회사에서 일을 할 때 한 달 임금이 '18엔'이었다.「때리다(殴る)」에서는 여공의 "첫 임금 21엔"이며, "견습기간은 수당으로 13엔밖에 받을 수 없었다."고 적고 있어, 직원들 산재에 대한 보장이 제대로 되어 있지 않다는 것을 알 수 있다.

이렇게 항상 사고가 도사리고 있는 열악한 작업환경에 노출되어 있으면서도 제대로 쉬지도 못하였다. 하루 중 쉬는 시간은 점심시간 20분이 고작이었다.

---

12)「あれ、お米さん！」それは、十五秒程の間だった。車は、女の赤い髪を捲き込んでことことことと廻って行った。先の短い、箒の様な髪はねちねちねちねちと心棒に捲きついて行った。執拗な蛇の様に巻きついて行った。そして車はことこと廻って いた。動力のスイッチをひねる事にやっと気がついて電力室へ走って行ったのは役二分の後だった。後頭部の半分 の毛を奪われたお米は、四人の男に抱えられて、工場を運び出されて行った。(p.159.)

점심시간은 20분으로 그 중 식사시간은 5분 걸린다. 남은 15분 동안 하루의 즐거움을 맛보지 않으면 안 되는 것이다.[13)]

여공들은 휴식시간 확보를 위해 점심식사를 5분 만에 끝내고, 15분을 쓸모 있게 사용하려고 해도 무엇을 어떻게 할지 몰라, 결국 땅바닥에 누워서 뒹굴며 하늘을 쳐다보는 것이 고작이었다. 여공들을 위한 휴게실이라는 것이 없고 휴식시간도 너무 짧아 휴식을 제대로 취할 수 없었다. 게다가 주위는 푸른 풀 한포기조차 보이지 않을 정도로 삭막했으며 석탄재마저 휘날리는 환경이었다.

이런 힘든 작업환경과 짧은 휴식을 취하며 공장일이 끝내고 퇴근하여도 기다리고 있는 기숙사 환경 또한 엉망이었다. 기숙사 내부는 다다미 60장 크기에 40명이 함께 기숙하고 있었다.

무더운 밤 공기가 방안 가득 여기저기에 엷게 퍼졌다. 침실은 움직이지 않는 늪과 같았다. 육십장의 다다미 위에서 사십명이 호흡을 하고 있었다.

마대와 함께 요코하마로부터 들어온 빈대는 침실의 낡은 나무의 갈라진 틈에서 해를 넘긴듯 했다. 오랫동안 잊고 있었던 코를 찌르는 그 벌레 냄새가 어디에나 감돌았다. 긁적 긁적 건조한 소리를 내며 몸을 긁고 있는 사람이 있었다.[14)]

---

13) 昼の休みは二十分でそのうち食事に五分はかかる。のこりの五十分で一日の生活の喜は味わなければならないのだ。(p.147.)
14) むしむしする晩になった。空気は薄く伸びてどやどやとたてこもった。寝室は動かない沼の様であった。六十畳の畳の上で四十人が呼吸していた。南京袋と一緒に横浜から入って来た南京虫は、寝室の古材木の柱の割れ目で、年を越したらしかった。長い間忘れていた、プンと鼻に来るその虫の

오하나는 남편 미요시가 아이와 함께 퇴사하면서 기숙사에 들어오게 된 것이다. 그러다보니 개구리 우는 소리가 아이의 우는 소리로 들리기도 하여 잠들지 못했다. 그러다가 살짝 졸음이 오는가 싶으면 빈대가 몸에 붙어 가려워서 잠을 이룰 수가 없었다. 다른 여공도 "빌어먹을! 이런 더러운 이불을 덮게 하다니, 사람을 대체 뭐로 생각하는 거야"라고 투덜대기도 하였다.

오하나 역시 기숙사 생활이 힘들지만 참고 남편을 대신하여 돈을 벌어야 하는 자신의 처지가 안타까워 베개를 끌어안고 울었다. 이렇게 여공들의 기숙사 생활이 작업으로 지친 육체를 쉴 수 있는 곳이 아니라 "지옥에라도 있는 듯한 환경"[15]이었다.

여공들의 생활이 공장에서 바로 기숙사로 이어지다보니 자연히 혼기를 놓친 여공들이 많았다.

스무 살을 넘긴 여자가 많았다. 스물다섯을 넘었는데도 아직 시집을 이야기에는 귀도 기울이지 않고 집안을 위해 돈을 벌고 있는 여자들도 있었다. 이제부터 자신들이 어떻게 될까 그것은 아무도 알 수 없었다. 빨간 비녀를 꽂고 남편의 가슴속에서 작은 새처럼 애무를 받고 있는 여자들에 대해서는 나는 일하고 있다! 라는 강한 자부심이 있었다. 단지 그 자부심을 이마에 붙이고 매년 눈이 녹을 때쯤이면 봇짐을 짊어지고 여기저기로 돌아다니는 것이었다.[16]

においが、どこからともなく漂って来た。ぽりぽりぽりぽりと乾いた音を立てて、体を掻いている者があった。(p.152.)

15) グプタ　スウィーティ(2015) 前掲書 p.136.

16) 二十を過ぎている女が多かった。二十五を過ぎているのに未だ嫁入り話には耳を籍さないで家のために稼いでいる女もあった。これから自分

위의 문장에서 알 수 있듯이, 여공들은 어쩌다 "강인한 남자들의 모습"에 마음이 빼앗기기도 하지만 선뜻 결혼을 할 수 없었다. 왜냐면, "누에처럼 식욕이 왕성한 동생들"과 "소작료 걱정으로 밤늦게까지 툭툭 담뱃대를 터는 아버지"를 대신하여 한 가정의 가장 역할을 해야만 했기 때문이다. 그러다보니 스스로 일을 하고 있다는 자부심으로 견뎌 내고 있다는 것이 더 적합한 표현인지도 모른다.

제사공장에서 일하는 기혼 여성 중에 아이가 있는 여성은 육아문제로 힘들고, 아이를 갖기 원하는 여성은 임신을 할 수도 없는 작업환경에 노출되어 있다. 그리고 미혼 여성은 가정의 경제적 책임과 시간적 여유가 없어 마음대로 결혼도 할 수 없었다.

이렇게 공장과 기숙사를 오가는 생활이 일상이 되어 버린 여공들에게는 자유도 주어지지 않았다. 단지 공장주에게는 여공들의 노동력 착취에만 관심이 있었다.

3. 자본가의 횡포와 노동자의 반발

야다이 제사공장의 짐수레가 다니는 길은 야마다이(山大)의 소유지이지만 소작료를 받고 빌려주었다. 그러나 누에고치 자루를 실은 짐수레는 뽕나무 가지가 부서져도 아랑곳하지 않고 밭 가운데 깊은 바퀴자국을 남

達がどうなって行くか、それは誰にもわからなかった。赤い手柄をかけて、夫の腕の下で小島の様に愛撫されている女達に対しては、自分は働いているのだ！という強い誇があった。ただその誇りを額にかざって毎年毎年雪解けになると風呂敷を背負って県道をここまで歩いて来るのだ。(p.150.)

기며 계속해서 달렸다.

> "쳇, 벌써 야마다이의 짐마차가 지나가는 계절이 되었구먼. 길도 좁은
> 데 엄청 큰 낯짝을 하고서는."
> "우리 거름차 따위는 마치 비켜 비켜라는 태도잖아?"
> 마을 사람들은 그렇게 불평하면서도 짐마차를 만나면 있는 힘껏 채를
> 들어 길을 양보했다.[17]

이렇게 야다이 공장주는 소작인을 무시하고 필요에 따라서는 자신의
토지처럼 사용하고 있었다. 게다가 가뭄으로 논이 말라 들어 흉작이 되어
도 소작료는 조금도 감면해 주지 않았다. 그러다보니 야마이로부터 토지
를 빌려 소작을 하고 있는 오코메의 남편 게이사쿠(啓作)를 비롯해 소작
인들은 모두 불만이 많았다.

> 한낮이 되면, 어린 벼 끝이 축 늘어져 보일 정도로 물이 부족한데도 공
> 장 저수조에는 강물이 펑펑 소용돌이치며 떨어졌다. 저수조는 논보다
> 더 낮고 깊은 입구를 열어서 쪼르륵 쪼르륵 목구멍을 울리는 듯한 소용
> 돌이 소리를 내며 물을 빨아 들였다. 논 쪽으로는 한 방울도 돌지 않게
> 모두 삼켜버릴 듯한 기세였다.[18]

---

17) 「ちっ、また。山大の荷馬車がとおる季節になったかなあ。道も狭めえのにで
かい面をしやがって」「こちとらの肥車なんぞは、まるで、下にいろ、下にいろ
っちゅうような調子じゃあないかね」村の誰彼はそうこぼしながらも荷馬車
に出会うと、力いっぱいに車の梶をあげて荷馬車に道を譲った。(p.146.)

18) 日ざかりになると、わかい稲のさきが垂れて見える程水が不足して来ている
のに、工場の貯水槽へはごんごん渦を巻いて川の水が落ち込んだ。貯水槽は田
より一段低く、深い口をあけて、ぐうぐう咽喉を鳴らす様な渦の音を立てて水
を吸い込んだ。田の方へは一滴も廻さずに、皆、呑み込んでしまいそうな勢い

벼가 가뭄으로 타들어가는 것을 보며 소작인들은 산에 올라 메말라 버린 관목 사이에서 기우제를 지내기보다는 야마다이의 저수조에 흘러들어오는 물을 막아 자신들의 논으로 물줄기를 틀기로 단합하였다. 이렇게 자신들의 논으로 물이 들어갈 수 있도록 방향을 바꾸어 놓은 모습에서 "노동자가 자신의 권리를 인식하고 적극적으로 투쟁"[19]해 가고 있다는 것을 알 수 있다.

공식적으로는 노동자의 권익을 위한 노동법이 있고 감사단도 있었다. 마침 공장 감사를 받아야하는 날이 다가왔다. 감사원이 공장을 방문하는 날, 그들을 회유하기 위해 연극을 했다. 이런 일이 진행되고 있는 동안에 감사관은 주변을 둘러보며, 연극이 시작되기를 기다리고 있었다. 그러나 정작 연극에는 별 관심을 보이지 않은 채 꾸뻑꾸뻑 졸고 있었다. 여공들은 공장 안에 산재되어 있는 많은 문제들을 감독관이 뭔가 하나쯤은 위반으로 지적해 주기를 바랐지만, 형식뿐만 감사에 실망하고 말았다.

그동안 이시다는 감사단에게 지적당하지 않기 위해 서둘러 공장을 돌아다니며 정리를 당부했다.

"쉿, 쉿, 검사다. 빨리 더러운 밥상을 치워."
'펑' 하고 머리 위에서 전등이 탁 켜졌다. 얼어있던 공기가 머리 위를 획 흘러간 듯한 느 낌이 들었다. 돌아보니 신발장 옆에서 이시다가 허둥대며 서 있었다.
"서둘러, 서둘러!'

であった。(p.159.)
19) グプタスウィーティ (2015) 前掲書 p.139.

여자들은 조종당한 듯이 일어섰다. 이시다의 새파래진 얼굴에서 아주 당황하고 있는 듯 보였다. 양복을 입은 이시다의 손이 분주하게 좌우로 움직이는 것을 보고, 모두 그제야 심각한 기분이 감염되어 자기의 신발을 찾았다.

"항아리는 청소되어 있어. 비상구 전등은 켜져 있어?" 이시다는 질타하듯이 말했다.[20]

이시다는 뒤늦게 12세인 오케이의 존재를 생각해 내고는 서둘러 숨겨야만 했다. 공장 측에서 보면 이런 열악한 환경보다는 유년공을 채용하고 있다는 것이 발각되면 노동법 위반으로 큰 문제가 발생하게 되어 있었다. 노동법은 "1911년에 성립되어 1916년에 실시된 공장법에서는 16세 미만 및 여자에 대해서는 노동시간 11시간, 심야 작업 및 위험 업무 금지 등의 규제"[21]가 있었다. 그 후 "1926년 공업노동자 최저 연령법이 실시되어 14세 이하는 취업이 금지" 되었으며, "작품 내 시간은 1926년부터 작품 발표년의 1928년 사이"[22]로 되어 있어 14세 이하는 노동법에 걸리는 것을 알 수 있다.

---

20) 「シッ、シッ、検査だ。いそいで汚い膳箱を片づけろ」ばかりと頭の上で電灯がついた。さっと冷えた空気が頭の上を流れて行った様な気がした。振返ると、下駄脱ぎ場に石田がうろたえて立っていた。「いそいで、いそいで！」女達は、操られた様に立上がった。青ざめた顔が幾つも幾つもうろたえた石田には浮上っている様に見えた。石田の洋服の手があわただしく左右に動いたのを見ると、皆、やっと容易ならないという気持に感染されて自分の草履を探し出した。「唉壺は掃除してあるか。。。非常口の電灯はつけてあるか」石田は叱咤する様に言った。(p.156.)

21) 岡野幸江(2010)「平林たい子の労働小説-階級・性・民族の視点から」『国文学:解釋と鑑賞』、至文堂, p.100.

22) グプタスウィーティ (2015) 前掲書 p.142.

"아, 오케이. 잠깐, 잠깐."

오케이가 공장법에 걸리는 유년공이라는 것이 갑자기 생각났다. 검사관이 올 때 가장 먼저 유년공을 숨겨야만 한다는 것은 평소에도 늘 공장주가 말했던 것이었다.

"오케이, 이쪽으로 와."

이시다는 오케이의 둔한 행동거지에 애가 타서 소매를 잡아끌었다. 오케이는 어색한 수줍음을 보이며 상자를 단단히 안고 있었다. 세면장 쪽에서 벌써 검사관이 허리를 굽혀 신발을 벗고 있었다. 바람이 멈추고 차가운 비가 내렸다. 이시다는 오케이를 데리고 건조장 사이에 어두운 곳으로 들어갔다.[23]

그날 이후 오케이가 보이지 않아 다른 여공들은 궁금해 하면서도 참을 수밖에 없었다. 그런데 이삼일 후에 이시다도 휴가를 얻어 공장에서 모습이 보이지 않았다. 이시다는 오케이의 죽음을 알고 휴가를 받아 공장에 나타나지 않았던 것이다.

그런데 갑자기 공장에 화재가 발생하였다. 그 불은 점심시간에 시작되어 해질녘까지 계속되었다. 그때 소작인들은 자신들의 논으로 끓여 들여 농사를 지으려고 했던 물을 화재를 핑계 삼아 "공장에 복수"[24]하기 위해

---

23)「あっ、おけい、一村、一村」おけいが、工場法にふれる幼年工だったことをひょっと思出した。検査官が来た時には一番さきに幼年工をかくさなければならないとは、つねづね工場主に言い渡されていた事であった。「おけい、こっちへ来るんだ」石田はおけいの鈍い物腰にいら立って、袖を引張った。おけいは鈍いはにかみを見せて、箱をしっかりと抱えていた。流し場の方で、もう検査官が腰をかがめて靴を脱いでいた。風がやんで、冷たい雨が落ちて来た。石田はおけいを連れて乾燥場との間に暗がりへ入って行った。(p.156.)

24) 瀬沼茂樹(1979)「解説」『平林たい子全集』1 巻、潮出版社、p.418.

물을 뿌렸다. 어느 정도 화재가 진압되었음에도 계속 물을 뿌리는 소작인들을 공장주는 제재하려고 했지만 멈추지 않았다. 게다가 평소에 공장주에 불만을 갖고 있던 여공들까지 합세하였다. 이렇게 여공과 소작인이 연대할 수 있는 것은 지주와 공장주가 동일인이기 때문이다. 다이코가 같은 해 발표한 작품 "「때리다」에서 긴코(きんこ)의 고독한 투쟁과는 대조적"[25]이라 할 수 있다.

이런 행동으로 공장 건물이 파괴되면서 두꺼운 벽이 지붕이 무너졌다.

> "아!" 그 여공은 뭔가 자신의 눈이 정확하지 않는 듯한 기분이 들어 두세 번 머리를 흔 들어 보았다. 하얀 벽에 붉은 석양이 비추었다. 밝은 곳에 익숙해진 눈으로 보니, 구름이 걸려 보였다.
>
> "앗!" 그 검은 덩어리 여기저기에 붙어있던 것은 정자 문양의 염색 천이었다. 그리고 그것은 본 기억이 있었던 것이다.
>
> "잠깐 기다려! 확실히 이건 오케이의 기모노야" 여자는 내민 손을 떨며 뒤로 물러났다. 그러자 다른 여자가 머리를 들이밀며 들여다 보았다.
>
> "이건 오케이가 아니야?" 그 여자는 두세 걸음 물러나 옆에 있던 남자의 윗도리에 매달렸다.
>
> "어디서 찾아 낸 거야!"
>
> "저쪽 마루 밑 대팻밥 안에서" 꺼내 온 청년은 이유도 모른 채 눈만 깜빡거리며 쇠갈고리로 뒤 쪽을 가리켰다.[26]

---

25) グプタスウィーティ (2015) 前掲書 p.141
26) 「あ！」その女工は、何だか自分の目がはっきりしない様な気がして二三度頭を振った見た、白い壁に赤い夕日がさした。明るいところに慣れた目で見ると、雲がかかって見えた。「あ！」その黒い塊のところどころに付着しているのは、大きい井桁の染絣だった。そしてそれには見覚えがあった

그런데 여공들이 그 잿더미 속에서 불에 타다 남은 기모노를 발견하였다. 그때서야 경찰은 화재 원인과 오케이 사망 등을 조사하기 위해 여공들은 물론 소작인과 이시다까지 경찰서 유치장으로 불러 들였다. 이시다는 공장주가 오케이의 죽음에 대해 당연히 책임질 것이라고 생각하고 있었다.

　사소한 벌은 받아도 오케이를 죽인 벌은 당연히 야마다이 공장주가 받겠지라고 생각하며 비교적 태연히 있었다. 현(県)의 검사관이 왔을 때는 마침 비가 왔기 때문에 건조장 안에 넣었는데 두 시간 정도 지나서 가 보니 오케이는 누에고치 더미 위에서 높은 온도에 몸부림치다 죽어 있었다. 이시다는 팔짱을 끼고 몇 번이고 몇 번이고 그 때의 일을 되풀이했다. 당황하여 휴가를 낸 자신은 잘못 했지만 그래도 평상시의 지시에 따라 어린 여공을 숨긴 것에 불과했다. 그것이 죽든 안 죽든 그것은 고용주 책임이라 할 수 있다.[27]

のだ。「一寸待って！たしかにこれはおけいちゃんの着物え」女は差出した手をふるわして後に退った。と、他の女が頭を突き出して覗いた。「これは、おけいちゃんじゃなしか?」その女は二三歩退いて、傍にいた男の印絆纒にすかりついた。「どこから見つけ出したか！」
「あそこの床下の鉋屑の中さ」引出して来た青年は訳がわからずに目をぱちぱちさせて、鳶口で後の方を指した。(pp.162-163.)

27) おけいを殺した罪は当然山大の工場主が負ってくれるだろうと思い、割合に平然としていた。県の検査官が来た時にちょうど雨が降ってきたので乾燥場の中へ入れたが、二時間ばかりして行って見ると、おけいは繭の山の上に高い温度で悶えて死んでいた。石田は腕を組んで幾度も幾度もその時のことを繰り返してみた。うろたえて暇をとって出た自分はまずかったがそれにしても平常のいいつけどおりに、幼年女工をかくしたにすぎなかった。それが、死のうと死ぬまいと、それは、雇主の責任であるべきだ。(p.163.)

그런데 이시다는 공장주가 보이지 않자 불안해 지기 시작하였다. 끝내 공장주는 나타나지 않았다. 그러니까 공장주는 감사단과 경찰까지 매수하여 노동자들에게만 고통을 전가하고 있음을 알 수 있다. 이런 사회 부조리에 대한 묘사를 통해, 다이코는 "현실의 모순을 근저에서부터 척결"[28]해 나가려고 의지를 표출하고 있는 것이라 할 수 있다.

그리고 소작인과 여공의 단합으로 이루어진 공장파괴는 순종으로 일관하던 노동자의 실력행사이기도 하다.

4. 결론

이상과 같이 「짐수레」를 통해 제사공장 여공들의 생활상을 살펴보았다. 우선 맞벌이 부부 오하나와 미요시, 오코메와 게이사쿠의 생활에서, 오하나는 아이가 있지만 모유 수유 시간마저 주어지지 않아 배 고픈 아이에게 모유를 먹이지 못하고 짜서 버려야하는 아픔을 겪는다. 남편 미요시는 양수작업을 하다가 기계화에 밀려 갑자기 회고 당해 제사공장에서 일을 하지 못하고 아이를 데리고 공장을 떠나 살고 있다. 오하나는 생계유지를 위해 기숙사에서 생활할 수밖에 없다. 그에 비해 오코메는 아이를 원하지만 차가운 곳에서 하루 종일 일을 하다 보니 임신이 되어도 유산이 되고 만다. 그러나 병원에서 진료를 받을 수 있는 시간도 경제적인 여유도 없어, 유산하고도 바로 일을 하다가 머리카락이 기계에 말려들어가는 사고를 당한다. 남편 게이사쿠는 제사공장 공장주의 토지를 빌려 농사를

---

28) 島田昭男(1972) 前揭書 p.106.

짓는 소작인이지만 소작료를 충당하기도 힘들어 한다. 이렇게 맞벌이 부부도 현상유지가 어려운 실정이었다.

그리고 미혼 여성은 어쩌다 마음에 드는 남자가 생겨도 선뜻 결혼을 할수가 없었다. 동생들과 소작인 아버지를 대신하여 경제적으로 가정을 책임지고 있었기 때문이었다. 게다가 공장에서 기숙사로 바로 이어지는 시스템에서는 일부러 시간을 내어 결혼상대를 만난다는 것도 어려운 실정이었다. 그보다 더 안타까운 사건은 이시다에 의해 감사단의 눈을 피해 건조장으로 들어간 유여공 오케이가 끝내 사망하고 만다.

공장에서 일을 마치고 바로 이어 지는 기숙사도 여공들이 휴식을 취할수 있는 곳이 아니었다. 이불은 악취가 심하고 빈대가 물어 밤을 이룰 수도 없었다. 이런 공장주의 비리를 막기 위해 파견된 감사단마저 묵시적인 태도로 일관하고 있음도 함께 그려내고 있다.

소작인들은 일 년 내내 농사를 지어도 소작료를 주고 나면 남는 게 없었다. 게다가 흉년이 들어도 전혀 소작료를 감면해 주지 않았다. 그러자 게 이사쿠와 소작인들이 단합하여 공장으로 흘러들어가는 물줄기를 자신들의 논으로 끌어들이기로 하였다. 그런데 때마침 공장에 화재가 발생하였다. 이를 계기로 지주이기도한 공장주에 대해 불만이 많았던 소작인들이 먼저 화재를 핑계 삼아 불길이 진압되어도 물을 퍼부었다. 공장주가 만류했지만 여공들도 합세하여 물로 타다 남은 건물들을 모두 무너뜨렸다.

그 곳에서 여공들은 오케이의 기모노를 발견하고 오케이의 죽음을 알게 된다. 이미 이시다는 알고 있었지만 숨기고 있었던 것이다. 그제야 경찰이 움직이기 시작하였다. 그때도 역시공장주는 배제하고 소작인과 여공들, 이시다를 경찰서로 불러 조사를 시작하였다. 그러니까 경찰까지도 공장주와 결탁되어 있음을 시사하고 있다.

　이런 가운데 소작인과 여공의 단합으로 오케이의 죽음을 확인할 수 있었으며, 공장주에게 손해를 입혀 복수할 수 있었던 것이다. 이런 과감한 행동들을 통해 다이코는 현실의 모순을 근저에서부터 척결해 나가려고 의지를 표출하고 있다. 그러나 화재 발생 원인에 대한 언급은 없어 노동자들의 반발의 결과로 인한 방화인지가 분명하지 않은 아쉬움이 있다.

〈참고문헌〉

岡野幸江(2010)「平林たい子の労動小説-階級・性・民族の視点から」『国文学:解釋と鑑賞』、至文堂 pp.98-104.

(2016)「製絲女工たちの表象-『蛹と一緒に』」から『系価補償法』まで」『平林たい子:交錯する性・階級・民族』、菁柿堂、pp.79-95.

(2016)「労動小説のなかの農村・農民-「夜風」から「夜風」「植林主義」まで」『平林たい子:交錯する性・階級・民族』、菁柿堂、pp.62-78.

グプタスウィーティ(2015)平林たい子論『荷車』―辛抱刷る女から復習する女へ―『国文目白』、日本女子大学国語国文学会、pp.133-142.

島田昭男(1972)「近代女流作家の肖像-平林たい子」『国文学:解釋と鑑賞』、至文堂、pp.104-106.

瀬沼茂樹(1979)「解説」『平林たい子全集』1巻、潮出版社、pp.411-421.

中山和子(1976)「平林たい子--初期の世界」『明治大学文学部紀要』号35、明治大学文芸研究会治大学文芸 pp.107-131.

자본주의로 인해 해체되어 가는 농촌의 생활상

- 히라바야시 다이코의 「야풍」을 중심으로 -

1. 서론

히라바야시 다이코(平林たい子:1905년10월3일-1972년2월17일, '다이코'로 약칭)는 정치와 사회 문제뿐만 아니라, 남성 위주의 사회구조에서 여성이 직면한 고통과 슬픔을 상세하게 묘사해 온 프롤레타리아 작가로, 작품의 대부분은 자전적인 요소가 강한 주제를 다루고 있다. 그 중에서도 초기작 품에서는 자본주의화 되어 가는 농촌의 생활상을 부각시키고 있다. 무엇 보다 다이코는 이들 작품에서 봉건적 가부장제, 이에(家)제도에 의해 억 압당하는 여성을 주인공으로 설정하고, 폭행을 행사하는 남성을 비인간 적인 인물로 묘사하고 있다.

본고에서 다루고자 하는 「야풍(夜風)」[1] 역시 초기 작품에 속한다. 다이 코의 고향으로 알려진 신슈 스와(信州諏訪) 주변의 농촌을 배경으로, 산 업화 기조에 의해 지주들이 전기회사 주식과 제사공장 부지 확보를 위해 소작지를 몰수해 가는 과정 속에서 희생당하는 소작농민들의 고통을 잘 묘사해내고 있다. 소작인들은 농사를 짓는다고 해도 해도 소작료에 대한 부담감으로 힘들었지만, 그나마 토지를 몰수당해 공장노동자로 전화될 수밖에 없었다. 그에 비해 지주들은 회사 주주가 되고 더욱 사업을 확장 시켜 나가고 있었다.

---

1) 1928년 3월 『문예전선』에 발표.

이런 환경 속에 살아가고 있는 소작 빈농인 스에키치(末吉)와 누나 오센(お仙), 형 세이지로(淸次郎)가족을 비롯해, 같은 소작 빈농인 요노스케(陽之助) 부부의 생활상을 중심으로 그리고 있다. 우선 스에키치 가정을 보면, 장남 세이지로는 집을 떠나 제사공장의 누에고치를 건조하고, 스에키치가 본가에 남아 대를 이어 농사를 짓고 있었다. 그리고 남편의 사망으로 실가로 돌아온 오센은 닭을 키우면서 가사를 전담하고 있었다. 그런데 오센이 일용직으로 모내기를 하면서 알게 된 남자의 아이를 가졌다. 출산일이 가까워지자 외부의 소문이 두려워 바깥출입도 할 수 없었다. 그런데 임신 사실을 뒤늦게 알게 된 오빠 세이지로는 오센을 구타하기 시작한다. 심지어 산통을 느끼는 오센에게 집에서 출산하는 것조차도 허락하지 않는다.

선행연구에서는 "해체되어 가는 농촌과 거기에 살고 있는 농민의 모습"[2], "사회저변에 억압받는 빈농이 여자를 더욱 억압"[3]한다는 등, 자본주의 경제의 침투 속에서 살아가는 "소작 농민의 생활"[4]을 잘 그려내고 있다는 평이다.

본고에서는 자본주의 도입으로 해체되어 가는 어수선한 농촌과 빈농의 생활모습뿐만 아니라, 오센이 말하는 "여자의 일생"에 중점을 두고 당시 여성의 삶을 재조명해보고자 한다.

---

2) 岡野幸江(2010)「平林たい子の労動小説-階級・性・民族の視点から」『国文学 解釋と鑑賞』至文堂、p.99.
3) 中山和子(2009)「平林たい子殺す女・女の号泣-プロレタリア女性作家のあゆみ」『国文学:解釈と教材の研究』54(1)、学灯社、p. 95.
4) 中山和子(1999)「『夜風』-火のついた婚礼衣装/狂気と子殺し/女性なる被支配階級』『平林たい子』、親典社、p.87.

2. 노동 착취의 농촌 실상

러일전쟁 후, 복잡해진 경제 구조 속에 농촌마을까지 자본가와 노동자의 관계가 극명하게 드러나게 된다. 빈농들은 해를 거듭할수록 치솟는 물가와 자식들의 교육비 충당을 위해 논을 팔고 소작농으로 변해가고 있었다. 그래도 생활이 어려워지자 농사 틈틈이 시간이 나는 대로 제사공장의 석탄을 나르는 등, 경제적으로 도움이 되는 일을 찾아 나서야만 했다.

자신이 농사를 지을 정도의 논을 가진 백성은 매년 생활고에 내몰려갔다. 논을 팔았다. 밭도 팔았다. 판 논의 소작인이 되었다. 그래도 소용없었다. 아이들의 학비를 버는 것조차 쉬운 일은 아니었다. 장남은 겨울이 되면 도쿄의 김집에 가고, 차남은 농한기에는 브라질 이민 첫걸음이라는 책을 아버지 몰래 열심히 읽었다. (중략)
자작농은 추락하여 소작농이 되었지만, 소작인은 이제 그 이하로 떨어질 곳이 없었다. 어쩔 수 없이 일하는 틈틈이 제사공장의 석탄을 나르기까지 했다. 땅 주인조차도 논을 팔고 전기 주식을 샀다. 공동제사회사에 투자했다.[5]

---

5) 「夜風」의 본문 인용은 『平林たい子全集』 1卷(潮出版社,1979)에 의함. 自分で作るだけの田を持った百姓は、年々歳々生活向きに追いつめられて行った。田を売った。畑を売った。売った田の小作人になった。それでも追いつかなかった。子供達の学費だけを稼ぐのさえ容易なことではなかった。長男は冬になると東京の海苔屋へ行き、次男は、農閑期には、ブラジル移民手引草などという本を親爺にかくれて頻りに読んだ。(中略) 自作農は落ちて小作農になったが、小作人は、もうそれ以下に落ちる所はなかった。仕方なしに仕事の合間には製糸工場の石炭運びにさえなかった。地主さえもが田を売って、電気株式を買った。共同製糸会社へ投資した。(p.124.)

자작농들이 현상유지를 위해 논밭을 팔고, 그 지주들로부터 땅을 빌려 농사를 짓고 있었다. 그런데 땅을 사들인 지주들은 소작료를 올리고 제대로 연공을 납부하지 않으면 땅을 환수하여, 사업가로의 변신을 꾀하기 위해 되팔기 시작했다. 그런 상황이 되고 보니 정작 농사를 지을 땅마저 없어져 버린 농민들은 당장 생계의 위험을 느낄 정도였다.

이런 궁핍한 생활에서 탈출하기 위해 농민들은 해외이민을 생각하기에 이른다. 일본인의 해외 이주는 1866년 해외 도항 금지령(쇄국령)이 풀리면서 시작되었다. 하와이를 시작으로 미국과 캐나다 등 북미, 페루, 브라질로 이어진다. 브라질은 아프리카 대륙에서 들어 온 농업 노동자를 받아들였지만, 1888년 노예제도 폐지로 농업 노동자가 부족하여 유럽 국가에서 이민을 받기 시작했다. 그러나 이탈리아 이민이 대우가 나쁘다며 반란을 일으키자. 이민 유입을 중단했다. 농업 노동자가 부족해진 브라질 정부는 1892년에 일본인 이민자의 수용을 표명했다. 마침 일본정부는 미국, 호주, 캐나다의 이민 수용자 제한 강화로 새로운 이민 수용처를 모색하고 있던 중이어서 브라질이 탈출구가 되었던 것이다. 그러나 일본 국민들이 브라질 이민에 관심을 가지게 된 것은 1904년에 일어난 러일 전쟁으로 인해 경제가 곤궁하여 농촌의 가난이 심각하게 되었을 때부터 확산되기 시작하였다. 브라질은 세계 최대의 일본인 거주지이며 1908년 이후 약 100년간 13만 명의 일본인이 브라질에 이주했다.

이렇게 해외로의 이민을 생각할 정도로 농민들의 생활이 힘들어지자, 급기야 소작인들은 쌀의 무게를 조작하기에 이른다. 스에키치는 어릴 적부터 아버지가 쌀의 무게를 늘리는 모습을 보아왔다.

죽은 아버지는 너 말 들이 되의 양을 한 치 작은 상자로 계량해서 갔지만, 젠베에에게 다른 사람의 면전에서 되가 산처럼 수북하게 다시 계량해서 한 되 정도가 부족하다며 봉변을 당했다. 또 4말들이 한가마가 16관이라고 정해진 무게가 쌀의 질이 나빠 조금 적은 것을 고심해서 연공 납부 전날 밤에 살그러미 가마니를 강물에 담가서 무게를 늘리고, 밤새 자지 않고 짚불로 말려 쌀을 채워서 스에키치와 둘이서 운반해 간 적도 있었다.[6]

그런데 이제는 소작할 땅마저 없어져 버린 실정이었다. 틈 만나면 지주들은 소작농으로부터 땅을 환수할 계획을 세우고 있었다. 빈농 요노스케 집으로도 갑자기 공장 감독인 사노(佐野)라는 노인이 와서 내년부터 공장 뒤의 그늘지고 움푹 팬 땅의 연공을 올려 달라고 했다.

심부름 온 노인이 돌아가자 마누라는 마당의 변소로 가고 있는 요노스케를 뒤 쫓아와서 밭을 빼앗기면 이 식구에게 쌀이 모자라게 된다며 하소연했다. 장남이 내년 4월에 벌써 6학년 졸업이지만, 공장 뒤의 밭을 빼앗기면 할 일이 없었다. 그런데 거기에 다시 앞서의 노인이 되돌아와서, 거침없이 "그렇다면 금년을 끝으로 밭은 되돌려 받기로 하지요" 라며 주인의 말을 전했다. 마치 기다리고 있었던 듯한 말투였다. "저놈,

---

6) 死んだ父は四斗入の桝目を一寸内ばこに量って行ったところが、人の面前で善兵衛に桝に山になるように量りなおされて一升程の不足を突きつけられて恥をかいた。また四斗俵十六貫ときまった貫量が米の質が悪い為に少し少ないのを苦にして年貢納めの前の晩こっそり俵を川へ浸けて目方をつけ、夜中寝ずに藁火でかわし、米を詰めて末吉と二人で運んで行ったこともあった。(p.130.)

밭으로 연공을 받는 것과 공장에서 돈을 버는 이익의 규모가 다르니까, 드디어 밭을 뭉개서 공장을 넓히려는 계산이야." [7]

이렇게 농민들은 농사도 마음대로 짓지 못하고 지주에게 휘둘릴 수밖에 없었다. 그런 가운데서도 농민들이 할 수 있는 것은 오직 아침에 일찍 일어나서 저녁까지 쉬지 않고 일을 하는 것 뿐이었다. 그러다 보니 보통 3년 정도가 되면 몸이 이렇게 변하고 있었다.

류머티즘이 생겼고, 벼를 방망이로 칠 때에는 손목의 살갗에서 기름이 빠져나가는 듯이 '삐걱삐걱' 하는 소리가 났다. [8]

이렇게 고생을 하며 일 년 내내 일해도 절반 이상의 쌀을 지주에게 연공으로 바쳐야만 했지만 그나마 산업화에 밀려 벼농사를 지을 논이 없었다. 농사를 지을 땅이 부족해지자 사회전반에 쌀 부족의 전조증상들이 일어나고 있었다.

같은 해, 10월에 발표한 「때리다(殴る)」[9]에서는 인부들과 쓰레기 소각장 부근에서 살림을 꾸려온 사람들이 선로를 통해 쌀을 싣고 오던 짐마차

---

7) 使の老人が帰って行くと女房は、庭の便所へ行く陽之助について来て、田を取り上げられたらこの頭数で米が足りなくなってしまうことを口説いた。長男は来年の四月はもう六年の卒業だったが、工場裏の田を取り上げられるすると、手伝わす仕事はなかった。と、そこにまた先刻の老人が戻って来て、あっさり、「それなら今年限り田は返して貰いましょう」と主人の言葉を伝えた。まるで待ちもうけていたような調子だった。「あいつ、田で年貢をとるのと工場でもうける利益とじゃ桁がちがうものものだで、いよいよ田を潰して工場をひろげずっていう算段だな」(p.130.)
8) リウマチが起りかけて、穂を棒で打つ時には、手首の皮膚の中で、油のきれたような、ぎしぎしという音がした。(p.135.)
9) 1928년 10월『개조(改造)』에 발표.

를 가로막고 쌀가마니를 곡괭이로 내리쳐 탈취하는 '쌀 소동'을 다루고 있다. 이 역시 경제 위기에 따른 약자들의 반항으로 보며, 지주와 소작인을 '양지'와 '음지'로 구분하고 있다.

지주가 있는 곳에는 소작인이 꼭 있다. 자본가가 있는 도시는 필히 노동자가 있다. 그리고 그것은 역시 양지와 음지의 관계이며, 흰 실과 검은 실로 엮은 허리띠의 선명한 색의 경계였다.[10]

즉, 다이코는 지주=자본가=양지=흰 실이라면, 소작인=노동자= 음지= 검은 실이라는 상징적인 구조로 보고 있었으며, 이런 구조 속에서 가장 희생당하는 사람을 여공이라며 그들이 일하는 작업환경도 빠뜨리지 않고 있다.

여공들은 벌겋게 짓무른 손가락으로 느릿느릿 짐 등을 옮기며 "상사의 관리 검사 따위 우리들이 알게 뭐야."라는 마음이 누구에게나 있었다. 게다가 평소에는 돼지우리처럼 지저분한 방에 사람들을 쳐 박아놓고, 검사가 시작되면 급하게 위생을 하는 것이 얄미웠다.[11]

---

10) 「때리다(殴る)」본문 인용은 平林たい子(1969)『日本の文学』48   中央公論社 에 의함. 地主のあるところには小作人が必ずあった。資本家のある都会には必ず労働者があった。そして、それはやはり日向と日蔭の関係であり、白い糸と黒い糸とに織り込まれた帯の鮮かな縞目であった。(「殴る」p.31.)

11) 女工たちは、赤くただれた指でのろのろ行李などを動かしたが「お役人の検査なぞが私たちの知った事かえ」という気持が誰にも働いた。それに、平生は豚小屋の様に汚れた室へ押込めるだけの人数を押し込んでおいて、検査となると急に衛生面をするのが憎らしかった。(p.133.)

여공들은 평소에 아주 열악한 환경에서 일을 하지만, 감사단이 오면 눈을 피하기 위해 주위를 깨끗하게 청소하기도 하였다. 이런 여공들의 열악한 노동현장의 심각성을 그린 작품으로써 동시대 작가이면서도 「야풍」보다 한 달 전에 발표한 사타 이네코(佐多稲子: 1904년-1998년)의 「캬러멜 공장에서(キャラメル工場から)」[12]가 있다. 「캬러멜 공장에서」는 간다(神田)에 있는 캬러멜 공장에서 작가가 직접 보고 느낀 것들을 그린 작품이다. 이네코는 이 작품에서 여공에 대한 사회로부터의 억압을 잘 그려내어 프롤레타리아 작가로서 인정받게 된다.[13] 이네코가 밝히는 여공들이 일을 하고 있는 공장은 햇볕이 들지 않을 뿐만 아니라, 부서진 유리창 구멍으로 시궁창 냄새와 바람이 많이 들어왔다.

> 그녀들의 작업실 뒤편은 강으로 향해 있다. 그 작업실에는 종일 햇볕이 들지 않았다. 그곳 입구는 공장 안의 어두운 통로로 되어 있어, 빛은 강쪽의 창문에서 밖에 들어오지 않는다.[14]
>
> 그녀들은 온종일 그 판자 사이에서 서서 계속 일을 했다. 그것에 익숙해지기까지는 모두 발이 막대기와 같이 되어 쥐가 났다. 가슴이 답답하여 현기증을 일으키는 사람이 있었다. 저녁이 되면 몸이 완전히 차가워져 복통을 일으키는 사람도 있었다.[15]

---

12) 「캬러멜 공장에서(キャラメル工場から)」는 1928년 2월 『프롤레타리아 예술(プロレタリア芸術)』에 발표.

13) 이상복(2014)「사타 이네코의 『캬러멜 공장에서』론-가부장적 억압과 계급적 억압」『일본문화연구』, 동아시아 일본학회, pp.263-280. 참조.

14) 「キャラメル工場から」의 텍스트 인용은 佐多稲子(1980) 『佐多稲子全集』1 講談社에 따름. 彼女達の仕事室の裏側は川に面していた。その室には終日陽が当らなかった。室の入口は工場内の暗い通り路になっていて、明かりは川の方の窓からしかはいらない。(「キャラメル工場から」p.26.)

15) 彼女達はまる一日その板の間に立ち通しで仕事をした。それに慣れるまでに

이렇게 어둡고 지저분한 환경에서 일을 하다 보니, 여공들은 손가락이 벌겋게 짓무르고 현기증과 복통을 일으키기도 했다. 이런 러일전쟁 이후 자본주의화 되어 가는 과정에서 사회가 안고 있는 문제 중에 가장 큰 문제는 극심한 빈부 차이이기도 했다. 결국 농촌에서 자유롭게 생활하던 농민들이 빈농으로 추락해 가다보니, 그 가정의 구성원들도 모두 피해자가 될 수밖에 없었다. 특히 공장으로 내몰린 어린 여공들의 문제가 심각하였다. 다이코는 그런 사회현상을 자신이 성장한 신슈를 무대로 노동의 대가가 충분하지 않는 사회 구조 속에 병들어 가는 약자들의 모습을 프롤레타리아 작가의 시각으로 노출시키고 있다.

3. 오센이 말하는 여자의 일생

오센의 남편은 온천수 우물을 파는 직업을 가지고 있었으며, 가정형편이 어려워 26세에 근근이 17세의 오센을 만나 결혼하였다. 그러나 남편이 일찍 사망하자 오센은 실가로 돌아 와 가계에 보탬을 주기위해 닭을 키워 계란을 시장에 내다 팔았다. 그러나 오히려 매월 80전의 전기료 충당이 어려워 공장에도 다니고 있었다. 딸 세이코(清江)는 여공으로 기숙사에 들어가 있고, 아들 마사오(正男)는 도쿄에서 낮에는 일하고 밤에는 야간학교를 다니고 있었다.

혼자가 된 오센이 같이 농사일을 하다가 알게 된 남자의 아이를 임신하

はみんな足が棒のように吊ってしまい、胸がつまって眩暈を起すものがあった。夕方になると身体中がすっかり冷えて腹痛を起すものもあった。(「キャラメル工場から」p.26.)

게 된다. 임신사실을 타인이 눈치 챌까봐서 부른 배를 천으로 둘둘 감아 숨기고 있었다. 그런데 세이지로가 그 사실을 알고 오센을 구타하기 시작한다.

"오센 너 대단한 일을 저질렀군!"
어떤 때에는 세이지로가 오센이 임신했다는 사실을 마을 소문으로 알고 와서, 송충이 같은 속눈썹이 긴 눈으로 오센의 배를 유심히 보고 확인하고서는 발끝이 하얗게 잘린 검은 버선발로 옆구리를 톡 찼다. 띠를 테처럼 둘둘 감고 작업복의 끈을 허리띠 위에 꼭 묶고, 오빠의 눈동자를 옆구리에 느끼며 고개를 숙이고 앉아 있는 오센은 차여서 오뚝이처럼 넘어졌다.[16]

세이지로는 장남이면서도 소작인의 생활이 싫어서 스에키치에게 집을 물려주고 겉으로 좋아 보이는 누에고치 건조를 시작했다. 그 역시 일하는 시간이 길고 몸도 좋지 않아 계속할 수 없는데다 일 년 내 내 수입이 발생하는 일도 아니었으므로 신경이 곤두서 있었다. 그런 세이지로가 처음에는 임신 사실을 숨긴 것에 화가 나서 오센을 구타하였으나, 이번에는 자신이 하는 일이 순조롭지 않아 화가 나서 분풀이 대상으로 삼고 있다.

---

16)「お仙、大変な事をおめえは仕事して居るな!」
  ある時には、清正次はお仙がはらんでいるという事を村の噂で知って来て、毛虫の様な、まつ毛の長い目で、お仙の腹をじろじろと見て、たしかめておいて爪先が白く切れた黒足袋でぽんと横腹を蹴った。帯をくるくるとたがの様に巻き、綿入絆纏の紐を帯の上できっちり結んで、兄の瞳を脇腹に感じながらうつむいて坐っていたお仙は蹴られて達磨の様に転った。(pp.125-126.)

농작물이 바쁜 계절을 검은 버선과 짚신으로 그럭저럭 보내고 와서는, 뭔가 말을 하며 핏대가 쓴 손으로 오센을 때린다. 때리고 나서는 점점 말라서 굳어져 가는 풀처럼 쓸모 없는 인간으로 변해갔다.

"만약 오늘밤 태어난다 해도 세이코를 일부러 부를 수도 없고, 또 오빠에게 부탁하면 또 어떤 꼴을 당할지 모르니……" 오센은 아무리 궁리해도 좋은 수가 떠오르지 않아 화장실에서 돌아가는 길에 마당에 서 있었다.[17]

세이지로의 이런 행동을 통해 "사회저변에 억압받는 빈농이 여자를 더욱 억압"[18]하고 있다는 것을 알 수 있다. 이런 실가에서 가족의 냉소 속에서도 점점 출산일이 다가오고 있었다. 진통을 겪으며 고통스러워하는 오센의 모습을 보면서도 세이지로의 구타는 계속 이어지고 있었다.

멀리서 사기그릇이 부서지는 듯한 소리가 났다. 오센은 뽕나무 기름이 타는 향을 마시 면서 눈을 떴다. 그러자, 넓은 손바닥이 힘차게 옆얼굴을 때렸다. 맞은 옆얼굴의 피부가 찌르르하고 미세하게 흔들리는 것 같았다. 오센은 비로소 뜬 눈으로 확실히 보았다. 다시 오센을 때리려고 손을 들어 올리고 있는 뼈가 억세보이는 오빠의 얼굴이 흰 종이짱 처럼

---

17) 農作物の忙しい季節を黒足袋と麻裏でのさのさとやって来ては、何かと言っては青筋の浮いた手でお仙をなぐる。なぐっては、ますます、乾いて硬くなって行く草のように使い道のない人間に変っていった。「もし、今夜うまれたとしても、清江をわざわざ呼ぶわけには行かないし、また兄に折る悪しく来られたら、どんなに、えらい目に会わされるか…」お仙は思案にあまって便所のかえりを庭に立っていた。(p.126.)
18) 中山和子(2009)「平林たい子-殺す女・女の号泣」プロレタリア女性作家のあゆみ」『国文学:解釈と教材の研究』54(1)、学灯社、p.95.

밝게 오셴의 얼굴 위에 있었다.

"일어나! 일어나지 않을 거야. 이불은 토방에 깔아. 집 안에서 이번 출산을 하면 안 돼! 결코 안 돼! 이 도둑고양이가! 남사스럽게!"

겨우 의미를 알게 된 오셴은 비틀비틀 걸리면 일어났다. 배속에서 태아가 발을 차고 몸이 한 장의 얇은 명주처럼 가벼웠다. 오셴은 어두운 헛간으로 이불을 억지로 끌어 당겼다. 닭 똥 같은 차가운 것을 발뒤꿈치로 살짝 밟았다. 또 다시 무서운 복통이 밀려왔다. 오셴은 나무통처럼 이불 위로 쓰려져 습기 찬 토방의 흙 향기를 맡으며 정신을 잃었다.[19]

방에서의 출산을 거부하는 세이지로 때문에 오셴은 닭똥이 밟히는 헛간에서 아이를 낳을 수밖에 없었다. 이런 세이지로에게서는 인간의 존엄성은 전혀 찾아 볼 수 없으며, 오셴과 태어날 아이에 대한 배려도 전혀 없었던 것이다. 임부까지도 구타의 대상이 되는 여성 학대의 현장이 너무 적나라하게 그려내고 있다.

다이코는「때리다」에서도 매 맞는 여성의 모습을 그리고 있다. 주인공

---

19) 遠くで瀬戸物が割れるような音がした。お仙は、桑の脂が燃える香を呼吸しながら目をあいた。と、ひろ掌が力いっぱいに横顔を打った。打たれた横顔の皮膚が、びりびりとこまかくふるえたようであった。お仙ははじめてひらいた目を見定める。さらにお仙を打とうとして手を振り上げている骨のたくましい兄の顔が白い紙のように明るくお仙の顔の上にあった。「立て! 立たねか! 布団は土間へ敷けえ。家の中で、今度の産をするこたあならね! 断じてならね! この野良猫女が! 恥さらし!」 やっと意味がわかってお仙はふらふらと立上がった。腹で胎児が足を突張ると、体が一枚の薄絹の様に軽かった。
お仙は暗い土間に布団を引摺り降した。鶏の糞らしい冷いものを足の裏にペタリと踏んだ。と、また恐しい腹痛が押しよせて来た。お仙は樽の様に布団の上に倒れ、しめった土間の土の香をかぎながら気を失った。
(pp. 131-132.)

의 남편 이소키치이 감독에게 매 맞는 모습을 보며, 아내 긴코는 감독에게 대든다. 그러나 이때의 이소키치의 반응은 이외였다.

감독 쪽을 향해 비굴하게 굳어 있던 남편의 얼굴이 여자를 향해 빨간 달리아처럼 확 피었다. 남편은 뭐라고 소리쳤다. 주먹을 들어 올려 여자에게 내려쳤다. 그것은 늘 보아오던 주먹이었다. 그 주먹에 힘이 잔뜩 들어가 내려쳐졌다. 여자는 젖어있는 시멘트 지면에 세게 던져졌다. 소리 내며 울었다. 무너질 듯이 울기 시작했다. 철골을 파고드는 소리가 머리 위의 하늘에 울러 퍼지고, 멍하니 서 있는 감독 앞에서 남편은 부인을 때렸다.[20]

이소키치는 감독이 보는 앞에서 바로 긴코를 때린다. 이런 모습을 나카야마 가즈코는 "폭력적으로 지배당하고 있는 사람이 자신의 폭력이 보다 하위의 사람에게 휘둘림을 당한다고 하는 이 내부박해의 폭력관계, 남과 여의 지배구조가 여기에 선명하게 정착되어 있다."[21]고 적고 있다. 이처럼 "탈취당하는 노동자, 지주에게 혹사당하는 소작인, 그들 밑에 남자들에게 폭행"[22]당하는 존재가 여자이기도 했다. 그러므로 여성의 지위는 사

---

20) 監督に方へ向いて卑屈に固부まっていた夫の顔が、女の方へ向いて赤ダリヤのようにパッと広がった。夫は何かどなった。夫は拳を振りあげて女の上に振り下した。それは見慣れた拳であった。それが力いっぱいに振り下された。女はセメントの濡れている地面に投げつけられた。声をあげて泣いた。割れるように泣き出した。鉄骨を打ち込む音が頭の上の空にひびいた、呆れて立っている監督の前で夫は妻を殴った。(「殴る」p.38.)

21) 中山和子(1999)「『殴る』ー横光利一の評価／内部迫害の暴力／女の号泣」『女性作家評論シリーズ』8、新典社、pp.98-99.

22) 阿部浪子(1986)「性差別を課題とした作品」『平林たい子 花に実を』、武蔵野書房、p.195.

회구성원 중에서도 최하위의 집단이라고 할 수 있다.

따라서 「야풍」에서도 「때리다」처럼 "사회 구조가 지배층과 피지배층으로 구성되어 있으며, 모든 계급적인 주종관계 최하위층에 속하는 소작인과 노동자 아래 남자에게 학대당하는 여자의 비참함"[23]을 오센을 통해 그리고 있다.

오센은 출산이 임박해 짐을 느끼고, 스에키치에게 도움을 청해본다.

> "배가 아파?"
> "응, 아무래도 낳을 것 같아."
> 오센은 스에키치의 얼굴을 볼 수 없을 것 같아서, 닦고 있는 발을 보고 있었다. (중략)
> "응, 스에키치, 상담에 응해줘."
> "아아, 난 지금 그런 상담은 사절이야."
> 스에키치는 불쑥 일어나서 닭장 문을 닫으러 갔다.[24]

스에키치의 도움을 받을 수 없게 된 오센은 출산의 진통을 느끼며, 스스로 큰 가마솥을 부뚜막에 걸고 물을 가득 채운 채 울고 있었다. 이번에는 하는 수 없이 세이지로에게 도움을 청한다.

---

23) 이상복(2012)「히라바야시 다이코(平林たい子)의『때리다(殴る)』론-가부장제 도하에 여성의 위상과 폭력 양상」『일본문화연구』,동아시아 일본학회, p.520.
24)「腹が痛え?」「ええ、どうもうまれるらしいわ」
  お仙は、末吉の顔が見られない気がして、拭いている足を見ていた。(中略)
  「なあ末吉、相談にのっておくれ」
  「ああ、俺あ今、そんな相談は御免だ」末吉はつと立って鶏小屋を閉めに行った。(p.128.)

"오빠, 하고 오센은 새삼스레 가느다란 목소리로 오빠를 불렀다.

"아무래도 저 애를 낳을 것 같아서요, 이렇게 물을 끓이고 있지만… 오빠도 화가 나겠지만 이번만큼은 참아 주세요. 네…"

"그런 말을 듣고 있을 처지가 아냐!"[25]

세이지로 역시 오센의 요구를 거절했다. 여성에게 있어 출산의 고통은 가장 큰 것이다. 산파를 부를 돈이 없었던 오센은 아픔과 고통을 혼자 견디어내며 사람의 눈을 피해 아이를 출산해야만 했다.

바깥에서 볼일을 보고 돌아 온 스에키치는 오센의 일이 걱정되었다. 오센을 불렀으나 대답이 없자 헛간과 방 사이의 문이 있는 쪽으로 들어갔다. 스에키치는 무심코 문을 열었더니 오센의 덤불처럼 뒤엉킨 머리가 빛에 반사되어 보였다. 스이키치가 부르는 소리에 오센은 두더지처럼 웅크리고 앉아 머리를 들었다.

"도대체 어떻게 된거야"

오센은 대꾸도하지 않고 밝은 목소리로 껄껄 웃었다.

"어떻게 된 거야!" 스에키치는 조심조심 들여다보았다. 그러자 코를 찌르는 듯한 악취가 확 풍겼다.

"아이가 태어났어, 이렇게 되었어."

오센은 흐트러진 머리를 끌어 올리며 웃었다. 곁에 접어져 있는 누더기

---

25) 「兄さ」とお仙は改った細い声で兄をよんだ。
「どうも私あ子供がおまれそうだでなあ、こうやってお湯を沸かしておくが、…兄さも腹がたつらが今度だけはこら得て遅れ。なあ…」
「そんな事をきいている場合じゃねえわ!」(p.131.)

를 방의 불빛에 비추자, 스에키치는 무심코 한발 물러났다. 접은 누더
기 사이로 아이의 작은 머리가 보였다.

"누나!"

"아, 죽였어. 핫 하하하."

"뭐!"

"아, 죽였어. 핫하하하."

오센은 방보다 한단 낮은 헛간의 흙 위에 앉아서 처참하게 웃었다. 짚
의 부스럭 부스럭 소리가 났다.[26]

오센은 혼자서 아이를 낳아서 죽인 것이다. 그 모습은 처참했다. 우연
히 만난 남자와의 임신으로 오센은 씻을 수 없는 상처를 입게 된 것이
다. 그때 갑자기 결혼하여 남편의 아이를 임신했을 때조차도 생활이 빈
곤하여 시어머니로부터 낙태를 종용받았던 일이 기억났다. 오센이 결혼
했을 때, 시아버지는 중풍으로 누워있었고 시어머니는 후처로 남편에게
는 계모였다. 그런데 결혼하자마자 바로 아이가 생긴 것이다. 이를 눈치
챈 계모는 일손 부속을 우려해 낙태를 위한 약을 오센에게 먹기를 권유
했다.

---

26)「一体どうしたえ」お仙は返事をせずに、明るい声でからからと笑った。
「どうしたえ！」末吉はこわごわとのぞいた。と、鼻が抉られる様な悪臭が
ぷんと来た。「子供がうまれたでなあ、こうしたわえ」お仙は乱れた髪を持
上げてから笑った。傍にたたんである襤褸を室のあたりですかすと、末吉
は思わず一足退った。たたんだ襤褸の間から子供の小さな頭が見えた。
「姉さ！」「ああ、殺したわえハッハハハ」「なに！」「ああ、殺したわえハッハ
ハハ」お仙は、室寄り一段低い土間の土の上に坐って凄く笑った。がさが
さと藁の音がした。(p.139.)

일은 줄어들고 생활은 어려워 졌다. (중략)

어느 날 시어머니는 하얀 가루약을 어디서 받아왔다. 부엌에서 찻잔으로 물을 떠와 거기서 마시라고 하는 것이었다. 그렇게 되니 이젠 어쩔 수 없었다. 눈을 감고 꿀떡 들이켜. 약은 겨자 냄새가 확 풍기는 가루약 이었다. 독약을 들이 키는 기분으로 마시고 나니 배속에서 '와르륵' 하고 이상한 소리가 났다. 그리고 무서운 설사가 시작되었다. 5일 동안 요강을 떠날 수 없을 정도였다. 그래도 행운인지 불행인지 한번 생긴 생명은 오셴을 떠나지 않았다. 그리고 달이 차서 태어난 아이가 세이코 였다. 오셴은 낮은 헛간에서 꿈결에 그때 일이 환상처럼 떠올랐다.

이제 배의 통증을 느낄 수 없을 정도로 신경이 축 늘어져 있었다. 문득, 이러다가 죽는 것은 아닐까하는 생각이 들었다. '여자의 일생'이란, 이렇게도 고통스러운 것이라고 생각했다.[27]

오셴은 출산의 고통이 여자이기 때문에 당하는 것이라 생각하고 있었다. 그렇다면 다이코가 밝히는 "여자의 일생"을 좀 더 구체적으로 확인하기 위해 1951년 10월 『문예춘추(文芸春秋)』에 발표한 「여자의 일생(女の

---

27) 仕事は少なくって暮らしは苦しかった。(中略) ある時姑は白い粉薬をどこかから貰って来た。台所から湯呑へ水を汲んで来て、そこで呑めというのだった。そうなるともう仕方がなかった。目をつぶってぐっと二服呑みください。薬はぷんと辛子の香のする、恐ろくにがい散薬だった。毒を仰ぐ気持で呑み下すと、腹の底で、がらがらといやな音がした。それから恐ろしい下痢が始った。五日の間おまるを離せない程だった。それでも幸か不幸か、一度培われた生命は、お仙を離れて行きはしなかった。そして月みちでうまれたのが清江だった。お仙は、低い土間で、夢現で、その時の事を幻の様に思い出した。
もう腹の痛みがわからないように神経がへとへとにのびていた。ふと、これでもう死ぬんじゃないかとおもった。女の一生というものは、こんなにも苦しみ多いものかとおもった。(pp.132-133.)

一生)」을 통해 살펴본다.

아이가 2명 연이어 태어났다. 세이코의 생활내용은 완전히 바뀌었다. 아
이, 여자에게 있어 이 정도 강열한 기쁨과 광명이 있다는 것을 세이코는
알지 못했다.(중략) 세이코는 아이를 위해서 모든 것을 인내하였다. [28]

세이코는 여러 남자들을 만나면서 받은 많은 상처를 받았으나 아이의
탄생으로 인한 기쁨으로 괴로움을 잊을 수 있었다. 그러나 그 순간이 오
래가지 못했다. 이번에는 여성으로서의 삶에 대해 자각하기 시작한다.

나는 남자에게 배신당했다. 어쨌든 평생 그대로 인종(忍從)의 생활을
계속한다면 옛 여성과 다를 바 없다. 어쨌든 조금이라도 여자의 운명을
바꾸지 않으면 억울하다. 이런 생각이 이따금 고개를 쳐들었다. [29]

그러나 세이코는 아무것도 할 수 없는 처지라는 것을 인식하고 결국 자
살하고 만다. 다이코가 이 작품 후기에서 "한사람의 평범한 여자가 여러
남자들에 의해 운명이 바뀌었다" [30] 고 밝히고 있듯이, 남자에 의해 변할
수밖에 없는 삶을 "여자의 일생"으로 보고 있는 것이다. 그런 가운데서

---

28)「女の一生」의 본문인용은『平林たい子全集』5卷(潮出版社,1977)에 의함.
　子供が二人つづいて生れた。せい子の生活内容はガラリと変わった。子
　供、女にとってこのほど強烈な喜びと光明があったことをせい子は知ら
　なかった。(中略)せい子は、子供のためにすべてを忍んだ。(「女の一生」pp.
　361-362.)
29) 自分は男に裏切られた、一生そのまま忍從の生活をつづけるなら、昔の女
　の同じだ。どこかで、少し女の人の運命を変えてやらなくては癪だ。こん
　な考えがちらちら頭を擡げるようになっていた。(「女の一生」p.363.)
30) 丹羽文雄(1977)「解説」『平林たい子全集』5卷、潮出版社、p.482.

도 여 주인공 세이코에게 가장 행복을 주는 존재는 아이들이었다. 그런데 「야풍」에서의 오센은 자신이 죽는 것이 아니라 자식을 죽이는 것으로 마무리하고 있다. 여성을 가장 행복하게 하는 존재로 생각하는 자식을, 갓 태어난 아이를 죽일 수밖에 없었던 고통이 고스란히 전해진다. 오센이 임신하게 된 상대남자에 대해서는 전혀 나타나있지 않다. 그만큼 임신과 출산이 여자의 몫이고, 아이에 대한 문제는 전적으로 여자 책임으로 인지되고 있었다는 것을 알 수 있다. 그렇기 때문에 여자는 남자로부터 매를 맞으면서도 아이를 지켜내어야 하는 책임감까지 사회로부터 부여 받았다고 할 수 있다.

4. 결론

본 논문은 히라바야시 다이코의 「야풍」을 통해 자본주의 도입으로 해체되어 가는 농민생활과 그 속에서 가장 고통당하는 여성의 삶을 중점으로 고찰하였다.

러일전쟁 이후, 일본 농촌의 생활모습이 많이 바뀌게 되었다. 농촌에서 평범하게 생활하던 자작농들은 갑작스럽게 복잡해진 사회구조 속에서 자녀들의 학비와 생활비 부족 등으로 논밭을 팔고 소작농이 되었다. 이들의 땅을 싸게 사들인 지주들은 자본가로 급부상하기 위하여 되팔고 싶어 했다. 그러나 그 땅에 소작하고 있는 빈농과의 계약 때문에 땅을 쉽게 팔수가 없었다. 그래서 지주들은 소작료를 높게 책정하여 스스로 농사를 포기하게 만들었다. 그러나 빈농들은 농사를 포기 할 수 없었으므로, 모자라는 생활비 충당을 위해 틈틈이 공장에서 일을 하였다. 가족 구성원인 어린 여자들도 환경이 열악한 공장에서 일을 할 수 밖에 없었다. 이렇게 공장으로 내몰린 여공들은 햇볕이 들지 않는 어둡고 지저분한 환경에서 일을 하다 보니, 손가락이 벌겋게 짓무르고 현기증과 복통을 일으키기도 했다.

프롤레타리아 작가로 출발한 다이코는 그런 사회현상을 자신이 성장한 신슈를 무대로 노동의 대가가 충분하지 않는 사회 구조 속에 병들어 가는 약자들의 모습을 현실감 있게 노출시키고 있다.

더 나아가 이런 빈곤한 사회분위기 속에서 가장 힘든 여성의 삶을 놓치지 않고 있다. 오센은 결혼하여 임신한 사실을 제일먼저 알게 된 시어머니로부터 부족한 먹거리와 노동력을 위해 낙태를 종용 당했다. 그리고 남편 사망으로 실가로 돌아와 있는 오센이 불륜으로 임신을 하였다는 것을 알고 오빠 세이지로는 출산이 임박한 상황에서도 구타를 멈추지 않고 집안에서의 출산마저 거부한다. 세이지로에게 있어서는 생명의 존엄성이나 동생의 건강 따위는 전혀 관심이 없었다.

이런 학대 속에서 오센은 불륜으로 임신했다는 죄책감 때문인지 세이지로에게 반응을 보이지 않는 것은 스스로 인습(因習)에 물들어 굴레에서 벗어나기 위한 방법을 시도하지 않는다고 볼 수 있다.

따라서 「야풍」도 「때리다」처럼 자본주의 사회의 모든 계급적인 주종관계 최하위층에 속하는 소작인과 노동자에게 학대당하는 여자의 비참함이 존재하고 있음을 나타내고 있다. 이처럼 과도기의 농촌에서 최고의 희생자가 여성일 수밖에 없다는 것을 다이코가 부각시키고 있다. 다이코는 프롤레타리아 작가로서 초기 작품에서부터 자본가와 노동자를 중심으로 그리며, 그 가운데서도 자신의 의지와는 상관없이 학대당하며 살아갈 수밖에 없는 여성의 삶을 '여자의 일생'이라고 표현하고 있다.

〈참고문헌〉

이상복(2012)「히라바야시 다이코(平林たい子)의 『때리다(殴る)』론-가부장제도하에
여성의 위상과 폭력 양상」『일본문화연구』, 동아시아 일본학회.

이상복(2014)「사타 이네코의 『캐러멜 공장에서』론-가부장적 억압과 계급적 억압」『일
본문화연구』, 동아시아 일본학회.

阿部浪子(1986)「性差別を課題とした作品」『平林たい子　花に実を』、武蔵
野書房.

岡野幸江(2010)「平林たい子の労動小説-階級・性・民族の視点から」『国文学:
解釋と鑑賞』、至文堂.

(2016)「労動小説のなかの農村・農民-『夜風』から『植林主義』までー」『平林た
い子:交錯する性・階級・民族』、菁柿堂.

中山和子(1976)「平林たい子--初期の世界」『明治大学文学部紀要』通号35、明治
大学文芸研究会.

(1999)「『夜風』-火のついた婚礼衣装/狂気と子殺し/女性なる被支配階級」『平林
たい子』、親典社.

(1999)「『殴る』ー横光利一の評価／内部迫害の暴力／女の号泣」『女性作家評論
シリーズ』8、新典社.

(2009)「平林たい子-殺す女・女の号泣,プロレタリア女性作家のあゆみ」『国文
学:解釈と教材の研究』54(1)、学灯社.

長谷川啓(2010)「プロレタリア文学とジェンダーー女性表現における〈労働〉の発
見」『国文学:解釈と鑑賞』75(4)、至文堂.

프롤레타리아 여성과 사회주의 운동의 내부갈등
- 「프롤레타리아 별」과 「프롤레타리아 여자」를 중심으로 -

1. 서론

「프롤레타아 별(プロレタリヤの星)」[1]과「프롤레타리아 여자(プロレ
タリヤの女)」[2]는 히라바야시 다이코(平林たい子)가 동일한 주인공과 배
경설정 아래 여성으로 인한 사회운동 내부구성원들의 갈등을 그리고 있
다. 두 작품의 "프롤레타리아 여자" 사에(小枝)와 기요코(清子)는 살아가
는 방식과 의식에서 확연한 차이를 보인다. 가부장제의 전형적인 여성으
로 남성에게 의존하여 살아 갈 수밖에 없는 사에와는 대조적으로 기요코
는 노동조합에도 주체적으로 활동한다. 이렇게 정반대 성향의 두 여성을
"기생하는 프롤레타리아 여자"와 "일하는 프롤레타리아 여자"로 등장시
켜, 그들의 삶과 사상에 중점을 두고 있다.

사에의 남편 이시가미(石上)는 좌익활동 혐의로 투옥되어 유치장에서
참혹한 고문을 당하면서도 동지와 조직을 위해 견디어 내고 있었다. 그러
나 아내 사에가 동지 야스다(安田)와 동거하고 있다는 사실을 알고, 두 사
람에 대한 배신감으로 사회주의 운동에 대한 투지도 잃어가고 있다.

사에는 어릴 때부터 삼종지도(三從之道) 교육을 받아왔기 때문에 이시
가미가 갑자기 투옥되자 경제적 어려움으로 힘들어 한다. 그때 야스다가

---

1) 1931년 8월 『改造』에 발표.
2) 1932년 1월 『改造』에 발표.

사에를 도우면서 두 사람은 함께 생활하게 된다. 이렇게 스스로 자립할 수 없는 사에에 비해 기요코는 공장위원회 여공 뉴스 책임자로 일하면서 노동조합 기금으로 사치스러운 생활을 하는 간부 이토 부부의 부정에 맞서 투쟁한다.

이 두 작품의 선행연구에서 나카야마 가즈코(中山和子)는 「프롤레타리아 별」에서는 "유치장에 있는 이시가미를 중심으로 아내와 동료 등의 삼각관계"를, 「프롤레타리아 여자」에서는 그 "인물들의 리얼리티를 잘 그려내고 있다"[3]는 평을 하고 있다. 그리고 오카노 유키에(岡野幸江)는 「프롤레타리아 별」에서는 "운동과 개인적인 애정과의 갈등 속에서 고민하는 남편과 남자의 도움을 받지 않으면 살아갈 수 없는 여자의 괴로움"이, 「프롤레타리아 여자」에서는 사에와 기요코 두 사람의 여성을 대비시키면서 각각의 성장"[4]그리고 있다는 평이다. 또한, Gupta Sweety(グプタ スウィーティ)는 「프롤레타리아 별」에서는 "조직내부의 문제점"과 "사회주의 운동에 참여하고 있는 남자 동지들의 서로에 대한 희박한 연대감과 타락한 간부들의 존재 등도 운동 패배의 원인"[5], 「프롤레타리아 여자」에서는 "한 사람의 프롤레타리아 여자가 노동자의 인권을 위해 투쟁"[6]해 나가는 과정을 그리고 있다고 밝히고 있다. 이렇게 대부분 사에와 기요코

---

3) 中山和子(1976)「平林たい子--初期の世界」『明治大学文学部紀要』通号 35, 明治大学文芸研究会, pp.107-131.
4) 岡野幸江(2016)「『愛情の問題』ハウスキーパー批判―『プロレタリヤの星』と『プロレタリヤの女』」『平林たい子 : 交錯する 性·階級·民族』、菁柿堂、pp.44-60.
5) グプタ スウィーティ(2014)「平林たい子『プロレタリアの星 : 悲しき愛情』: 左翼運動の陥穽」『国文目白』53号、日本 女子大学国語国文学会、pp.145-154.
6) グプタ スウィーティ(2015)「『プロレタリアの女』-社会運動の可能性」『平林たい子-社会主義と女性をめぐる表象』、翰林書房、pp.108-125.

로 인한 사회주의 운동의 내부갈등과 투쟁 등의 문제를 지적하고 있다. 그러나 그 상황에 대한 구체적인 분석 보다는 좌익운동에서의 남녀 관계성에 초점을 맞추고 있다.

이런 가운데, 본고에서는 가부장제도하의 여성으로 인한 내부 갈등을 비롯해, 여성이 사회적 지위와 역할에 의문을 가지고 변해가는 과정과 사회운동 내부의 활약 등을 통하여 남녀의 유기적인 협력의 필요성에 대해 고찰하고자 한다.

2. 가부장제도하의 여성으로 인한 내부 갈등

유치장에 투옥된 이시가미는 사에가 갑자기 면회를 오지 않자 그 이유를 알지 못해 불안해하고 있었다. 그러던 중에 동지가 유치장에 수감되었다. 그 때 이시가미는 그 청년이 왜 체포되었으며 조합 활동에 무슨 문제가 생겼는지에 대한 염려보다, 사에의 근황을 더 궁금해 했다. 그러나 청년은 대답을 얼버무렸다. 더욱 불안해진 이시가미는 "그 여자가 나를 배신했다는 것이 정확하지 않잖아?"[7]라고 스스로 위로하며, 신음에 가까운 소리를 내었다. 유치장에는 수감자들이 40명이나 있어도 헛간처럼 조용했기 때문에 그 소리가 간수에게까지 들렸다. 그때 간수가 이상한 소리를 낸 사람이 누구냐며 대답하지 않으면 감방 전체 감식(減食)을 하겠다고

---

7) 본문 인용은 「プロレタリヤの星-悲しき愛情-」(『平林たい子全集』 1 卷、潮出版社、1979)에 의함.
   あの女が俺を裏切ったとは未だきまってやしないじゃないか。(「プロレタリヤの星」p.378.)

했다. 이시가와는 하는 수 없이,

"나다."

이시가미는 갈색 이를 드러냈다. 대들 듯한 말투다. 간수는 책상 앞으로 되돌아왔다. 되돌아온 손에는 끈에 꿴 몇 개의 열쇠가 좌르르 울렸다. 자물쇠가 움직였다. 그것은 유 치인에게 있어서는 공포의 신호였다.

"나라고! 나가 누구냐? 나와."

이시가미는 비틀거리며 일어섰다. 눈앞이 아찔해지고 마비 될 정도의 육체적 고통이 지금 차라리 그에게는 다행이었다. 하지만 그 긴장된 순간은 복도 밖의 소란스러운 노크로 깨졌다.

"이시기마를 꺼내주게." 고등경찰이 들어오면서 말했다. 이시가미를 따라 고등경찰은 복도로 나왔다. (중략) 세 시간이 지났다. 흐트러진 발소리가 울렸다. 들어온 사람은 고등 경찰의 팔을 의지해 늘어져 있는 이시가미였다.[8]

간수는 이시가미가 "나"라고 하는 말이 건방지다며 혼자서는 걸을 수도 없을 정도로 때렸다. 특별고등경찰(특고)에 의한 고문을 잘 표현하고 있다. 이런 일이 유치장에서 공공연히 행해지고 있었지만, 외부에는 잘

---

8)「俺だ」石上は茶色の歯をむき出した。噛みつくような言葉がとんだ。看守は机の前にとって返した。戻って来たその手には紐に通した幾つかの鍵がザラザラ鳴っていた。錠が動いた。それは留置人には恐怖の相図だった。「俺だと！俺とは何だ。出て来い」石上は立ち上った。よろけながら。目もくらみ、痺れる程の肉体的な苦痛が今寧ろ彼には望ましかった。が、この緊張した瞬間は廊下の外の乱雑なノックで破られた。「石上を出してくれ給え」入って来ながら高等係が言った。石上について高等係は廊下へ出た。(中略) 三時間だった。乱れた足音が響いた。入って来たのは、高等係の腕に支えられて垂れかかった石上だった。(「プロレタリヤの星」p.378.)

알려지지 않았다. 그러나 프롤레타리아 작가 고바야시 다키지(小林多喜二)가 1933년 2월 20일 쓰키지경찰서(築地警察署)에서 경시청 특별 고등경찰 계장 나카가와 시게오(中川成夫)의 지휘 아래 구타당해 마에다 병원(前田病院)으로 이송하였으나 사망함으로써, 그 고문의 실체가 완전히 알려지게 되었다. 그 후 공개 된 다키지의 사진을 통해서도 그 당시 유치장 내에서 얼마나 혹독한 고문이 이루어졌는지를 알 수 있다.

특고는 이시가미에게 고문을 가하면서도, 한편으로는 인쇄된 장소와 이름만 말하면 석방해 주겠다고 회유한다.

어떤 조직의 외곽원(外郭員)인 이시가미에 의해 어느 투사에게 일괄 전해진 인쇄물로 인해 신문 인쇄공이었던 이시가미는 붙잡혔다. 그것을 근무시간을 피해 인쇄한 것이 마을 공장에 있던 야스다였다. 경찰청은 이시가미 배후에 유력한 인쇄공 그룹의 연결을 상상하며 조사하고 있었다. 경찰청은 이시가미에게는 크게 무게를 두지 않고, 인쇄된 장소와 이름만 말하면 석방해 주겠다고 하지만, 나이는 이시가미보다 많아도 확고한 신념도 없는 야스다에게, 특히 이시가미에 대한 신용으로 떠맡아 준 일로 민폐를 끼칠 수 없었다.[9]

---

9) ある組織の外郭員である石上の手から、ある闘士にひとまとめにして渡った印刷物について、新聞の印刷工だった石上は捕えられた。それを仕事の暇に刷ったのが町工場にいる安田だった。警察庁は石上の背後に有力な印刷工グループの連絡を想像して調べつづけた。警察庁は石上の自身には大して重きを置かず、印刷した所と名前さえ言えば見柄は釈放してもよいと言っている所だが、年は石上より上でも確固とした信念の未だない安田に、ことに石上への信用で引受けてくれた仕事で迷惑をかけるわけには行かなかった。(「プロレタリヤの星」p.379.)

야스다의 공장은 앞으로도 그 종류의 인쇄를 위하여 이용할 수 있는 안전한 장소였기 때문에 이시가미는 야스다에 대해 함구할 수밖에 없었으며, 무엇보다 이 모든 고통을 프롤레타리아의 도덕으로 받아들이고 있었다.

이시가미가 강요당한 프롤레타리아 도덕은 선택받은 소수의 영웅만이 실천할 수 있는 어려운 도덕이 아니었다. 이미 상식으로 되어진 프롤레타리아 사이에 전해져 있는 기본적인 도덕 중의 평범한 하나에 지나지 않았다. 그를 위해 2, 3개월의 희생은 당연한 것이라고 그 자신은 생각하고 있었던 것이다.[10]

유치장에서의 고문보다 이시가미를 더 힘들게 하는 것은 사에와의 관계였다. 유치장에 들어오기 전부터 야스다도 자신처럼 "내성적이고 온순한 여자를 좋아한다"[11]는 것을 알고 있었기 때문이었다. 그런데 그 청년으로부터 사에가 야스다씨와 함께 살고 있다는 쪽지를 받았다. 이시가미의 걱정이 현실이 되자, "인내와 끈기의 인쇄노동자 다운 특징은 허무하게 무너졌다."[12]

그 당시는 일반적으로 사에처럼 남자에게 순종하며 살아가는 여성을

---

10) 石上が強いられているプロレタリヤの道徳は、選ばれた少数の英雄のみが実践し得る困難な道徳ではなかった。既に常識となってプロレタリヤの間に沈み渡っている基本的な道徳のうちの、平凡な一つにしか過ぎなかった。そのための二ヵ月や三ヵ月の犠牲の割増しは当然なことだと、彼自身考えていた所だった。(「プロレタリヤの星」p.380.)
11) 内気で順従な女が好きだったのだ。(「プロレタリヤの星」p.380.)
12) 忍耐やねばり強さの印刷労働者らしい特徴は脆く崩れた。(「プロレタリヤの星」p.380.)

선호했던 것을 사에의 아버지를 통해서도 잘 알 수 있다. 사에라는 이름은 소상인이었던 아버지가 "줄기가 아닌 가지"로, 그것도 "큰 가지"가 아닌 "작은 가지"로 소박한 삶에 행복을 느끼며 살라고 지어준 이름이었다.

무력하여 동정 할 뿐인 아내, 아내의 이름은 사에라고 불렸다. 이시가미 사에. 뭐든 약하고 소극적으로 가련한 울림을 가진 이름일 것이다. (중략) 사에는 교육을 받았다. 주장하는 대신에 동정을 부른다, 일하며 살아가는 대신에 사랑받으며 산다. 뭐든 몸에 익힌 아무 기술도 여기서는 필요하지 않다. 단지 절약하는 것과 부엌을 깨끗하게 하는 일 외에는 휘어지기 쉬운 사에는 남편이라는 든든한 강한 줄기에 기생했다. 여기가 인생의 바람을 날려 보내고 가뭄이나 홍수에서 구조되는 유일한 장소라고 생각했다.[13]

메이지 이후 일본 봉건적 가부장제도는 딸이 결혼을 하면 부권력(父權力)에서 다시 부권력(夫權力) 아래 놓이게 하여 "여성이 경제적으로 필요한 생산자원에 접근하는 것을 배척"[14]하고자 하였다. 그러므로 여성은 가부장의 보호와 지배 속에 가사와 육아만이 여성의 역할 인 것처럼 생각되

---

13) 無力にして憐むべき妻。妻の名は小枝と呼ばれる。石上小枝。何と控え目で、可憐な響きをもった名前だろう。それは亡い小商人である父が点者かに選んで貰った名前だった。(中略)小枝は教育された。主張する代わりに同情を招き。働いて食う代りに愛されて食え。何の身につく技術もここでは必要だった。ただ倹約することと台所を清潔にすることの外には。撓みやすい小枝は、夫であるたのみの強い幹に寄生した。ここが人生の風をやり過ごし、旱から洪水から救われる唯一の場所と考えた。(「プロレタリヤの星」pp.382-383.)

14) 上野千鶴子(1990)「家父長制の物質的基礎」『家父長制と資本制』、岩波書店、p.57.

어 왔으므로, 하나의 인격체로서의 의지를 가지는 것은 매우 어려웠다.

남성이 자신의 이익을 지키는 가부장적 전략에는 두 가지가 있다. "첫 번째는 여성을 임금노동에서 배제하는 것이고, 두 번째는 여성의 노동을 남성의 노동보다 낮은 위치에 두고 여성을 거기에 가두어 두는 것" [15]이었다. 그러므로 "메이지에 태어났다고 생각되는 사에의 부친도 보수적인 생각을 가지고 사에를 자신의 의지로 살아가지 못하게 그의 생각대로 밀어 붙였던 것을 추측" [16]할 수 있다. 이런 부친의 뜻에 따라 사에는 인쇄공 이시가미를 의지하여 평범하게 살아가도록 길들여져 있었다. 그런데 갑자기 남편이 수감되자, 사에는 누군가의 도움이 절실했다. 그러나 이시가미가 구속되었을 즈음, 조합에서도 신문값 인하로 인쇄소 운영이 어려워 사에에게 생활비를 지원해 줄 수가 없었다. 그때 사에의 힘든 형편을 알게 된 야스다가 도움을 주면서 두 사람의 거래가 시작 된 것이다.

> 스스로도 깨닫지 못하는 한명의 내향적이고 얌전한 여자에 대한 야망, 그건 금전에 대한 욕망과 함께 프롤레타리아 생활에 깊숙이 파고들어서 계급 사이에서 무수한 균열을 일으켜, 계급과 계급과의 분기점을 불선명하게 만드는 야망이었다.[17]

이런 사에와 야스다의 관계를 작가 히라바야시 다이코는 "프롤레타리아의 순수한 사랑"이 아니라며, "남성의 보호를 영구화 하고 싶은 여자의

---

15) 上揭書, p.59.

16) グプタ スウィーティ (2014) 前揭書, p.151.

17) 自分でも気付かない野望が、それは金銭に対する欲望と共にプロレタリヤの生活に深く入り込んで、階級の中の数多の亀裂をつくり、階級と階級との分岐点を不鮮明ならしめる野望だった。(「プロレタリヤの星」p.385.)

요구와 여자에 대한 낡은 인습의 부끄러운 기호 등이 결부되어, 둘은 지옥에 떨어졌다.”[18]고 적고 있다. 결국은 남성의 권위로 여겨 왔던 가부장제로 인해 혼자서 자립할 수 없는 무능한 사에는 경제적 도움을 주는 다른 남성의 보호를 필요로 하게 된다. 이렇게 되니 이시가미와 사에 부부의 행복은 끝나버렸고, 이시가미는 동지와 아내에 대한 배신감으로 사회운동에도 집중할 수 없게 되었다. 그러므로 “프롤레타리아 여자라는 사회적으로 무방비한 연약함과 한심스러움이 프롤레타리아 해방전선 현실을 크게 좌우”[19]하고 있다는 것을 알 수 있다. 이렇듯 가부장제의 남성들이 순종적인 여성상을 고수하고 있는 이상 악순환이 계속될 것이며, 이런 성차로 인해 사회운동 내부가 와해될 수밖에 없다는 것을 밝히고 있는 것이다.

3. 일하는 여자와 기생하는 여자

기요코는 처음 노동조합에 들어가서 이토 가정을 방문했을 때, 아이들의 남루한 모습에서 사회운동을 하는 간부의 검소한 생활을 보는 것 같았다. 그러나 점차 이토 부부의 방탕한 실제생활 모습을 보며 기요코는 크게 실망하게 된다.

---

18) 본문인용은「プロレタリヤの女」(『平林たい子全集』1巻、潮出版社、1979)에 의함.
　　男性の保護を永久化したい女性の要求と女に対する、錆びついた古い恥ずべき嗜好とが結びついて、二人は地獄に落ちた。(「プロレタリヤの女」p.395.)
19) 中山和子(1976)「平林たい子--初期の世界」『明治大学文学部紀要』通号 35、明治大学文芸研究会、p.124.

검소와 절약이라고 생각한 것은 사실 이토의 낭비와 이기주의의 결과에 지나지 않았던 것이다. 이토는 하룻밤 카페에서 위스키 두 병이나 비우는 술꾼이고, 아내인 하루코는 파출부에게 아이들을 떠맡기고 혼자 활동사진[20]을 이등석에 앉아 보며 핸드백을 무릎에 올려놓고 있다는 여자였다.[21]

이토가 카페에서 마시는 위스키[22]는 서민들에게 매우 부담스러운 가격이었다. 그런데 이토는 이런 비싼 위스키를 마시고 그의 아내 하루코(春子) 역시 가정부에게 아이들을 맡기고 영화를 보러 다니는 사치스러운 생활을 하고 있었다. 게다가 비싼 핸드백[23]을 들고 다녔다. 그런데 노동조합에서 빌린 돈으로 이런 사치생활을 하고 있는 것이었다. 노동조합은 "노동자의 노동조건을 유지 또는 개선하고, 노동자의 권리를 지키려는 목적으로 만들어졌기 때문에 노동자에 있어서는 필요불가결한 조직"[24]이다. 이런 노동조합 기금은 누구든 마음대로 착복할 수 있는 것이 아니었다.

기요코에게 있어 프롤레타리아는 "언제부턴가 성실하고 모범적인 생

---

20) 원문의 "활동"은 활동사진의 약자로, 메이지·다이쇼기에 있어 영화의 총칭.

21) 質素と倹約だと思われたものは、実は伊藤の濫費と利己主義の結果でしかなかったのだ。伊東は一夜にカフェでウイスキーびんを二本も空にする酒呑み、細君の春子は派出婦に子供等を押しつけて一人活動の二等席にハンドバッグを膝にのせているという女だった。(「プロレタリヤの女」p.401.)

22) 1929년 위스키 1병(720 ml) 가격이 4엔 50전이었으며, 일본주(日本酒) 1병(1.8 l) 가격이 2엔 20전이었다. 재인용, グプタ スウィーティ (2015) 前掲書, p.110.

23) 다이쇼 12년(1923년) 이후 양장(洋裝)이 보급되기 시작하고, 가죽 제품 가방도 출시되었다. 가장 성행한 것은 다이쇼시대(1912년-1926년) 말기 때 여성이 사회 진출을 하고 나서 부터이다. 양장과 함께 지갑, 열쇠, 손수건, 화장품 등을 넣는 가방이 1927년경에 처음 "핸드백"이라고 불리게 되었다.

24) グプタ スウィーティ (2015) 前掲書, p.112.

활자" [25]로 인식되어 왔기 때문에 이토부부의 생활을 간부의 타락으로 보고 있었다. 그러나 애인 야마미야를 비롯해 야마다(山田)와 자와노(沢野)는 이런 이토를 비판하기보다는 따르고 있었다. 조합원 중에는 여자 직원이 7, 8명 있었지만, 그들 역시 야마미야가 이토를 따르면 기요코도 이토파에 들어오는 것이 당연하다고 생각하고 있었다. 더 나아가 기요코에게 야마미야와 헤어질 것을 종용하기 까지 하였다. 이렇게 기요코가 주변의 시선으로 자유롭지 않게 만든 당사자 야마미야는 그 일을 어떻게 보고 있는지에 대해서는 텍스트에 나타나 있지 않다. 그러나 "성격이 유해 이론적이지 않은 애인 야마미야" [26]라는 부분을 참고하면 이성적이고 명확한 판단력이 없는 것으로 알 수 있다. 이런 조합원들의모습에서도 당시 여성을 남성의 종속물로 보는 남성중심사회의 모순과 여성들 역시 순종을 미덕으로 여기고 있음을 알 수 있다.

"모두가 당신을 안타까워하고 있어."
"왜?'
"그게, 야마미야씨가 이토 파의 부하가 되어 버린 걸."
이런 순진하고 간접적인 의지표시를 기요코는 몇 번이나 받았다. 이런 말은 여자가 자신의 사상을 가지지 않고, 남자의 궤도를 자신의 궤도로 길을 정하고 있을 경우에만 말 할 수 있는 것이었다. 그것을 기요코의 경우와 혼동하는 것은 굴욕이었다. [27]

---

25) 中山和子(1976) 前揭書, p.128.
26) 性格が弱く理論的でない恋人の山宮 (「プロレタリヤの女」p.401.)
27) 「皆が貴女を惜しがっているわ」「なぜ」「だって山宮さんが伊東派のお手先になっちゃったんだもの」こんな無邪気で遠回しな意志表示を前に清子は幾度かうけた。こんな言葉は女が自分の思想を持たず、男の軌道を自

야마미야가 이토파에 속해 있다고 해도 서로의 다른 사고와 견해를 존중해야 한다는 의식을 가지고 있는 기요코는 조합원들로부터 보통의 여성들처럼 남자에 예속된 여자로 치부당하는 것이 "굴욕"이었다. 이런 기요코를 통해 "여성의 전근대적인 상황에 둘러싸여 있던 시대에 한사람의 프롤레타리아 여자가 노동자의 인권을 위해 투쟁하고, 사랑하고, 상처입고, 동료들과의 견해차이로 괴로워하며 자신을 재생하여 가는 과정"[28]을 보여주고 있다. 기요코의 이런 행동은 단순히 야마미야와의 관계뿐만 아니라 자본주의에 대항해 나가야 하는 조합 내의 타락한 간부에 대한 투쟁이기도 하다.

이에 비해 기생하는 여자를 대표하는 사에는 단순히 아무런 의식 없이 남성의 지원을 받으면 함께 생활해야 한다는 의식을 가지고 있었다.

> 남녀 당연히 돼야 할 관계 이외의 동거를 견문이 좁은 사에는 아직 보고 들은 적이 없다는 것이다. 함께 생활하며 부양받는 이상 그렇게 하는 것은 의무처럼 생각되었다.[29]

사에는 남녀의 부적절한 관계에 대한 의문보다도 경제적 지원을 받으면 함께 생활해야 되는 것이 "의무"라고만 인식을 하고 있었던 것이다. 그런데 고등경찰이 야스다를 찾아 왔다. 사에는 가까스로 찾은 평온함이

己の軌道として道を定めている場合にのみ言えることだった。それを清子の場合に混同するのは屈辱だった。(「プロレタリヤの女」p.402.)
28) グプタ スウィーティ (2015) 前掲書、p.122.
29) 男女の当然置かるべき関係以外の同棲を、見聞の狭い小枝は未だ見も聞きもしたことがないのだ。一緒に棲み、食わして貰う以上、そうなることは義務のようにさえ考えられる。(「プロレタリヤの星」p.387.)

다시 무너져 버릴 것 같은 공포가 엄습해 왔다.

> "자신에게 무언가 할 수 있는 일이 있다면! 그리고 안심하고 아이를 맡
> 길 수 있는 곳이 있다면!" 일찍이 야스다에게 맡겨진 때의 슬픈 혼잣말
> 이 다시 그녀에게 되풀이 되었다.[30]

　야스다마저 투옥되자, 다시 혼자가 된 사에는 아이를 맡길 곳만 있으면
무슨 일이든 할 수 있을 것 같다는 생각이 들다가도 이내 포기해 버리고
만다. 그만큼 자기 계발이 되어 있지 않아 세상 밖으로 나가는 것에 대한
두려움이 더 컸던 것이다.
　이런 사에가 일하는 여성 기요코와 만나게 된다. 두 여성은 처음에는
서로 경계심을 늦추지 않았다.

> 일하는 프롤레타리아 여자와 기생하는 프롤레타리아의 여자는 거기서
> 비로소 얼굴을 마주하게 된 것이다. 기요코의 가슴에는 자신이 전에 눈
> 물을 글썽이는 듯 여러 위로의 말이 준비되어 있었다. 그러나 기요코와
> 사에가 주고받은 처음 시선은 뜻밖에도 경계와 견제와의 차가운 번쩍
> 임의 왕복이었다. 그러나 그것은 결코 대립적인 감정을 배경으로 한 주
> 시를 의미하는 것이 아니다. 가령 눈과 눈이 무장하고 있는 듯이 보인
> 다고 해도 오랜 예속과 서로의 고독의 역사에서 오는 습관을 나타내는

---

30) 「自分に何かできる仕事があったら！そして安心して子供をあずける所が
　　ある！」かつて安田に引きとられた時の悲しいつぶやきが再び彼女に繰り
　　返された。(「プロレタリヤの女」p.399.)

것에 지나지 않았다.[31]

이렇게 서로 성향이 다른 두 여자가 처음에 주고받은 시선의 교차는 대
립적인 감정을 배경으로 한 주시가 아니라, 오랜 예속에서 오는 습관이기
도 했다. 그러나 점차 사에는 기요코를 통해 지금까지 무모하게 살아 온
자신의 삶을 되돌아보며 양심의 소리에 귀 기울인다.

멀리서부터 울려오는 양심의 목소리를 그녀는 들었다. 양심은 그녀가
야스다에 대해 의지가 약했던 것을 자꾸만 비난하고 있던 것이었다.
또, 그녀가 여기로 온 것을 자꾸만 나무라고 있던 것이었다. 양심, 그것
은 손으로부터 생산적인 기술을 빼앗고, 머리로부터 독립적인 사고력
을 빼앗아 프롤레타리아 계급 속에 그녀를 던져 넣은 자의 인정있는 선
물이었다. 자신의 진로를 생각하지 않고, 자신이 처한 사회적 위치를
모르고, 그리고 어떻게 처신해야 하는 지도 모르는 그녀를 일정한 궤
도 안에 붙잡아 둔 것은 실로 그 양심이었다.[32]

---

31) 働くプロレタリヤ女と、寄生するプロレタリヤ女とは、そこで始めて顔を
合わせたのだった。清子の胸には、自分がさきに涙ぐみそうな数々の慰謝
の言葉が用意されてあった。しかし、清子と小枝とが取り交わした最初の
視線は、思いがけなく警戒と観察との冷たい閃きの往復だった。が、それ
は決して対立的な感情を背景とした注視を意味したわけではない。たと
え目と目とが武装しあっているように見えたとしても、長い隷属と互の
孤立の歴史からきた習慣を示したに過ぎなかった。(「プロレタリヤの星」
p.389.)

32) 遠くから響いてくる良心の声を彼女は聞いた。良心は彼女が安田に対し
て意志が弱かったことを頻りに責めるのだった。また彼女がここへやっ
て来たことを頻りに責めるのだった。良心。それは、手から生産的な技術
を奪い、頭から独立的な思考力を奪ってプロレタリヤ階級の中へ彼女を
投げ込んだ者の、唯一の「情けある」贈物だった。自分の進路を持たず、自
分が置かれた社会的位置を知らず、そしていかに処すべきかも知らない

당시, 보통의 여성들이 남편 부재 시에도 "안정되고 쾌적한 일상생활이 오래도록 보장"[33]받을 수 있는 준비가 필요하였지만, 사에는 아무 준비가 되어 있지 않아 어쩔 수 없었던 선택이라 스스로 위로하고 있었다는 것을 깨닫게 된다.

그런 과정 속에서 사에는 여성의 권익을 위한 강한 자각이 일어난 것이었다. 그때 야스다와 사이에 임신을 하게 된 사에는 아무에게도 말하지 않고 독단적으로 낙태를 시도한다. 이는 사회적 규범에서의 일탈이기도 하며, 예전의 사에 행동으로는 보기 어려울 정도의 결단력이다.

가슴에 남아있는 정체를 고침과 동시에 정조의 불명예, 모친의 실업, 모자의 빈곤, 고아 원, 부랑아, 소년 법원, 그 밖의 무수한 모자 간의 혼란, 인간의 살육을 계기로 사용되는 공포스러운 모든 사회적인 명사도 미연에 깔끔히 내보내는 것을 약속하고 있는 것이었다.[34]

사에가 스스로 낙태를 시도하는 것은 지금까지의 사회적인 모든 억압에서 벗어나 자립하겠다는 의지로 보인다. 사에의 이런 행동은 "독립된 프롤레타리아 부인에서만 볼 수 있는 것"[35]으로 그녀의 큰 변화라고 할

彼女を一定の軌道の中に捕えておいたものは、実にその良心だった。(「プロレタリヤの女」p.399.)

33) 松田道雄(1978)「解放と自由『『女と自由と愛』、岩波新書、p.46.

34) 胸に覚えのある停滞を治すと同時に、貞操上の不名誉、母親の失業、母子の貧困、孤児院、浮浪児、少年裁判所、その他無数の母と子の混乱―人間の殺戮をきっかけにして使用される恐怖すべきあらゆる社会的な名詞をも未然に、きらりと"流すことを約束しているのだった。(「プロレタリヤの女」p.409.)

35) 独立したプロレタリヤ婦人にのみ見得るものだった。(「プロレタリヤの女」pp.409-410.)

수 있다.

이렇게 남성중심의 사회운동에서 "일하는 여성"과 "기생하는 여성"을 분리하여 두 여성을 중점으로 그리고 있다. 이는 남성보다 우위에 기요코를 두고, 더 나아가 가부장권의 사에의 변화에도 시선을 주목시켜, 여성도 환경만 주어진다면 사회운동에도 남성보다 더 활동적으로 일할 수 있다는 것을 시사하고 있다.

4. 결론

본 논문에서는 여주인공 사에와 기요코를 중심으로 사회운동 내부구성원들의 갈등과 여성들의 변화와 활약을 고찰하였다.

사에는 이시가미가 갑자기 투옥되어 경제적 어려움에 봉착했을 때, 남편 부재시의 생활을 유지 해 나갈 수 없었기 때문에 야스다의 도움을 받으면 당연히 함께 살아야 하는 것으로 인식하고 있었다. 이 사실을 알게 된 이시가미는 인쇄노동자로서의 자긍심마저 잃게 된다. 이런 사에에게 경제적 지원을 계기로 이성관계로 확장시켜 버리고 마는 야스다를 통해서는, 물론 이시가미의 권유로 사회운동에 동참하게 된 것이 얼마 되지 않았다고 해도 조직의 연대감과 운동정신이 희박하다고 할 수 있다.

기요코는 프롤레타리아 여자로서 간부의 부패를 묵인하는 조합원들과 맞서 투쟁한다. 그러나 여성은 물론 남성 조합원들 까지도 이토의 부정을 문제 삼지 않는다. 그리고 노동조합내부에도 도사리고 있는 것은 여성은 절대적으로 남성을 따라야 한다는 봉건적인 사상이 지배적이다.

가부장제의 억압 경험이 있는 프롤레타리아 여자 사에와 기요코가 만난다. 두 사람은 처음 서로를 견제하였으나, 어색함은 곧 사라지고 기요코로 인해 사에가 크게 변한다. 무엇보다 갓난아이를 맡길 곳이 있으면 일을 해서 돈을 벌어야겠다는 생각을 하지만 이내 포기하고 말았던 소극적인 사에가 변하기 시작하였다. 그중 가장 큰 변화는 야스다와의 관계에서 임신한 사실을 알고는 낙태하기 위해 약을 먹는 것이다. 사에의 이런 모습은 가부장제도하의 여성의 모습이 아니다. 일본에서 낙태법은 엄하게 다루고 있었지만 사에는 주저 없이 낙태를 강행한 것이다. 사에의 이런 변화는 지금까지의 인습 탈피에서 한발 더 나아가 사회적으로 여성에게 가장 큰 죄를 묻는 법까지도 스스로 파괴해 버리고 싶다는 의지로 보인다.

그리고 기요코를 통해서는 사회운동 내부의 부패 부정하는 남성의 모습과 비판정신이 희박한 모습에 대항하는 용기있는 모습으로 그려 여성의 우월성과 능력있는 사회성을 부각시키고 있다.

그러므로 이렇듯 대비되는 두 성향의 여성상을 통해 작가가 발신하고자 하는 것은 여성이 스스로 사회적 지위와 역할에 의문을 가지고 변화해야 하며, 이를 위해서는 남녀의 유기적인 협력이 필요하다는 것이다. 무엇보다 가부장제도하에 갇혀 있던 여성들의 삶과 그 여성으로 인한 남성의 피해를 부각시키며 남녀가 평등하게 서로 화합하여 자신의 길을 추구해나가는 것이야말로 사회주의 운동도 제대로 해 나갈 수 있다는 것이다.

더 나아가 여성이 선도하여 남성중심의 가부장제 시스템에 균열을 내고 사회운동에 보다 적극적으로 나설 것을 촉구하는 여성 프롤레타리아 작가만의 중층적인 인식을 엿볼 수 있었다.

〈참고문헌〉

上野千鶴子(1990)「家父長制の物質的基礎」『家父長制と資本制』、岩波書店、
　　pp.56-68.

岡野幸江(2016)「『愛情の問題』とハウスキーパー批判ー『プロレタリヤの星』
　　と『プロレタリヤの女』」『平林 たい子：交錯する性・階級・民族』、菁柿堂、
　　pp.44-60.

栗原幸夫(2010)「運動としてのプロレタリア文学」『国文学:解釈と鑑賞』75(4)、
　　至文堂、pp.6-10.

グプタ スウィーティ(2014)「平林たい子プロレタリアの星：悲しき愛情」:「左
　　翼運動の陥穽」『国文目白』53号、日本女子大学国語国文学会、pp 145-154.

(2015)「『プロレタリアの女』-社会運動の可能性」『平林たい子-社会主義と女性
　　をめぐる表象』、翰林書房、pp.108-125.

小原元(1971)「平林たい子論」『プロレタリア文学』、有精堂、pp.15-32.

佐々木基一(2013)「プロレタリアの論理」『佐々木基一全集』、河出書房新社、
　　pp.103-112.

中山和子(1976)「平林たい子--初期の世界」『明治大学文学部紀要』通号35、明治
　　大学文芸研究会、pp.107-131.

(2009)「平林たい子殺す女・女の号泣-プロレタリア女性作家のあゆみ」『国文学:
　　解釈と教材の研究』54(1)、学灯社、pp.88-96.

松田道雄[1978]「解放と自由」『女と自由と愛』、岩波新書、pp.33-49.

長谷川啓(2010)「プロレタリア文学とジェンダー女性表現における〈労働〉の発
　　見」『国文学:解釈と鑑賞』75(4)、至文堂、pp.76-82.

3장
사타 이네코의 작품 분석

사타 이네코의 『캐러멜 공장에서』론
- 가부장적 억압과 계급적 억압 -

기혼 여성노동자의 육아 담론
- 사타 이네코의 『담배 여공』을 중심으로 -

사타 이네코의 『구레나이(くれなゐ)』론
- 기혼 여성에 있어 일과 결혼생활 -

사타 이네코의 「캐러멜 공장에서」론
- 가부장적 억압과 계급적 억압 -

1. 서론

「캐러멜 공장에서(キャラメル工場から)」[1]는 사타 이네코(佐多稲子: 1904~1998, '이네코'로 약칭)가 간다(神田)에 있는 캐러멜 공장에서의 경험을 바탕으로 그린 작품이다. 이 작품이 발표 될 때가 마침 "기성문단에 대한 반항으로써 프롤레타리아 문학운동이 쇼와시대의 신문학으로 일어난 시기"(渡辺澄子 1998:254)이기도 하여, 이네코는 프롤레타리아 작가 동맹의 여성작가로서 중요한 위치를 차지하게 된다.

프롤레타리아 문예운동은 "프롤레타리아 운동"을 기본으로, "기질과 취미"가 아닌 "계급전(階級戦)", 즉 "브루주아에 대한 프롤레타리아의 대항 운동"(平林初之輔 1980:291)이다. 그렇기 때문에 프롤레타리아 문학 작가들은 "지식계급 출신"이건 "프롤레타리아 출신"이건 일상생활에서의 인간성 모멸과 자유 속박 등, 정신의 독립이 부정당하고 육체의 쾌락이 박탈되어 있다는 사실에서 출발(岩上順一 1975:174 참조)한다. 그러므로 작가는 "노동자와 농민의 생활 속에서, 그들 생활의 예술적 표현자"(平林たい子 1979:256)이기도 하다.

---

1) 「캐러멜 공장에서(キャラメル工場から)」는 1928년 2월 『프롤레타리아 예술(プロレタリア芸術)』에 발표. 사타 이네코는 처음에 자본주의 하에서 일하는 어린 소녀를 말에게 먹히는 "어린 풀"에 비유하여 「어린 풀(若草)」이라는 제목을 붙였다.(佐多稲子 1977:432 참조)

이런 노동자의 고충, 특히 여공에 대한 사회로부터의 억압을 이네코는 「캐러멜 공장에서」를 통해 잘 그려내어 프롤레타리아 작가로서 인정받게 된다. 이 작품의 탄생에 대해 이네코는 구보카와 쓰루지로(窪川鶴次郎, 남편)가 많은 도움을 주었으며, 특히 나카노 시게하루(中野重治)[2]가 「캐러멜 공장에서」라는 제목을 붙여 기관지에 실어주었다고 「문학적 자서전(文学的自叙伝)」에서 밝히고 있다.(佐多稲子 1980:235-236 참조)

「캐러멜 공장에서」는 단편이지만 1장에서 8장으로 되어 있으며, 1장과 2장은 히로코가 가정 형편상 소학교(5학년)를 그만두고 여공으로 일하게 되는 과정과 이른 아침 출근에 대한 애로사항 등이 그려져 있다. 3장부터는 캐러멜공장의 열악한 작업환경, 어린 여공들의 대화, 수당제로 바뀐 임금체제, 히로코의 전업(転業) 등이 그려져 있어, 그 당시 "소녀의 집단 노동 현장을 그린 초기 작품"(鳥木圭太 2009:143)이라는 평가를 받고 있다. 특히, 하세가와 게이는 무엇보다 "명확하고 사실적인 표현과 문체"(長谷川啓 1992:68)가 돋보인다고 평하고 있다.

이렇게 여공들의 노동현장이 사실적으로 잘 그려져 있다는 평에 덧붙여, 본고에서는 그 당시 사회 저변의 빈곤층 노동자, 특히 노동시장에 뛰어들 수밖에 없는 어린 히로코에 대한 가장의 억압과 공장 내의 노동력 착취현장을 좀 더 명확하게 논증해 나가기로 한다.

---

2) 나카노 시게하루는 「일본 프롤레타리아 예술연맹」의 문학운동에 참가하며, 지도자 겸 이론가로서 활약했다.

2. 사타 이네코와 히로코

이네코는 학생 신분인 다지마 마사후미(田島正文, 18세)와 다카야나기 유키(高柳ユキ, 15세)의 장녀로 태어났다. 부모는 학교를 포기하고, 생계를 위해 마사후미가 나가사키미쓰비시(長崎三菱) 조선소의 서기로 취업하였다. 그러나 유키는 어린 이네코(7세)와 아들(5세)을 남겨 두고 세상을 떠나고 만다.

그 후 마사후미는 3번이나 재혼하지만 모두 실패하고, 경제적으로도 궁핍한 상태가 된다. 이네코가 12세가 되었을 때, 고향에서 살기가 어려워진 마사후미는 도쿄에서 와세다 대학에 다니고 있는 남동생 히데미(秀実)[3]를 의지하여, 히데미의 부인 도시코(俊子)를 비롯해 함께 살고 있던 모친 다카(タカ)와 가족을 데리고 상경한다.

도쿄에서도 마땅한 일거리를 찾지 못한 아버지 마사후미는 소학교 5학년에 다니다 중퇴한 이네코를 캐러멜 공장의 여공으로 보낸다. 이를 계기로 취업전선으로 뛰어 들게 된 이네코는, 이후 우에노의 시노바즈노이게(不忍池)에 있는 요릿집 '세이료칭(清凌亭)'에서 종업원으로 일하면서 아쿠타가와 류노스케(芥川竜之介)와 기쿠치 칸(菊池寛) 등 유명 작가들과 알게 된다. 이네코는 1919년부터 시를 발표하기도 하지만, 1922년부터 마루젠(丸善) 서점에서 일을 하면서 이쿠타 슌게쓰(生田春月)가 주재(主宰)한 「시와 시인(詩と詩人)」에 실린 시를 읽기도 하고, 스스로 시를 투고

---

3) 이네코는 「문학적 자서전」에서, 나의 숙부는 문학청년으로 와세다 대학 법과에 다니면서 소설을 쓰기도 하고 시마무라 호게쓰(島村抱月)의 예술좌(芸術座)에 관계하기도 하였다. 그 영향으로 아버지는 나에게 "너는 여작가가 되어라"라고 했다고 적고 있다.(佐多稲子 1980:236참조)

하기도 한다. 또한, 마루젠에 근무하면서 소개 받은 게이오대학 학생 고보리 가이죠(小堀槐三)와 결혼(1924년, 20세)하지만, 부부 사이의 불화로 자살을 시도(1925년)하기도 한다. 그러나 미수에 그치고 방황할 때, "허무와 절망으로부터 이네코를 구한 것은 태아의 생명"이었다.(沼沢和子 1999:206)

이혼 후 한때 염세적이었던 이네코가 본고(本郷)의 카페 '고로쿠(紅緑)'에서 「로바(驢馬)」⁴⁾의 동인인 나카노 시게하루(中野重治), 구보카와 쓰루지로(窪川鶴次郎), 호리 다쓰오(堀辰雄)들과 알게 되어 문학에 대해 더욱 관심을 가지게 된다. 이때 알게 된 구보카와 쓰루지로와 결혼(1926년) 한 후 쓰게 된 「캐러멜 공장에서」는 구보카와 이네코라는 이름으로 발표한다.

이네코와 프롤레타리아 문학운동과의 관련을 생각할 때, 나카노 시게하루와 구보카와 쓰루지로, 또한 이론적 지도자였던 구라하라 고레히토(蔵原惟人)와의 관련성을 배제하고는 말할 수 없다.(北川秋雄 1993:92)

일본의 프롤레타리아 문학은 "제1차 세계대전(1914년~1918년) 후의 자본주의 발전과 그에 따른 노동계급의 급속한 계급적 성장에 의해 촉진"(大森盛和 1975: 193)되어 1929년 무렵부터 최고조에 달한다. 그러나 "만주사변(1931년 9월) 발발을 전후하여 역습으로 전환되어, 국가 권력과 직접적으로 대치하면서 결국 쇠멸의 내리막을 걷게 된다."(고재석·김환기 역 2001:120)

이렇게 프롤레타리아 작가가 고전을 면치 못하고 있을 즈음, 오히려 이

---

4) 이네코는 「문학적 자서전」에서 자신의 문학적 출발은 「로바(驢馬)」와의 결합에서 시작되었다고 적고 있다. 「로바」(1926년 4월-1928년 5월)는 프롤레타리아 시와 평론·소설 등을 발표하는 장으로 중요한 역할을 하였다.

네코는 「구레나이(くれなゐ)」⁵⁾라는 장편을 발표하여 그 역량을 인정받게 된다. 특히, 7만부가 팔려 베스트셀러가 되기도 한 「맨발의 딸(素足の娘)」은 이네코 문학에 있어 시사하는 바가 크다.⁶⁾

전후, 이네코는 구보카와와 이혼하고 필명을 사타 이네코(佐多稲子)로 바꾸고, 전전(戰前)의 경험이나 활동을 그린 「나의 도쿄지도(私の東京地図)」(1946년)·「톱니바퀴(歯車)」(1958년) 등, 「밤의 기억(夜の記憶)」(1955년)·「계류(渓流)」(1963년)·「소상(塑像)」(1966년) 등과 같은 공산당과의 체험을 바탕으로 한 작품을 많이 발표한다.

본고에서 다르고 있는 「캐러멜 공장에서」의 배경은 일본의 자본주의가 경공업에서 중공업으로 바뀌어 가는 과정에서 '자본'과 '공업'이 집중되어 있는 도쿄로 많은 노동자들이 유입되고 있을 때로 설정되어 있다. 이네코 가족도 이 시기에 상경하였으며, 공장에서 많은 인력이 필요하여 어린 여공들의 노동력까지 착취하며 생산력을 고취시키고 있을 즈음, 이네코도 여공으로 일하게 된다. 이런 경험을 살려 농촌에서 도쿄로 이주해온 가정의 모습과 공장에서 일하는 여공의 모습을 「캐러멜 공장에서」의 히로코에게 투영시켜 그려내고 있다.

그러므로 다음 장에서는 작품 속의 구체적인 예를 들어 히로코가 공장으로 가게 되는 가정 내의 억압을 분석해 나가기로 한다.

---

5) 「구레나이(くれなゐ)」는 1936년 1월에서 5월까지 『부인공론』에 연재, 마지막장은 1938년 「만하(晩夏)」라는 제목으로 『중앙공론』에 발표. 동년 9월에 「구레나이(くれなゐ)」라는 제목으로 전체를 묶어 『중앙공론』에서 간행. 내용은 프롤레타리아 문학자인 부부의 생활을 중심으로 하여, 남편에게 애인이 생겨 가정 붕괴의 위기 속에 직면한 모순 갈등과 고뇌를 아내의 측면에서 예리하게 묘사한 작품이다.
6) 「맨발의 딸(素足の娘)」은 1940년 3월 『신초사』에서 간행. 내용은 맨발의 13세 소녀가 여자로 성장해 가는 과정에서 스스로 앞길을 개척해 나가는 내면적 세계를 그린 작품으로, 1957년에는 영화화되기도 하였다.

3. 가정 내의 가부장적 억압

히로코의 아버지는 샐러리맨이면서도, 그 당시 사치스러운 생활로 여겨졌던 클럽에서 당구를 치기도 하며 재산을 탕진하였다. 그런 와중에 히로코의 어머니마저 돌아가시고 말았다. 아버지는 바로 재혼하여 히로코와 남동생을 할머니에게 맡기고 부인 집으로 들어가 살았다. 그러나 얼마지나지 않아 그 부인과 헤어지고, 집으로 돌아왔다. 직장마저 잃고 생활이 더욱 어려워져서 소학교 5학년이던 히로코를 중학교에도 보낼 수 없게되자 서둘러 가족을 데리고 도쿄에서 대학을 다니고 있는 남동생을 의지하여 상경하게 된다.

그의 상경은 허영심 많은 그가 주위로부터 도망친 것이었다. 대책이나
계획은 전혀 없었다.[7]

그 당시 도쿄는 관동대지진 후 급격하게 구미문화의 영향을 받아 "현대도시로의 변모를 꾀하고 있어, 지방에서 유입된 젊은 노동자"(今川英子 1999:472)들로 넘쳐났다. 히로코 가족도 이런 분위기에 휩싸여 계획도 없이 무작정 상경했으니 도쿄에서의 생활 역시 어려울 수밖에 없었다.

그는 술을 마시고 고함치며 가족을 대했다. 그의 남동생은 양자로 가

---

7)「キャラメル工場から」의 텍스트 인용은 佐多稲子(1980)『佐多稲子全集』1 講談社에 따름.
　이하 동일. 彼の上京は、お体裁やの彼が周囲から逃げ出したことであった。方針や計画は一つもなかった。(p.23.)

있으면서 자신의 학비만 갖고 있었지만, 그것 을 보관하고 있던 형이 어렵게 되어 버리자 고학(苦学)했다. 서투른 노동으로 그는 쓰러졌다. 그는 병상에서 일어나지 못하게 되었다.[8]

이렇게 되자, 오히려 삼촌의 병간호까지 히로코 가족의 몫이 되고 말았다. 가족의 생계를 위해 아버지가 직업을 빨리 구해야만 했지만, 특별한 기술도 없는 아버지는 도쿄에서도 "노동 부적합자"(鳥木圭太 2009:143)로 직장을 구하는 것이 쉽지 않았다.

이와 비슷한 시기에 발표한 하야시 후미코의 작품에서도 도쿄로 상경한 젊은이의 고통을 다룬 대표적인 작품 「굴(牡蛎)」(1935년)이 있다. 주인공 모리타 슈키치(守田周吉, 34세 정도)가 고향 다카마쓰(高松)를 떠나 25세 때 도쿄로 와서 여러 가지 일을 하게 된다. 그런 가운데 정원사로 일하다 떨어져 머리를 다쳐 더 이상 힘든 일을 할 수 없게 된 슈키치가 가까스로 찾은 일은 집에서 쌈지를 만드는 일이었다. 이렇게 슈키치처럼 고향을 떠나 도쿄로 상경한 사람들이 가까스로 기술을 익혀 힘들게 정착을 하려고 하면, 이번에는 근대화의 대량생산에 밀려 삶의 의욕을 잃어버릴 수밖에 없었다. 이런 슈키치의 삶을 통해 후미코는, 시골에서 도쿄로 상경한 많은 젊은이들의 처참한 생활상을 그려내고 있다.(이상복 2013:213-227 참조) 「캐러멜 공장에서」의 히로코 아버지 역시 단순 노동자로, 여기저기 옮겨 다니며 일을 할 수밖에 없었다.

---

8) 彼は酒を飲み、どなり散らして家族に当った。彼の弟は他家をついで自分の学資だけを持っていたが、それを保管していた兄が駄目になったので苦学した。不慣れな労働が彼を倒した。彼は床について起き上がらなくなった。(p.23.)

부친은 그 사이에 맥주회사의 인부로 일하기도 하고, 시다시야(仕出し屋)[9]의 잡역부로 일하기도 하였다. 그런 일들 이 구하기 쉬웠기 때문이었다. 그것도 어깨와 발이 부어올라 그만두었다. 할머니의 부업으로는 생활을 할 수 없었다.[10]

심한 육체적 노동을 감당해 낼 수 없어 아버지가 그 일을 그만두게 되자, 할머니 부업으로 버는 돈이 전부였다. 그때 아버지는 히로코를 여공으로 보낼 생각을 한다.

"히로코도 이곳에 한번 가볼래?" 어느 날 밤 아버지가 그렇게 말하며 신문을 모두 앞에 내 던졌다. 밥그릇을 든 채로 신문을 들여다 본 히로코는 아버지가 아무 일도 아니라는 듯이 한 말에 어찌할 바를 몰랐다. 어느 캐러멜 공장에서 여공을 모집하고 있었다. 히로코는 고개를 숙이고, 말없이 밥만 마구 입안으로 쑤셔 넣었다. 아무도 말이 없었다.[11]

아버지의 갑작스러운 강압적인 권유에 말문이 막힌 히로코는 아무 말도 할 수 없었다.

---

9) 시다시야(仕出し屋) : 주문을 받아 요리를 만들어 배달해 주는 음식점.
10) 父親はその間にビール会社の人夫になり、仕出し屋の雑役夫になった。それらの仕事が、手近いにあったから。それも肩が腫れ足がむくみそして止めた。祖母の内職では仕ようがなくなった。(p.23.)
11)「ひろ子も一つこれへ行って見るか」ある晩父親がそう言って新聞を誰にともなく投げ出した。茶碗を持ったまま新聞を覗いたひろ子は、あまり何気なさそうな父親のその言葉にまごついた。あるキャラメル工場が女工を募集していた。ひろ子はうつむいてしまい、黙ってむやみに御飯を口の中へつめこんだ。誰も黙っていた。(p.23.)

"왜 그래 히로코."

잠시 후, 아버지가 그렇게 말하며 살짝 웃었다.

"그래도 학교가……."

그렇게 말하는 것과 동시에 눈물이 나왔다.

"아직 너, 불쌍하게도……."

"어머닌 잠자코 계세요."

아버지가 할머니에게 처음부터 고압적인 태도로 나왔다. 히로코의 남
동생이 위로하는 얼굴로 간간히 히로코를 엿보았다.[12]

소학교도 졸업하지 않은 자신이 여공으로 나갈 수 있다는 생각을 전혀
하지 않았던 히로코는 "그렇게 바라던 학교로의 복학이 점점 멀어져 버
린다"(石川巧 1996:57)는 생각에 눈물을 흘린다. 그런 마음을 모르는 아버
지는 할머니의 의사도 완전히 무시했다. 이런 아버지의 태도에서 "가장
은 선조대대로 영(靈)을 대표하는 사람"으로, "전 가족에 대해 절대적인
권력"을 행사할 수 있으며, 가족은 "장유남녀(長幼男女)를 불문하고 모두
그 위력에 굴복"(井上淸 1981:220)해야 한다는 가부장제도에 입각한 가장
의 권력을 엿볼 수 있다.

이런 가정 내의 절대적인 권력자 아버지의 명령에 따라 끝내 히로코는
여공으로 취업을 하게 된다. 대부분 일자리를 구할 때 교통비를 절약하기
위해 걸어서 다닐 수 있는 곳을 찾는 것이 보통이었다. 그러나 아버지는
경제적 어려움으로 히로코를 공장에 보내면서도 거리라든지 급료보다는

---

12)「どうした、ひろ子」しばらくして父親はそう言って薄笑った。「だって学
　校が……」そう言いかけるのと一緒に涙が出てきた。「まだお前、可哀想
　に……」「あなたは黙ってらっしゃい」父親が祖母を頭からおっかぶせた。
　ひろ子の弟がなぐさめ顔で時々そっとひろ子をのぞいた。(p.23.)

단지 공장 이름이 세상에 알려져 있다는 "허세"(박애숙 2007:226)와 "무계획적인 생각"(長谷川啓 1992:67)으로 캐러멜공장을 선택한 것이다.

실제 그 공장까지는 전차만으로 40분 정도 걸렸다. 그러나 그것보다도 그녀의 일급에서 전차 요금을 내 면 수지가 맞지 않는 것이었다. 여공들은 모두 도보로 다닐 수 있는 곳에서 일할 곳을 찾는다. 그렇지 않 으면 숙식이 제공되는 큰 공장에서 지내야 한다. 그러나 히로코의 아버지는 그런 것을 생각하지 않았다. 그 공장의 이름이 좀 세상에 알려져 있었기 때문에 마음에 든 것이었다.[13]

정작 새벽부터 고생하며 공장으로 가야하는 히로코와 새벽밥을 준비해야만 하는 할머니는 말로 표현할 수 없을 정도로 고통스러웠다. 무엇보다 히로코가 여공으로 일을 해도 교통비를 빼면 남는 돈이 거의 없어 경제적으로 도움이 되지 않았다. 이런 여공의 착취에 대해 이노우에 기요시(井上淸)는 다음과 같이 적고 있다.

여공착취는 봉건적인 가족제도에 의해 이루어진다. 즉 딸은 절대로 부모의 뜻에 따를 수밖에 없다고 하는 세간의 일반적인 규정이 있다. 딸이 일하는 것은 자신이 경제상의 독립을 얻어 자주 독립의 생활에 들어

---

13) 「実際その工場までは電車だけで四十分はかかるはずだった。だがそれよりも彼女の日給で電車賃をつかっては間しゃくに合わないのであった。女工達はみな徒歩で通れる所に働き口を探す。でなければ大工場へ住み込んでしまう。しかしひろ子の父親はそんなことは考えなかった。その工場の名がいくらか世間へ知れていたので、そこへ気が向いたに過ぎなかった。」(p.24.)

가기 위해서가 아니라 가족의 생계를 돕기 위해서이다. 따라서 어처구
니없는 저임금에서도 인내하지 않으면 안 된다.(井上淸 1981:217)

이렇게 공장에서는 일하는 여공에게 아무리 험한 일을 시키더라도 가
장의 허락만 받으면 되는 것이었다. 그러다 보니 중간에서 고통을 당하
는 사람은 자연히 여공일 수밖에 없었다. 당시 여성의 노동현실은 "가부
장제와 자본가의 결탁이라는 이중적 억압에 노출" 되어 있어, 유년여공은
"가부장제의 희생물이나 다름없는 존재" (박애숙 2007:237)였다. 히로코도
이러한 사회 분위기로 인해 아버지가 정해 준 일터에서 강압에 의한 노동
을 감수해야만 했다. 히로코의 고통에는 관심을 보이지 않던 아버지가 정
작 봉급이 가계 도움이 되지 않자, 공장을 그만 두게 한다. 이번에는 아예
숙식이 제공되는 국수집으로 보낸다. 이런 일련의 모든 일이 아버지의 판
단에 의해서 이루어진다.

이렇게 학교를 그만두고 직장을 옮겨 다니면서도 "히로코가 이러한 아
버지를 원망하는 것이 조금도 느껴지지 않" (長谷川啓 1992:67)으며, 오히
려 "자기의 능력 부족" 으로 생각한다. 이처럼 "부친에 대한 증오와 원망
을 가지고 쓴 문장이 없다" (渡辺澄子 1998:258)는 것은, 그 당시 11세인 어
린 히로코는 당연한 것으로 받아들이고 있다는 것을 의미한다. 그 이외
이네코가 "부친의 무책임, 무정(無情)을 규탄" (島崎市誠 2012:10)하고 있
다는 설과, "부친을 사모하고, 부친에 대한 경의를 잃지 않고 관용조차 작
품 속에서 자아내고 있다" (石美双 2010:271)는 상반된 견해도 있다. 그러
나 작품 내용으로는 이네코의 부친에 대한 사랑과 무책임에 대한 규탄으
로 보기는 어렵다. 단지 어린 히로코는 여성이 "오랜 역사를 통하여 억압

받아 온 입장"(水田珠枝 1994:141)에 놓여 있었기 때문에 사회 분위기 상 가장의 명령에 복종해야만 한다는 절대적인 의식을 가지고 있다고 볼 수 있다.[14]

이런 사회 분위기 속에서도 이네코가 자신의 체험을 통하여 "부권사회에서 여자이기 때문에 겪어야만 하는 고투의 발자취"(長谷川啓 1995:269)를 그려낸 것만으로도 프롤레타리아 작가로서 출발하기에는 충분하였다고 할 수 있다. 그러나 히로코가 아버지의 강요에 눈물만 보이기보다는 조금이나마 반발의식을 표출하였더라면 하는 아쉬움을 남긴다.

4. 유년 여공에 대한 계급적 억압

히로코의 아침 식사는 굉장히 빨랐다. 공장 도착이 7시 이전이어야 하므로 새벽 밥을 먹고 출근 할 수밖에 없었다. 그러다 보니 남동생이 자고 있는 이불자락을 걷어 올린 틈새에 앉아 아침을 먹기 시작했다. 히로코의 "검푸르고 작은 얼굴이 아직 졸린 듯" 부어 있다. 추위가 온몸에 스며드는 새벽에 할머니가 해주신 밥을 빨리 먹기 위해 '후 후' 불어대며 한 그릇 비우고 나서 허둥지둥 일어섰다. 이런 손녀가 안쓰러워 할머니는 "이런 추운 날에 따뜻한 밥이라도 먹어두지 않으면 동상"에 걸린다며 든든하게 먹고 출근하기를 바랐다.

---

14) 이네코가 여성의 자립과 해방문제에 관심을 나타낸 것은 1940년「맨발의 딸(素足の娘)」이라는 장편을 쓸 때부터이다. (長谷川啓 1981:57)

그녀가 집을 나온 것은 어둠이 채 가시지도 않은 때였다. 그녀의 전차 요금은 집에서 긁어모은 동전이었다. 하지만 그녀 앞에는 강철 철문이 굳게 내려져 있었다. 그녀는 지각했다. 공장 문이 닫히는 시간은 7시다. 그녀는 살금살금 그곳을 빠져나왔다. 그녀는 망토 밑으로 도시락을 양 손으로 꽉 잡고 가슴 위를 꾹 누르고 걸었다. 그녀는 울상을 지었다.[15]

추운 겨울 새벽부터 서둘러 전쟁에 나가는 듯한 기분으로 전차를 타고 40분이나 걸려 왔지만 지각을 하고 말았다. 히로코는 동상 걸리는 것보다도 지각이 더 두려웠다. 지각을 하면 그날 일을 할 수 없어, 일당을 받지 못하니까 교통비만 없어지는 것이다. 이렇게 히로코는 지각하여 일을 할 수 없는 것도 힘들었지만, 일을 하는 것도 결코 쉽지 않았다. 히로코 보다 먼저 들어와 일을 하고 있는 비슷한 연령의 많은 여공들이 한눈에 봐도 건강에 문제가 있어 보일 정도로 지쳐있었다.

히로코는 눈에 기운이 없어 보이는 옆 친구에게 말을 걸었다.

"그럼 저 사람들은 오래됐겠지."

"그럼. 당연하지."

여공 반장 언니가 작은 목소리로 말했다. 그 언니는 마르고 작은 몸에, 입이 뾰족하게 나와 있어 어른 같은 얼굴을 하고 있었다.

---

15) 彼女が家を出たのは暗い内だった。彼女の電車賃は家内中かき集めた銅
貨だった。だが彼女の前には鋼鉄の鉄戸が一ぱいに下りていた。彼女は間
に合わなかった。工場の門限は七時だ。彼女は、コソコソとそこを通りぬ
けた。彼女はマントの下で弁当箱を両手でしっかり抱いてそれで胸の上
をぐっと押さえて歩いた。彼女はベソをかいていた。(p.22.)

히로코의 옆에 있는 여자애는 트라코마[16]로 항상 슬픈 듯 눈이 풀려 있었다. 몸은 작게 쭈그러져 있었다.[17]

입고 있는 하얀 상의의 소매를 걷어 올린 맨팔을 앞치마 아래로 집어넣고 움츠리고 걷는 그녀들의 모습은 왠지 불구자처럼 보였다[18]

이처럼 여공들의 건강 상태는 말이 아니었다. 이런 어린 여공들을 더 착취하기 위하여, 우등자 3명과 열등자 3명의 이름을 매일 붙였다. 이렇게 공장주는 생산성을 높이기 위한 여러 가지 혹독한 방법을 쓰면서도 정작 작업장 환경개선에는 인색했다.

그녀들의 작업실 뒤편은 강으로 향해 있다. 그 작업실에는 종일 햇볕이 들지 않았다. 그 곳 입구는 공장 안의 어두운 통로로 되어 있어, 빛은 강쪽의 창문에서 밖에 들어오지 않는다. 창문을 통해 빈 통을 쌓은 배와 쓰레기를 실은 배들이 계속 느릿느릿하게 움직이고 있는 시궁창 냄새가 나는 강을 사이에 두고, 강 저편에 있는 집들의 너절한 뒷모습이 보였다.[19]

---

16) 당시, 사회에서는 트라코마(Trachoma:전염성 만성결막염)에 걸린 여자아이 뿐만아니라, 어떤 병에 걸려 있어도 병원에 가지 못하는 아이들이 많았다는 것을 추측할 수 있다. 그런 의미로 보면 트라코마에 걸린 여자아이는 상징적이다. (石美双 2010:269)

17) ひろ子は目のしょぼしょぼした隣の娘に話しかけた。「だってあの人たちは古いんでしょう」「そうよ。当たり前だわ」女工頭の妹が小声で言った。この娘はからだが痩せて小さく、口が尖っていて大人みたいな顔をしていた。ひろ子の隣にいる娘はトラホームでいつもかなしそうに目がしょぼしょぼしていた。身体は小さく萎びていた。(pp.24-25.)

18) 白い上衣をきてまくり上げた裸の腕を、前だれの下に突っこんで、ちぢかんであるく彼女達の姿は、何処か不具者のように見えた。(p.27.)

19) 彼女達の仕事室の裏側は川に面していた。その室には終日陽が当らなかっ

여공들이 일을 하고 있는 공장은 햇볕이 들지 않을 뿐만 아니라, 지독한 냄새에다 유리가 부서진 구멍으로 바람이 사정없이 들어왔다.

그녀들은 온종일 그 판자 사이에서 서서 계속 일을 했다. 그것에 익숙해지기까지는 모두 발이 막대기와 같이 되어 쥐가 났다. 가슴이 답답하여 현기증을 일으키는 사람이 있었다. 저녁이 되면 몸이 완전히 차가워져 복통을 일으키는 사람도 있었다. 그녀들은 모두 복대를 두르고 아버지의 헌 바지를 줄여서 입고 있었다.[20]

이렇게 "어둡고 지저분"(石川巧 1996:55)한 환경에서 일을 하다 보니, 여공들은 현기증과 복통을 일으키기도 했으며 저녁이 되면 다리가 나무 막대기처럼 뻣뻣해 졌다. 여공들은 힘든 노동으로 건강을 잃어가고 있지만, 공장주는 임금 착취를 위해 이번에는 일당을 수당제로 바꾸었다.

공장에서는 얼마 전부터 일당제가 중지되고, 1관의 임금을 계산하도록 되어 있었다. 1관에 7전이었다. 일에 익숙해진 여자애들은 수입이 많아졌다. 그러나 대부분의 여자애들은, 지금까지의 일당과 같은 임금을 받기 위해서는 훨씬 더 많이 몸을 혹사시켜야만 했다. 그녀들은 지금까지

た。室の入口は工場内の暗い通り路になっていて、明かりは川の方の窓からしかはいらない。窓からは空樽を積んだ舟やごみ舟等始終のろのろと動いているどぶ臭いその川を隔てて向岸の家のごたごたした裏側が見えていた。(p.26.)

20) 彼女達はまる一日その板の間に立ち通しで仕事をした。それに慣れるまでにはみんな足が棒のように吊ってしまい、胸がつまって眩暈を起すものがあった。夕方になると身体中がすっかり冷えて腹痛を起すものもあった。彼女達はみんな腹巻をして、父親のお古の股引を縮めては穿いていた。(p.26.)

도 이미 최선을 다해 일하고 있었다. 일당을 관으로 계산한다고 해도, 갑자기 그 만큼 더 많은 일을 하는 것은 불가능했다. 일제히 수입이 줄었다. 히로코 등은 3분의 1로 줄어들었다.[21]

이렇게 임금제가 바뀌자 일에 익숙한 몇몇 고참 들은 수입이 많아졌지만, 대부분은 수입이 줄어들었다. 특히, 히로코는 3분의 1이나 줄어 교통비가 없어 공장까지 걸어 다녀야만 했다.

게다가 어린 여공들은 캐러멜 공장의 작업이 끝나면 이번에는 화장품 병 씻는 일까지 해야만 했다. 병을 씻는 지하실로, 축축하고 물투성이 시멘트 바닥의 발판 위에서 맨발로 서서 일을 해야만 했다. 찬물에 맨손으로 병을 닦다 보니, 손이 불어 터지기도 했다. 이런 병 닦는 일까지 끝나고 난후 퇴근 시간에는 몸수색까지 받아야 했다.

그들은 귀가시간에 문 앞에서 여공들 한 사람 한 사람 소맷자락과 호주머니와 도시락 통을 검사했다. 모 두들 순번이 오길 추운 곳에 서서 기다리고 있었다.[22]

---

21) 工場ではこの間からに日給制が止められて、一缶の賃金を数えるようになった。一缶七銭だった。仕事に慣れた娘たちにとっては収入が多くなった。しかし大方の娘たちは、今日までの日給と同じ賃金を取るためにはもっともっとその身体を痛めつけねばならなかった。彼女達は今までにもう精いっぱいの働きをしていた。日給が缶の計算になったからと言ってすぐにそれだけ多く働き出すことはとても不可能性だった。一せいに収入が減った。ひろ子などは三分の一値下げされた。(p.30.)
22) 彼らは帰刻時間に門のどころで女工達一人々々の袂と懐と弁当箱の中とを人を使って検べさせた。みんなは番のくるのを吹き晒しのなかに立って待っていた。(p.28.)

여공들은 이렇게 하루 종일 추운 곳에서 일을 하며 지쳐 있었지만, 퇴근 또한 자유롭지 못했다. 지친 몸에 자신의 차례가 오기를 계속 서서 기다리는 것도 고통이었다. 그런 과정이 다 끝나고는 2시간이나 걸어서 집으로 돌아가야만 했다.

이렇게 공장에서 육체적 고통을 감내 해야만 하는 여공들은 집으로 돌아와서도 어머니를 도와 일을 해야만 했다.

"우리 엄마는 또 아기를 낳았어. 나는 아기 따위는 이제 지긋지긋해.- 집에 돌아가면 애기 돌보기만 시켜. 고용살이 하는 편이 훨씬 나아."

"설날에도 나에게는 아무것도 사 주지 않아. 시시해."

"나도 큰맘 먹고 고용살이나 해 볼까 생각해. 나하고 엄마만 일해. 그래서 더 돈을 벌 궁리를 해야겠어."

"접대부가 되려고?"

다른 여자애가 얼굴을 내밀며 물어봤다.

"아니, 접대부 같은 것 되지 않을 거야."

"그래, 그래도 우리 언니는 집에 올 때 언제나 좋은 옷만 입고 와."

"싫어, 좋은 옷 같은 건 입고 싶지 않아." [23]

---

23)「うちの母さんまた赤坊生むのよ。赤坊なんてあたいもうたくさんだよ――だって家へ帰ったってお守りばっかりさせられるんだもの。奉公した方がよっぽどいいわ」「お正月だってあたし何にも買わないのよ。つまらないわ」「あたしも思い切って奉公しようかと思うわ。あたしんとこしゃ母さんだけでしょう働くのは。だからもっとおあしのはいる工夫をしなくちゃ」「お酌になるの?」他の娘がのぞきこんでたずねた。
「あら、お酌なんかにならないわ」「そう、だけどうちの姉さん、家へくる時いつでもいい着物着てくるわよ」「いやあだ、いい着物なんか着たかないわ」(pp.26-27.)

여공들은 가족 수가 늘어나는 것을 원치 않았다. 그 만큼 자신들의 일거리가 더 늘어나기 때문이었다. 인용문에서 알 수 있듯이, 어린 소녀들이 일을 할 수 있는 곳은 대개 여공이나 고용살이가 아니면 접대부 등이었다. 어린 여공들은 공장에서의 일이 너무 힘들다 보니 좋은 옷도 있고 편안하게 살아가는 것처럼 보이는 접대부가 되고 싶은 마음을 가져 보기도 한다. 이네코 역시 아버지께 접대부가 되고 싶다는 편지를 보낸 적도 있었다.(佐多稲子 1979:497)

실제로, 1927년 금융공황에 이은 1929년의 세계공황은 일본에 있어서도 많은 실업자를 양상 시켰다. 이로 인해 농촌의 궁핍화가 가속화되자 어린 딸을 돈벌이 수단으로 내몰았다. 그중 가장 많은 직업이 여공이었다. 게다가 농촌에서는 인신매매가 이루어져 초등학교를 졸업하든 안하든 12세 이하의 어린아이가 작부, 기생, 창기 등으로 팔려가고 있었다.(山下悦子 1988:141-143 참조) 히로코 역시 어린 소녀로서 제일 먼저 여공으로 일을 하였지만, 1개월도 채 못 되어 식당으로 옮겨 감자 껍질 벗기는 일을 하게 된다. 그 일도 히로코에게는 쉬운 일이 아니었다. 이때 고향에 있는 학교 선생님으로부터 편지가 왔다. 어떻게 해서든 초등학교 졸업을 하면 좋겠다는 것이었다.

> 어느 날, 고향 학교 선생님에게서 편지가 왔다. 누구로 부터든 어떻게든 학비를 융통해서- 어려운 일도 아니니까 초등학교까지는 졸업하는 편이 좋을 것이다-라고 하는 말이 적혀있었다.
>
> 부전(附箋)이 붙어 그녀가 일하고 있는 국수집에 도착했을 때-그녀는 이미 고용살이를 하고 있었다- 그것을 찢어서 읽다가 그것을 쥔 채 변

소로 들어갔다. 그녀는 그것을 다시 읽었다. 어두워서 확실히 읽을 수 없었다. 어두운 변소 안에서 용변도 보지 않고 웅크리고 앉아 그녀는 울었다.[24]

학교 선생님이 소학교 5학년까지 다닌 히로코가 학교를 그만둔 것이 안타까워 졸업을 할 수 있는 방법을 찾아보겠다는 편지를 보내왔다. 그러나 자신이 이 일을 하지 않으면 가족들의 생계가 어려워진다는 것을 잘 알고 있는 히로코는 몇 번이나 그 편지를 읽었다. 누구에게 이야기도 못하고 히로코가 찾은 곳은 변소였다. 어두운 변소에서 몇 번이나 다시 읽고는 울어버렸다.

여기서 히로코가 눈물을 보이는 이유에 대해해 살펴보기로 한다. 히로코의 눈물은 "당시 노동현장에 있었던 여성 노동자의 비참한 현실이며, 앞으로 그녀에게 불어 닥칠 어두운 운명의 길을 암시"(박애숙 2007:227), "학교라는 그리운 장소로 되돌아가고 싶다는 단순한 원망(願望)을 표현"(石川巧 1996:59)이라고 보는 견해가 있다. 히로코는 처음 아버지가 캐러멜공장으로 가라고 했을 때 "그래도 학교가⋯⋯."라며 눈물을 보였다. 이렇게 학교로 돌아가고 싶지만 돌아갈 수 없는 처지에 대한 아쉬움까지 더해진 눈물이라고 할 수 있다. 그러나 어두운 운명의 길을 암시하는 눈물로 보기에는 다소 무리가 있다고 본다.

24) ある日郷里の学校の先生から手紙が来た。誰かから何とか学資を出して貰うよう工面して―大したことでもないのだから、小学校だけは卒業する方がよかろう―と、そんなことが書いてあった。附箋がついてそれがチャンそば屋の彼女の所へ来た時―彼女はもう住み込みだった―それを破いて読みかけたが、それを摑んだままで便所にはいった。彼女はそれを読み返した。暗くてはっきり読めなかった。暗い弁所のなかで用もたさず、しゃがみ腰になって彼女は泣いた。(p.31.)

히로코는 학교를 계속 다니고 싶은 마음이 간절했지만, 가족을 위해 노동자로서 일을 할 수밖에 없었다. 당시 공장에서 일을 할 수 있는 연령은 13세 이상으로 규정하고 있어 11세인 히로코는 13세로 위장하여 일을 했다. 다른 여공들 보다 왜소한 히로코에게는 가혹한 노동현장이기도 했다. 이런 노동착취를 현장을, 이네코는 어린 여공들의 생활과 동시에 여공들의 마음의 상처까지 놓치지 않고 현실감 있게 그려내고 있다.

5. 결론

사타 이네코는 「캐러멜 공장에서」의 어린 소녀 히로코를 통하여, 가정에서는 가부장의 명령에 따라야하고, 사회에서는 계급적인 억압에 따라야하는 고충을 그려내고 있다. 이 작품이 발표 될 당시는 노동자의 억압이 사회적인 문제로 확산되어 있기도 한 시기여서, 어린 여공의 힘든 생활이 사회적인 반향을 불러일으키기에 충분하였다. 이를 계기로 이네코가 프롤레타리아작가로 급부상하게 된다.

작품 내의 히로코와 아버지가 중심적인 역할을 하고 있다. 11세의 소녀 히로코는 직장을 옮기는 일도 학교를 그만두는 일도 모두 아버지의 의지에 따를 수밖에 없었다. 물론 히로코는 나이가 어려 아버지의 명령에 따를 수밖에 없다고 해도, 할머니의 의사까지 모두 무시하는 아버지의 모습을 볼 수 있다. 그러나 이에 대해 가족 모두는 반감을 나타내지 않는다. 단지 순종만이 있을 뿐이다. 그 당시의 가부장제도에 의해 가장의 뜻에 따라 가족 전체는 움직일 수밖에 없는 실태가 시대상황과 함께 잘 그려져 있다.

또한 공장의 생활을 통하여, 히로코 뿐만 아니라 같은 환경에 놓인 어린 여공들의 고통을 함께 그려내고 있다. 공장의 열악한 환경, 특히 추위에 그대로 노출되어 일을 하다 보니 여공 거의가 병들어 있었다. 그들 역시 공장주의 노동력 착취에 아무 반응을 보이지 않는다. 공장에서 정해진 일 외의 화장품 병을 닦는 일을 시켜도 거부하지 않으며, 임금제 변동도 업주가 정한대로 따르는 모습이다. 게다가 퇴근 시간 피곤한 몸으로 오랜 시간 줄을 서서 일일이 검사를 받아야만 했다. 이런 어처구니없는 일들이 어린 여공들에게 가해지고 있는 혹독한 사회상을 폭로하고 있다.

또한, 선생님의 편지를 받고 읽을 수 있는 장소가 변소 밖에 없으며, 학교로 돌아가고 싶은 마음을 눈물로밖에 표현할 수 없는 히로코의 애절한 마음도 표출되어 있다. 학교 선생님, 즉 타자도 학교를 그만두는 것에 안타까움을 전하지만 가장은 자녀의 미래와 아픔에 대해서는 전혀 무관심하다.

특히, 이 작품은 니네코가 프롤레타리아 작가로서의 성공한 작품인 만큼, 이런 가부장 제도하의 억압받는 어린 소녀 표출도 좋지만, 좀 더 아버지의 행동과 가혹한 노동력 착취에 대한 예리한 지적이 있을 법도 하다. 그러나 이 작품이 이네코가 본격적으로 문학에 관심을 가지고 쓴 첫 작품이며, "여공의 생활에 대한 놀라움과 불합리함을 느낀 신선함"으로 이 작품을 쓰게 되었다고 밝히고 있는 것처럼, 여공의 처우개선이라든지 사회 문제까지 깊이 있는 사고가 성숙되지 않은 상태에서 쓴 것이라는 것을 알 수 있다.

이렇게 비록 그 해결책을 위한 부르짖음은 희박하다고 해도 어린 여공, 히로코가 가정과 공장에서 느끼는 속박과 모멸을 현실감 있게 예술적으로 승화시킨 작품이라고 할 수 있다.

〈참고문헌〉

이상복(2013)「『굴(牡蛎)』론-시류(時流)에 영합하지 못하는 청년의 좌절」『일어일문학』59
호, 대한일어일문학회.

박애숙(2007)「『캐러멜공장에서』론-유년 여공의 비참한 노동 현실」『사타이네코 작품
연구』, 어문학사.

히라노 겐(平野謙)저·고재석·김환기 역(2001)「마르크스 문학의 붕괴」『일본 쇼와 문
학사』, 동국대학교 출판부.

島崎市誠(2012)「佐多文学の魅力」『芸術至上主義 文芸』38、芸術至上主義学会

石美双(2010)「『キャラメル工場から』の一考察」『KGU比較文化論集』3号、関東
学院大学文学部人文学会比較文化学部会

鳥木圭太(2009)「プロレタリア文学と児童文学—佐多稲子「キャラメル工場か
ら」の描いたもの—」『立命館言語文化研究』21(1)、立命館大学国際言語文
化研究所

沼沢和子(1999)「人·文学」『短篇女性文学近代』、おうふう

今川英子(1999)「作家ガイド林芙美子」『女性作家シリーズ』2、角川書店

渡辺澄子(1998)「佐多稲子- 戦争,思想の間隙」『日本近代女性文学論』、世界思
想社

石川巧(1996)「彼女の朝から別の朝へ-佐多稲子『キャラメル工場から』論」『国
語と国文学』73(10)、至文堂

長谷川啓(1995)「『佐多稲子』編 解説」『作家の自伝』34、日本図書センター

(1992)「『キャラメル工場から』覚書き」『佐多稲子論』、オリジン出版センター

(1981)「屈折のゆくえ-佐多稲子の戦争中の作品について—」『日本文学』30(6)、
日本文学協会

水田珠枝(1994)「女性史歯成立するか」『フェミニズム理論』、岩波書店

北川秋雄(1993)「ナップ文学論と佐多稲子」『佐多稲子研究』、双文社

山下悦子(1988)「「恐慌」下の女性」『日本女性解放思想の起源』、海鳴社

井上淸(1981)「半封建的家族制度はなぜのこったか」『新版日本女性史』、
　　三一書房

平林初之輔(1980)「文芸活動と労動運動」『日本現代文学全集』69、講談社

佐多稲子(1980)「文学的自叙伝」『佐多稲子全集』16、講談社

(1979)「年譜」『佐多稲子全集』18、講談社

(1977)「時と人と私のこと(1)-出立の事情とその頃」『佐多稲子全集』1、講談社

平林たい子(1979)「プロレタリア文学運動の一年間」『平林たい子全集』10、潮
　　出版社

大森盛和(1975)「佐多稲子」『女流文芸研究』、南窓社

岩上順一(1975)「プロレタリア文学と人間性問題」『日本文学研究資料叢書』、有
　　精堂

기혼 여성노동자의 육아 담론

- 사타 이네코의 『담배 여공』을 중심으로 -

1. 서론

프롤레타리아 문예운동에 참가한 작가들은 일상생활에서의 인간성 모멸과 자유 속박 등, 정신의 독립과 육체의 쾌락이 박탈당한 노동자와 농민의 생활을 작품 속에 그려내는 "예술적 표현자"[1]이기도 했다. 그렇기 때문에 프롤레타리아 작가는 자연스럽게 자본주의 발달에 따른 노동자계급의 피해사항에 깊은 관심을 가지고 노동자의 입장에서 작품을 쓰게 된다.

사타 이네코(佐多稲子, 1904년-1998년) 역시 프롤레타리아 작가로 출발한다. 이네코는 1923년 4월에 고보리 가이조(小堀槐三)와 결혼하였으나 남편 본가와의 재산다툼과 병적인 질투심에 시달리며 여러 번 자살을 시도하기도 한다. 끝내 1925년 이혼한 이네코는 여급으로 일을 하며 「로바(驢馬)」[2]동인 구보카와 쓰루지로(窪川鶴次郎)를 만나 함께 생활을 하면서 시를 발표하기도 한다. 게다가 구보카와 쓰루지로의 도움으로 자신이

---

1) 平林たい子(1979)「プロレタリア文学運動の一年間」『平林たい子全集』10、潮出版社、p.256.

2) 「로바(驢馬)」는 1920년대 일본의 동인잡지로, 나카노 시게하루(中野重治)와 호리 다쓰오(堀辰雄)가 중심이 되어 간행되었다. 그 외 구보카와 쓰루지로(窪川鶴次郎)와 니시자와 류지(西沢隆二)도 함께 활동을 한다. 그런데 당시 프롤레타리아 문학 운동의 성행에 맞추어 이들이 전일본무산자예술연맹(全日本無産者芸術連盟、ナップ)에 참가했다. 이네코는 카페 "홍연(紅緣)"에서 여급으로 일하면서 구보카와 쓰루지로와 연인관계로 발전하여 결혼하기에 이르면서 자연히 동인들과 함께 활동하게 된다.

직접 캐러멜공장 여공으로 일하면서 알게 된 어린 여공들의 생활을 그린 「캐러멜 공장에서(キャラメル工場から)」[3]를 발표하여 프롤레타리아 작가로서 자리를 굳히게 된다.

그리고 이네코는 일본 "프롤레타리아 예술가연맹"[4]에 가입하여, 금속노동조합 사무소에서 열린 "관동부인동맹"[5]에도 참석한다. 그리고 1929년 1월에 결성되어 일본 노농당(労農党)의 영향 아래 있었던 "무산부인동맹"[6]에 가입하여 부선운동(婦選運動)을 촉진함과 동시에 산아제한, 모성보호, 폐창문제 등의 부인문제에 앞장서기 시작한다.

이렇게 프롤레타리아 작가동맹의 여성작가로서 중요한 위치를 차지하게 된 이네코는 여성노동자들의 여러 문제를 "자신의 입장으로 받아들여 적극적으로 활동"[7]하게 된다. 그런데 프롤레타리아 작가들이 거의 공산당에 가입되어 있었기 때문에 3.15사건[8]으로부터 자유로울 수 없는 실정

---

3) 「캐러멜 공장에서(キャラメル工場から)」는 1928년 2월 『프롤레타리아 예술(プロレタリア芸術)』에 발표.

4) 1925년에 결성된 일본 프롤레타리아 문예연맹은 당시 프롤레타리아 문학의 중심적인 조직으로 활동했다. 그러나 1926년 11월 무정부주의자 계열의 사람들과 분리하여 다시 조직하고 일본 프롤레타리아 예술연맹으로 이름을 바꾸었다.

5) 관동부인동맹(関東婦人同盟)은 1927년 7월에 결성된 노농당 계열 하의 부인단체이다. 1928년 3월 해산했다.

6) 무산부인운동은 "노동자계급의 입장에서 출발하여, 무산계급의 해방의 과제에 힘쓰며, 점차, 여성근로자의 입장에서 남녀평등, 모성보호를 명확화한 운동"으로 "1918년 러시아 혁명 전후는 특히 계급투쟁, 사회주의 혁명에 중점을 두고 의회운동을 부르주아적으로, 참정권 운동에 거리를 두고 비판"하지만, "1928년 제1회 보통 선거와 더 나아가 무산정당(無産政党) 결성 속에서 여성의 정치적 권리를 중요 목표로 내걸게 되었고, 의회 운동도 전개하게 된다.石月静恵(1998)「戦前の女性と政治参画—婦選運動と行政による女性の活用」『桜花学園大学研究紀要』1、桜花学園大学研究紀要編集委員会、p.127

7) 佐多稲子(1979)「プロレタリア婦人作家の問題」『佐多稲子全集』16、講談社、p.44

8) 3·15 사건은 1928년 3월 15일 일본 정부가 사회주의자와 공산주의자를 탄압한 사건이다. 일본공산당은 1922년 창당한 이후, 불법화로 반체제 조직이 되었지만, 일본의 불안한 경제·사회 분위기 속에서도 세력을 확장하여, 1928년 2월의 제1회 보통선거에서 무산정당에서 8명의 의원이 당선되었다. 이에 위기감을 느낀 다나카

이었다.

본고에서 다루고자 하는 「담배 여공(煙草工女)」은 3.15사건을 모티브로 하고 있으며, 이네코가 직접 "프롤레타리아 문학으로서의 내용을 가지고 싶다는 의욕을 가지고 소재를 구한 작품"[9]이다. 이네코는 이 작품을 위해 어느 혁명적인 노동자 부부의 소개로 알게 된 젖먹이 아이를 업고 요도바시(淀橋)에 있는 담배공장 안으로 들어가는데 성공한다. 이렇게 이네코가 실제로 여성노동자들의 작업환경과 무산계급자 아내의 의식과 생활을 직접보고 현실감 있게 그려낸 「담배 여공」은 그 당시의 노동현장을 그대로 볼 수 있다는 큰 의의가 있다. 그중에서도 이네코는 남편이 조합활동으로 검거되어 부재중에 혼자서 아이를 출산하고 양육하면서 무산계급운동자라는 아이덴티티를 확실히 자각하게 되는 오소노(おその)에 대해 많은 관심을 표방하고 있다. 그런데 이 작품은 선행연구가 거의 이루어지지 않았으며 유일하게 다니구치 기누에(谷口絹枝)[10]의 「무산자계급자라는 아이덴티티와 여성의 신체」라는 논문이 유일하다.

본고에서는 텍스트와 이네코가 담배공장 방문기록을 적은 「공장의 탁아소를 방문하다(工場の託児所を訪ねる)」[11]를 통해 공장 안에서 일어나고 있는 여성 노동력 착취현장과 기혼여성이 부실한 보육시설로 인해 겪고 있는 애로사항 등을 고찰하고자 한다. 특히 이네코가 관심을 가지고

기이치 내각은 선거 직후(3월 15일) 치안유지법 위반혐의로 전국의 일본공산당과 노동농민당의 관계자를 비롯한 1,652명을 체포하였다.

9) 佐多稲子(1977)「時と人と私のこと(1)—出立の事情とその頃」『佐多稲子全集』1、講談社、p.432.

10) 谷口絹枝 (2010)「無産階級者というアイデンティティと女性身体--佐多稲子『煙草工女』『別れ』をめぐって」『国文学：解釈と鑑賞』75(4)、至文堂、pp.129-136.

11) 佐多稲子(1979)「工場の託児所を訪ねる」『佐多稲子全集』16 、講談社、pp.165-170.

있는 공산당원 아내의 역할에 대해서도 함께 분석해 나가기로 한다.

2. 여성노동자의 작업환경

어린 여공(여성노동자)들의 생활을 주제로 하여 작품 활동을 시작한 이네코는 여성들의 작업환경과 임금에도 많은 관심을 가지고 있었다. 특히 기혼 여성노동자가 직장생활과 육아를 어떻게 병행하고 있으며, 이들을 위한 사회복지제도가 어떠한지를 보기 위해 국영기업 담배공장을 방문하고 싶어 졌다. 그러나 직원이 아니면 안으로 들어 갈 수가 없어 방법을 모색하던 중에 부족한 탁아시설로 인해 점심시간이 되면 가족이나 관련자가 아이를 업고 모유를 먹이러 공장 안으로 들어 갈 수 있다는 사실을 알게 된다. 이네코는 급기야 동료의 도움을 받아 허용된 수유시간에 아이의 유모로 변신하여 공장 안으로 들어갔다.

착한아이네. 착한아이네. 나는 등에 업힌 아이에게 노래하듯이 그렇게 말하면서 문으로 들어갔다. 문 오른쪽에 대기소의 수위. 나는 자못 익숙한 듯한 걸음으로 수유실에 들어가 서 창 너머로 얼굴을 내밀고 있는 대기소의 수위에게 가볍게 목례를 했다.
"잠깐 수유실까지" 라며 머리를 숙이며 말했다. 그리고 '아' 라든지 '하' 라든지 하는 애매한, 그러나 승낙한 수위의 대답을 듣고 나는 재빨리 대기소를 뒤로하고 성큼성큼 걷기 시작하였다. 누구에게 가느냐고 물으면, 그렇게 생각하여 조금 두근두근 거리던 가슴의 고동소리가 겨우 진행을 멈추었다. 담을 따라 오른쪽의 길 건너편에 보이는 작은 회색 건물이 S씨에게 들은 수유실이다. 나는 그쪽의 조금 오르막길로 되어 있는 길을 걸으면 서 대기소에서 멀어짐에 따라 걸음의 속도를 늦추었다. 이제 괜찮다.[12]

이네코는 수위에게 발각될까 가슴을 졸이면서 가까스로 수유실 안까지 들어가 담배공장 안의 탁아소 내부를 직접 보게 된다.

8월 말의 태양이 오소노들의 작업장을 사방에서 태우고 있다. 바람이 들어오는 남쪽 창 문은 손이 닿을 정도로 가깝게 옆 작업장의 벽이 막고 있어 바람이 조금도 들어오지 않았다. 어중간하게 창문이 있는 것만으로 옆의 벽이 뒤덮을 것 같은 묘한 압박감마저 느끼게 했다.

답답한 실내에 있는 여공들은 지금 쨍쨍한 태양 빛마저 원했다. 직장 안에는 햇빛도 들지 않았다. 높은 창문 너머로 벽돌로 창고에 밝게 빛나고 있는 빛이 보일 뿐이다.[13]

---

12) いい子ねえ、いい子ねえ、私は背中の子に歌うようにそう言いながら門を這入った。門の右手が門衛の詰所。私はさも来なれているかのように歩によって、窓越しに顔を出している詰所の門衛に軽く 頭を下げた。「ちょっと守部屋まで」頭を下げながら同時に言った。そして、ああとか、はあとかいう曖昧な、しかし承知した門衛の返事を聞くと私は早速い門衛にうしろを見せて大股に歩み出した。誰のところへ、と聞かれたら、そう思って、少しわくわくしていた胸の鼓動がやっと進行をゆるめる。塀に沿うた右側の道の向うに見える小さな灰色の建物がSさんに聞いた守部屋だ。私はその方へ少し上り坂になった道を歩きながら、門衛に遠のくにつれて歩調をゆるめた。もう大丈夫だ。

佐多稲子(1979)「工場の託児所を訪ねる」『佐多稲子全集』16、講談社 p.166.

13)「煙草工女」本文 引用은 『佐多稲子全集』 1 (講談社、1972)에 의함.

8月末の熱が、おそのたちの仕事場を四方から焼いている。風に這入る南側の窓は、手が届く程の近さに隣の仕事場の壁が塞いでいて風が少しも這入らない。なまじいに窓があるだけに、隣りの壁が今にもおっかぶさって来そうな妙な圧迫をさえ感じさせた。乾き切った息苦しい室内の中に女

작업장은 사방이 막혀 있었다. 게다가 작업장 입구의 창문 가까이에 책상을 두고 여공들의 동작을 감시하고 있는 감독이 있어 화장실 갈 때에도 허가를 받고 가야 할 정도로 조금의 쉼도 허락되지 않았다. 이런 노동자의 고충, 특히 여공 에 대한 사회로부터의 억압은 이네코가 다니던 캐러멜 공장 역시 마찬가지였다. 「캐 러멜 공장에서」를 일부 인용해 본다.

> 그 작업실에는 종일 햇볕이 들지 않았다. 그곳 입구는 공장 안의 어두운 통로로 되어 있어, 빛은 강 쪽의 창문으로부터 밖에 들어오지 않는다.[14)]

여공들이 일을 하고 있는 공장은 햇볕이 들지 않을 뿐만 아니라, 작업장이 쓰레 기를 나르는 배가 왕래하는 강 옆에 있어 시궁창 냄새까지 지독했다. 이런 작업 환경에서 여공들은 하루 종일 계속 서서 일을 할 수밖에 없었다.

> 그녀들은 온종일 그 판자 사이에서 서서 계속 일을 했다. 그것에 익숙해지기까지는 모두 발이 막대기와 같이 되어 쥐가 났다. 가슴이 답답하여 현기증을 일으키는 사람이 있었다. 저녁이 되면 몸이 완전히 차가워

工たちは、今はギラギラする太陽の光をさえ欲した。仕事場の中には、日の光も這入らない。高い窓の向うに、煉瓦造りの倉庫に明 かるく当っている光が見えるだけである。(p.78.)

14)「キャラメル工場から」의 본문 인용은 『佐多稲子全集』1 (講談社、1980)에 의함.
その室には終日陽が当らなかった。室の入口は工場内の暗い通り路になっていて、明かりは川の方の窓からしかはいらない。(「キャラメル工場から」 p.26.)

져 복통을 일으키는 사람도 있었다.[15]

　이렇게 어둡고 지저분한 환경에서 일을 하다 보니, 여공들은 현기증과
복통을 일으키기도 했으며 저녁이 되면 다리가 나무 막대기처럼 뻣뻣해
졌다. 동시대의 여성 프롤레타리아 작가인 히라바야시 다이코도 1928년
3월 『문예전선』에 발표한 「야풍(夜風)」을 통해 여공들이 일하는 작업환
경을 다음과 같이 적고 있다.

　　여공들은 벌겋게 짓무른 손가락으로 느릿느릿 짐 등을 옮기며 "상사의
　　관리 검사 따위 우리들이 알게 뭐야." 라는 마음이 누구에게나 있었다.
　　게다가 평소에는 돼지우리처럼 지저분한 방에 사람들을 쳐 박아놓고,
　　검사가 시작되면 급하게 위생적으로 하는 것이 얄미웠다.[16]

　평소에는 여공들이 돼지우리처럼 아주 열악한 환경에서 일을 하지만,
감사단이 오면 위생시설이 완비되어 있는 환경인 것처럼 위장하는 모습
을 비판하고 있다. 또한, 이들이 받는 임금을 1928년 10월에 『개조(改造)』
에 발표한 「때리다(殴る)」에서 밝히고 있다.

---

15) 彼女達はまる一日その板の間に立ち通しで仕事をした。それに慣れるま
　　でにはみんな足が棒のように吊ってしまい、胸がつまって眩暈を起すも
　　のがあった。夕方になると身体中がすっかり冷えて腹痛を起すものもあ
　　った。(「キャラメル工場から」p.26.)
16) 「夜風」의 본문 인용은『平林たい子全集』1 巻(潮出版社,1979)에 의함.
　　女工たちは、赤くただれた指でのろのろ行李などを動かしたが「お役人の
　　検査なぞが私たちの知った事かえ」という気持ちが誰にも働いた。それ
　　に、平生は豚小屋の様に汚れた室へ押込めるだけの人数を押し込んでお
　　いて、検査となると急に衛生面をするのが憎らしかった。(「夜風」p.133.)

첫 임금 21엔은 배명 받고 나서의 일이었다. 수습기간은 수당으로 13엔 밖에 받지 못했 다. 전철비가 5엔 들었다. 나막신과 버선등 크림 값에 6엔이 들었다. 남은 돈의 1엔은 공제회 적립금으로, 나머지 1엔은 휴식 시간의 팥빵 값으로도 부족했다. [17]

여주인공 긴코는 봉급 13엔을 받아 전철비 5엔을 빼고, 그 외 신발 등 출근하기 위한 소품을 사고 나면 남는 돈이 없을 정도로 궁핍한 생활의 연속이었다. 이런 여공들의 어려움에 대해서 아무 관심이 없는 공장주들은 이번에는 임금 착취를 위해 일당을 수당제로 바꾸었다. 그런 내용을 사타 이네코가 「캐러멜 공장에서」에 이렇게 적고 있다.

공장에서는 얼마 전부터 일당제가 중지되고, 1관의 임금을 계산하도록 되어 있었다. 1관에 7전이었다. 일에 익숙해진 여자애들은 수입이 많아졌다. 그러나 대부분의 여자애들은 지금까지의 일당과 같은 임금을 받기 위해서는 훨씬 더 많이 몸을 혹사 시켜야만 했다. 그녀들은 지금까지도 이미 최선을 다해 일하고 있었다. 일당을 관으로 계산한다고 해도, 갑자기 그 만큼 더 많은 일을 하는 것은 불가능했다. 일제히 수입이 줄었다. 히로코 등은 3분의 1로 줄어들었다. [18]

---

17) 「殴る」의 본문 인용은 『日本の文学』48 (中央公論社,1969)에 의함.
初任給二十一円は拝命してからのことであった。見習期間は手当として十三円しか貰えなかった。電車賃が五円かかった。下駄や足袋やクリーム代に六円はかかった。残りの内一円は共済会積立金で、あとの一円は休息期間の餡パン代にも足りなかった。(「殴る」p.34.)

18) 工場ではこの間からに日給制が止められて、一缶の賃金を数えるようになった。一缶七銭だった。仕事に慣れた娘たちにとっては収入が多くなった。しかし大方の娘たちは、今日までの日給と同じ賃金を取るためにはもっともっとその身体を痛めつけねばならなかった。彼女達は今までにも

이렇게 임금제가 바뀌자 일에 익숙한 몇몇 고참 들은 수입이 많아졌지만, 대부분은 수입이 줄어들었다. 그뿐만 아니라 서로 경쟁을 붙여, 우등자 3명과 열등자 3명의 이름을 매일 붙였다. 이렇게 공장주는 생산성을 높이기 위한 여러 가지 혹독한 방법을 쓰면서도 정작 작업장 환경개선에는 인색했다.

그렇다면 관업인 담배공장의 임금은 얼마나 차이가 나는지 「담배 여공」을 통해 알아본다.

> 그녀들은 대개 일엔 정도의 일급입니다. 매일요의 휴일을 찾으면 25일
> 분밖에 안 되니까, 무언가를 제하고 나면 손에 남은 것은 23엔이 된다.
> 관업(官業)이기 때문에 매주 일요일 쉬기는 하지만, 그날의 급료는 나
> 오지 않았다.[19]

담배공장은 그나마 정부에서 운영하는 공기업인데 이 정도이면, 다른 중소기업에서의 여공들의 대우가 어느 정도인지 미루어 짐작할 수 있다. 위에서 본 것처럼 중소기업에서는 첫 봉급이 일요일 쉬는 날 없이 21엔에 비해 담배공장은 일요일 쉬고 23엔이므로 국영기업이 조금 봉급 수준은 높다고 할 수 있다. 그러나 공장에 따라 차이가 날 수 있지만 대체로 여공

う精いっぱいの働きをしていた。日給が缶の計算になったからと言って
すぐにそれだけ多く働き出すことはとても不可能性だった。一せいに収
入が減った。ひろ子などは三分の一値下げされた。(「キャラメル工場から」
p.30.)

19) 彼女たちは大概一円程度の日給である。毎日曜の休日を差引くと二十五
日分しかいけない上に、何だかだと引かれて手に残るのは二十三円位の
ものである。官業なので毎日曜休ませはしたが、その日の給料は出さない
のであった。(p.77.)

들의 봉급수준이 이 정도라는 것을 알 수 있다. 그리고 작업환경에 대해
서는 히라바야시 다이코와 사타 이네코 작품에서 공통으로 사방이 막히
고 햇볕이 잘 들지 않는 곳에서 일을 하고 있다고 적고 있다. 그리고 이네
코는 "공장안의 나쁜 공기와 과로, 영양부족으로 폐병에 걸린다"[20]며 경
제적 압박으로 일을 할 수밖에 없는 여성노동자들의 건강까지 염려되는
실정이라는 것을 밝히고 있다.

3. 공산당원의 아내 오소노

러일전쟁 후, 산업화되어가고 있는 복잡해진 경제 구조 속에 치솟는 물
가를 감당할 수 없어 경제적으로 도움이 되는 일을 찾아 도쿄로 상경하는
젊은이 들이 아주 많았다. 그중에서도 섬유산업을 중심으로 하는 공장에
서는 많은 인력이 필요하여 어린 여공들을 고용하여 노동력까지 착취하
며 생산력을 고취시키고 있었다. 담배공장 역시 마찬가지였다. 여 주인공
오소노(おその)도 초등학교 졸업 후 바로 담배공장에서 일하기 시작하였
다 그러다가 무라이 쇼지(村井正次)와 결혼하여 함께 다니고 있었다. 오
소노는 평소에 사상적인 문제 보다는 새 게다와 나들이옷에 관심을 가지
고 있는 여자였으나 쇼지와 살면서 조금씩 좌익사상에 적응해 나가고 있
었다. 그런데 공산당원 게이사쿠(慶作)가 오늘 공장에서 검거되었다는 이
야기를 쇼지를 통해 듣게 된다.

---

20) 佐多稲子(1979)「工場の託児所を訪ねる」『佐多稲子全集』16、講談社、
   p.166.

"어이, 게이상이 오늘 공장에서 검거 되었어."

"어머, 정말?"

오소노는 이불을 놓고 쇼지를 되돌아보았다.

좌익의 사람이 어제 일찍 일제히 검거 되었다는 것을 쇼지로부터 듣고 오소노는 알게 된다. 수도 게이사쿠가 같은 공장의 직공으로 쇼지와 친한 것도 알고 있다.

"당신도 위험하지 않아요?

그녀는 가볍게 힐책 하듯이 그렇게 말했다. 쇼지는 훌쩍 얼굴을 들어 오소노를 보았다.

"뭐야? 그런 것이 걱정이라면 나와 함께 살수 없어. 만약 싫다면 언제라도 떠나버려." [21]

오소노는 쇼지의 좌익운동에 대해 어느 정도는 이해하고 있었지만, 혼자서 아무리 노력한다고 해도 특별히 달라질 것도 없어 보였기에 고생하는 남편이 안쓰러운 마음에 그냥 즐겁게 살면 어떻겠느냐고 물었다.

"바보, 아무것도 모르는 주제에 말도 안 되는 소리 하지마."

쇼지는 그때. 갑자기 태도를 바꾸어 화를 내었다. 오소노는 왠지 모르게 매우 부끄러워 서 얼굴이 새빨갛게 되었던 것을 기억하고 있다. 오

---

21)「おい、慶さんが今日工場殼あげられたんだぜ」「あら、ほんとう？」おそのは布団を置いて正次をかえり見た。左翼の人が昨日は朝早く、一斉にあげられたことを正次から聞いておそのは知っていた。水島慶作が同じ工場の職工で、正次と親しいのも知っている。「あんたも危いんじゃないの？」彼女は軽く、そんなことが心配じゃ俺といっしょに暮して行けないよ。もし厭だったらいつでも出て行ってくれ」(p.75.)

소노는 지금 그것을 기억해 내었다.

그 무렵 쇼지는 자주 팸플렛 등을 사와서 오소노에게 읽게 했다. "읽지 않으면 안 돼."

쇼지는 화를 내기까지 했다.[22]

쇼지는 가부장제도하의 남편의 모습을 그대로 보이며, 오소노를 완전히 무시하고 있다. 더 나아가 사상적인 문제까지 강요하고 있는 모습이기도 하다. 그러나 오소노는 자신이 그런 부당한 배우를 받고 있다는 것조차 인식하지 못한다.

그런데 다음날 공장에서 돌아오니 주인집에서 쇼지가 잡혀갔다고 한다. 이번에는 쇼지 외 2명이 더 체포되어 고등[23]실로 잡혀간 것이다. 그러다 보니 사실상 공장에는 좌익운동을 하는 사람은 한 사람도 남아있지 않을 정도였다. 그 사람들은 모두 형무소로 보내졌다는 소문이 공장 내에 확 퍼졌다. 그러다 보니 오소노를 보는 공장사람들의 시선도 곱지 않았다.

오소노에 대한 감독과 조장의 태도가 냉담하게 바뀌었다. 사무실 사람들은 묘한 눈으로 보았다.

"어머, 저 사람 그만두지 않았어?"

---

22)「馬鹿ッ、何にも知らない癖しやがって、よけいなこと言うなッ」正次はその時、急に調子を変えて怒鳴った。おそのは何かしらひどく恥ずかしくて顔が真っ赤になったのを覚えている。おそのは、今それを思い出した。その頃、正次はよくパンフレットなどを買って来ては、おそのに読ました。「読まなきゃァ駄目だぞッ」正次は怒りつけさえした。(p.75.)

23) 고등(高等)이란 1911년 대역사건의 다음해 5월 17일 도쿄·오사카에 특별고등경제가 설치. 주로 사회주의운동 취재를 위해 경청에 특별고등과로서 설치된 것으로 특별고등경찰의 전신이다.

일부러 들리도록 그렇게 말하고 험담을 하는 여자들조차 있었다.[24]

쇼지가 공산당원으로 형무소로 보내졌다는 소문이 돌자, 여공들 사이에서도 오소노는 왜 공장을 그만두지 않느냐며 수군거리기 시작하였다. 급기야 공장 안에서 공산당과 조금이라도 연관이 있는 직원은 모두 조사 대상이 되고 있다는 것을 동료가 오소노에게 이야기 해 주었다.

응, 너 들었니? 다나카식(작업장의 명칭)에 있는 젊은 여자아이 말이야. 그만, 공산당으 로 형무소에 들어가 있는 사람들에게 차입했다네, 그랬더니 또 곤란한지, 회신이 공장으로 왔다고 해"
"에, 그래서?"
"가엽게도 그 여자아이는 작년부터 몇 번이나 몇 번이나 사무실로 불려가서 조사를 받았다는 이야기야."
"전부터 알고 있던 사람이라도 있었던 걸까."
"아니, 전혀 몰랐다고 해."[25]

단지 공산당에게 차입을 해도 조사를 받을 정도로 분위기가 살벌해 졌

---

24) おそのに対して職長や組長の態度が余所々々しく改まった。事務所の者たちは妙な目で見た。(p.78.)
「あら、あの人止めさせられないのかしら」わざと聞えよがしに、そう言って蔭口をきく女たちさえあった。(p.77.)
25)「ね、あんた聞いた? 田中式(仕事場の名称)にいる若い娘がね、ほら、共産党で刑務所に入っている人たちにね、差入れしたんだってき、そしたらね、またまずいじゃないか、返事が工場宛てに来たんだってき」「へえ、そうして?」
「可愛想にその娘は昨日から何度も何度も事務室に呼ばれて、調べられているんだって話だよ」「前から知り合いの人でもあったのかしら」
「いいえ、ちっとも知らないんだってさ」(pp.85-86.)

다. 그러다 보니 출산을 앞두고 있는 오소노는 공산당의 아내로서 다른 사람의 웃음거리가 되지 않기 위해 모든 걸 철저하게 계획해야 한다는 부담감이 커졌다. 우선 무엇보다 혼자서 출산을 할 수 있는 방법을 찾는 일이 급선무였다. 그리고 경제적인 문제도 배제할 수 없었다.

오소노는 하루라도 더 일하지 않으면 안 되었다. 그러나 만약 무슨일이 있어 세간의 웃음거리가 되거나, 값싼 동정 따위 받고 싶지 않았다. 쇼지 부재중에 뭇사람 앞에서 망신 당하는 일이 있어서는 안 된다고만 생각했다. 오소노는 자신의 배후에 공산당사건[26]이 있음을 인식하고 있었다.[27]

오소노는 집주인 가족들과는 소통하고 잇었지만, 누구와도 의논하지 않고 혼자서 모든 것을 해결하려고 했다. 당시 담배공장에서는 1911년 성립된 공장법[28]에 따라 출산휴가 규정을 준수하고 있었다.

출산에 대해서 4주간과 6주간의 전후로 나누고 열주만 휴식기가 있었다. 그것은 결코 충분치않지 않다. 그러나 그것을 여러분은 대부분 출산의 그날까지 일했다.(중략)
출산 휴양기의 10일 간은 그 일당이 다시 반으로 줄어든다. 가뜩이나

---

26) 여기서 공산당 사건이라는 것은 이 작품의 배경이 되고 있는 3・15사건을 말한다.
27) おそのは一日でも多く働かねばならなかった。然しもしものことがあって、世間の笑い話にされたり、、安価な同情など受けたくなかった。正次の留守中に人中で恥をかくようなことがあってはならないとさえ思った。おそのは自分の背後に、共産党事件のあることを認識していた。
28) 공장법은 공장 근로자 보호를 목적으로 한 법률로써, 1911년에 공포되어 1916년에 시행되었다. 이법은 1947년 근로 기준 법이 시행되면서 폐지되었다.

어려운데 반으로 줄어들면 먹고 지낼 것은 아니었다. 그리고 출산이 되면 또 뭔가 돈이 필요하다.[29]

오소노는 혼자서 가장 경제적이고 효율적인 출산 휴가를 사용할 수 있는 방법을 모색해야만 했다. 그러는 동안 "남편이 조합 활동으로 검거되어 부재중에 혼자서 출산해 가는 생활에서 무산계급노동자라는 아이덴티티를 확실히 자각"하고, "자기의 신체를 통하여 사회 속에서의 공산당사건의 아내인 자신의 입장을 의식"[30]하며, 스스로 고통과 공포를 강화시키는 노력을 하고 있었던 것이다. 그 시도가 혼자서 산파에게 까지 가서 출산하는 것이었다. 그래서 산기를 느끼면서도 4시간을 걸어 산파에게 도착하는 과정을 강행한다.

"잘 참으셨군요"라며 산파가 놀랐다. 젖먹이의 울음소리가 들리고 작은 발이 그녀의 무릎을 찼다. 오소노는 자신의 울음소리가 위로 치밀어 오르는 것을 어쩔 수 없었다. 그것은 처음으로 직접 육체에 접한 모자의 심정이었다. 그리고 또 그때까지 참고 견디어 낸 자신과 갓난아이와의 고통을 함께 말하는 기분이었다.[31]

---

29) 出産に就いて四週間と6週間の前後に分けて十週間だけの休養期があった。それは決して充分ではない。然しそれを皆は殆ど出産のその日まで働いた。(中略)出産休養期の10日間は、その日給がまた半減されるのであった。ただでさえ苦しいのに、半減されて食って行けるものではなかった、そして出産となればまた何かと金が要る。(p.77.)

30) 谷口 絹枝 (2010)「無産階級者というアイデンティティと女性身体--佐多稲子『煙草工女』『別れ』をめぐって」『国文学：解釈と鑑賞』75(4)、至文堂、p.131.

31)「よく我慢しましたね」と産婆が驚いた。赤児の泣き声が聞えて、小さな足が彼女の膝を蹴った。おそのは自分の泣き声が上へ突き上げてくるのをどうしようもなかった。それは、初めて直かに肉体に触れた母子の気持ち

도착하자마자 딸을 낳은 오소노를 보며 산파도 놀랄 수밖에 없었다. 오소노의 이런 행동에서 자신과 쇼지 뿐만 아니라 태어날 아이에게까지 공산당으로서의 공동체 의식으로, 엄청난 위험을 감수하면서 자신을 단련시켜나가겠다는 의지를 보인다. 이렇게 오소노는 남편으로 인해 자신도 공산당일 수밖에 없는 환경을 거부하지 않고 받아들이기로 한 것이었다.

이런 어려운 상황을 극복하고 오소노는 공장규정에 따라 출산 후 3주가 지나 공장의 의료실에서 진찰을 받아 출근이 가능한지 검사를 받게 되어 있었다. 오소노는 다행이 이상이 없다는 판정을 받았다. 그런데 오소노의 고통은 출산으로 끝나는 것이 아니라 이제부터가 시작이었다. 혼자서 아이를 키우면서 직장도 다녀야하는 처지에 봉착하게 되었다. 그런데 더 큰 문제는 직장의 탁아소가 이미 만원이라 아이를 맡길 곳을 찾지 못해 직장에 나갈 수가 없었다. 이런 딱한 사정을 알게 된 쇼지의 여동생은 자신도 갓난아이가 있었지만 어쩔 수 없이 근무시간 동안 아이를 맡아 주기로 하였다 그런데 서로의 집이 반대 방향에 있어 오소노가 출근하기 위해서는 메일 아침 4시에 일어나서 준비를 해야 7시 출근 시간을 맞출 수가 있었다. 그리고 퇴근길에는 다시 그 먼 길을 가서 아이를 데리고 와야 했다. 게다가 집에 돌아와서는 형무소에 있는 쇼지에게 보낼 겨울 기모노를 만들었다. 그렇게 과로하다가 끝내 2주간 아파서 꼼짝 못하게 되기도 하였다.

오소노는 어느 날 집으로 돌아오자 갑자기 복통이 일어나고 다량의 출혈을 했다. 그녀 는 창백해져 일어설 수 없게 되었다. 그녀는 2주일 정

だった。そしてまた、それまで持ち堪えた自分と赤児との苦しみを、共に語る気持ちであった。(p.80.)

도 누워 있었다. 모유가 순 조롭지 나오지 않아 갓난아이는 신경질적
으로 변했다. 오소노는 울음소리를 듣고 있으 니 자신까지 울고 싶어질
정도로 조바심이 났다.[32)

　이런 고통의 시간이 지나고 가까스로 공장에 있는 탁아소에 한명의 자
리가 비어 오소노는 아이를 맡길 수가 있었다. 탁아소에 아이를 맡긴다고
해서 문제가 완전히 해결되는 것은 아니었으며 고난의 연속이었다.
　「담배 여공」에서 오소노의 남편 쇼지와 함께 이름이 거론되고 있는 유
일한 공산당원인 게이사쿠가 검거되자, 그의 아내는 건강악화로 공장을
쉬고 싶었지만 2명의 아이가 있어 경제적으로 쉴 수가 없어 병든 몸으로
공장에서 일을 할 수 밖에 없었다. 그러다가 끝내 사망하고 말았다.

　　그 친구의 말에 의하면 게이사쿠의 아내는 공장을 그만두고 조금 몸을
　　쉬고 싶다고 생각했지만, 게이사쿠가 체포되어 그녀는 두 사람 분의 일
　　을 하지 않으면 안 되었다. 그녀는 2명이 아이가 있었던 것이다.[33)

　이렇게 공산당의 아내는 건강상태가 좋지 않아도 가정 형편 상 직장을
그만 둘 수가 없었다. 특히 아이가 있으면 더욱 궁핍해진 경제적 책임을

---

32) おそのは或る日家へ帰ってくると、急に腹痛して多量の出血をした。彼女
　　は真蒼になって、起き上がれなくなった。彼女はそれで二週間ばかり床に
　　就いた。哺乳が順調にゆかなくなって、赤ん坊は気むずかしくなった。お
　　そのは泣き声をきいていると自分まで泣き出したい程いら立って来た。
　　(p.79.)
33) その友だちの話よると、慶作の妻は工場を退いて少し身体を休めたいと
　　思っていたが、慶作が引かれて、彼女は2人分動かねばならなくなった。彼
　　女は2人の子持ちであったのだ。(pp.80-81.)

져야만 했다. 그러다보니 여자들은 어린 여공으로 노동착취를 당하다가 결혼하여 자녀가 생기면 다시 가정을 위해 또 궁핍한 생활을 영위해 나가기 위해서 일을 할 수 밖에 없었다. 그런데다가 공산당원의 아내가 되면 그 가정을 혼자서 책임져야하므로 게이사쿠의 아내처럼 생명이 있는 한 아파도 일을 하다가 죽어야 하는 슬픈 운명에 놓이게 되는 것이다.

일반 직장여성들도 젖먹이 아이가 있으면 역시 힘들었다. 모유수유는 점심시간 포함 30분이므로 작업장에서 탁아소까지 왕복을 10분 빼면 20분 만에 점심식사와 수유를 마쳐야 하는 것이다.

식사시간 외에 9시와 3시에 20분씩 휴식이 있기 때문에 그 때 10분씩 모유를 줄 수 있었다.[34]

이네코는 러시아의 여공들이 일하는 공장의 보육시설이 떠올랐다.

거기에는 3세까지와 7세까지로 나누어, 3세 까지의 탁아소만에서도 1세, 2세, 3세와 각각의 놀이방, 식당, 침실, 욕실이 각각 따로 되어 있다고 한다. 탁아소 전용 의사와 간 호사가 있어 유아는 매일 아침 탁아소의 새하얀 의복으로 갈아입혀 의사의 진찰을 받고 체중을 잰다. 2열로 나란히 있는 침대, 청결한 모포, 연구된 건강법, 그리고 모유에 의해 갓난아이를 포육하는 부인노동자는 2시간마다 30분 이상의 휴양이 주어진다고 한다.[35]

---

34) 食事時間の外に九時と三時に二時分ずつの休みがあるため、その度十分ずつ乳をやることも出来た。(p.85.)
35) そこでは三歳までと、七歳までとに別れ、三歳までの託児所だけでも、一

이네코는 러시아 여성노동자들이 안심하고 일할 수 있으며 아이들 역시 안전한 곳에서 건강하게 자랄 수 있는 보육시설이 갖추어져 있는 것이 부럽기까지 하였다. 그리고 더 안타까운 것은 이 공장안의 탁아소는 아이들이 있는 곳이 아니라 마치 물건 두는 창고 같은 환경이었다.

이네코는 직접 본 탁아소 모습을 이렇게 적고 있다. 이네코가 본 곳은 3세 이하의 어린이 방이다. 여기에는 20명 정도가 있었다. 큰 난로 하나를 중앙에 두고 작업복 차림의 모친과 어린이가 나란히 여기저기서 밥을 먹고 있었다. 어머니의 무릎 위에서 아이들은 밥을 먹고 있다.

입구와 맞은편의 만나는 곳만 유리 미닫이가 있는 창으로 되어 있지만, 북쪽 향해있는 것으로 보이고, 조금도 햇볕이 들어오지 않는다. 유리창은 황량하다. 이 방에는 식사시간 이외에는 열쇠가 잠겨 있었다.[36]

조금 큰 아이들이 엄마를 찾아 밖으로 나갈지도 모른다는 이유로 탁아소의 문을 잠그고 있다는 것이다. 1명의 보모가 20여명을 보며 그 아이들은 자물쇠가 잠긴 좁은 공간에서 하루 종일 생활 할 수밖에 없었다. 그리고 어머니들은 점심시간에 여러 가지 일을 해야만 했다.

歳、二歳、三歳と、各遊戯室、食事室、寝室、浴室が別々になっているという。託児所付きの医師と看護婦がいて、乳児は毎朝託児所の真白な衣服に着更えさせられ、医師の診察を受け、体重を計って貰う。二列に並んだ寝台、清潔な毛布、研究された健康法、そして母乳によって赤ん坊を哺育する婦人労働者は二時間毎に三十分以上の休養が与えられるという。佐多稲子(1979)「工場の託児所を訪ねる」『佐多稲子全集』16、講談社 p.168.

36) 入口と向い会った所だけが硝子障子のある窓になっているが、北へ向いていると見え、ちっとも陽が入らない。ガラス窓は寒々としている。この部屋には、食事の時間以外には鍵がおろされるそうだ。
佐多稲子(1979)「工場の託児所を訪ねる」『佐多稲子全集』16、講談社 p.167.

20분 동안에 기저귀를 빨거나, 식사를 하거나, 모유를 먹이거나, 기저 귀를 갈아 채우거나 해야 하니 바쁜 것이다.[37]

게다가 기저귀를 빨 수 있는 수도도 하나밖에 없어 짧은 시간 내에 아이들의 기저귀를 다 빨아서 챙겨놓기도 너무 힘든 상황이었다. 그런데 다행히도 공장안에 새롭게 탁아소를 건축하였다. 그 곳은 사방이 유리창으로 되어 햇볕이 잘 들었다. 그네도 있고 실내 놀이기구도 갖추어져 있었다. 유아를 잠재울 수 있는 침실도 있었다. 어쨌든 이 건물은 일본에서도 이상적이라고 말해 질 정도였다. 그런데 갑자기 의무실로 바뀐다는 소식을 듣게 된다. 쇼지와 게이사쿠가 좌익운동을 하는 공산당으로 체포되었지만, 본문내용에서는 탁아소를 응급실로 사용하게 되었을 때 선두에 서서 반대 운동을 했다는 것만 그리고 있다.

돼지우리와 같은 지금까지의 방에서 새로운 방으로 옮겨 아이들이랑 모친이 기뻐한 것 은 아주 잠깐이었다. 탁아소는 지금의 회색 건물로 옮겨지고, 그 대신 이상적인 탁아소에는 회색 건물에 있던 의무실이 이사 왔다. 그때 종업원들은 꽤 거센 반대도 했다. 게 사쿠와 쇼지도 이 반대운동의 선두에 서서 투쟁했었다.[38]

---

37) 二十分の間に、おしめ洗ったり、食事をしたり、乳を飲ませたり、おしめを替えてやったり、忙しいわけだ。
佐多稲子(1979)「工場の託児所を訪ねる」『佐多稲子全集』16、講談社 p.169.
38) 豚小屋のようだった今までの部屋から、新しい部屋に移されて、子どもたちや母親が喜んだのは、然しほんのちょっとのあいだであった、托児所は今の灰色の建物に移され、その理想的な托児所へは、入り代りに灰色の建物から医務室が越して行った。その時、従業員たちは可成り激しい反対もした。慶作や正次はこの反対運動の真先に立って闘ったのだ。(p.84.)

그러나 끝내 새 탁아소는 의무실이 되고 말았다. 의무실로 바뀐 것은 응급환자가 생겼을 때 의료실이 공장 가까이 있어야 한다는 이유에서였다. 그 정도로 여성의 불편과 유아의 건강에 대해서는 별 관심을 두지 않았다는 것을 알 수 있다. 이네코는 탁아소를 건축하고서도 의무실로 바꾸어 버리고 말 정도로 어린 육아문제에 관심을 가지지 않는 시민의식 부족을 문제로 거론하고 있다.

오소노는 육아문제 뿐만 아니라 형무소에 있는 쇼지 면회를 갈 날을 정하지 못해 고민하고 있었다. 오소노는 일요일만 휴무였으므로 면회허가를 받으러 갈 수가 없었다. 이렇게 오소노가 어려운 처지에 놓여 있을 때, 구원의 손길을 뻗은 것은 구원회였다. 이 구원회[39]는 그 당시는 해방운동 희생자 구원회로 이네코가 활동하고 있던 곳이었다.

1929년 설을 맞이했을 때, 나는 지금의 적색 구원회, 그때의 해방 운동 희생자구원회에 일하고 있어 공산당 3·15사건 희생자의 가족들에게 연말 '노시모치'를 나누어 주기 위해 걸었다.

"집에는 받지 않아도 좋으니까 형무소의 아들에게 차입해 주시지 않겠습니까?"

전매국의 희생자의 어머니는 몰래 눈물을 훔치며 말했다.

"어차피 잡혔으니까 부끄러운 태도는 취하지 말라고 나는 아들이 잡혔을 때 말했습니 다, 덕분에 건강합니다."

이것도 역시 전매국 희생자의 어머니였다.[40]

---

39) 구원회는 1928년 4월 7일 "해방 운동 희생자 구원회"로 창립 된 일본 인권단체로 치안유지법의 탄압희생자의 구원활동을 했다.
40) 一九二九年正月を迎える時は、私は今の赤色救援会、その時の解放運動犠

이렇게 공산당에게 큰 문제였던 3 · 15사건으로 인해 그의 아내들이 생명과 막 바꾼 노동을 할 수밖에 없는 환경에 놓이게 되었을 때, 그들에게 손을 내밀어 준 것이 이네코가 활동을 하고 있는 구원회라는 것이다. 그리고 이 사건으로 체포된 사람들의 가족, 아내뿐만 아니라 어머니 역시 희생자로 보고 있다.

그리고 공산당원의 아내의 역할을 중시하며, 오소노의 변화에도 많은 관심을 보인다. 이네코는 오소노의 출산과 육아문제를 통해 무산계급자의 여성이 혼자서 직장생활과 육아를 병행해 나가는 힘든 삶을 대변하고 있다. 더나아가 일본 공장 내부의 직장여성을 위한 탁아소 시설에 대한 필요성과 노동시간에 대한 재분배도 부각시키고 있다.

4. 결론

이상과 같이 여성의 노동현장과 기혼 여성노동자의 임신에서부터 출산, 더 나아가 공산당원 아내의 육아문제에 대한 애로사항을 사타 이네코의 「담배 여공」을 통해 고찰하였다.

이네코는 프롤레타리아 작가로서 이 작품의 소재를 구하기 위해 위험을 무릅쓰고 직접 노동자의 아이를 업고 담배공장 안으로 들어가서 탁아

犠牲者救援会に働いていて、共産党三・一五事件犠牲者の家族たちに暮れののし餅を配って歩いた。「家へは貰わなくてもよいから、刑務所の息子へ差入れて下さいませんか」専売局の犠牲者の母は、そっと涙を拭くながら言った。「どうせ捕まったからにゃ、恥ずかしい態度はとるな、って、私や息子が捕まった頃言っていましたがね、おかげさんで元気ですよ」これもやはり、その時の専売局犠牲者の母であった。
佐多稲子(1979)「進む一月」『佐多稲子全集』16、講談社、pp.24-25.

소 시설과 이용방법 등을 보게 된다. 이를 보며, 이네코는 러시아의 탁아소에서는 유아의 건강관리와 수유시간, 시설 등이 잘 완비되어 있으며 수유 시간도 2시간 마다 30분씩 주어지는 반면, 일본은 어린아이가 죽어 나갈 정도의 '돼지우리' 같은 환경이며, 모유 수유시간도 점심시간에 포함시켜 노동력 착취에만 관심을 가지고 있다고 밝히고 있다. 그리고 작업환경은 사방이 막혀 햇볕이 잘 들지 않으며 공장안의 나쁜 공기와 과로, 영양부족으로 여공들은 폐병에 걸리면서도 경제적 압박으로 일을 할 수밖에 없는 실정임을 적고 있다.

그나마 정부에서 운영하는 공기업인 담배공장이 이 정도이면 다른 중소기업에 다니는 여공들의 대우는 더욱 열해했을 것이라고 미루어 짐작할 수 있다. 그리고 일본의 실제 1911년의 공장노동법을 기본으로 하여 운영되고 있는 모습도 볼 수 있다.

그리고 3.·15사건으로 인한 최대의 피해자가 공산당원의 아내일 수밖에 없다는 사실과 그의 아내로서의 긍지를 가지고 행동하려고 노력하고 있는 부분도 보인다. 오소노는 남편 쇼지가 형무소로 이송되자 직장 내에서도 자유롭지 못하였다. 오소노는 공산당이 아니었지만 출산을 앞둔 임부로서 혼자서 출산과 육아 문제 더 나아가 경제적인 문제까지 모두 혼자서 해결해 나가면서 자신도 공산당일 수밖에 없는 처지를 스스로 자각하게 된다.

오소노는 출산 후 육아와 직장생활을 병행하다 어느 날 집으로 돌아오자 갑자기 복통과 다량 출혈로 일어설 수도 없게 되어 2주일 정도 누워 있었다. 그러나 다행히 건강을 되찾아 다시 직장을 다닐 수 있게 되었다. 하지만 게이사쿠 부인은 평소에 건강이 좋지 않았지만 남편 부재로 아이 2

명과 함께 살아가기 위해 일을 할 수밖에 없어 계속 일을 하다가 끝내 죽고 만다. 이렇게 공산당원의 아내는 남편부재의 가정을 지키며, 형무소에 있는 남편의 남편 옥바라지까지 해야만 했다. 그러다 보니 죽어야만 쉴 수 있는 자유가 부여 된다고 할 정도로 고달픈 삶을 살아야만 했다. 이런 오소노와 게이사쿠 아내의 생활을 통하여 이네코는 기혼 여성노동자의 직장과 육아 병행에 있어서의 어려움과 특히 공산당원의 아내로서의 이중고를 밝히고 있다.

그리고 이네코는 이 작품을 통해 자신이 활동하고 있는 무산계급 연맹과 구원회의 활동을 어필하며, 그런 활동들이 사회의 어려운 사람들에게 도움을 주고 있음을 밝히고 있다.

무엇보다 현재 기혼 직장여성의 육아 문제가 출산 기피로 이어질 수밖에 없음을 이네코는 이미 1920년 대 후반에 사회문제로 노출시키고 있음을 알 수 있다.

〈참고문헌〉

이상복(2012)「히라바야시 다이코의 『때리다(殴る)』론—가부장제도하에 여성의 위상
　　과 폭력 양상」,『일본문화연구』44 ,동아시아 일본학회, pp.509-522.

(2014)「히라바야시 다이코의 『비웃다(嘲る)』론—〈나〉에 투영된 다이코의 남성
　편력 표상」,『일어일문학』64, 대한일어일문학회, pp.337-351.

(2014)「사타 이네코의 『캐러멜 공장에서』론—가부장적 억압과 계급적 억압—」
『일본문화연 구』49 ,동아시아 일본학회, pp.263-280.

石月静恵(1998)「戦前の女性と政治参画—婦選運動と行政による女性の活用」
　　『桜花学園大学研究紀要』、桜花学園大学研究紀要編集委員会、pp.125-135.

谷口絹枝 (2010)「無産階級者というアイデンティティと女性身体--佐多稲
　　子『煙草工女』『別れ』をめぐって」『国文学：解釈と鑑賞』75(4)、至文堂、
　　pp.129-136.

佐多稲子(1979)「進む一月」『佐多稲子全集』16 、講談社 、pp.23-27.

 (1979)「工場の託児所を訪ねる」『佐多稲子全集』16 、講談社、pp.165-170.

平林たい子(1979)「プロレタリア文学運動の一年間」『平林たい子全集』10、潮出
　　版社.

사타 이네코의 「구레나이(くれなゐ)」론

- 기혼 여성에 있어 일과 결혼생활 -

1. 서론

「구레나이(くれなゐ)」[1]는 사타 이네코(佐多稲子:1904-1998,이하 '이네코'
로 칭함)가 1935년 1월부터 9월까지 경험한 실제 생활, 특히 7월에서 9월
사이에 일어난 남편 구보가와 쓰루지로(窪川鶴次郎)의 "여성문제로 부
부 균열이 표면화된 시기의 이네코 심경변화를 작품화"[2]한 것이다. 물론,
"생활의 소용돌이"[3] 속에서 일어난 "부부 내실의 모습과 시대에 따른 참
담함"[4]을 그리고 있지만, 무엇보다 이네코 자신이 처한 직업을 가진 부인
의 문제를 이슈화하여 높은 평가를 받은 작품이다.

「구레나이(くれなゐ)」를 발표하기에 앞서, 이네코는 1935년 10월 『婦
人公論』에 구보가와 이네코라는 필명으로 「怖ろしき矛盾」을, 구보가와

---

1) 「구레나이(くれなゐ)」는 1936년 1월에서 5월까지 『부인공론』(1장에서 18장)에,
   2년 3개월 후에 「만하(晩夏)」(19장에서 24장)라는 제목으로 『중앙공론』에 발표 된
   것을 모아 부분적인 수정과 가필을 거쳐 1938년 9월 중앙공론사로부터 간행되었다.
2) 北川秋雄(1993)「『くれなゐ』変転する私」『佐多稲子研究』、双文社出版、
   p.131.
3) 佐多稲子(1979)「作品の背景」『佐多稲子全集』18、講談社、p.97 이네코는 자신
   과 구보가와 쓰루지로와의 부부관계를 잘 알고 있는 중앙공론의 편집자시마나카
   유사코(嶋中雄作, 1887年2月2日-1949年1月17日)의 권유로 쓰기 시작했다고 밝
   히고 있다. 佐多稲子(1978)「時と人と私のこと(2)―『くれない』とその前後」
   『佐多稲子全集』2、講談社、p.420.
4) 渡辺澄子(1998)「佐多稲子―戦争、思想の間隙」『日本近代女性文学論』、世界
   思想史、p.258.

쓰루지로[5]는 「生活と愛情」을 각각 발표한다. 여기서 이네코는 "남편이 있는 직업 부인이 직면한 가정생활의 곤란한 문제"와 "구보가와 쓰루지로와 10년간의 결혼생활"에 대해, 구보가와는 일을 하는 부인 이네코가 "애정의 대상으로 불충분"하고, "자신의 발전을 도모할 수 없어" 다른 여자와의 생활을 생각하게 되었다고 적고 있다.[6] 이 글에서 두 사람은 서로 사랑하지만, 작가로서 함께 성장하기에 문제가 있음을 시사하고 있다.

이네코가 「구레나이」의 큰 테마를 "부인과 일"[7]이라고 밝히고 있듯이, 선행연구에서도 "혁명을 지향하는 동지애적인 관계에서 일어나는 문제"[8], "여성의 자립을 지향하는 모습"[9], "여성작가의 현실적인 갈등과 질곡한 결혼생활"을 그리고 있다는 평이 대부분이다.[10] 그리고 야자와 마사키(矢沢美佐紀)는 "남녀의 상극" 뿐만 아니라, 일과 육아를 양립하기 위해 분투하는 "여성의 모노카타리"라는 평도 하고 있다.[11]

이렇듯 프롤레타리아 문학자인 부부, 특히 부인 아네무라 아키코(柿村明子)에게 일과 가사의 양립문제 뿐만 아니라, 남편의 여자문제까지 더해

---

5) 窪川鶴次郎(1903-1974)는 시즈오카현에서 태어났다. 구 제4고(旧制 4 高) 중퇴 후 도쿄로 상경. 1925년 호리 다쓰오(堀辰雄), 나카노 시게하루(中野重治)등과 동인지 「로바(驢馬)」(1926년- 28년)를 창간. 1926년 사타 이네코와 결혼(1945년 이혼). 마르크스주의 영향을 받아 1927년 일본 프롤레타리아예술연맹에 참가. 1931년 공산당원이 되지만 1932년 체포되어 2여년 후 전향. 전후에는 「新日本文学会」에서 활동. 저서로는 「現代文学論」「昭和十年代の立場」등이 있다.
6) 窪川鶴次郎(1935)「生活と愛情」『婦人公論』、中央公論社、p.83.
7) 佐多稲子(1983)「妻の立場と私の仕事と」『年譜の行間』、中央公論社、p.207.
8) 長谷川啓(1992)「『くれない』における明子の言説」『佐多稲子論』、オリジン出版センター、pp.70 - 91.
9) 稲永文子(1985)「『くれない』論」『くれない』5号、佐多稲子研究会、pp.52-66.
   梅地和子(1969)「くれない論」『くれない』1号、佐多稲子研究会、pp.49 - 64.
10) 稲永文子 전게서、pp.52 - 66.
11) 矢沢美佐紀(2005)「もうひとつの『くれない』―子供という目差―」『くれない』8号、佐多稲子研究会、pp.82 - 84.

지자, 가정이 붕괴 위기 속에 직면하게 되는 사회적인 모순을 아내의 측면에서 그려내고 있다.

그러므로 본고에서는 전향시대 자신의 일과 가사, 게다가 육아문제까지 감당해야하는 기혼여성 아키코의 한계를 작가 이네코가 어떻게 구현해 내고 있는지를 고찰하고자 한다.

2. 여성 프롤레타리아 작가 담론

일본의 프롤레타리아 문학은, 특히 관습적인 사회에서 자신을 표현하고 싶어 하는 여성작가의 욕구를 충족할 수 있는 기회를 제공하였다. 이런 프롤레타리아 문학과 함께 출발한 사타 이네코는 1926년 7월 구보가와 쓰루지로와 결혼했다. 그때가 마침 프롤레타리아 문학 운동이 소화(昭和)시대 신문학(新文学)으로 일어난 시기이기도 했다. 그러나 이 운동은 끝내 파시즘에 밀려 많은 작가들이 치안유지법 위반으로 투옥되었다.[12] 구보가와 쓰루지로 역시 1932년 3월 일본 프롤레타리아 문화연맹의 탄압에 의해 검거되어 1933년 10월 위장전향으로 보석(保釋)되었으며, 이네코도 1935년 5월 1일부터 6월 17일까지 도쓰카경찰서(戶塚署)에 감금되기도 하였다. 이네코가 체포되기 전날 미야모토 유리코도 검거되었다. 이때의 검거 이유는 문화연맹이 발행한 「일하는 부인(働く婦人)」의 내용이 과격하여 공산당과의 관련성 추구를 위한 것이었지만, 일본 정부는 끝내 당

---

12) 1928년부터 1933년까지의 치안유지법위반 검거자는 1928년 3426명, 1929년 4943면, 1930년 6124명, 1931년 10362명, 1932년 12960명, 1933년 16138명으로 좌익조직과 공산주의자가 대상이었다. 梅地和子(1969)「くれない論」『くれない』1号、佐多稲子研究会、p.49

원이었던 사실을 밝혀내지 못하고 석방시킨다.[13]

이렇게 프롤레타리아 작가들은 투옥과 출옥을 거듭하며 타의든 자의든 전향 할 수밖에 없었다. 그러나 여성작가 가운데 유일하게 전향을 하지 않았던 미야모토 유리코는 「구레나이」에서 여주인공 아키코와 가장 친분관계가 있는 여작가 다키이 기시코(滝井岸子)로 등장한다. 이런 유리코가 오카야마시(岡山市)에서 개최되었던 「文芸講演会」에서, 그 당시 활약한 여성작가 "사타 이네코(佐多稲子), 히라바야시 다이코(平林たい子), 마쓰다 도키코(松田解子), 쓰보이 사카에(壷井栄)"를 거론하며, 이들 여성작가들은 스스로 경험한 "빈곤과 노동"을 통해, "진정한 사회모순을 인식하고 인간으로서 신장하려고 하는 여성의 소리"를 작품에 담아내고 있다고 말했다.[14] 이처럼 프롤레타리아 여성작가들은 사회발전을 도모하고 반봉건적인 부르주아 사회의 모순을 질타하며, 점차 확대되어 가는 부인의 경제적 지위의 필요성을 표방했다.

이네코가 최초로 여성문제를 다룬 작품이 「구레나이」이다. 이 작품에서 이네코의 모델인 주인공 아키코와 구보가와 쓰루지로의 모델인 히로스케(広介)가 프롤레타리아 운동에 참가한 첫 봄은 3·15사건이 일어난 해였다. 이런 사회적인 분위기 속에서 아키코와 히로스케 부부는 프롤레타리아 작가로 활동하고 있었다.

소위 "전향시대"의 물결은 여러 가지로 미묘한, 그러면서도 공기와 같은 집요함으로 사람들을 침식하기 시작했다. 히로스케와 아키코의 경

---

13) 久田美好(1979)「年譜」『佐多稲子全集』18、講談社、p.504. 참조
14) 宮本百合子(1973)「新しい婦人像を求めて」『新日本選書』34、新日本出版社 (「文芸講演会」講演, 1947.4) p.27.

우도 그렇다고 할 수 있었다. '잿빛 현실에 반항하자', '자신의 역량을 높이자'고 하는 그들의 의욕은 나름대로 정당성을 추구해 가면서, 그 방법에 있어서는 개인적으로 흘러 용이한 쪽으로 타협해가고 있었다. 아키코는 스스로 그것을 느끼면서도 질질 끌려가는 것이었다. 생활의 힘은 무섭다. 시대의 분위기는 잠들어 있는 동안에도 그들에게 파고들어, 그들 자체가 변색되어 가고 있다.[15]

여기서 "잿빛"이란, "전향을 의미"[16]하며, 이 시기의 프롤레타리아 작가들은 "전향"이라는 거대한 사회분위기에서 스스로 "생활의 힘"을 발휘 할 수밖에 없었다. 위의 인용문에서는 이런 전향시대의 사회변화, 아래의 인용문에서는 두 사람의 가정생활에 닥쳐 온 변화를 그리고 있다.

자신들 두 사람 사이에 유입되는 사회의 흐름을 느꼈다. 그 조류 를 인식하면서 두 사람은 조금씩 흘러간다. 처음 서로를 위로하던 그들은 서로 상처를 쥐어뜯는 황폐함으로 변했다. (중략) 싸우면 싸울 수록 두 사람의 고독은 깊어졌다. 아키코의 감정은 시종 히스테릭한 고음을 내고

---

15) 「구레나이(くれなゐ)」의 본문 인용은 佐多稲子(1978)『佐多稲子全集』2 講談社에 따름. 이하 동일.
　　所謂「転向時代」の波はいろいろな、微妙な、それでいて空気のような執拗さで人々を浸し始めていた。広介と明子の場合にもそれは言えるのであった。灰色の現実に反抗しよう。自身の力を高めよう、とする彼らの意欲は、それとしては正しさを求めていながら、そのやり方は個人的に流れ、容易なことに妥協してゆきつつあるのだったろう。明子はそれを自分で感ずることがありながら、ずるずるに押されてつくのであった。生活の力は恐ろしい。時代の雰囲気は眠っている間にも彼らに呼吸され、彼たちそのものが変色しつつある。(p.49.)
16) 長谷川啓(2000)「女性文学に見る抵抗のかたち」『転向の明暗』、インパクト出版会、p.171.

있었다. 그에 대한 히로스케의 비뚤어진 각오가 대치되어 날이 갈수록 도리어 완전한 잿빛으로 되어 버렸다.[17]

이런 분위기 속에서, 먼저 히로스케가 투옥되어 2여년 만에 출옥하였다. 그동안 아키코가 한 가정의 가장으로 가족의 생활을 책임 질 수밖에 없었던 필연이 오히려 작가로서 성장할 수 있는 원동력이 되었다. 이런 상황을 몰랐던 히로스케는 출소 후, 아키코가 작가로서 영역을 구축하고 있음에 위축감을 느끼며 "당신은 완전히 잘난 사람" 이 되어, "집 안에 내가 앉을 장소" 가 없어졌다며 불평했다. 그 동안 힘들게 가정을 꾸려 온 아키코는 히로스케의 불만을 이해할 수 없었다. 그러나 그 후, 아키코도 투옥되어 "40일 뒤에 집에 돌아왔"[18]을 때, 비로소 "히로스케의 생활로 완전히 점령" 당한 집안 분위기를 보며, 그 때의 히로스케의 마음을 이해할 수 있었다.

아키코는 이런 불안한 사회구조 속에서도 자신의 일을 하고 싶다는 열정이 있었다. 그러기 위해 히로스케와 헤어져야겠다는 생각을 하게 된 아키코는 기시코에게 그런 속내를 털어 놓는다. 그러나 아키코가 "혼자 살아갈 수 있을 만한 성격의 사람" 이 아니라는 것을 알고 있는 기시코는 아키코에게 "혼자 살 수 있느냐" 고 묻자, 역시 얼른 대답을 못한다. 그때까

---

17) 自分たち二人の間に、どうっと、流れ入る社会の波を感じた。その波を気づきながら二人は少しずつ流された。初めいたわり合っていた彼らは、お互いの傷をむしり合う荒々しさにもかり立てられた。(中略) 争えば争うほど、二人の孤独は深まった。明子の感情は終始、ヒステリックな高音を保ちつづけていた。そこに対して広介のこじれた覚悟が対峙して、日が経つにつれて却って救いのない、一色の灰色に塗りこめられた。(p.104.)

18) 이 40일은, 이네코가 1935년 5월 1일부터 6월 17일까지 유치되어 있던 47일간을 의미한다.

지만 해도 아키코는 혼자서 살아갈 자신이 없으면서도 서로의 작가적 성장을 위해 남편과 헤어질 수밖에 없다고 생각하는 이유는 다음과 같았다.

양쪽 모두 '진다, 이긴다.'라는 단어를 사용했다. 이것이 과연 부 부인가. 아키코는 스스로도 그런 생각이 들었다. 그리곤 남편 일을 자신의 일처럼 여기며 남편을 위해서라면 작은 소문도 빠트리지 않고 들으려하는 보통 부인들의 모습을 떠올렸다. 남편의 계획이 바로 부인의 계획인 셈이다. 부인은 남편의 일을 위해서 모든 것을 준비하고, 격려하고, 때로는 애교를 부리며 남편을 기분 좋게 하고, 함께 세상을 향해 분개하면서, 남편이 일을 할 수 있도록 부추기기도 한다. 남편은 책임을 느끼고 힘을 내어 악착같이 일을 하는 것이다. 생각이 거기에 미치자, 아키코는 히로스케가 가엾게 여겨졌다. 생활의 고단함과 사람끼리 서로 작용하는 영향은 크기 때문이다. '진다. 이긴다.'라는 말로 서로의 근본을 주장하면서, 일에 열중하는 남자에게 용기를 줄 정도로 여유도 없는 주제에, 애교 없는 눈으로 물을 끼얹으며 매섭고 강한 성격으로 힘겨루기를 하고 있다.[19]

---

19) どちらもが、負ける、勝っている、という言葉を使った。なんという夫婦なのだろう。明子は自分でもそう思い、夫の仕事を我がものとして、夫のためになら些細な噂も聞きもらすまい、とするような他所の細君たちを考えた。夫の計画は細君にも同じ計画なのであろう。妻は夫の仕事のために、あらゆることを用意し、力づけ、ときには甘えて夫をいい気にし、共に外へ向って憤慨し、夫を仕事へ駆り立てるのであろう。夫は責任を持ち、強くなり、がむしゃらに仕事をするのであろう。そう思ってくると、明子は広介が可愛想に思えてくるのであった。生活の綾の陰翳と、人の組み合せのお互いに作用する影響は大きいのである。負ける、勝つ、という言葉でお互いの根本を主張し合いながら、仕事に熱している男を元気づける程の拡がった余裕もないくせに、甘くない目で水を打っかけることは鋭く、そして性格の強さでじりじりに押しっこをしている。(p.33.)

아키코는 자신이 다른 여자들처럼 남편에게 도움을 주지 못하면서도 질타만 해 왔다며, "사랑하는 남편에게 집착하는 평범한 아내로 후퇴"[20] 하는 듯한 모습을 보이기도 한다. 그러나 아키코는 이런 일반가정에서의 부인의 역할에 대해 숙지는 하고 있었지만, 자신의 일을 포기하고 싶지는 않았다. 때 마침 '맞벌이 부부가 서로의 입장이 다를 땐 어떻게 하는가에 대한 문제'를 다루는 "여성문학 좌담회"에 참석하게 되었다. 그런데 갑자기 사회자가 "아네무라 아키코씨는 언제나 부부의 의견이 일치하죠?"라며, 너무나 당연하다는 듯이 물었다. 아키코는 당황하여 "네"라고 대답을 했지만, 그 상황을 이해 할 수 없었다.

그건 "부창부수"의 관념이 일을 하고 있는 여자들에게도 상당히 깊게 배여 있다는 것을 역으로 증명하는 것이기 때문이었다. 맞벌이 하는 부부라면 더욱이 근본적인 입장에 일치할 리가 없을 텐데도 그리 간단하게 비속하게밖에 이해되지 않는 것일까. 타협 없이 살기 위해서 사소한 것조차 속이지 않고, 때론 서로 격려하고 때론 싸우며, 때로는 부부이기에 노골적으로 과감하게 부정도하기도하는 생활의 내부는 일을 하고 있는 여자마저도 이해되지 않는 것일까. 아키코는 그런 생각에 화가 나기도 했다.[21]

---

20) 박애숙(2007)「사타 이네코의 『잇꽃(くれなゐ)』론」『사타 이네코 연구』, 어문학사, p.261.

21) それは「夫唱婦随」の観念が、仕事をしている女たちにもこのようのも染込んでいることを、逆の形で証明するものであった。両方とも仕事をしている場合の夫婦ならばなおのこと、根本的な立場に一致のない筈はあり得ないであろうことが、こんなにも簡単に、卑俗にしか理解されていないのだろうか。妥協なしに生きるために、些細なこともごまかし得ず、ある時は励まし合いある時は争い、ある時は夫婦なればこそむき出しのやっつけで否定もしたりする生活の内部は仕事をしている女の人にさえ理

어디까지나 부부는 종적인 주종관계가 아니므로, 어떤 문제가 발생하면 서로의 의견을 존중하며 조율해 나가야 한다고 생각하는 아키코는 전업주부 뿐만 아니라, 일하는 기혼여성까지도 무조건 남편의 의견에 동의할 것이라고 생각하는 사회자의 발언에 모순을 느꼈던 것이다. 게다가 좌담회에는 나름대로 사회생활을 하는 여성들이 모였음에도 불구하고, 그들조차도 남녀 차별의식을 인지하지 못하고 있다는 것에 놀랐다. 그렇다면 에하라 유미코(江原由美子)가 "남성과 같이 경제적으로 자립하여 자신의 의지대로 살아가기를 강하게 원하고 있는 여성 대부분은 마음의 어딘가에 자립하는 것에 주저하고 있는 자신을 발견" 하게 되는데, 그 이유가 "여성의 자립을 저해하는 여러 가지 사회구조"[22]때문이라고 밝히고 있듯이, 대부분의 여성들이 관습에서 완전히 탈피하지 못하고 있는 사회상을 단적으로 보여주고 있는 것이라 할 수 있다.

이런 상황을 잘 알고 있는 이네코는 여성작가를, 여성의 입장에 반발하며 성장한 작가와 여성의 입장에 대해 번민하지 않고 작가의 생활을 하는 작가로 나누고 자신도 낡은 사고를 하고 있는 여성이라고 밝히고 있다.[23] 그렇다면 이네코가 스스로 '부창부수'까지는 아니더라도 사회적인 관습을 무시하지 못하고 있는 자신의 변혁을 위해서 아키코의 의식변화를 시도했다고 할 수 있다. 그러나 아키코도 스스로 사회적 관습에서 벗어나지 못하고 있음을 고백하고 있다.

解されていないのだろうか。明子はそう思い、腹立たしくなることさえあった。(p.37.)

22) 江原由美子(1999)「女らしさと性役割」『ジェンダーの社会学』、放送大学教育振興会、p.17.

23) 窪川稲子(1935.10)「恐ろしき矛盾」『婦人公論』、中央公論社、p.76.

아키코는 물론 자신의 女房的[24]인 것에 늘 구애되고 있지만, 그녀의
행동이 히로스케에게 그다지 구속되어 있지는 않았다. 히로스케는
오히려 그녀의 독립적인 행보를 가끔은 좋은 감정으로 바라보고 있
었다.[25]

히로스케는 이런 아키코가 "독립적"이기를 바라는 남성으로 그려져 있
지만, 그 역시도 편의에 따라 가부장제도하의 남편으로 변해버리는 모습
을 다음의 인용문을 통해 알 수 있다.

손님과 이야기하고 있는 히로스케의 높고 뜨거운 목소리가 들렸다. 자
신의 방이 청소되어 있지 않다며 그녀를 야단치는 히로스케의 목소리가
들렸다. 손님과 함께 밖으로 나가는 히로스케의 발소리가 들렸다. (중
략) 언제까지 여자, 여자라는 것에 구애받을 수밖에 없는 걸까. 아사코
는 울고 싶은 심정으로 우울하게 침묵하고 있는 날이 많아 졌다.[26]

이렇게 "서로 이해하는 부부"[27]라 할 수 있는 두 사람의 생활에서도 히
로스케가 대외적으로 가부장적인 남편 모드로 변해버리자, 아키코는 "여

---

24) 女房的을 世話女房로, 살림 잘하고 남편 잘 섬기는 아내로 해석 함.
25) 明子は勿論自身分の女房的なものにいつもこだわっているが、彼女の行
動が広介にそれほど拘束されているわけではなかった。広介はむしろ彼
女の独り歩きを時には好い気持できえ眺めていた。(p.19.)
26) 客と話している広介の高くて熱した声がする。自身の部屋が掃除してな
い、と言って女中を叱っている広介の声がする。客と連れ立って外へ出て
ゆく広介の足音がする。(中略)いつまで、女、女、ということにかかずらわ
ねばならないのであろう。明子は泣きたい思いで、暗く黙りこくる日が多
くなった。(p.31.)
27) 紅野敏郎(1980)「佐多稲子『くれなゐ』の明子」『国文学 解釈と教材の研究』
25(4)、学灯社、p.131.

자"라는 속박에서 벗어날 수없는 현실이 안타까웠다. 이노우에 데루코는 남녀의 불평등의 한계를 "당연히 여성 스스로 풀어나가야만 할 작업"[28] 이라고 적고 있다. 이렇듯 아키코는 그런 열등의식에서 벗어나기 위한 방법으로 히로스케와의 별거를 생각해 낸 것이다.

미즈다 노리코가 "남자에 의해 여성의 자아가 가두어져 온 제도"에서, "여자 스스로 내면을 볼 수 있게 되는 것"은 "남자와 헤어져 있을 때"[29]라고 밝히고 있듯이, 아키코 역시 히로스케가 집을 비운 2년 동안 자신의 세계를 확립해 나간 경험이 있었다.

> 2년 동안의 부재중에, 나는 정말 혼자서 사는 자유로움을 맛 보았다. 그것은 뭐라 말할 수 없는 슬픈 일이다. 남편을 사랑하면서 독신생활의 자유로움을 바라는 모순은 여자의 생활 어디에 숨어 있는 것일까. [30]

아키코는 2년 전 히로스케가 부재중이었을 때 자신의 작가적 성장을 경험했고, 히로스케 출옥 후 함께 생활하면서는 작가로서의 근본이 침식당해가는 듯한 불안감을 느끼면서도, "남편을 사랑"하면서 "독신생활"을 지향하는 것은 "모순"이라는 의식이 있었다.

이런 아키코의 모습은 "자립을 지향하는 자세가 시대의 흐름에 따를 수 밖에 없"[31]을 정도로 자신의 일과 사랑을 분리해서 생각할 능력이 아직

---

28) 井上輝子(1994)「女の視座をつくる」『フェミズム理論』、岩波書店、p.40.
29) 水田宗子(1995)「女への逃走と女からの逃走―近代日本文学の男性像」『表現とメディア』、岩波書店, p.47.
30) 二年間の留守中に私はほんとうに、ひとりで暮す自由さを味わった。それは何という悲しいことだったろう。夫を愛していながら、独り暮しの自由さを希ませる矛盾は、女の生活の何処にひそんでいるのだろうか。(p.22.)
31) 稲永文子 前掲書、p.65.

배양되지 않았으며, 자신의 일을 남편의 사랑보다 우선시 하겠다는 확고한 자립의 의지가 부족하다고 할 수 있다.

3. 일하는 기혼여성의 한계

히로스케가 다시 결혼하고 싶어 하는 여자는 이름이 없다. 단지 "여자"로만 표기되어 있다. 이는 남편을 내조하는 아내의 역할, 자기주장 없이 다만 히로스케를 중심으로 생활할 수 있는 존재감 없는 여자로만 나타내고 싶었던 작가의 의도로 볼 수 있다.

히로스케가 처음 그 여자를 만났을 때는 아키코와 닮았다는 점에 끌렸지만, 점차 함께 생활하고 싶어 할 정도로 두 사람의 관계가 발전되어 갔다. 히로스케는 아키코에게 "여자가 생겼다고 하는 것은 이제 뭐라 말해도 괴로운 일이겠지만, 그렇다고 해도 아키코가 싫어진 건 아니"(p.54)라고 말한다. 그럼 왜 다른 여자를 원하고 있는 것일까?

> "실제로 글을 쓰는 인간이 좁은 집에 둘이 있다니 괴로운 얘기야. 어느 한쪽이 양보해야 하니까 말이야. 일이 한창일 때에는 내가 내내 밖에 나가 있었으니까 해나갈 수 있었겠지."
> "어떻게 하면 좋을 것 같아?"
> "뭐, 별거하는 것 외엔 방법이 없네." 히로스케가 이런 식으로 두 사람 가정의 곤란을 이야기한 것은 드문 일이었다. (중략)
> "정말 그러네. 나도 별거밖에 방법이 없다고 생각해."

"그런데 말이야. 타인이 되면 진심으로 보살펴주지 못하고, 별거해도 아키코에게 부질없는 걱정을 끼친다면 아무 도움이 안 되고."

"나도 좋은 아내였으면 좋았을 텐데. 당신의 조수가 되어, 정말 모범적인 부인이 되어서 말이에요." [32]

아키코와 히로스케는 별거를 할 수밖에 없는 이유로써 "자신들 부부의 모순을 두 사람이 작가이기 때문에 오는 피할 수 없는 본질적인 것" [33] 으로 인식한다.

이네코도 "남편 구보가와 쓰루지로에 있어서도 이 시기는 문학평론에 열중해야만 했기 때문에 좁은 집에서 여유가 없는 삶은 서로를 압박하고 있었다." [34] 고 회상하고 있다.

히로스케는 한 집안의 가장 역할을 하며, 아키코보다 작가로서도 더 주목을 받고 싶었던 것이다. 그러다보니 아키코와 닮았으면서도 작가가 아닌 여자라면 자신의 성장을 도와줄 것이라는 기대감이 있었다.

"됐어. 이젠. 나처럼 애써 일을 계획했는데 물을 끼얹거나 심술궂게 매

---

32) 「実際、ものを書く人間が狭い家に二人居るなんて辛い話だからね。どっちからか遠慮してるからね。運動の盛んな時分には俺が始終外に出ていたからやってゆけたんだなあ」「どうすればいいと思う?」「まあ、別居するより他に方法がないね」広介がこんな風に二人の家庭の困難を語ったことは珍しいのであった。(中略)「ほんとうにそうね。別居しか方法はないと私も思っている」「然しね。他人じゃあ心から世話をしてくれないんでねえ。別居しても明子に余計世話をかけるようじゃ何にもならんし」「私もいい細君でいればよかったなア。あなたの助手になってねえ。きっと模範的な奥さんになっていてよ」(p.47.)

33) 北川秋雄(1993) 前掲書、p.155.

34) 佐多稲子(1978)「時と人と私のこと(2)ー『くれない』とその前後」『佐多稲子全集』2、講談社、p.420.

달리거나 하는 아내가 아니라 히로스케의 시중만 드는 아내가 곁에 있는 거네. 좋겠어."

"그런 식으로 말하는 건 그만둬. 왠지 괴로워지니까. 나만 우쭐해 져 있는 것 같아. 그야 아키코가 보기엔 그렇겠지만, 내 입장에서 보면 결코 마음이 편치 않다는 걸 헤아려줬음 좋겠어. 아키코에게도 조수가 되어 줄 사람이 있으면 좋겠어."

"어차피! 여자에게 그런 조수가 되어 줄 사람 따위 있을 리가 없어. 괜찮아요. 나는 나대로 해 나갈 테니까. 나는 우선 혼자가 되어 구애 받지 않고 해방된 거야." 도전하듯이 말하는 아키코를 히로스케는 문득 깨달았다는 듯 시비조로,

"해방된다니, 어떻게 해방된다는 거야."[35]

위의 문장을 통해 두 사람이 상대방의 입장에서 서로 원하는 타입에 대해 말하고 있다. 아키코는 "히로스케의 시중만 드는 아내", 히로스케는 "아키코의 조수가 되어줄 사람"이 서로에게 도움을 줄 수 있을 것으로 생각, 즉 서로 자신이 원하는 바를 말하고 있는 것이다.

아키코는 히로스케와의 결혼생활을 되돌아본다. 아키코는 히로스케를

---

35)「もうもう、私のように、折角仕事を計画しているのに水をぶっかけたり、意地悪く突っついたりする女房ではなくて、広介の世話ばかりしている細君が傍にいるのね。いいなあ」「そんな風に言うのはおよしよ。何だか辛くなってくるから。俺だけが好い気になっているようで。そりゃ明子から見ればそうなんだが、俺の気持にだって、決して好い気にはなり切れないものがあるのを察して呉れてもいいだろう。明子にもいい助手になってくれる人があるといいねえ」「とても!女にそんな助手だけしてくれる人なんて出来る筈がないわ。いいことよ。私は私でやってゆくから。私はまず独りになってのびのびと解放されるの」いどむように言う明子を広介ははっと気づいたように絡み込んで、「解放されるって、どう解放されるの。ね」(p.53.)

위해 노력했던 지난날들이 주마등처럼 스쳐지나 갔다. 일과 가사를 병행해온 아키코는 아내의 역할에 대해 스스로 자문하면서도, 히로스케에게 자신은 "좋은 아내"였다고 말한다.

> "지금 와서는 순간적으로나마 진심으로 그렇게 생각해요. 짓궂게 괴롭히는 것이에요? 저는 스스로 좋은 아내였다고 생각해요. 단지 그것이 싫증이 났어요. 당신에게 여자가 생긴 것도 당신만 나쁘다고 생각하지 않아요. 이건 나 자신의 비극이에요. 그래서 왜 소설 따위를 썼을까? 라고 생각해요. 일을 하는 아내이기 때문에 괜스레 더 마음을 쓰고, 당신에게도 그랬다고 생각해요. 어쩜 이리도 바보스러워. 그런 미묘한 것은 아무도 알려고 하지 않는다. 당신도 알려고 하지 않는다. 그렇게 생각하면 나는 내 자신이 가여워져요."[36]

아키코는 자신이 일을 하기 때문에 미안한 생각에 남편에게 더 신경을 써 왔다. 그러나 그런 자신의 마음이 히로스케에게 전달되지 않았다면, "소설"을 쓴 것이 "자신의 비극"이라며 일하는 여성의 비통함을 표현하고 있다.

아키코는 기시코에게 히로스케와의 별거에 대한 이야기를 먼저 하기도

---

36)「今になれば瞬間的にでも本心からそうおもってよ。厭がらせではあるもんですか。私は自分がいい細君ではなかったなんておもわないわ。ただそれが、そのことが自分で厭になったんです。あなたに女が出来たからって、あなただけ罪は負わせはしないわ。これは私自身の悲劇なんです。だから、なんだって、小説なんか書いたんだろう、とおもうわ。仕事を持っていた女房だからこそ、余計に、気をつかって、旦那さまにもしていたとおもうんだ。なんて馬鹿々々しい。そんな微妙なことは誰も知りやしない。あなただって知りやしない。そうおもうと、私は自分が可愛想になるんですよ」(p.94.)

했지만, 정작 히로스케에게 여자가 생겨 결혼생활이 파탄을 맞게 되자, 아이들에게 유서까지 쓰고 자살을 시도하기도 한다.

이들 부부에게는 고이치(行一 6세)와 데쓰코(撤子 4세) 남매가 있었다. 히로스케는 "아이도 아키코와 함께인 편이 좋은데다 젊은 여자의 첫 결혼생활에 처음부터 아이를 맡기는 것도 가엽다"(p.55)며 자녀양육에 대해 간접적인 거부의사를 밝힌다. 그러나 아키코는 자녀양육의 책임감으로 남편과 헤어지고 난후의 일들이 걱정이었다. 또 다른 한편으로는, 그런 남편이 다른 여자와 함께 생활하는 것을 상상하면 질투심도 생겼다.

텍스트에는 작가, 화가, 아나운서로 일하는 기혼여성의 애로사항을 열거되어 있다. 아키코의 친구인 화가는 자신의 일을 하기위해 "아이를 등에 업고 활동"하고 있으며, 싱글맘인 아나운서는 고통을 이겨내지 못하고 자살하고 말았다. 아키코는 이런 일련의 모습들이 자신의 미래를 보는 것 같았다.

이렇게 절망에 빠져 있는 아키코는 히로스케를 순순히 보내줄 수 없어 지금까지 아이들에게 소원했던 점을 토로한다.

"당신은 이번 새 신부가 아이를 낳게 해서는 안 돼. 그리고 또 뭔 가를 쓰게 해서도 안 돼. 우리는 서로의 일 때문에 오늘의 괴로움에 이르렀으니까 당신은 이번 새 신부를 그렇게 하지 않으면 안 돼. 나는 결코 지금까지 한번이라도 당신에게 아이를 안아 주라고 부탁한 적은 없어. 그래서 당신은 이번에 한번도 아이 때문에 헤어지는 것을 망설인 적이 없을 걸. 그런 자유로움은 나로 인해 지난 십년간 유지하고 있던 것이야. 하지만 이번 새 신부가 만일 아이라도 출산하면 안아 주라고. 평범한

신부인걸." (중략) "있잖아, 분명 이번 사람은 '아버지 좀 안아 주세요'
그렇게 해서 아이를 당신 무릎에 앉힐 거야. 당신은 분명 선량하니까,
그런 모자를 위해서 열심히 벌게 될지도 모르지. 생활 때문에 타락 하
지 말아요." [37]

위의 문장에서, 모리 마유리의 "아키코가 극복하지 못했던 女房의 모
성과 함께 남편 히로스케의 방자함과 응석의 밑바닥에 깔린 것을 내재
적" [38]으로 그려내고 있다는 평은 설득력이 있다. 그러나 문제는 아키코에
있다고 본다. 여기서 아키코는 히로스케가 선량하기 때문에 새 여자의 말
에 따를 수 있을 것이라는 표현과, 그가 그 아내의 말에 따라 아이를 무릎
에 앉히는 것을 "생활에서 오는 타락"으로 보는 것은 아직 아키코의 잠재
의식 속에 가부장제도하의 부권(夫権)의 권위를 그대로 인지하고 있는 것
이라 할 수 있기 때문이다.

이런 아키코는 남편과 별거 후, "남성을 통해서만 연결" [39]되는 사회구

---

37)「あなたは今度のお嫁さんに子供を生ませては駄目よ。それから又何か書
かせようなどと思ったりしちゃ駄目よ。あたしたちはお互いの仕事のた
めに今日の辛さに出っくわしたんだから、あなたは今度のお嫁さんをそ
のように育てなくちゃ駄目よ。私は決してこれまで一度でも、あなたに子
供を抱いて呉れ、と頼んだことはない。だからあなたは今度も、も一度で
も子供ことで別れることをためらったことがないでしょう。そういう自
由さは私が十年間に保っておいたものなのだ。だけど、今度ののお嫁さん
に若し子供でも生まれたら、抱かせられてよ。普通のお嫁さんですもの」
(中略)「ねえ、きっと今度の人は、『お父さん、ちょっと抱いてください』そ
う言って子供をあなたの膝によこしてよ。あなたはきっと善良だから、そ
ういう妻子のためには、熱心に一生懸命に稼ぐかも知れない。生活のため
に堕落をしないでね」(p.67.)
38) 森まゆみ(1983)「佐多稲子と『くれない』」『婦人公論』91(51)、中央公論新
社、p.179.
39) 水田珠枝(1994)「女性史の 成立」『フェミズム理論』、岩波書店、p.149.

조에서 스스로 자립할 수 있는 길은 글을 쓰는 것이라고 생각한다.

> "나는 글을 쓴다. 여자의 여러 가지 고통과 슬픔을 쓴다. 그렇지않으면 나는 구제 할 수 없는 사람. 얼마나 많은 여자가 고통스러워하고 있는지 모른다. 나는 쓴다." 벽을 향해 말하고 있었다.[40]

이렇게 아키코는 사람이 아니라 벽을 향해 부르짖을 수밖에 없는 현실을 토로하고 있다.

지금까지 아키코는 가부장제도하의 인습에 따르는 여성관에서 과감히 벗어나지 못하면서도 자각한 여성으로서의 자아계발을 위한 모습을 동시에 보여 왔다. 이런 한 가정의 주부로서의 역할과 일하는 여성으로서의 역할에서 벗어날 수 없었던 자신의 경험을 거울삼아 같은 여성의 고통을 공감하는 글을 써야겠다는 불굴의 의지를 보인다. 실제로 이네코는 『구레나이』 발표 이후의 작품에서 "여성의 현실을 슬픔과 고통을 계속해서 쓰게 된다."[41]

이는 아직 여성해방에 대한 사고가 완전히 성숙되지 않았던 시대에 혼자가 된 기혼여성이 남성과 동등한 입장에서 일을 하기 위해서는 사회의 구조적인 제약뿐 만아니라, 육아문제까지 감당해야하는 한계성을 그대로 표출하고 있어 여성의 공감을 자아내고 있다.

---

40)「私は書くわ。女の、いろいろな苦しみや、悲しみを書くわ。ねえ、それでなければ私は救われないもの。どんなにたくさんの女がいろいろなことで苦しんでいるのか知れないのね。私は書くわ」壁を向いて言っていた。(p.64.)
41) 長谷川啓(2000) 前掲書, p.171.

4. 결론

이상과 같이 아키코가 가사와 자신의 일을 병행해 나감에 있어, 가정 내에서 남편과 충돌하는 모습과 그 당시 사회 구조 속에서의 기혼여성의 한계에 대해 분석해 보았다.

우선, 전향시대에 활동하는 프롤레타리아 작가가 정치적 탄압에서 자유로울 수 없는 상황은 이 부부도 예외는 아니었다. 이런 어수선한 사회 분위기 속에서도 작가적 성장을 원하는 두 사람은 좁은 집에서의 탈출을 위해 별거를 생각한다. 이때 히로스케는 자신이 작품 활동에 몰입할 수 있도록 내조해 줄 수 있을 것으로 보이는 여자를 만나 새로운 가정을 꾸릴 계획을 한다. 하지만 그 여자에게 다른 남자가 있다는 사실에 그 꿈도 이루지 못한 채 작품은 끝나고 만다.

한편, 아키코는 히로스케보다 먼저 별거를 생각해 왔지만, 정작 히로스케에게 여자가 생겨 별거하자는 말을 들었을 때는 자살충동까지 느낄 정도로 위축되기도 한다.

이런 히로스케의 변신에 대해, 아키코는 스스로 가부장제도하의 여성의 역할을 하지 않았기에 남편의 마음을 잡을 수 없었다는 후회를 하면서도, 동시에 자기 계발을 위해 노력하는 모습을 보인다.

두 사람이 별거하게 되면 아키코에게 가장 문제시되는 것이 자녀양육이었지만, 오직 자신의 성장에만 관심이 있는 히로스케는 자녀문제에는 별 관심을 보이지 않는다. 자식에 대한 아버지로서의 의무감은 찾아보기 어렵다. 이런 히로스케의 행동을 통해 가정이 붕괴되면 당연히 자녀는 여성이 책임져야한다는 무언의 논리가 엄연 중에 전달되기도 한다.

아키코는 히로스케가 집을 비운 2여 년 동안 혼자서 가정을 꾸려본 경험이 있었지만, 정작 남편과 헤어져(본문에서는 헤어짐이 전제가 된 별거) 혼자서 생활하려면 큰 용기가 필요했다. 이런 상황에서 사회적 이슈가 되었던 싱글맘인 아나운서의 자살과 자신의 일을 하기위해 아이를 등에 업고 일선으로 나선 친구의 모습은 아키코를 더욱 망설이게 했다.

그 만큼 전향시대의 사회적인 어려움과 함께, 일하는 기혼여성이 자녀를 데리고 일을 할 수 있는 사회보장제도가 전혀 구축되어 있지 않는 상황에 놓인 아키코는 자신과 같은 어려움을 겪는 여성들을 위한 글을 써야겠다는 각오를 다진다.

이처럼 이네코는 기혼여성 아키코의 모습을 통하여 자기적(自己的)인 설정으로 공론의 장을 만들어 아직 여성해방에 대한 사고가 완전히 성숙되지 않아 헤매는 모습과, 사회 속에서 불완전한 여성들의 위치도 함께 표방하고 있다.

〈참고문헌〉

박애숙(2007)「사타 이네코의 『잇꽃(くれなゐ)』론」『사타 이네코 연구』 어문학사,
　　pp.241-270.

稲永文子(1985)「くれない論」『くれない』5号、佐多稲子研究会、pp.52 - 66.

井上輝子(1994)「女の視座をつくる」『フェミズム理論』、岩波書店、pp31-45

梅地和子(1969)「くれない論」『くれない』1号、佐多稲子研究会、pp.49 - 64

江原由美子(1985)「差別の論理賭その批判」『女性解放という思想』、勁草書房、
　　pp.61-97

　　(1999)「女らしさと性役割」『ジェンダーの社会学』、放送大学教育振興会,、pp.17-
　　26

北川秋雄(1993)「『くれなゐ』変転する私」『佐多稲子研究』、双文社出版、
　　pp.142-161

窪川稲子(1935)「恐ろしき矛盾」『婦人公論』、中央公論社、pp.74-81

窪川鶴次郎(1935)「生活と愛情」『婦人公論』、中央公論社、pp.81-84

紅野敏郎(1980)「佐多稲子『くれなゐ』の明子」『国文学解釈と教材の研究』25(4)、
　　学灯社、pp.130-131

佐多稲子(1978)「時と人と私のこと(2)―『くれない』とその前後」『佐多稲子全
　　集』2、講談社,、pp.415-425

　　(1978)「時戦と人と私のこと」『佐多稲子全集』4、講談社,、pp.445-453

　　(1979)「作品の背景」『佐多稲子全集』18、講談社、pp.97-98

　　(1983)「妻の立場と私の仕事と」『年譜の行間』、中央公論社、pp.186-208

長谷川啓(1992)「『くれない』における明子の言説」『佐多稲子論』、オリジン出版
　　センター、pp.70 - 91

(2000)「女性文学に見る抵抗のかたち」『転向の明暗』、インパクト出版会、
　　pp.160-173

久田美好(1979)「年譜」『佐多稲子全集』18、講談社、pp.495‐539

水田珠枝(1994)「女性史の成立」『フェミズム理論』、岩波書店,、pp.139-154

水田宗子(1995)「女への逃走と女からの逃走―近代日本文学の男性像」『表現と
　　メディア』、岩波書店、pp.33-55

宮本百合子(1973)「新しい婦人像を求めて」『新日本選書』34、新日本出版社、
　　pp.7-34

森まゆみ(1983)「佐多稲子と『くれない』」『婦人公論』91(51)、中央公論新社、
　　pp.176‐179

矢沢美佐紀(2005)「もうひとつの『くれない』―子供という目差―」『くれない』8
　　号、佐多稲子研究会、pp.82‐84

渡辺澄子(1998)「佐多稲子―戦争、思想の間隙」『日本近代女性文学論』、世界思
　　想史、pp.251-286

일본의 여성 프롤레타리아문학을 고찰함에 있어 간과할 수 없는 것은 여성의 사회진출을 가로막는 가부장적 억압과 노동력 착취를 고발하며 사회의 문제점으로 제시하고 있다는 것이다.

1911년 여성 표현의 장인 『세이토』간행으로, 자기표현을 할 수 있는 여성 작가들의 범주가 확대되었다. 한편, 1910년대 자연주의가 주류를 이루어 왔던 문단에도 새로운 움직임이 보이기 시작하여, 1916년에 미야지마 스케오(宮島資夫)의 『갱부(坑夫)』출판을 필두로 일본에서도 러시아혁명의 영향을 받은 노동문학이 발표 되어 프롤레타리아문학의 걸작으로 평가받았다.

이런 상황 속에서 사회주의적인 문예잡지 『씨뿌리는 사람(種蒔く人)』『문예전선(文芸戰線)』『전기(戰旗)』가 그 중추적인 역할을 담당하게 되었다. 특히 『전기』에는 「부인란」이 생겨 여성 관련의 다양한 글들을 실을 수 있었다.

그러나 1929년의 경제세계공황이 일본에도 파급되어 공장의 도산과 조업 단축으로 실업자가 거리에 넘쳐나고, 심각한 노동쟁의도 증가하자, 프롤레타리아운동은 문화연맹(KOPF, コ ッ プ)을 결성(1931년 11월)하여 직장인들의 고충을 작품으로 많이 발표하게 되었다.

1931년의 만주사변 도발로 비상체제에 들어간 일본은 프롤레타리아운동에 대한 탄압을 광폭화시키기 위해, 사회주의 사상이 노동운동을 부추기는 위험사상으로 치부하여 '치안유지법'을 만들어 작가들을 구속시키거나 작품활동에 많은 제재를 가했다.

그러다보니 1934년 2월에는 KOPF의 문학조직인 일본 프롤레타리아 작가동맹도 해산을 표명하며, 공산당 당원들이 속속 전향함으로써 프롤레타리아문학도 서서히 쇠퇴했다. 게다가 1937년의 중일전쟁(中日戰爭)으로 인한 탄압이 격화되면서 프롤레타리아 문학운동은 10년여의 짧은 역사를 갖게 되지만, 사회주의적, 공산주의적 프롤레타리아혁명 정신이나 정열은 전쟁 후에도 계속 되었다.

이런 시대 변동과 함께 일본 프롤레타리아문학 중에서도, 특히 여성 프롤레타리아 문학자들은 사회인습과 가정 내의 봉건성 충돌은 물론 브르주아 사회의 노동력 착취현장까지 작품의 소재로 하여 발표하였다.

이렇게 여성의 삶을 조명하고자 했던 여성 프롤레타리아작가들 중에서도 대표적인 작가라 할 수 있는 미야모토 유리코, 히라바야시 다이코, 사타 이네코 등의 작가적 작품적 성향은 다음과 같다.

미야모토 유리코는 혁명운동 내부 섹시즘과 젠더 지배 형상화를 위해 투쟁한 작가라고 할 수 있다.

미야모토 유리코는 페미니즘 소설 「노부코」(1928년)발표 후 소비에트로 가서 새로운 농민과 노동자의 생활을 경험하고 1930년 11월에 귀국하여, 일본의 프롤레타리아 문학운동에 대표 작가로 활약했다.

그리고 동료인 신진기예의 문예평론가 미야모토 겐지와 1933년 2월 결혼하고 일본 공산당에도 입당한다. 그때 국가 권력에 의한 문학운동에의 탄압이 격렬해서, 남편 겐지는 결혼 2개월 만에 체포 구금되었다. 유리코도 검거와 집필 금지를 당하면서도 국가권력 뿐만 아니라 혁명운동에도 계급지배와는 다른 성지배가 체제 내외에 뿌리 깊게 포진하고 있다는 것을 작품을 통해 그려내고 있다. 끝까지 전향하지 않은 작가로도 잘 알려져 있다.

히라바야시 다이코는 자신의 경험을 바탕으로 사회주의를 지향할 수밖에 없었던 상황과 사회체재에 대한 부조리를 공개적으로 비판하고 있다.

히라바야시 다이코는 무정부주의 이이다 도쿠다로(飯田德太郎,사회주의자)와 동거 하면서 퇴폐적인 생활을 그린 「비웃다(嘲る)」(1926년)가 오사카 아사히신문 현상 소설에 입선되고, 이어서 대련에서의 비참한 경험을 바탕으로 한 「치료실에서(施療室にて)」(1927년)을 『문예 전선』에 발표하면서 프롤레타리아 작가로 인정받게 된다.

1937년 말에 다이코는 인민전선사건(人民戰線事件, 중일전쟁하의 좌익 탄압 사건)의 정치자금과 관련하여 도망간 고보리 진지를 검거하기 위해 참고인(고보리의 부인 자격)으로 소환되었다. 그러나 고보리가 자수를 해와도 8개월 동안 다이코의 유치장 감금은 계속되었다. 끝내는 늑막염이 복막염으로 병발하여 중태에 빠지자 석방되었다.

종전 후, 다이코는 인민전선사건과 관련하여 권력 탄압에 대한 자신의 경험을 작품에 담아내고 있다.

사타 이네코 역시 가부장적 억압으로 인한 유년시절의 고충과 사회의 계급적 억압에 투쟁한다.

사타이네코(佐多稻子)는 1928년 발표한 「캐러멜 공장에서(キャラメル

工場から)」로 프롤레타리아 작가 동맹의 여성작가로서 중요한 위치를 차지하게 된다.

이네코는 전향시대에 활동하는 프롤레타리아 작가가 정치적 탄압에서 자유로울 수 없는 어수선한 사회 분위기 속에서도, 어린 여공들이나 자녀 양육에다 가정 경제까지 책임져야 하는 일하는 기혼여성의 고충을 토로하고 있다.

더 나아가, 이네코는 여성에게 주어진 불안전한 사회보장제도에 머무르지 않고, 기혼여성 스스로가 자기적(自己的)인 공론의 장을 구축하여 아직 여성해방에 대한 사고가 완전히 성숙되지 않아 헤매는 모습도 표방하고 있다.

이렇게 근로자의 문학, 사회주의 내지는 공산주의 문학의 총칭이라 할 수 있는 프롤레타리아문학의 작가들은 그들의 작품 대부분이 현장에서 부당하게 착취당하는 노동자를 주인공으로 설정하여 인간의 정신을 좌우하는 사회의 힘을 간파한 새로운 예술 가치를 추구하고자 했다.

그 중에서도, 여성 프롤레타리아 작가들은 성향은 서로 다르지만, 일본 정부로 부터의 규제와 검거, 집필 중단 등의 악 조건에서도 포기하지 않고 여성, 특히 여성노동자들이 당하는 사회 부조리와 노동력 착취에 대항하여 끝까지 투쟁하였다.

여성 프롤레타리아 작가들은 전쟁으로 얼룩진 사상적 혁명시대에도 작품을 통하여 사회구현을 위해 노력해 왔으며, 일반적인 문학 장르와는 달리 현재에도 우리가 피부로 느낄 수 있는 사회의 빈부차, 작업환경의 개선 등, 사회적 약자들에게 귀 기울였다는 것을 알 수 있다.

■ **미야모토 유리코**(宮本百合子, 1899년 2월 13일-1951년 1월 21일)

1899년(출생) : 2월 13일 도쿄 고이시카와구(小石川区, 현 분쿄구:文京区)에
　　　　　　서 아버지 주 조 세이치로(中条精一郎)와 어머니 요시에(葭
　　　　　　江)의 장녀로 태어났다. 아버지는 건축가, 어머니는 화족여학교
　　　　　　(華族女学校) 출신의 재원이었다.

1916년(17세) : 3월 오차노미즈 고등학교(お茶の水高校)를 졸업하고, 4월 일
　　　　　　본여자대학 (日本女子大学) 영문과 예과에 입학하였다. 처녀
　　　　　　작 「가난한 사람들의 무리(貧しき 人々の群)」를 주조 유리코
　　　　　　(中条本百合子)라는 필명으로 아버지의 친구였던 쓰보우 치
　　　　　　쇼요(坪内逍遥)의 추천으로 『중앙공론(中央公論)』 9월호에
　　　　　　발표하였다. 이후 학 교를 자퇴하고 작가 생활로 들어간다.

1918년(19세) : 9월 아버지와 함께 미국으로 건너감. 가을 콜롬비아 대학에서
　　　　　　고대동양 어학을 연구하고 있던 아라키 시게루(荒木茂)를 알게
　　　　　　된다.

1919년(20세) : 1월 콜롬비아대학 청강생으로 기숙사 생활을 하게 된다. 10월
　　　　　　뉴욕에서 아이를 낳지 않겠다는 조건으로 아라키 시게루와 결
　　　　　　혼(호적상으로는 8월)한다.
　　12월 어머니의 출산으로 혼자 귀국한다.

1920년(21세) : 봄, 남편 시게루도 귀국하여 유리코의 부모님 집에서 동거를 시
　　　　　　작한다. 8월 독립한다.

1922년(23세) : 야마카와 기쿠에(山川菊榮)의 러시아 기아 구제 유지부인회에
동참하게 된다.

1924년(25세) : 봄 유아사 요시코(湯浅芳子)를 알게 된다. 여름에는 아라키
시게루와 이혼한다. 이후 유아사 요시코와 동거한다.「노부코
(伸子)」를『개조』에 26년 9월까지 9회 연재하여 완결하기에
이른다.

1927년(28세) : 12월「한송이 꽃(一本の花)」발표. 유아사 요시코와 함께 소비
에트로 출발.

1928년(29세) : 8월 남동생 히데오(英男)의 자살.「모스크바 인상기」를『개조
(改造)』에 발표.

1930년(31세) : 11월 귀국. 12월 일본 프롤레타리아 작가 동맹에 가입.

1931년(32세) : 소비에트 기행을 다수 집필. 작가 동맹 상임 중앙위원, 일본 프
롤레타리아 문화 연맹 중앙협의회 의원 등을 역임한다. 11월 일
본 공산당에 입당한다.

1932년(33세) : 2월 미야모토 겐지(宮本顯治)와 결혼(혼인신고는 1934년 2월).
4월 문화 단체에 대한 대 탄압으로 검거되어 7월 석방되었다. 겐
지는 지하활동을 시작한다.

1933년(34세) : 2월 검거되었지만, 바로 석방된다. 6월「시시각각(刻刻)」을 집
필하였지만, 발표는 사후 1951년 3월『중앙공론(中央公論)』에
게재되었다. 12월 남편도 검거된다.

1933년(34세) : 1월 검거. 2월 프롤레타리아 작가 동맹 해산. 6월 모친이 위독
하여 석방 된다. 1월『문예(文芸)』에「소축의 일가(小祝の一
家)」를 발표하고, 12월 동지에「겨울을 이겨낸 꽃봉오리(冬を

越す蕾)」를 발표.

1935년(36세) : 4월 『중앙공론』에 「유방(乳房)」을 발표하였다. 5월 재 검거된
다. 10월 기소 입옥(入獄).

1936년(37세) : 1월 부친 사망. 3월 건강 악화로 인해 출옥. 6월 공판. 「우리 아
버지(わ が 父)」 「맥심·고리키의 생애(マクシム·ゴーリキイの
生涯)」 「어떤 여자」에 관한 노트(「或る 女」についてのノー
ト)」를 발표.

1937년(38세) : 필명을 미야모토宮本로 바꿈. 1월 「잡답(雑沓)」을 『중앙공론』
에 발표 하고, 8월 『문예춘추』에 「해류(海流)」를 발표. 「오늘날
의 문학의 조감도(今日の 文学の 鳥瞰図)」 「깨어진 거울(こわ
れた鏡)」 「길동무(道づれ)」등 소설 7편, 평론·감상 등 약 80편
을 왕성하게 발표.

1938년(39세) : 1월부터 다음해 봄까지 집필 금지를 당하여 경제적, 정신적으
로 타격을 받았다.

1939년(40세) : 1월 「그해(その年)」를 『문예춘추』에 발표하려고 했지만, 내무
성에 의해 금지 당해 41년에 다시 「종이 작은 깃발(紙の小旗)」
로 발표.

1940년(41세) : 1월 「광장(広場)」을 『문예』에 기고하고, 4월에는 「3월의 넷째
일요일 (三月の第四日曜日)」을 『일본평론(日本評論)』에 발
표하였다. 8월 「쇼와 14년간(昭 和の十四年間)」을 『일본문학
입문(日本文学入門)』에 발표하였다. 총 소설 4편, 평과 감상
약 90편을 발표.

1941년(42세) : 2월 재 집필 금지에도 불구하고 소설 2편, 평론·감상 50여 편을

발표. 12월 8일 태평양 전쟁에 돌입하자 다음날 검거되었다.

1942년(43세) : 7월 열사병으로 넘어져서 인사불성인 채 집행이 정지되어 출옥하였다. 의식은 점차 회복되었지만 시력과 언어장애가 일어났다.

1945년(46세) : 남편이 교도소로 입옥되었다. 일본공산당원으로 활동을 시작하여 신일본 문학회, 부인민주클럽의 창립을 위해 열심히 일하였다.

1946년(47세) : 1월 평론 「가성이여! 일어나라(歌声よ、おこれ)」를 『일본문학』에 「반슈 평야(播州平野)」(3월-47년1월)를 『신일본문학』에 발표하였다. 9월 시코쿠 지방의 당회의에 출석하였다. 같은 달에 「풍지초(風知草)」를 『문예춘추』에 발표하였다.

1947년(48세) : 1월 「두 개의 정원(二つの庭)」을 『중앙공론』에 연재하기 시작하여 8월에 완결하였다. 「도표道標)」(10월-1950년 12월)를 『전망(展望)』에 연재하였다.

1948년(49세) : 전년보다 건강이 나빠져 의사로부터 활동 제한을 받지만 그해부터 반전 평화의 의견을 개진. 평론 「두 바퀴(両輪)」를 『신일본문학』에 발표. 「여성의 역사(女性の歴史)」를 부인민주신문 출판부에서 간행. 그리고 「평화로의 하역(平和へ の荷役)」 등을 발표.

1950년(51세) : 6월 맥아더의 공직추방령에 의한 일본공산당 중앙위원회에 대한 탄압으로 남편이 추방되었다. 「현대문학의 광장現代文学の広場)」「마음에 강한 욕구가 있다(心に疼く欲求がある)」를 발표.

1951년(52세) : 1월 「인간성·정치·문학(人間性·政治·文学)」을 『문학』에 발표.

1월 21일 급성 뇌수막염균 패혈증으로 사망.

■ 히라바야시 다이코(平林たい子, 1905년 10년 3일-1972년 2월 17일)

1905년(출생) : 10월 3일 나가노(長野) 스와(諏訪)에서 8남매의 6번째로 태어
　　　　　　났다. 본명 히라바야시 다이(平林タイ).

1912년(7세) : 초등학교 입학, 어머니의 잡화점 운영을 도왔다.

1915년(10세) : 아버지는 조선으로 돈 벌러 간다. 소녀 잡지에 투고 입선. 잡화
　　　　　　점을 보면서 「시마타 사부로 강연집(島田三郎演説集)」과 『국
　　　　　　민의 벗(国民之友)』을 읽었다.

1922년(17세) : 투고작 「어느 밤(或る夜)」이 삼등으로 입선되어 『문장 구락부
　　　　　　(文章倶楽部)』에 실렸다. 나가노 현립 스와 고등여학교 졸업.
　　　　　　도쿄 중앙 전화국 교환수 견습생으로 취직. 야간에는 스루가다
　　　　　　이(駿河台) 영어학교에 다녔다. 근무 중에 사카이 도시히코와
　　　　　　통화한 것이 문제가 되어 해고당한다. 사카이의 도움으로 독일
　　　　　　서점에 근무하다가 아나키스트의 야마모토 도라조(山本虎三)
　　　　　　를 만난다.

1923년(18세) : 야마다 도라조와 동거. 한국에서도 한 달 정도 생활하다가 일본
　　　　　　으로 돌아간다.

1924년(19세) : 1월, 두 사람은 중국대련으로 간다. 도라조는 검거되고 다이코
　　　　　　혼자서 딸 아케보노를 출산하지만 사망한다. 도라조는 감옥에
　　　　　　있고, 다이코 혼자 귀국한다.

1925년(20세) : 카페의 여급. 아나키스트 이이다 도쿠다로(飯田徳太郎)와
　　　　　　동거.

1926년(21세) : 동화와 탐정 소설을 팔러 다닌다.

1927년 (22세) : 고보리 진지(小堀甚二)와 결혼. 마르크스주의의 입장으로 이
　　　　　　　행(移行). 노농 예술연맹원(労農芸術連盟員)으로 활동하며,
　　　　　　　「시료실에서(施療院にて)」를 발표하여 프롤레타리아 작가로
　　　　　　　서 인정을 받게 된다.

1928년(23세) : 「야풍(夜風)」「잔품(残品)」(大阪朝日新聞当選作, 「비웃다
　　　　　　　嘲る」로 개제改題)「짐수레(荷車)」「때리다(殴る)」를 모아서
　　　　　　　제일단편집『시료실에서(施療室にて)』를 간행한다.

1929년(24세) : 후쿠모토 가즈오(福本和夫)가 제창한 후쿠다 설 대항작으로
　　　　　　　「비간부파의 일기(非幹部派の日記)」「부설열차(敷設列車)」
　　　　　　　를 발표.

1930년(25세) : 노농예술연맹에서 탈퇴.「경지(耕地)」발표.

1933년(28세) :「몰락의 계보(没落の系図)」「하나코의 결혼 그 이외(花子の
　　　　　　　結婚其の他)」(최초의 평론집) 발표.

1935년(30세) : 고보리 진지와 별거하면서 이쿠이나 여관(生稲旅館)에서 「벚
　　　　　　　꽃(櫻)」.「여자의 문제(女の問題)」 등을 발표한다.

1936년(31세) : 정치가 에다 사부로(江田三郎)에게 연정을 느낀「여자의 가도
　　　　　　　(女の街道)」를 발표.

1937년(32세) : 다이코는 1937년 12월 15일의 노농파(労農派) 간부가 일제히
　　　　　　　검거된 인민전선사건에 고보리 진지의 도주로 유치장에서 들어
　　　　　　　가게 된다. 진지가 자수를 해 와도 석방시키지 않아 복막염에 늑
　　　　　　　막염이 병발하였다.
　　　　　　　「하오리(羽織)」「엘도라도 빛(エルドラド明るし)」을 발표.

1938년(33세) : 늑막염에 복막염으로 중태에 빠져 8월 하순 석방.

1934년(34세) : 엔치 후미코(円地文子)들의 지원과 보석 출소한 고보리의 헌
　　　　　　　신적인 간호로 몇 번이나 죽을 고비를 넘긴다.

1945년(40세) : 3월 말 생가로 소개. 패전 후 10월에 도쿄로 상경.

1946년(41세) : 「종전 일기(終戦日記)」 「혼자 가다(一人行く)」 「맹중국병(盲
　　　　　　　中国 兵)」 「이런 여자(かういふ女)」를 발표.

1948년(43세) : 「인생실험(人生実験)」 「지옥의 노래(地底の歌)」 발표.

1949년(44세) : 「초로 같은 목숨(露のいのち)」 「사막의 꽃(砂漠の花)」 발표.

1950년(45세) : 「검은 시대(黒の時代)」 「인간의 생명(人の命)」 발표.

1951년(46세) : 문화자유회의 일본위원회 설립.

1955년(50세) : 「사막의 꽃(砂漠の花)」 「자전적 교우록(自伝的交友録)」 발표.
　　　　　　　고보리 진지와 이혼.

1964년(59세) : 국어 심의회 위원, 정부기관의 각종 위원을 맡는다.

1969년(64세) : 「하야시 후미코(林芙美子)」 「철의 한탄(鉄の嘆き)」 발표

1972년(67세) : 2월 17일 급성 폐렴으로 사망.

■ 사타 이네코(佐多稲子, 1904년 6년 1일-1998년 10월 12일)

1904년(출생) : 6월 1일 나가사키 시에서 아버지 다지마 마사부미(18세. 학생) 와 어머니 다카야나기 유키(15, 학생)의 장녀로 태어났다.

1906년(2세) : 남동생 마사토(正人)가 11월에 출생.

1911년(7세) : 4월 나가사키시 가쓰야마(勝山) 초등학교에 입학, 8월에는 어머니 유키(22세) 폐결핵으로 사망.

1915년(11세) : 10월 아버지가 숙부 사타 히데미를 의지하여 가족을 데리고 도쿄로 상경. 초등학교 5학년 중퇴한 이네코가 12월부터 캐러멜 공장에 다녔다.

1916년(12세) : 캐러멜 공장을 그만 두고 아사쿠사(浅草)에 있는 중화 요리집으로 옮김. 다시 우에노 요정 세이료테이(清凌亭)에서 일을 한다.

1918년(14세) : 효고겐(兵庫県) 아이오이시(相生市) 하리마(播磨) 조선소에 취직한 아버지와 함께 생활. 이곳에서의 생활이 「맨발의 소녀(素足の娘)」의 모티브가 된다.

1920년(16세) : 도쿄에 남겨진 조모를 돕기 위해 아버지 곁을 떠나서 다시 상경했다. 이전에 일했던 세이료테이(清凌亭)의 객실 여종업원으로 일한다. 이때 손님으로 왔던 아쿠다가와 류노스케(芥川竜之介), 기쿠치 간(菊池寛), 구메 마사오 (久米正雄) 등을 알게 된다.

1921년(17세) : 니혼바시 마루젠 서점 양품부의 여직원으로 취직한다.

1924년(20세) : 3월 마루젠 서점의 상사의 소개로 게이오대학 학생이며 자산가인 고보리 가이죠와 만나 4월에 결혼.

1925년(21세) : 2월 결혼생활에 지쳐 남편과 함께 동반자살을 시도하지만 미수
　　　　　　　　로 끝난다.

1926년(22세) : 3월에는 혼고 도자카(本郷動坂)의 카페 고로쿠(紅綠)의 여급
　　　　　　　　이 된다. 그곳에서 알게 된 『로바』 동인 구보카와 쓰루지로와
　　　　　　　　연애해 7월경 결혼.

1928년(24세) : 2월에는 구보카와 이네코(窪川いね子)라는 필명으로 「캐러멜
　　　　　　　　공장에 서」를 『프롤레타리아 예술』에 발표했다. 4월에는 전일
　　　　　　　　본 무산자 예술연맹, 나프에 가맹한다. 「조선의 소녀 1, 2(朝鮮
　　　　　　　　の少女一、二)」를 발표.

1929년(25세) : 2월에는 일본 프롤레타리아 작가 동맹에 가맹, 5월에는 남편
　　　　　　　　구보카 와에게 입적한다. 2월 「담배 여공」을 『전기』에 발표,
　　　　　　　　9월 「레스토랑・석양(レストラン・洛陽)」을 『문예춘추』에
　　　　　　　　발표.

1930년(26세) : 2월에는 장남 겐조(健造)가 탄생, 12월에는 미야모토 유리코,
　　　　　　　　유아사 요시코와 교우가 시작된다.

1931년(27세) : 11월에는 일본 프롤레타리아 문화연맹 코프(コップ)에 가맹
　　　　　　　　하고 동 월에 미야모토 유리코 등과 함께 일본 프롤레타리아 작
　　　　　　　　가동맹 여성위원회, 문화연맹 여성협의회 위원, 『일하는 여성』
　　　　　　　　의 편집위원이 된다. 동경 모스린쟁 의를 취재하고 5부작 「강제
　　　　　　　　귀국(強制帰国)」, 「간부 여공의 눈물(幹部女工の 涙)」 「소간
　　　　　　　　부(小幹部)」 「기도(祈祷)」 「무엇을 해야 하는가(何をすべき
　　　　　　　　か)」를 발표.

1932년(28세) : 3월 문화연맹에 대한 탄압으로 남편 쓰루지로가 검거된다. 4월

에는 차녀 다쓰에(達枝)가 탄생, 같은 달 『일하는 여성』의 편집
책임자가 된다. 이 무렵 일본 공산당에 입당하고 문화 연맹 활동
에 열정을 쏟았다.

1934년(30세) : 3월 작가동맹 해산, 4월 해산 반대 의견을 『문학평론』에 발표.
6월 「모란이 있는 집(牡丹のある家)」을 『중앙공론』에 발표.

1935년(31세) : 도츠카서(戸塚署)에 체포되어 6월에 보석되지만, 『일하는 여
성』의 편집을 이유로 기소된다. 남편의 여자관계로 결혼생활이
위기에 빠진다. 「한 봉지의 막과자(一袋の駄菓子)」를 『문예춘
추』에, 「기둥(柱)」을 『부인의 벗 (婦人の友)』에 발표.

1936년(32세) : 캐나다에서 귀국한 다무라 도시코(田村俊子)를 알게 된다.
「구레나이(くれない)」를 『부인공론』에 5월까지 연재한다.

1937년(33세) : 2월 「유방의 슬픔(乳房の悲しみ)」을 『부인공론』에 연재. 4
월 공판이 열려, 5월에는 징역 2년에 집행유예 3년의 판결을 받
았다.

1938년(34세) : 4월 「수목들의 신록樹々新緑)」을 『문예(文芸)』에 연재. 8월
「늦여름(晩夏)」을 『중앙공론(中央公論)』에 발표. 남편 쓰루지
로와 다무라 도시코의 정사 발각. 도시코는 이네코가 알게 되자
12월 6일 상해로 떠난다.

1939년(35세) : 7월 「분신(分身)」을 『문예춘추』에 발표. 10월부터 단행본 「맨
발의 소녀」의 집필을 위해 하코네(箱根) 유모토(湯本) 여관에 3
개월 체재.

1940년(36세) : 3월 최초의 단행본 「맨발의 소녀」를 『신조사(新潮社)』에서 간
행. 6월 조선총독부 철도국(朝鮮総督府鉄道局) 초청으로 한국

방문. 이 무렵부터 전쟁에 대한 저항의지가 약해지며 전쟁체재
와 타협적인 작품을 쓰기 시작한다.

1941년(37세) : 9월-10월에는 아사히신문사 주최 만주 각지의 전지 위문. 12월
8일 태평양전쟁 돌입, 전시체제에 떠밀려 시국에 타협하는 문장
을 쓰게 된다.

1943년(39세) : 2월에 조모 다카 사망. 8월경에는 제2회 대동아문학자결전대회
(第2 回大東亜文学者決戦大会)에 대의원으로 출석했다.

1944년(40세) : 남편 쓰루지로는 상해에 본사를 두고 있는 철도 회사 도쿄 지
점에 근무, 별거 생활로 들어간다.

1945년(41세) : 12월 신일본문학회 창립 발기인에서 제외 당한다.

1946년(42세) : 3월 「나의 동경지도」를 『인간(人間)』에 연재. 4월 숙부 사타
(佐田)성을 살려 호적상 사타 이네(佐田イネ)가 된다. 8월 『여성
민주신문(婦人民 主新聞)』이 창간되어 「어느 여자의 호적(ある
る女の戸籍)」을 연재. 10월 일본 공산당에 재 입당한다. 11월 여
성 민주클럽 중앙위원이 된다.

1947년(43세) : 4월 나카노구(中野区) 사기노미야(鷺宮) 1초메(丁目)로 이사
하고, 신 일본문학회 도쿄지부장이 된다.

1948년(44세) : 6월 「허위」를 『인간』에 발표. 9월 「포말의 기록(泡沫の記録
の 記録)」을 『히카루(光)』에 발표.

1950년(46세) : 12월에는 당과 여성 민주클럽의 대립이 표면화된다. 9월 「순백
과 자주(白と紫)」를 『인간』에 발표.

1951년(47세) : 4월 장남 겐조(健造)가 반전 활동으로 검거되어 아메리카 군사
재판에 회부되지만, 이네코의 석방운동으로 5월에는 무죄로 석

방되었다.

1953년(49세) : 5월 「가슴에 그리다(胸に描く)」를 『군상(群像)』에 발표. 9월 「노란연기(黄色い煙)」를 『문학계(文学界)』에 발표.

1954년(50세) : 1월 「삼등차(三等車)」를 『문예』에 발표. 3-6월 「어린이의 눈(子供の目)」를 『가정조일(家庭朝日)』에 연재. 4월 신일본문학회(新日本文学会) 중앙위원으로서 「원수폭 금지를 호소(原水爆禁止を訴う)」하는 성명문 발표. 5월 문예가 협회 이사에 취임. 「기계속의 청춘(機械の中野青春)」을 『부인공론』에 발표. 10월 「젊은 의욕(若い意欲)」을 『문예』에 발표.

1955년(51세) : 6월 「밤의 기억(夜の記憶)」을 『세계(世界)』에 발표. 7월 공산당이 반대파와의 통일을 목표로 「육전협(六全協)」의 새로운 방침에 의해 복귀 인정.

1956년(52세) : 8월부터 이듬해 1월까지 「몸속에 바람이 분다(体の中を風が吹く)」를 『아사히신문(朝日新聞)』에 연재. 9월 「자신에 대해(自分について)」를 『신일본문학(新日本文学)』에 발표하고 스스로 전쟁 책임에 대한 검토를 심화 시킴. 「사랑스런 연인들(いとしい恋人たち)」을 『문예춘추(文芸春愁)』에서 간행.

1958년(54세) : 1월 쥰텐도(順天堂) 병원에서 퇴원. 3월 마쓰카와(松川)사건 대책 협의회 부회장이 된다. 8월 마쓰카와 사건 집회와 데모에 참가. 10월 「톱니바퀴 (歯車)」를 『아카하타(アカハタ)』에 연재. 「어느 날 밤손님(ある夜の客)」을 『군상』에 발표.

1959년(55세) : 3월 「방방(ばあん・ばあん)」을 『부인공론(婦人公論)』에 발표.

「재빛 오후(灰色の午後)」를 『군상(群像)』에 연재.

1960년(56세) : 3월 「잿빛 오후」를 강담사에서 간행. 7월부터 이듬해 4월까지 「뒤돌아본 당신(振り向いたあなた)」을 『주간현대(週間現代)』에 연재.

1961년(57세) : 4월에는 다무라 도시코상(田村俊子賞)이 설정되어 전형위원이 된다.

1962년(58세) : 5월 「물(水)」, 10월 「여인의 방(女の宿)」을 『군상(群像)』에 발표.

1963년(59세) : 1월 「여인의 방」을 강담사에서 간행하고, 4월 여류문학상(女流文学賞)을 수상. 7월부터 12월까지 「계류(渓流)」를 『군상(群像)』에 연재.

1964년(60세) : 10월 고쿠분 이치타로(国分一太郎)등 10명과 함께 일본 공산당의 정치적, 사상적 방침을 비판하고 제명당한다. 그 동안의 일은 「소상(塑像)」의 모티브가 된다. 동월 「하층의 사람들(下町のひとびと)」을 『중앙공론(中央 公論)』에 발표.

1965년(61세) : 1월 「나비(蝶々)」를 『세계(世界)』에, 「상처 흔적(疵あと)」를 『군상(群像)』에 발표. 6월 베트남 반전데모에 참석.

1970년(66세) : 6월 여성 민주클럽 위원장(婦人民主クラブ委員長)이 된다. 1970년 8월 -1972년 4월까지 「나무 그림자(樹影)」를 『군상』에 연재.

1974년(70세) : 6월 구보카와 쓰루지로(窪川鶴次郎) 사망. 7월 김지하 사형판결에 항의하는 집회와 데모에 참석.

1978년(74세) : 5월 문예가협회(文芸家協会) 이사직을 사퇴한다.

1981년(77세) : 1월 김대중 사형판결에 대한 항의문을 외무성에 보내고, 요지를『부인 민주신문(婦人民主新聞)』에 발표.

1983년(79세) : 1월 「여름의 서표 나카노 시게하루를 보내다(夏の栞·中野重
治を送る)」로 마이니치 예술상(毎日芸術賞)을 수상한다.

1984년(80세) : 1월 아사히상(朝日賞)을 수상. 7월 「달의 향연(月の宴)」을
『별책 부인공론(別冊婦人公論)』에 발표.

1985년(81세) : 여성 민주클럽 위원장(婦人民主クラブ委員長)직을 사퇴한다.

1986년(82세) : 2월 수필집 「달의 향연」으로 요미우리문학상(読売文学賞) 수상.

1998년(94세) : 10월 12일 패혈증으로 사망한다.

혁명과 문학 사이

초판 1쇄 발행일 2019년 4월 19일

지은이 이상복
펴낸이 박영희
편집 박은지
디자인 원채현
마케팅 김유미
인쇄·제본 태광 인쇄
펴낸곳 도서출판 어문학사
　　　　서울특별시 도봉구 해등로 357 나너울카운티 1층
　　　　대표전화: 02-998-0094 / 편집부1: 02-998-2267, 편집부2: 02-998-2269
　　　　홈페이지: www.amhbook.com
　　　　트위터: @with_amhbook
　　　　페이스북: https://www.facebook.com/amhbook
　　　　블로그: 네이버 http://blog.naver.com/amhbook
　　　　　　　다음 http://blog.daum.net/amhbook
　　　　e−mail: am@amhbook.com
　　　　등록: 2004년 7월 26일 제2009−2호

ISBN 978-89-6184-900-5 93830

정가 24,000원

이 도서의 국립중앙도서관 출판예정도서목록(CIP)은 서지정보유통지원시스템 홈페이지(http://seoji.nl.go.kr)
와 국가자료공동목록시스템(http://www.nl.go.kr/kolisnet)에서 이용하실 수 있습니다.
(CIP제어번호: CIP2019012732)

※잘못 만들어진 책은 교환해 드립니다.